有爱的青春陪伴者

接真

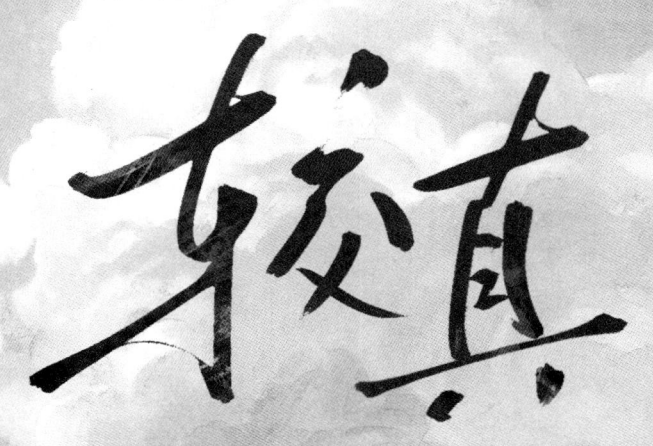

打烊 著

江苏凤凰文艺出版社

图书在版编目（CIP）数据

较真 / 打烊著. -- 南京 : 江苏凤凰文艺出版社,
2024. 12. -- ISBN 978-7-5594-9098-8

Ⅰ. I247.5

中国国家版本馆CIP数据核字第2024MS1348号

较真

打烊 著

责任编辑	王昕宁
特约编辑	裴欣怡
责任校对	言 一
出版发行	江苏凤凰文艺出版社
	南京市中央路165号，邮编：210009
网 址	http://www.jswenyi.com
印 刷	长沙鸿发印务实业有限公司
开 本	880mm×1230mm 1/32
印 张	10.5
字 数	412千字
版 次	2024年12月第1版
印 次	2024年12月第1次印刷
书 号	ISBN 978-7-5594-9098-8
定 价	42.80元

江苏凤凰文艺版图书凡印刷、装订错误，可向出版社调换，联系电话025-83280257

001 ▸ **第一章**
　　旅途愉快

028 ▸ **第二章**
　　半点不欠人情

050 ▸ **第三章**
　　不要给自己设定上限

070 ▸ **第四章**
　　宁悦，别着急

101 ▸ **第五章**
　　世界上最美好的东西

124 ▸ **第六章**
　　因为她不接招

153 ▸ **第七章**
　　敬光芒万丈的我们

目 录 /contents

Qiao Zhen

172 · **第八章**
　　我们谈恋爱吧

201 · **第九章**
　　弟弟，你家被偷了

231 · **第十章**
　　我一直都在

254 · **第十一章**
　　男朋友，你胆子好大

279 · **第十二章**
　　写一首歌，送给我的少年

306 · **第十三章**
　　喜欢会让夏天变得很热烈

320 · **番外**
　　和你在一起

目录 /contents

Jiao Zhen

第一章
旅途愉快

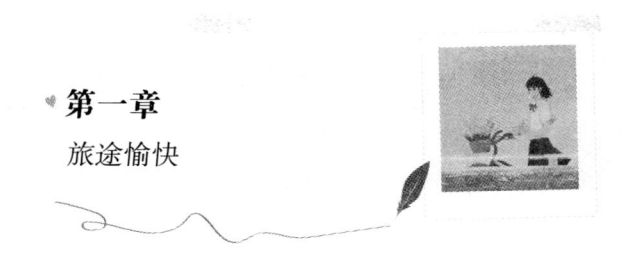

七月中旬，被高温烘烤了大半个月的沅南市终于迎来了一场稀稀拉拉的雨，相比声势浩大的热浪，这点雨水不值一提，但依旧在难耐的酷暑时分，带来了一丝凉意。

虽然时间还不算太晚，但因为下着雨，乌云压得极低，所以天色昏暗，火车站的人行色匆匆，凹凸不平的路面布满了暗坑，奔跑的路人一踩，污水溅出去半米，浸湿了宁悦的裤腿。

她长叹了一口气，打着伞往路边靠了靠。

"你刚刚说什么？我没听清。"她对着手机问。

"我说，"那边传来高雨婷无奈的声音，"你妈从哪儿搞来这么一套试题，难死了。"

宁悦有些茫然，她拿到试卷后没怎么细看，直接给高雨婷送去了。她问："很难吗？是长宁市师大附中的期末考试题。"

长宁市就在沅南隔壁，是本省的省会城市，省内一共有八所重点高中，长宁市就占了四所，按照每年的一本录取率算，长宁市师大附中排第一，沅南一中排在第五。

"难怪网上都搜不到原题，抄都没得抄。不行，我觉得两杯奶茶弥补不了这套试卷给我带来的伤害，起码得一顿烧烤了。"

"没问题。"宁悦干脆地答应,但想到高雨婷写自己作业那个敷衍劲,又强调了一句,"你认真点做,正确率别低得太离谱。"

"哎呀,知道了。"高雨婷随手在草稿纸上写了个 A,"你和杨延见上了吗?"

没等宁悦回答,她又"嘿嘿"坏笑了一声:"他知道你冒着被周老师骂死的风险去送他,是不是感动得不想走了?"

周老师是沅南一中的资深老师,也是宁悦的妈妈,最喜欢做的事情就是搜罗各大名校的试卷给宁悦做。宁悦的爸爸是工程师,一年中有半年驻扎在国外,所以宁悦生活学习都是周老师一手抓,对学习尤其抓得紧。

放在平时,宁悦绝对不敢让高雨婷帮她做试卷,但今天事出突然,她快出门了,周老师才把试卷给她,说是今天至少要把数学做完,晚上回来要检查,她赶着出门见杨延,不得已才拜托高雨婷帮个忙。

比起和杨延之间的事,宁悦觉得挨周老师一顿骂都是小事。

远处,奶茶店已经亮起了灯,遥遥看去,似乎人很多,距离约好的时间还有半个小时,她来早了。

宁悦惆怅地叹了口气:"别乱说,我和他之间没什么。"

"行行行,我不说了。"高雨婷识趣地住了嘴。她的注意力落回试卷上,又痛苦地号上了,"真的痛苦,附中的试题你妈怎么弄到的?"

宁悦想到做不完的试卷,也头疼地叹了口气:"有个学生要从附中转到我妈班上,试卷就是找他要的。"

虽然理智上知道这事和那位转学生没关系,但提到这个还没见过面的未来同学,宁悦还是想吐槽,转学就转学,怎么还把上家学校的试卷带过来了?

"附中的学生要转到我们学校来?下学期开学就高三,居然还转学?是有多想不开?"高雨婷对这位壮士万分好奇,"谁啊?"

就算他们沅南一中的学生自认为自家学校不差,但也不得不承认和师大附中之间还是有不小的差距,以前只听说过往师大附中转的,没听说从师大附中转到沅南一中来的,还是在高三这个节骨眼上,这是对自己的成绩有多大的自信才敢这么折腾啊?

宁悦随口回答:"是陈校长的孙子。"

沅南一中已经退休的陈校长就住在宁悦他们家对面那栋楼,日新小区离沅南一中很近,当初小区宣传时就把这个当成了主卖点,很多一中的教职工都在这儿买了房,一些希望孩子能沾沾重点高中气运的家长也买在了这里。

"转你妈班上,岂不是和我们两个在一个班?"高雨婷说,"他叫什么?"

"不知道。"在她家聊这个事情时,陈校长提过他孙子的名字,好像是因为家里出了什么事才转回来,宁悦最近在烦她和杨延的事,只大概听了一些,没在意,也没记住。

她只记住了周老师对他的一个形容词,品学兼优。周老师要求严苛,在宁悦的记忆中,被周老师这么夸过的学生不超过十位数。

奶茶店已经到跟前了,宁悦一眼看过去,目光定在一个单薄高挑的男生身上,他背对着门口坐着,头上戴着一顶黑色的棒球帽,旁边还放着一个大箱子。

宁悦的心情顿时复杂起来,也没心思再打电话:"婷婷,等会儿再聊,我先挂了。"

她收了伞,抖了几下水,才走进奶茶店。

店里坐了不少避雨的人,但好在店面够大,她正想坐到男生对面去,就发现那里已经有人了,是个女孩子,正笑着和他聊些什么。

宁悦的脚步一顿,杨延那个性格绝对不可能和陌生的女生聊起来。

她又多看了两眼,男生穿着一件灰色的T恤,下身是一条黑色的工装裤,帽子下的碎发被压得服服帖帖,可以看出并不是圆寸,这人不是杨延。也不怪她认错,这个年纪的少年好像都这样,身形非常相似,高高瘦瘦的,有种介于孩童和成年人之间的韧劲。

旁边的小圆桌刚好空下来,宁悦拿下包占位,去点了杯珍珠奶茶,回来时女生刚好抬起头,两人短暂地对视了几秒,都皱了皱眉。

这女生,宁悦认识。

沅南近两年在发展旅游业,最主打的景点是一个4A级森林公园和一个仰山寺,宁悦爷爷退休后闲不住,去了仰山寺收门票,也因此,宁悦常常被她爷爷分派任务——在火车站发宣传册。

这个女生也是发宣传册的,只不过她发的是低配版的景区。

有一些不良商家看沅南旅游业红火,出资建了一些乱七八糟的公园、游乐场,宣传册做得非常吸引人,还请了不少好看的女生做宣传,但其实去了会发现根本没什么可玩的,纯粹就是骗外地人。

宁爷爷对这些人深恶痛绝,为了赚钱脸都不要,把整个沅南旅游业的名声搞得稀烂。

听说最近已经在整治了,居然还有人敢出来顶风作案?

宁悦和这个女生交过几回手,女生换了个新发型,宁悦差点没认出来。见宁悦盯着她看,女生翻了个白眼,没理宁悦,继续和男生聊天。

"帅哥,你是来沅南旅游的吗?"女生娇滴滴地问。

宁悦冷不丁起了一身鸡皮疙瘩,这哥是有多帅啊?能让她嗲成这样?

"算是吧。"男生有些懒散,但声音清澈干净,也许是兴致不高,声音里又带了一点点恰到好处的低沉，有点好听。

宁悦眉头一挑，下意识抬起头，只看到一个后脑勺。

女生双手捧着脸，往男生面前凑了凑："我知道几个景点，可好玩了，我们加个微信，我给你做导游呀。"

"这样啊。"男生声音上扬，好像来了点兴趣，但他双手始终搁在桌面上，头微垂着玩手机，他问，"收钱吗？"

说这话时，他也没抬头看女生一眼。

"我带朋友玩从来不收钱的。"女生笑得更甜了。

男生也笑了，但他笑得很轻："我问景区收不收钱。"

"景区本来收钱的，但我和老板很熟，可以免费带你玩。"

男生终于抬起头，女生眼睛一亮。

宁悦指尖一顿，又若无其事地划拉着手机页面，她不想和女生当面对上，她今天没时间吵架。想了想，她从包里拿出笔，打算在纸巾上写个提醒，待会儿找机会交给男生。

对方是不是心甘情愿上当她不管，但明知女生在骗人，让她坐视不理她做不到。

她最后一个字落笔，男生才悠悠地开了口，还是那副懒懒散散又好像挺认真的语调，开玩笑似的，说："那我不去，免费的配不上我。"

宁悦没想到会听到这么个答案，她惊讶地抬起头，飞快地看了他一眼。

怎么会有人把这种话讲得……怎么说呢，如此有信念感？卡在冒犯和玩笑之间，让人真真假假辨别不清，也难以做出反应。

她好笑地看着自己面前的纸巾，翻过来盖上了，是她多虑了，今天算是遇到个装疯卖傻的神仙，用不着她提醒。

女生也被陈予锦这话给噎得不会了，过了好一会儿后，她才缓过来，干巴巴地笑了两声，给自己找补："你平时就这么幽默吗？"

陈予锦煞有介事地点头："是啊。"

他又点开新的一关，低头开始玩。女生咬了咬牙，不死心地继续和陈予锦搭话："你玩的是消消乐吗？"

"嗯。"

"我平时也玩这个。"女生还在锲而不舍地找话题。

她把椅子挪了挪，凑近陈予锦的屏幕去看。陈予锦却不动声色地往旁边躲了一下。

"哇，你都玩到四百多关了？"她越凑越近，"好厉害，怎么做到的？"

陈予锦闻着她身上那股浓烈的香水味，皱了皱眉，退出游戏："你想知道？"

见他终于松动，女生连连点头。

"行,扫吧。"他打开一个二维码递到女生面前。

女生顿时兴奋起来,她笑着拿出手机扫,但眼睛却都没认真看,只顾着看陈予锦了:"这是你本人的微信号吗?不会常年不在——嗯?"

她低头看着扫出来的页面,又看了看二维码,声音迟疑地提醒:"帅哥,二维码搞错了。"

陈予锦抬手看了眼收款码,笑了笑:"没错啊,你不是想知道我怎么玩的?付款五十,我把游戏教程发你。"

"噗!"

女生还没做出反应,一道短促的笑声却突兀地响起。

宁悦到底没忍住笑出了声,虽然奶茶店并不算安静,但她这声足够让前面两个人听见了。她暗道不妙,正想刷手机装傻,但低头的速度没回头的速度快。

视线对上的那一刹那,宁悦第一个想法是,确实挺帅。

薄唇、高鼻梁,双眼皮很窄,五官分布恰到好处,尤其他眼睛很亮,哪怕只是很寻常地看人,里面也有种难以忽视的坚毅和自信,看着有点不可一世,但又不令人生厌,是一种独属于少年人的气质。

不过他虽然带着笑,但眼神并不热络,显然是对这样的社交没有半点兴趣。

当然宁悦自己的眼神也没好到哪里去,甚至直白得有些冒犯了。

潮湿的空气里原本充斥着甜腻的奶香和雨水的气息,这时不知为何就变得有点冲,而就在这种奇怪的氛围中,陈予锦泰然自若地举起了二维码,不怎么走心地笑道:"你也要付我五十?"

这话一出,新仇添旧恨,对面的女生看宁悦的眼神都快喷火了。

宁悦和她对视一眼,到嘴边的"不好意思"不知为何就变成了:"也不是不行。"

"你什么意思啊?"女生怒气爆发,脱口而出,"我先来的!"

宁悦也不恼,反而好脾气地让步,优哉游哉地道:"哦,排队是吧,那我让你先扫?"

"你——"女生猛地站起来,指着她一副要干架的架势。

她那手指做了美甲,又尖又长,真戳脸上估计讨不到好。

宁悦的脸冷下来,正想着是不是先出去,免得在奶茶店闹起来不好看,便见半空中横出一根线条流畅的手臂,把女生的手指稳稳地挡开了。

宁悦诧异地看了男生一眼。

两人视线碰上,又很快错开。陈予锦全然没有挑事的心虚,像是没闻见火药味,还是那样一副从容不迫的样子,不光如此,他还看热闹不嫌事大般火上浇油地出主意:"要不,你俩竞个价吧?"

"我出六十。"宁悦反应极快地接上,就怕这把火烧不起来。

陈予锦看向女生，直接无视了她难看至极的脸色，态度特公平特诚恳地问："你加价吗？"

一唱一和，就跟商量好的一样。

女生气得原地升了天。

女生气冲冲地走了，走时还恶狠狠地瞪了宁悦一眼。宁悦被这天降的仇怨搞得很无奈，瞪她干吗，又不是她油盐不进把女生气成这样。

有本事你瞪……宁悦从女生身上收回视线，回头却只看见陈予锦的一个背影，她俩在这儿瞪得热闹，罪魁祸首早就把这事抛到脑后了。

她愣了一下，盯着陈予锦后脑勺看，有几根头发从帽孔里刺了出来，好像在得意扬扬地炫耀自己跟它的主人一样，是个搞不定的硬茬。

发了几秒的呆后，宁悦才挪开了视线。

这位神仙不光油盐不进，还有点践啊。

前面的陈予锦似有所感地压了压帽檐，手机里一个接一个的信息发进来，让他没法好好玩游戏。

梁思源：你出发没？

梁思源：不会丢了吧？

梁思源：既来之则安之，不就是转学嘛，有什么大不了的。

梁思源：你看开点，发脾气是解决不了任何问题的。

梁思源：对我发脾气，是更加解决不了问题的！

梁思源：弟弟，你再不回复我报警了。

陈予锦不得不切换界面，给他回了个消息。

陈予锦：你哪只眼睛看见我发脾气？

梁思源：你不回我消息就是对我冷暴力！

陈予锦：我玩游戏没时间聊天。

梁思源：得了吧，一消消乐让你忙成世界总统了，再说了，玩游戏又不用脚玩，还能耽误你走路？

陈予锦：没人接，找不到路。

那边狂轰滥炸的信息心虚地停顿了两秒。

梁思源：下雨了，不好出门接你。

陈予锦从鼻子里哼出一个气音，似笑非笑：嗯，你淋雨了会秃。

梁思源：……

梁思源理亏，越发中气不足，直接搬出爸妈：我爸妈让我问的，等你吃饭。

听见是小姨问的，陈予锦也没再贫。他扭头瞥了眼外面，视线扫过某个地方，又从宁悦身上快速掠过，微微蹙了蹙眉：再等十五分钟吧，我就出发。

梁思源：行，说好了啊！

陈予锦没回了，继续玩游戏，但心不在焉连着失败了三次。失败第四次的时候，他若有所思地敲了敲桌面，切回聊天给梁思源发信息：沅南的治安怎么样？
梁思源：还行吧。
梁思源像是住在手机里了，次次秒回：怎么，手机被偷了？
陈予锦漫不经心地胡扯：对，我手机被偷了，现在是用块板砖在给你发信息。
梁思源听出他的嘲讽：弟弟，这么和哥哥说话多少有点不礼貌啊。
陈予锦无动于衷，不痛不痒地回复：那你报警。
梁思源：……
陈予锦单手握上行李箱：行了，不说了。我有点事。
梁思源不信：你初来乍到，能有什么事？
陈予锦回复：搭讪。
陈予锦回完这一句，也不管梁思源在那边什么反应，他站起身，移动椅子，面对着宁悦坐下了。

宁悦正组织话术给杨延发信息呢，打到一半，面前突然出现一个阴影，她诧异地抬起头，就看见陈予锦稳稳当当地坐在了她对面。
两人对视上，她惊讶地挑了挑眉，第一反应是偏头看向陈予锦身后，那张桌子是空的，也就是说不存在是给谁让座，刚刚还一副生人勿近、拒绝交流的姿态，这会儿主动找上门？有点稀奇。
宁悦目不转睛地看着陈予锦，对方也同样不躲不闪。
相互坚定地看了彼此半天，宁悦至少确定他确实是找她的，但她也不认为陈予锦是想和她搭讪，她觉得他是个表面和气实则心气很高的人，这种人绝对干不出搭讪的事。
想着这样干瞪眼也没个头，宁悦思考了片刻主动问："付你五十？"
陈予锦挑了下眉，眼睛里难得有了点无动于衷以外的情绪，他上下打量她，神情颇有些耐人寻味。他问："我看起来真像是个搞推销的？"
宁悦老实回答："不像。"
她把手机屏幕关了，紧接着又一脸诚挚地补了一句："但说不好。"
低配景区也知道好看的妹子发传单效果好，那搞推销的为什么就不能找个帅哥做业务员，底层逻辑不都是一样的。
宁悦不是那种盛气凌人锋芒毕露的长相，她是鹅蛋脸，五官都很小巧精致，但也并不显得软糯好欺负。
两人都是十七八岁的年纪，没受过打击，没经历过社会风雨，所以不论是神态还是眼神，都有一种大气又天真的无畏和坦荡。

挺好看的。

陈予锦早从他俩那套极为默契的组合拳就看出来，对方在气死人方面并不比他差多少。

棋逢对手了啊。

他也不说有什么事，宁悦莫名其妙地等了会儿，还是主动问道："你找我有事吗？"

陈予锦往后一靠，懒洋洋地笑答："卖课啊。"

宁悦觉得他们俩这个对话挺没营养的。

时钟在这时报了下时，宁悦下意识就想回头看看杨延到了没，但头刚有扭过去那个趋势，便听陈予锦突然低声说了一句："别回头。"语气难得严肃。

"嗯？"宁悦疑惑地看着他。

陈予锦目不斜视，姿态从容，但说出的话却有些惊悚："外面树下一直有个人盯着你看，看着不像是好人，你等会儿走的时候小心点。"

末了没等宁悦说话，陈予锦又潇洒地补充了一句："不用谢。"

"有人盯着我？"宁悦被他说得心里一跳。

"嗯。"陈予锦不动声色地瞥了眼外面，估计是见宁悦有了同伴不好下手，所以那人刚刚终于走了，他放松了些，"盯了很长时间。"

宁悦皱起眉："现在还在吗？"

"现在走了。"陈予锦看着越来越黑的天色，"不过你最好还是叫个人来接，会安全一点。"

她能叫谁来接，她是背着周老师出的门，肯定也不能叫高雨婷来，她们两个捆在一起还不够别人打的，难不成叫杨延送她？他要去广州，肯定也不能送……

等等！宁悦脑子里灵光一闪，她突然回过头去，树下空空如也。

"刚刚盯着我那人长什么样？"宁悦语速飞快地问。

见她着急，陈予锦愣了片刻，然后才描述道："戴着帽子，没看清长相，很高，有点瘦。"

百分之百是杨延，这人是不是有毛病，既然到了，为什么不进来？

她猛地站起来往门外冲。

陈予锦一愣。

宁悦的身影很快消失在雨里，陈予锦直勾勾地盯着外面看了会儿，认识的？男朋友？

好心办坏事了啊，他压了压帽子，无奈地挠了下额头。

出了门，宁悦一时之间不知道该上哪儿去找，犹豫几秒后，她直接往进站口去，但雨天大家都打着伞，本就狭窄的入口更加拥挤，根本看不清谁是谁。她拿出手机给杨延打了三个电话，都被毫不留情地掐断了。

等第四个被挂了以后，宁悦也来了火气。

他发哪门子脾气？她又不欠杨延的，不见就不见吧，随便。

她闭上眼睛，深吸了一口气，候车室内人来人往，她最后看了一眼，头也不回地走了。

奶茶店里避雨的人更多了，店里唯独陈予锦对面空着，宁悦的小包被夹在一个大黑包和座位之间，显得十分弱小。

见她回来，陈予锦长手一捞，把黑包拿走了。

这是在给她看包占座？宁悦惊讶地挑了挑眉。

她本来打算走的，此刻却鬼使神差地坐了下来："谢谢。"

"不客气。"陈予锦抬头看了她一眼，宁悦神情如常，看不出什么东西，他低下头继续摆弄着他的手机，屏幕上花里胡哨一阵闪。

她知道男生都爱玩游戏，但没见过玩消消乐玩得这么认真的，跟旁边那桌玩贪吃蛇的小朋友有得一拼。

两人就这样安静地坐了会儿后，陈予锦突然状似随意地问："男朋友？"

"嗯？"宁悦乍一下没反应过来。

陈予锦微微扬头点了下外面，又问了一次："刚刚，是男朋友？"

她摇头："不是。"

"哦。"得到答案，陈予锦松了松脖子，又继续接着玩了。

她不明所以地耸了下肩，也没追问。她打开手机滑动页面，但因为心里有事，所以一个字都没看进去。

没看两行，陈予锦突然又说："刚刚这事不好意思。"

宁悦惊讶地看向他。陈予锦的消消乐又玩死了，游戏卡在结束的界面，手机被他丢在了桌面上，他道歉道得挺诚恳，这份诚恳体现在他不热络但还挺专注的眼神中。

如果她没看错，这关他应该玩了十几分钟了？

看着那不动的屏幕，宁悦终于反应过来："啊，你说刚才的事啊？"她无所谓地摆摆手，"跟你没多大关系，你也是好心，不用道歉。"

陈予锦偏开头，低低地"嗯"了一声。

奶茶店店门开着，避雨的人带来一阵阵潮湿的冷气，这阵雨下得也太久了一点。陈予锦没拿手机，显然不打算再玩，宁悦敏感地察觉到他情绪不大好。

是她没说清楚？

天地良心，她是真的没有怪他，她能想象到杨延站在树下阴郁地盯着她的样子，陌生人觉得他有问题很正常，相反，陈予锦愿意好心提醒她，她还挺感激的。

他不玩游戏，两人面对面坐着就有点尴尬。

有个男人带着孩子出去了，经过他们时碰到了陈予锦的箱子，箱子往宁悦这边滑过来，她伸手拉了一把，非常重，她把箱子推回去，顺口问："你是来沅南旅游的吗？"

一出口，她就觉得这话有点耳熟，立马就想起来刚刚那女生问过。

"算是吧。"还是跟之前一样，给了一个模棱两可的答案。

箱子上沾了点水，他随手擦了擦："这里夏天经常下雨吗？"

"还行，不算太频繁。"宁悦随口道。

陈予锦神情淡淡地点了下头，又沉默了。

宁悦看着他的神色，意识到什么："你不喜欢下雨？"

"不是不喜欢。"陈予锦目光有点冷，视线穿过雨幕不知道落在哪里，人面无表情的时候就会显得尖锐冷漠，明明身体很松弛，但又莫名让人觉得很紧绷，他说，"只是觉得不大方便。"

雨天是没有错的，雨只是在合适的时机落下来，只是人会根据自己的情绪对天气赋予一些意象。

宁悦想着下雨旅游确实不是很尽兴，她出神地看着桌面，桌上多了个仰山寺的宣传册，可能是她离开期间，别人放在这里的。册封的照片拍得很有意境，云雾缭绕的山顶，一座寺庙矗立在山顶，有种奇妙的壮丽，也很神圣，唯一美中不足的是，这不是仰山寺。

这不算诈骗吗？宁悦想发个信息和她爷爷掰扯一下其中的法律风险。

宁悦乱七八糟地想了一通，不经意间看了眼墙上的时钟。如果她没记错，杨延的火车应该开了，他没有回头来找她，手机也没有收到信息。

早该知道不应该抱什么希望，毕竟他脾气那么犟，会低头才有鬼。

宁悦叹了口气，她得回去了，再迟来不及抄答案。她把手机收起来，抬眼又看见了陈予锦，他垂着眼睛，兴致缺缺地玩手机。

来旅游却刚到就这么不开心，那接下来可想而知不会有什么好的体验了。

看他这样，不知道为什么，宁悦突然有个冲动，她说："其实下了这场雨，我还挺开心的。"

"嗯？"陈予锦撩眼看向她，"怎么说？"

他这人不知道是天生的还是眼睛发炎了，眼角眼尾都微微有些发红，但眼睛真的格外清透，跟好看的玻璃珠一样。

宁悦短暂地错开了一下视线，才又看向他神情认真地解释："在下这场雨之前，沅南已经有将近一个月没下雨了,我看过天气预报,今天这场雨结束后,连续几天都会是个好天气。"

陈予锦挑眉偏头,那双好看的眼睛坦荡地和宁悦对视,等着她的下文。

被他这样看着,宁悦不自觉地笑了:"所以你这个点来旅游其实挺幸运,这几天出去玩,都会很舒服。"

"如果你不知道去哪里,那这里还不错。"她把册子转了个头,推向陈予锦那边。

陈予锦垂眸看了眼,过了片刻后忽然也笑了,跟之前不那么走心的笑不同,这会儿好像多了点真实。

他慢悠悠地抬眼说:"沅南整个市内,就没有海拔这么高的山。"

宁悦在心里叹气,摊开手坦白:"但确实有个寺。"

陈予锦指尖点了点册子:"寺长这样吗?"

那就见鬼了。

宁悦面不改色地点头:"是啊。"

陈予锦不明所以地笑了下,没再说什么,但情绪肉眼可见地好了点。宁悦满意了,这才是旅游该有的样子,她可不希望游客对自己的家乡有那么大的怨念。她拿不准他去还是不去,当然这也不重要,她对陌生人安慰到这份上,已经够意思了。

宁悦把包拿起来,拎伞时想到点什么,又把伞递给了陈予锦。

陈予锦没接,用眼神递了个问号过来。

宁悦往前递了递:"你没带伞吧?"

陈予锦点点头:"伞给我了你打什么?"

宁悦觉得自己今天真的过于好心了,她贴心地道:"我家离得不远,而且我是本地人,就算没伞,还是比你要方便一点。"

陈予锦盯着她手里那把黄色的小花伞看了会儿,依旧摇摇头:"我不用,我可以等雨停了再走。"

雨要下到半夜啊,同学。

宁悦叹了口气,她把卫衣的帽子拉上来,站起身居高临下地看着他。陈予锦的视线跟随着她移动,神情散漫但眼神认真。

"在我很小的时候,我妈就教育我,要帮助他人。"宁悦说。

陈予锦微微诧异地挑了下眉,两人视线在半空中相交,微风对小雨,声势不相上下,劲势半斤八两。

宁悦弯下腰把伞放在他面前,真诚地笑了:"所以,同学,沅南人民欢迎你,祝你旅途愉快。"

说完,她也不管陈予锦什么反应,头也不回地走进了雨中。

陈予锦看着她的背影愣了好一会儿。

没有了遮挡，风横冲直撞地掀开了遗留在桌上的纸巾，半边折起，似乎写了字，陈予锦微垂眸，看清了上面清秀的字迹——她是骗子。

雨还是没有要停的意思，在喧嚣的雨声和滞留客人细碎的抱怨声中，几声轻笑显得很没有存在感。

手机振动了半天，陈予锦也没理，梁思源终于忍不住一个电话打过来了。

"你是搭讪又不是去入赘，半个小时都过去了，你到底出发了没？"

"没。"陈予锦把纸巾折起来放进背包。

"没？我服了你了行吧，我现在就来接你。"

"不用了。"陈予锦又收起了宣传册。

"不用？"

"嗯。"陈予锦最后把伞拿起来，他拉起箱子往外走，伞撑开，黄色的伞面上有一只白色的鸭子，连伞骨都是白色的。

陈予锦握着伞把转了转，把鸭子转到了正前方。

"我现在有伞了。"他说。

…………

日新小区内有好几家烧烤店，口味最好的叫周记烧烤，夫妻俩买了个地上车库，改成了一家简易的烧烤店，每天傍晚时分，摊子就会热闹起来，肥肉吱吱作响，酒瓶碰撞，人们高谈阔论，烟火气很浓。

本来按照计划，宁悦应该早早就和高雨婷在摊上撸串了，但计划赶不上变化，眼看到了晚上七点，宁悦还在焦头烂额地做试卷。

只剩四道大题了，她抬起头捏了捏僵硬的肩膀，自然地看向了对面，常年黑洞洞的窗口居然亮起了灯，陈爷爷老两口住主卧，次卧一直是没人的。

是他家那个品学兼优的孙子来了？

什么时候搬进来的，她都没注意，对于这个未来的同班同学，宁悦还是有点好奇，周老师愿意夸他，那起码证明成绩很不错，就是不知道好到什么程度。

宁悦脑子放了会儿风，高雨婷一个电话打过来打断了她。

为了占座，高雨婷已经提前去烧烤店了，她那边听起来吵吵嚷嚷的。

"不是说只有四道大题了？怎么还没来？"高雨婷问。

那语气理所当然得像是只剩四道选择题一样。

宁悦开了免提，拿起笔继续算："快了快了，还剩三道半。"

高雨婷震惊了："半个小时，你就做了半道题？"

宁悦挠了挠额头:"你还说呢,要不是你昨天数学卷子做成那样,我至于被我妈扣在家里?"

昨晚周老师回家检查数学,结果对完答案一算,只有六十分。宁悦有苦难言,只得认罚,今天她被扣在家里做了一整天的试卷,物理是最后一科,必须做完才能出门,但她越赶时间就越算不出来。

高雨婷心虚地啃了一根烤串,正想说点什么,桌子却被敲了一下。

"同学,能拼个桌吗?"

高雨婷敷衍地抬头看了一眼,是两个男生,不认识,她摆摆手拒绝了。

"那现在怎么办?我一盘五花肉都快吃完了,剩下的是不是让老板先别上?"

"不用,你继续吃。"宁悦拿出一张草稿纸,重整旗鼓。

"那不行,一个人吃没意思。"高雨婷建议,"要不我给你找几个学霸外援帮忙吧,一人分一道题,不然你这个速度做到半夜都做不完。"

宁悦没有拒绝这个建议,可能是因为周老师从小管得严厉,所以宁悦在学习上反而喜欢耍些无关紧要的心眼,从小到大抄作业的事没少干,每学期开学,拿着作业东奔西走的人里必有她一员。

"那你先帮我问问李石译他们有没有空。"李石译是他们班上的第一。

"行,等我消息。"

高雨婷点开好友列表,正准备给学霸们挨个发信息,桌子又被敲了一下。

还是之前那两个高个男生,其中一个笑着问:"同学,你想找人帮忙做题吗?"

高雨婷被打断,略有些警惕地抬头看了他一眼,她的目光不由自主地在另一个低头玩手机的男生脸上停顿了片刻,才看向笑着的男生:"是啊,你会做?"

"我不会。"梁思源揽过陈予锦的肩膀,"但我弟肯定会。"

陈予锦看了梁思源一眼,没说话,继续玩手机。

"要不这样吧,你把题目给我弟看看,如果他能帮上忙,就让我们拼个桌怎么样?"

陈予锦还是没说话。

高雨婷在他俩之间来回睃着,冲梁思源耸耸肩,脸上就是明晃晃的怀疑加几个大字——你说了算吗?

梁思源被这样的目光伤到了,他拿肩膀顶了顶陈予锦:"弟弟,表个态啊。"

见陈予锦还是一副无所谓的样子,他数落道:"要不是你出门拖拖拉拉,我们至于占不到座位要站着吃?你不得负个责?"

陈予锦终于有反应了,他瞥了梁思源一眼,无情回怼:"你站着吃肠子打结?"

梁思源说不过他,直接一屁股坐在了高雨婷对面:"我今天就坐这儿了,你看你管不管吧。"

看戏看得津津有味的高雨婷无语。

我答应了？

她看向陈予锦："帅哥，帮忙吗？不帮我摇别人了，我姐妹还等我消息呢。"

梁思源也眼巴巴地看向他。

陈予锦到底没让梁思源彻底下不来台，他把手机收起来："我不一定能做得出来，你先让你朋友把题目发来看看。"

"行！"得了陈予锦的准话，高雨婷立马干脆地拨了电话，一秒钟都不耽误，电话一接通，她就是一顿兴奋输出，"悦，别写了，我给你找了个外援，你先把题目拍给我。"

"这么快？"宁悦一边拍题目一边惊讶地问，"找的谁啊？"

"你别管了，反正靠谱。"高雨婷信誓旦旦地承诺，"你自己和他说啊！"

宁悦：怎么听起来这么不靠谱？

但她还来不及说什么，高雨婷就已经点开免提把手机转交了。

"我朋友把题目拍下来了，你看看。"高雨婷把手机递过来。

陈予锦看了眼，神情有些奇怪。

"麻烦你了，这三道题你会做吗？"宁悦的声音从听筒里传来，听起来温温柔柔的，很客气，也很舒服。

陈予锦挑了下眉，认真地看着题目没说话。

宁悦以为沉默就是做不出来的意思，她一边暗想着高雨婷果然不靠谱，一边赶忙给对方台阶下："不会也没关系，我自己想办法，谢谢你——"

"没有。"陈予锦在脑子里过了一遍，打断她道，"会做。"

宁悦愣了愣。

陈予锦又问："只有这三道吗？"

"对。"宁悦反应过来，"你不用三道全做，帮我做最后一道就行，这样我们同时进行，能快一点。"

"不用。"陈予锦推了推梁思源，示意他撕一张菜单给他。

宁悦神情一顿："嗯？"

"你出门还得收拾一下吧？"陈予锦漫不经心地问，"一般需要几分钟？"

"十分钟吧。"宁悦大概估计了一下换衣服洗个脸的时间，"怎么了？"

陈予锦一边动手写题目，一边回："那你先收拾，十分钟后，我把三道题目的答案都发你。"

十分钟？三道题？没听错吧？宁悦下意识地拿起手机看了眼，似乎这样能看到对面是个什么神仙一样。

高雨婷这是在哪里找了个外援啊？天上吗？

但大概是对方语气太过自信，她居然信了他这天方夜谭的话，鬼使神差地说了声:"行。"

等她回过神,电话已经挂了,她看着空白的三道题,快速地又看了一遍题干,越发觉得心情复杂,这题有那么简单?十分钟?

算了,不管了,宁悦离开桌子去衣柜里翻衣服,死马当活马医,她实在做不下去了。

高雨婷的心情也比宁悦好不到哪里去,她一脸呆怔地从陈予锦手里把手机接回来,对方抄完了题目就开始写,仿佛不需要思考一样,唰唰唰写得飞快。

她和梁思源对视一眼,都在对方眼里看见了一句话——

被他装到了。

梁思源看了下题目,心虚得打飘,他小声问陈予锦:"你行不行啊?十分钟三道大题?别装得太夸张了下不来台啊?"

陈予锦斜着看了他一眼,笔下没停,同时像个大爷一样趾高气扬地使唤道:"先把东西点上。"

十分钟过得很快,陈予锦把菜单纸递过去,高雨婷感觉自己拍照都拍得胆战心惊,宁悦班级前十,她说难是真的难,这人真的十分钟就写完了?该不会和她一样是瞎写的吧?

要是这三道大题都拿零蛋,宁悦这周都得在家"坐牢"。

梁思源也慌得不行,是他离学霸的世界太远了吗?十分钟三道大题是学霸的正常速度?

把答案发过去后,高雨婷离开了桌子去打电话,大概有话不想让他们听到。

梁思源顶着一张看破红尘的脸鼓起了掌:"装得真漂亮,等会儿高雨婷回来,咱们就等着站着撸串吧。"

陈予锦侧身让老板上串,似笑非笑地瞥了梁思源一眼:"你什么时候连名字都问到了?"

"在您上天的那十分钟。"梁思源心里慌,串撸得贼快,猛地一扒拉,嘴角就是两道红印,像是被开了两道口子一样。

陈予锦在盘子里挑了挑,但最后还是一串都没拿。他气定神闲地点开消消乐,眼看梁思源急得都要撸破皮了,才一边玩一边慢悠悠地宽慰道:"放心吧,她做的是附中的期末考试题,我才考完不久,答案都记得。"

"默写个答案而已,根本不要十分钟,写完我还检查了一遍,保证和正确答案一模一样。"说完,陈予锦还装模作样地捏了捏脖子,从容得要命。

梁思源缓缓竖起大拇指,装还是你会装啊。

陈予锦坦然地照单全收,长腿一伸,深藏功与名地继续玩游戏去了。

"你觉得这答案能信吗?"躲一边打电话的高雨婷担忧不已,"十分钟啊,咱学校年级第一也做不到吧?"

宁悦快速看了一遍,思路过程都没什么问题,她动手开始抄:"你给我找的外援,你自己没把握?"

高雨婷支支吾吾:"看起来挺靠谱的。"

宁悦叹了口气:"算了,赌一把吧,不然今天真吃不了了。"

"加油!"高雨婷没什么底气地给她鼓劲。

挂了电话,高雨婷也没回去,站在原地忐忑地等着宁悦的回信。

没等多久,宁悦就打回来了:"我出来了!"

高雨婷不确定地发问:"检查通过了?"

"过了。"宁悦语气兴奋,"十分钟做三道题,还全对,你上哪儿找的这么强的外援?是我们学校的吗?"

沅南一中是重点高中,里面的学生对学霸天然有着敬畏之心。

高雨婷有种盲目的开心,她声音高昂,听起来还挺自豪:"不知道哪个学校的啊!烧烤摊上找的。"

宁悦:真是好姐妹啊。

"管那么多呢,过了就行。你快点过来,那学霸今天要和咱们拼桌。"高雨婷神神秘秘地"嘿嘿"了两声,"特帅!"

宁悦脚步一顿,不知道为何突然就想起了火车站遇见的那张脸,心想再帅能有他帅?

然后,她立马又想到了她那把伞,后来一回家她脑子就清醒了,开始懊恼自己干吗送他伞,火车站那么多商店,最不缺的就是伞,人家出了奶茶店买十把都行,用她在那儿充大方?

无端非得给人家献好心,搞不好他过后还以为她另有所图。

不过还好,就算他误会了也没关系,沅南这么大,也见不着第二面了。

烧烤店离家不远,十分钟的路程,高雨婷远远看见宁悦,高高地举起了一只手。宁悦举起手回应,顺道看向了拼桌的两人,两个男生,一人顺着高雨婷的目光看向了她,一人背对着她没动。

那个高高瘦瘦的背影和记忆中的某个人诡异地重合,但宁悦不大敢确定,应该没那么巧吧,毕竟沅南那么大……

她觉得自己的想法多少有点匪夷所思加可笑,也诧异于自己对陈予锦的背影居然还记得那么清楚。她定了定神走到桌前,那人终于屈尊降贵地抬起头。

一声"你好"当场卡在了喉咙里。

宁悦愣在原地,还真就那么巧!

相比起来，陈予锦的反应就显得淡定得多，见是宁悦，他面不改色，态度丝滑又自然地打了个招呼："巧啊。"

听起来好像遇到个老熟人一样。

这话一出，另外两人也都看向了宁悦。

高雨婷在宁悦和陈予锦之间来回扫了几眼，神情逐渐"吃瓜群众"。

真的，看她这样，宁悦才知道"吃瓜群众"可以是一个表情形容词。

高雨婷露出一个姨母笑，眨着隐隐发光的眼睛问宁悦："你们认识啊？"

"昨天在火车站一起避过雨。"宁悦简单含糊地解释。

抄答案时，她曾简单地和高雨婷说了一下在火车站发生的事，没细讲，但眼看高雨婷对八卦的向往之心已经遏制不住，她在坐下的同时赶紧给她递过去一个隐晦的眼神。

——我私下再和你详聊。

高雨婷接收到宁悦的眼神，瞬间恍然大悟，她手一拍桌子，兴奋道："噢，他就是你说的火车站那个人？！"

这还没完。

梁思源举着一根串，此时也不知道想到了什么，突然也露出了一个睿智的眼神，大声质问："陈予锦，你昨天干啥了呢？"

说完，他和高雨婷对视一眼，坚毅的眼神相交，还彼此碰了下串，迅速结成统一战线。

陈予锦和宁悦都一脸无语。

故意的吧，你们。

梁思源去端串串，顺道给陈予锦带回来一罐旺仔牛奶。

陈予锦有些嫌弃地看了一眼，梁思源看陈予锦这样立马就知道这位从小锦衣玉食的表弟心里在想什么，他叹了口气："凑合点喝吧，在沅南我可找不到一只新西兰奶牛给你现挤一杯牛奶。"

陈予锦：我说什么了？

没等陈予锦说话，梁思源又看向宁悦两人："你们真不要啊？我弟有钱，他请客。"

宁悦客气地摇了摇头。

一张小方桌被人为划分成了两部分，串少一点的是宁悦她们的，堆成山的是陈予锦他们的，当然陈予锦几乎没怎么吃，全是梁思源在狼吞虎咽。

刚刚那场尴尬的对话，以陈予锦一句"梁思源，你把本来要请我吃饭的钱拿去打游戏这事，你爸同意了吗"完美地结束了。

本来还跃跃欲试想皮一把的梁思源一听这个立马噤了声，没了捧哏，高雨婷的双人相声变成了单口，一个人撑不起来台子，也就恹恹地歇停了。

取而代之的是，梁思源疯狂地点单，大概是想把受的憋屈给吃回来，毕竟这顿给陈予锦的接风宴，得陈予锦出钱。

到底是不怎么熟，所以几人的聊天都没怎么放得开，本来想聊的私事都没聊成，净扯了些无关紧要的话，大多数时候是高雨婷和梁思源在说，宁悦偶尔附和两句，陈予锦是最沉默的，不撸串不聊天，细看连椅子都拖得往后了一些，脱离众人独自玩着手机。

宁悦就坐他旁边，余光总能扫到他，不管什么时候看过去，他有半张脸都隐藏在阴影里，看不出情绪。

今天没下雨了，还是兴致不高？宁悦不由自主地走了神。

然后等她再回过神来，桌子上就只剩下她和陈予锦两个人了。

"他们俩人呢？"宁悦下意识地问。

"厕所。"言简意赅，没有多说半个字。

"哦。"宁悦看向桌面，但总控制不住自己往他那边瞟。

说不清是宁悦欲言又止的第几次时，陈予锦终于抬起头，问了句："有事？"可能是音色的原因，听他讲话总会有种这人不难相处很好说话的错觉。

"有。"宁悦总算等到他开口，忙拖着椅子往他那边靠了靠，郑重其事又严肃道，"十分钟，三道物理大题，还全对，你怎么做到的？"

她刚刚一直在研究这件事，怎么想都觉得不可能，三分钟一道题，这速度是正常高中生该有的？还是说外校学生已经强到这种地步了？

"想知道？"陈予锦挑了下眉头，好像来了点兴致。

"想知道。"宁悦老老实实地回答。

"行。"陈予锦往前倾身，在手机屏幕上点了两下。

宁悦一直关注着他，所以比他反应更快，几乎在陈予锦打开二维码的同时，她就扫上去了："我知道，转你五十是吧？行——"

陈予锦没说什么，只是优哉游哉地看着她，眼神充满玩味。

扫描框卡顿了一下，界面缓缓转出，但令人意外的是，不是付款页，而是一个人的主页。

名字是"C&J"——陈予锦。

是她输了，玩我预判你预判我的那一套是吧？

看她愣住，陈予锦终于露出点笑，他笑时带着点坏，不多，像是夏日凭空刮起的一阵风，吹乱了发梢，又若无其事地远去。

这种人啊，天生就让人没招。

还有,不是兴致不高?玩起套路倒是很起劲啊。

宁悦无语地把手机收起来,也没点添加,直接跳过了这茬:"所以是怎么做到的?"

陈予锦的目光在她屏幕上停顿了两秒,然后才若无其事地挪开,他也没再提加好友的事,仿佛真就是开了个玩笑。

"其实很简单。"他拿足了架势,坐正了一些。

宁悦被他影响,态度也郑重起来,她不由自主地侧了侧身,离他更近,等着接受一个惊天地泣鬼神的答案。

陈予锦好笑地看着一脸期待的宁悦,故作高深道:"因为这套题我做过,记得答案。"

"嗯?"宁悦瞪大了双眼。

"你做的是附中的期末考试卷吧?"陈予锦靠在椅子里散漫地笑,"我就是附中的,整套卷子老师都讲过了,我背下了答案。"

最复杂的疑问往往有一个最简单粗暴的答案。

"就这么简单?"宁悦心情复杂地喃喃。

"嗯,不然你真以为有人能十分钟做完三道物理大题?"陈予锦用了一种夸张的惊疑语气。

"是啊。"宁悦不无遗憾地叹气,"还以为见证学术史奇迹了。"

"想见证奇迹也不是不行。"陈予锦带着笑抬眼看她。

宁悦没多想,调侃道:"给你五十,你给我现场表演一个?"

"嗯。"陈予锦什么招都接,他半开玩笑地说,"要不要试试。"

宁悦想她是吃饱了撑的吗?花钱看他表演奇迹?

宁悦正想着试试就试试,她倒要看看陈予锦能表演出什么东西来,可手机却在这时振动了一下。她看了眼,居然是杨延的信息,立马就把奇迹什么的抛在了脑后。

陈予锦见她有事,也不打扰她,他在桌上挑剔地翻来翻去,左右看去都没什么胃口。吃了这么久,桌面难免有点脏,一滴油顺着桌缝淌下来,眼看就要滴在陈予锦的裤子上,宁悦眼疾手快地拿出一张纸巾给截下了。

"你小心点。"她随意看了他一眼,顺手就把纸巾给丢垃圾桶了,然后继续回信息。

倒是陈予锦因为她这个动作又愣了下,但他看过去时,却发现宁悦根本就没当回事。

高雨婷上完厕所回来,看见宁悦脸都快挤进手机里,便随口问了句:"悦悦,跟谁聊天这么认真?"

"杨延。"宁悦抬了下头,余光又瞥见了陈予锦,他大概是怕沾上油,人都快退到别人桌上去了。

高雨婷回来不久,梁思源也回来了,一顿烧烤吃到尾声,他终于后知后觉地发觉自家表弟脱离群众很久了。

"你退那么后干吗?腿长了不起啊?"梁思源踢了陈予锦一下,试图让他回到群众中来。

陈予锦先看向宁悦,见她还在聊天,才从满目狼藉的桌子中拿起菜单丢给梁思源。他跟梁思源讲话一向不顾忌什么,所以语气谈不上友好:"想吃就继续点,吃饱了就撤。"

梁思源接住单子:"到底是谁带谁散心?"

陈予锦窝在椅子里,双手环抱着,无语地睨着他说:"这不得问你?吃什么不好,你带我吃烧烤。"

高雨婷好奇地问:"烧烤怎么了?这家店在我们小区很有名。"

"跟烧烤没关系。"梁思源说,"我弟小时候吃烧烤吃成了急性肠胃炎,从此他就对烧烤有偏见了。"

高雨婷问:"那你还带他来吃?"

梁思源义正词严:"这么大个人了老是走不出小时候的阴影怎么行,遇到困难要迎难而上,遇到烧烤逢串就撸啊,怕什么,大不了就是去医院挂急诊嘛。"

他拍拍胸脯,对着陈予锦信誓旦旦地保证:"我保证亲自送你去医院。"

"那要不要我跪下谢谢你。"陈予锦赏他一个眼神,顺道在梁思源说出"行"这个字前,简单粗暴地用一根串堵上了他的嘴。

他们这边聊得热闹,宁悦又完全到了状况外,她拿着手机站起身:"婷婷,我去旁边打个电话。"

"行,快点回来啊,不然羊肉凉了不好吃。"高雨婷又叮嘱一句,"别吵架,也别惯着他。"

"嗯。"宁悦匆匆忙忙走了,也不知道听没听进去。

陈予锦漫不经心地看着她的背影,手里有一搭没一搭地转着手机。

梁思源随口八卦了一句:"谁啊?"

"就一个朋友。"高雨婷拿起几根串包在锡纸里温着。

话到这儿就止了,涉及私事,再打听下去就不礼貌了。

那罐旺仔晾了一晚上,陈予锦终于伸手拿来准备喝,但还没打开,手机也振动了,来电人显示是傅臻,他随手拿着旺仔起身。

梁思源问:"你又干吗去啊?"

"我妈电话。"他语气不佳,丢下这么一句话,人也朝着宁悦离开的方向走了。

"哎，你弟好高冷啊。"等陈予锦离开后，高雨婷终于逮着机会小声评论。

"不不不！"梁思源满不在意地拆陈予锦的台，也跟做贼一样小声回复，"他是最近心情有点不好，所以不怎么想说话，别看他表面装得人五人六，其实背地里是个坏心眼多还自大傲娇的狗东西。"

说完，梁思源还得意地挑了下眉，特骄傲地来了句："看不出来吧？"

高雨婷：到底哪个字值得你骄傲啊？

陈予锦不想接他妈妈的电话，所以走了好远一截才接听，但那边也很有耐心地等到了最后一秒。

"到那边还习惯吗？"一接通，傅臻教授就温和地关心他。

"还行。"他漫无目的地往前，虽然没过脑子，却跟本能一样往没人的偏僻地方走，老小区物业水平跟不上，路灯年久失修，有的闪闪烁烁，有的彻底罢工。

一整条小路被层层叠叠的树冠遮掩住，又没灯，黑得像是什么犯罪现场。

"到那边要听爷爷奶奶的话，好好学习，别闹小脾气。"

"我会的。"陈予锦没什么情绪地答应，听起来很恭敬，其实每个字都带刺。

傅臻大约是内疚，所以也没怪他阴阳怪气，她犹豫片刻："我和你爸爸就算过不下去也是我和他的事，你不应该掺和进来，更不应该拿自己的成绩，拿自己的前途开玩笑，把你转回去，就是希望你能够不受干扰，好好备战高考。"话说到最后，不自觉地带了点严厉。

"嗯，我知道。"陈予锦一副"你说什么就是什么"的态度，让人没招，也让人窝火。

"您还有事吗？"他问。

傅臻沉默了一会儿："你爸准备把他的生意转移到国外去做了，以后会常驻那边。"

陈予锦脚步一顿，突然就被气笑了，但他没说什么，只事不关己般来了句："好，我知道了。"

不远处，黑暗里有一点亮光，声音低低地传来，似乎有人在，他停下没再往前走。

傅臻叹了口气："小锦，人首先是他自己，然后才是别的身份，你以后会理解爸爸妈妈的。"

以后是多久呢？一年？两年？

"不好意思。"陈予锦很不给面子地刺回去，"我不理解。"

傅臻无奈。

傅臻强行找着话题想和陈予锦聊，可惜陈予锦这副绵里藏针的态度让任何一个话题都聊不过三句，不得已，傅教授只得作罢。

挂了电话，陈予锦又在原地站了许久，黑暗把他的表情都吞噬殆尽。

"杨延，你不要无理取闹。"

前方原本压抑的声音陡然升高，打断了陈予锦的沉思。他下意识看过去，月光不盛，只能隐约看见一个轮廓，他没有偷听别人电话的癖好，正准备走。

可这时，旁边的巷子里忽然也出现了几点火光，几个染着黄毛吊儿郎当的社会青年从里面走出来，朝着宁悦的方向看了一眼，又经过了陈予锦，几人一身酒气，晃晃悠悠骂着脏话走了。

陈予锦冷眼看着他们消失在拐角，又看了看黑洞洞的楼间巷，思考片刻后，他走远了点，点开了消消乐。

前面的对话还在继续。

"到底是谁想找碴儿？是谁在冷暴力？"宁悦竭力压抑着怒气，"你到底在生气什么？"

"你不想当朋友了就直说？别不说话！"

"火车站那人是谁，我认不认识重要吗？"

"你今天要是敢挂我电话，我们就绝——"

宁悦难以置信地看着被挂断的电话，愤怒之后，又感受到了一股深深的无力。

她是真的不懂，杨延到底在气什么，从小学认识到现在，他们做了七八年朋友，以前得一直好好的，怎么就莫名其妙闹成了这样。

突然毫无理由地生气，然后就好几天无视她，消息不回，打招呼不理。

动不动就对她夹枪带棒地冷嘲热讽。

她招他惹他了？

宁悦越想越气不过，她打开手机给他发消息，结果显示已经被删了好友。

算了，她深吸一口气。

等她收拾好情绪出来，陈予锦已经喂了好一会儿蚊子，宁悦走近了才发现是他，她诧异道："陈予锦？你怎么在这儿？"

陈予锦低头看她，还是跟在火车站一样，情绪都被收敛得干干净净。他别开眼，挥开盘旋在头顶的虫子，然后才不咸不淡地来了句："出来打电话迷路了，正打算让梁思源来接我。"

屁大点的小区迷路了？宁悦看了眼来时的方向，她对这里太熟悉了，竟然都没发现路灯坏了好几个，密匝的楼栋在黑暗里确实有些分辨不清。

"让他别来了，我电话也打完了，一起回去。"

"行。"陈予锦假模假样地在手机上按了几下，顺理成章地收了回去。

这边比较偏，路上也没什么人，两人并排走着谁也没说话，宁悦因为有心事，连脚步都比平时要重。

她刚刚才想到陈予锦站那儿好像也有一会儿了,不知道听到什么没有。

虽然没什么不能听的,但也莫名有些在意。

而且这种沉默的气氛真的有点压抑尴尬,想了一会儿后,她没话找话道:"你跟谁打电话,怎么走这么远?"

"我妈。"他估计心情也不明朗,所以惜字如金,气氛更尴尬了。

宁悦几不可察地叹了口气,她有些疲惫地揉了揉脖子,算了,就这样吧。

夜晚,蝉声此起彼伏,惹人心烦,风有些清冷,刮来无数密密麻麻的愁绪,兜头盖脸刺人一脸,果然不开心的时候哪怕捡到钱,也会嫌弯个腰骨头疼。

她胡乱想着一些事情,气氛越发沉闷,这时头顶突然传来拉罐拉开的声音,然后一罐红色小旺仔被一只修长的手递到了她眼前。

宁悦心里一跳,下意识地顺着筋骨分明的手臂看过去,明明灭灭的灯光下,他的发丝被映上了柔光,斑驳的树影走马灯似的变幻,影影绰绰间,陈予锦垂眼也正凝视着她。

宁悦突然就愣住了。

"喝吗?"他低声问。

一些不怎么明确却又露出了点端倪的意图在两人之间浮动,宁悦想他这句话多少可能省掉了点东西,比如"喝吗?喝了心情就会好点",又或者只是简单的"喝吗?旺仔很甜我想请你",恰到好处的留白,谨而慎之的分寸,保留了神秘又致命的蛊惑。

但不外乎都让宁悦感受到了一种温柔的善意。

头顶蝉鸣朗朗,大眼仔在冲宁悦微笑。

本来她觉得自己的胃口都被倒尽了,回去估计一根串也吃不下,可这时她却鬼使神差地从陈予锦手里将旺仔接了下来。

"喝。"她听见自己说。

他俩回到烧烤店时,高雨婷和梁思源一人挺着一个大肚子,瘫在椅子上跟两条贪吃蛇一样消食。

"就算是占便宜,也不用往吃死的方向占吧?"宁悦笑着调侃高雨婷,"我又不是以后不请你了。"

高雨婷摆摆手,将锡纸包着的串递给她:"这事不赖我,怪他。"她指着梁思源,"他一根接一根吃,我就没忍住。你知道吧,食欲是很容易受影响的。"

梁思源打个难受的饱嗝,用一句话解释了什么叫作用生命占便宜:"我弟请客,吃得多赚得多。"

陈予锦都被梁思源逗笑了,他把菜单丢梁思源身上:"有本事继续点。"

"老板!"梁思源立马气势汹汹地举起手,但也只硬气了两个字就弱下来,"上

023

瓶酸奶。"

"出息。"陈予锦无语地拉开椅子,面前的垃圾更多了,他躲老远。

宁悦把没喝完的旺仔放在桌上,慢腾腾地准备吃高雨婷给她留的串。

梁思源正好坐宁悦对面,吃饱喝足没事干,他盯着宁悦看了会儿,突然问道:"宁悦,你眼睛怎么那么红?"

几人都看过来,宁悦下意识地摸了摸眼睛,含糊道:"辣的。"

"这不是还没吃?"梁思源的目光落在串上。

宁悦无语,就你反应快。

她正想说可能是过敏了,便听陈予锦在一边突然冷不丁来了句:"旺仔牛奶出麻辣味的了,你不知道?"

梁思源惊呼:"真的假的?"

陈予锦煞有介事地点头:"真的。"

"老板!"梁思源又举起手,"酸奶不要了,来罐麻辣味的旺仔!"

高雨婷问:"他真是你哥?"

陈予锦毫无人性地撇开关系:"不是亲的。"

高雨婷看了看宁悦,明白点什么,意有所指地问她:"待会儿什么安排,要不我们换个地方?"

宁悦摇了摇头:"不了,我要回家再琢磨一下那三道题,争取一次弄懂融会贯通。"

高雨婷心有戚戚地竖起大拇指:"学霸的自我修养,换我肯定就抄完万事大吉,还管什么融会贯通。"

说完,她又挠了挠眉心:"算了,等你融会贯通,给我也讲讲。"

开学就升高三,她们压力其实都挺大,宁悦成绩还行,按照现在的水平稳定发挥,考个985没问题,高雨婷差点,一本比较稳,但要上个211就还需要努力,她们这么多年都学过来了,谁都不想在最后关头掉链子。

"你俩觉悟都挺高的。"梁思源又看向陈予锦,"两个沅南一中的,一个师大附中的,我这个二中的显得很格格不入啊。"

高雨婷闻言看向陈予锦:"你附中的啊?"

陈予锦还没说什么,梁思源又骄傲上了:"对,怎么,想打听点学习机密?"

高雨婷摇摇头:"那倒不是。"

高雨婷龇龇牙:"宁悦最近的悲惨生活,都是托附中的一个王八蛋所赐。"

梁思源乐了,他顶顶陈予锦:"王八蛋,叫你呢。"

陈予锦冷冷地看了梁思源一眼,没理他。

梁思源本来是想调侃一下陈予锦,但看他聚精会神不知道在菜单上写些什么,心中又瞬间警铃大作。

"你不会还在点吧？真想撑死我？"

陈予锦瞥他一眼，挑衅道："怕了？"

"你别激我啊。"梁思源挺起胸膛，"你激我我就吃死给你看！"

"我好怕啊。"陈予锦心如磐石不为所动，甚至还有几分想吃席的期待。

梁思源：不是一个户口本的感情就是不深。

高雨婷怕陈予锦真的误会了，趁这个机会抓紧时间插话澄清："陈予锦，我们不是说你。"

"是吧，悦悦。"她寻求宁悦的认同。

宁悦原本也在想陈予锦在写什么写得那么认真，闻言回过神来，有些敷衍地说了声"是"。

陈予锦点了下头算是回应，不知道是表示不在意，还是知道了。

拖拖拉拉吃到现在，几人都有些疲惫，轮换去上了几个厕所回来，就都打算撤了。到了高兴的买单环节，高雨婷贼兮兮地让宁悦去结账，一看就是扎扎实实狠宰了她一顿。

有些人虽然数学只能做六十分，但胜在脸皮很厚。

宁悦无奈地起身，做好了钱包大出血的准备，没想到老板娘一听她报的桌号，却乐呵呵道："你们那桌已经付过啦。"

"付过了？谁付的？"宁悦惊讶地问。

"喏，就那个小帅哥。"老板娘指着陈予锦。

宁悦愣了愣，很快反应过来估计是上完厕所回来，他就一起付了。

她回到桌上，刚坐下看向陈予锦，对方就好像知道她要说什么一样，态度随意道："不用客气，抵伞钱。"

宁悦张了张嘴，一时间哑口无言，这人倒是一点人情都不愿意欠。

她话锋一转："伞也值不了这么多钱。"

陈予锦已经写完了，又在全神贯注玩他那个消消乐游戏，他撩动眼皮看她一眼："其余是利息。"

宁悦怔了片刻，也不知道还能说什么，半晌，她才说了声"行"。

"婷婷，咱们走吧。"

"啊……好。"高雨婷原本津津有味地在看他们打哑谜，隔了一会儿才回应她。

两人站起来，把桌上能收的东西都丢进了垃圾桶，刚把她们那半桌子擦干净，陈予锦就推过来一张薄薄的纸。

是一张折起来的菜单，被陈予锦按在指下。

刚刚他写了半天就是在写这个东西。

"给我的?"宁悦十分惊奇,"什么东西?"

陈予锦抬起手指,开玩笑似的口吻说:"我放的贷。"

宁悦拿起打开来看,里面是之前高雨婷拍给她的答案,不同的是,这张纸上多了一些步骤和批注,一些相关知识点被补充在了边边角角,整个背面满满当当,都写满了。

宁悦心里惊讶,这是听她说回去要融会贯通,所以帮忙帮到底送佛送到西?

"两个学校的教学进度和侧重点多少有点不同。"陈予锦一边玩游戏一边漫不经心地解释,"结合着看会容易懂一点。"

说完,他又抬起头笑着补充了一句:"刚开玩笑的,这也是利息。"

这人笑起来有点蛊,愣了片刻后,宁悦抬高下巴,微微点了点头,他既然给,她就照单全收。

"那行。"她把菜单折起,"你们还不走吗?"

"我们再等会儿。"梁思源皱眉喝着旺仔,寻思这也不是麻辣味啊。

宁悦看出他们俩估计还有话要聊,便也没多说什么,告了别就和高雨婷走了。

等人走得没影了,梁思源才坏笑着上下打量陈予锦:"弟弟,你很不对劲啊。"

"我哪里不对劲?"陈予锦头都没抬。

"不光请客,还送讲题,你说哪里不对劲?"梁思源凑过来钩着他的脖子,"你昨天说你要去搭讪我还以为你开玩笑,没想到是真的,看不出来啊,我还以为你心情很差,没想到你兴致很高嘛。"

陈予锦抖了抖肩膀,试图把梁思源抖下去,但没成功,便也懒得再费力。

"你哪只眼睛看出来我兴致很高?我不提你是不是就忘了是谁把我害成这样?"陈予锦没好气。

陈予锦父母闹离婚,梁思源给他出主意,说只要他成绩一垮,两人的注意力保管就被转移了,陈予锦也不知道哪根筋不对,就信了梁思源的鬼话,最后结果就是,他被父母直接转回了沅南,美其名曰减少对他的影响。

梁思源一听这个立马心虚地缩到一边,嘀嘀咕咕:"这能赖我?我只是提出一个建议。"

说完,他可能觉得太尿,又色厉内茬地直起身,大气凛然地道:"那要不上两罐啤酒,我陪你喝!"

"无聊。"陈予锦不为所动,"带着一身酒气回去,准备挨揍啊。"

梁思源愣住了:"那现在干吗去?"

陈予锦站起身:"各回各家。"

"那不行。"梁思源一本正经地拒绝,"说好的带你散心,还没散到,不能回去。"

陈予锦拿起签子把垃圾一股脑地扫进垃圾桶,轻飘飘道:"我散到了。"

"嗯?"梁思源也帮陈予锦收,虽然有点摸不着头脑,但不妨碍他开心地邀功,"那你不得谢谢我。"再请一顿烧烤什么的。

陈予锦睨他一眼,抬腿就走,嘴里的话无情无义:"关你什么事。"

梁思源一愣,不关我事那关谁事?

他快速赶上去,揽着陈予锦的肩膀,一副哥俩好的样子:"弟弟,别转移话题啊,我以前跪下求你给我讲讲题目,你都没给我讲,今天居然这么主动?"

"这不是你给我揽的活?"

"哎——我只让帮忙做题,没让你还送售后服务啊。"梁思源没被他绕进去。

"售后是还人情,你没听见?"陈予锦踢到个饮料瓶,捡起来扬起手,把瓶子丢进垃圾桶,正中靶心,"你又不是不知道,我不喜欢欠人人情。"

"你就嘴硬吧!"梁思源咂咂嘴巴,"说来挺有缘啊,随便找个人拼桌,居然就拼到了你昨天遇到的人。"

陈予锦眼神变幻了一下:"电话接通的时候我就知道是她。"

梁思源震惊:"你怎么知道的?"

"听声音啊。"陈予锦说得天经地义,"她一开口我就听出来了。"

"所以你是知道她是谁才帮的忙!"梁思源发现了重点,"陈予锦,我就说你莫名其妙装什么装,敢情别有用心!"

陈予锦无语地看着他:"你把你这个推敲的能力用在学习上,你爸妈也就不用操心了。"

"我打乒乓球照样能上大学,你管我。"梁思源用拳头顶了顶陈予锦的胸口,"你摸着良心说,对面要不是宁悦,你会帮这个忙?"

树影幢幢,两人经过一处阴影,陈予锦仰起头伸手打了一下树叶。

半晌后,他突然笑了:"当然会啊,毕竟我人这么好。"

梁思源:"你人好不好我不知道,但能说出这话,你是真不要脸啊!"

第二章
半点不欠人情

宁悦晚上顺完题目又奖励自己看了个电影,一不小心看得比较晚,本来想着试卷都做完了,第二天可以睡个好觉,但周老师却早早就把她拖了起来,说是家里要来客人。

来什么课?还要上什么课?

等她洗漱完,脑子清醒后,才反应过来周老师说的是来客人。

"妈妈,谁要来啊?"

"对面的陈爷爷,不是和你说了,他孙子要转学。"

这么说那个品学兼优的转学生要上门了啊。

"那我——"

宁悦刚说了两个字,就被周老师拒绝了:"不行,给我乖乖待家里,等人走了再出门玩。"

宁悦无奈地叹了口气,拖长声音应了声"好"。

周老师没好气地经过,拍了下她的头,笑骂道:"阴阳怪气,人家陈予锦在附中的成绩也是数一数二的,你多向他请教一下学习方法,没坏处的。"

"好,我会——"宁悦答应到一半才反应过来,惊愕地问,"妈,你刚说他叫啥?"

"陈予锦啊。"周老师奇怪地看她一眼。

陈予锦?是她知道的那个陈予锦?

没等她从惊愕中回过神，门铃就响了，周老师赶忙去开门，先进来的是陈爷爷。宁悦越过老人往后看去，一道颀长的身影紧随其后进了她家的门。

他今天穿了一件纯白色的T恤，下身是一条修身的灰色运动裤，还背着一个书包，低眉顺目，中规中矩。

还真是你啊，陈予锦。

宁悦从这种偶然中感受到了一种诡异的合理性，很快镇定下来。

倒是陈予锦肉眼可见地愣了下，显然没预料到这种情况，那一刻他在想，原来附中王八蛋真是在说自己啊？

"小锦，叫人。这是周老师，这是周老师的女儿悦悦。"陈爷爷给陈予锦介绍。

"你好，周老师。"陈予锦很快反应过来。

然后，他和宁悦对视一眼，两人默契地挂上礼貌的笑容，同时开口，如同两个从未见过面的陌生人，冲对方微微点头："你好。"

装得都挺像。

成年人的会面总是格外冗长，周老师和陈校长从陈予锦的个人情况，聊到对现在教育方式的看法，越聊越起劲。

宁悦被安排在客厅招待陈予锦。

但说是招待，其实宁悦只给陈予锦上了一杯水，然后就打开电视放着，两人各自坐在沙发的两端玩手机。

高雨婷：陈予锦？你说转学生是陈予锦！

高雨婷的惊讶简直都要冲破手机，宁悦下意识侧过屏幕，同时看了陈予锦一眼，他支着两条长腿，舒舒服服地靠在沙发里，倒是跟在自己家一样自在。

宁悦：嗯，我也觉得挺巧的。

想了想，她又回：其实也不巧，他爷爷家在我家对面，既然住这个小区，那昨天他会去那边吃烧烤倒是挺正常的。

高雨婷：那你们现在在干什么？聊天吗？

宁悦：没有，不熟，能聊什么，各自玩手机呢。

高雨婷：这样会不会不好，他毕竟是客人，以后还得一个班学习。

好像也有点道理。

茶几上的水杯空了，宁悦问："你还要加水吗？"

"不用。"陈予锦侧过头，他今天大概心情不错，因为脸上挂着笑。

就这么几秒的工夫，他的手机就连续振动了好几下，宁悦下意识地问："梁思源吗？"

"嗯。"陈予锦看了看消息，简单回复了几个字，然后就没管了，切换成消消乐玩。

他好像特喜欢玩这个游戏，天天玩，宁悦平时没有玩游戏的爱好，对这种兴趣也不是很了解。她好奇地问："这游戏那么好玩？"

"还行，用来打发时间挺好，不用动脑子，玩的时候也不耽误想事情。"

宁悦疑惑："玩游戏的时候还想什么事情？"

陈予锦悠悠看她一眼，口气寻常："学习啊。"

宁悦一时语塞……您学霸，您了不起。

她抬起双手，语气认真："好厉害啊，给你鼓个掌吧。"

"悦悦，之前做的那套试卷你不是有好多题目没弄懂？"周老师从书房里看见两人在聊，出声道，"趁予锦在，赶紧问问。"

"好。"宁悦叹了口气，站起身，"你想在房间讲还是想在客厅讲？"

陈予锦心说我能不能不讲？

他看了书房一眼，低声问："你想不想出去？"

宁悦眼睛一亮，又坐了回来，她小心地看了眼书房，见两人没注意这边，才靠近陈予锦问："你有办法？"

陈予锦点点头，低声又说了一句话，宁悦立马对着书房喊："妈——陈予锦说想去学校逛逛！"

两人成功出了门，顿时感觉身体都舒畅不少。

"接下来你什么安排啊？"宁悦语气轻快地问。

陈予锦抬手挡了下太阳，理所当然道："逛学校啊。"

宁悦微诧："你还真想逛学校？"

"嗯。"可能是习惯的原因，陈予锦站着的时候一点都不松散，反而笔直有范，精气神很足，有种蓬勃的生命力。

"反正来都来了。"

这话听着就莫名有点蔫了吧唧的。

宁悦看了看头顶晃得人头晕的烈阳，心早就飞到了冷饮店里，虽然确实没之前热，但大中午的太阳还是盛，她犹豫了几秒，想着如果让陈予锦自己一个人去逛，或者让他叫梁思源带他去会不会太不够意思。

两人杵在太阳底下晒，陈予锦没走也没说什么，反而拿起手机按得起兴。

宁悦随口问了句："在回消息吗？"

陈予锦"嗯"了一声："我问梁思源要不要过来。"

宁悦心里一惊，想到自己刚刚那些打算，顿时就有些心虚。她问："你叫他来干什么？"

陈予锦似笑非笑地看她，一双眼睛黑透清亮，仿佛洞察一切，他慢悠悠地说："叫他来看卸磨杀驴。"

宁悦：驴都像他这么精明，那谁能杀？

她遗憾地叹口气："让他别来了，卸磨杀驴没得看了，现在演舍命报恩。"

陈予锦笑得弯了下腰，笑容在阳光下格外灿烂："那也不至于，要不你回去拿把伞？"

宁悦话赶话，摊开手耸肩："要不你去拿把伞，我的伞昨天卖了。"

陈予锦：你就一把伞还见人就送？

宁悦家当然还有别的伞，但她怕回去了又被周老师留下来，为了避免节外生枝，最后还是陈予锦回家拿了把伞，就是宁悦那把。

伞有点小，要笼罩住两个人就有点勉强。宁悦想着两人总共见了三回面，而陈予锦又是个有边界感的人，便自顾自贴心地保持了一点距离，以便让两人都自在些。

"边界感"这个词是昨天她和高雨婷讨论出来的。

高雨婷的原话是："咱们今天晚上还算聊得比较投缘吧，他也没说加个联系方式什么的，摆明了就是不想交朋友。他长成那样成绩又好，家境似乎也不错，这种人多少有点傲气吧，也就表面和和气气，实际上边界感很强，对交朋友有自己的一套标准，不大像是会轻易和人走心的人。"

宁悦其实第一次见他就有这种感觉，不难相处但难以接近。

天热，两人都没说话，走了一截后，宁悦就被晒出了密密麻麻的汗珠。

陈予锦低头看她，宁悦半边身体都露在伞外面，脸热得通红，但神情沉静并不浮躁，虽然年纪不大，但她的情绪很松弛，就算底下是惊涛骇浪，表面也只能看见微波粼粼，和这样的人来往，心理负担没那么重，就会觉得很舒服轻松。

"要不咱俩还是别打伞了。"陈予锦突然道。

"怎么了？"宁悦仰头看他，一滴汗顺着他的下巴滑过凸起的喉结，隐入瘦削的锁骨里。

热烈得很性感。

陈予锦无奈地笑："我想晒得均匀一点。"

宁悦视线微微下移，才发现他为了迁就她，半边身体也都摊在太阳下晒，她又看了看自己，也是一样，伞打了，但又没完全打。

她在想不打伞和靠近他一点，哪个才是最好的选项，思考片刻后，却发现其实根本没得选，太晒了，不打伞就是死。

宁悦往他那边靠了靠。

两人身上的热气好像都混在了一起，陈予锦把伞稍稍往宁悦那边倾斜了一点，确保她整个人都在伞下。

宁悦今天扎了个简单的高马尾，头发在阳光下显得很蓬松柔软。陈予锦盯着她头顶看了几秒,无声地笑了笑,别开了目光。

放假期间学校没什么人,门卫躲在门岗里吹空调玩手机,上学期间进出时间管理得很严格,外来人要进去也不容易,但放假了管理就松散些,好些隔得近的学生都会来打球。

"先去教室,然后食堂,最后体育馆看看?"宁悦问他的意见。

"都行。"两人走进树荫里,陈予锦收了伞。

他们两人的班级是三十七班,位置在四楼,前后门都锁着。

"是不是和附中比多少差点?"

宁悦曾经跟着她妈妈去师大附中参观过,知道那边环境和教学设施都比这边好很多。

陈予锦倒不怎么在意这些。

"教室都大同小异,没什么差别。"他眼尖地看见有一面墙上贴着照片,"那是什么?"

"荣誉墙,你们那边没有吗?"宁悦走过去,一整面墙都贴满了,半边是照片,理科前五十名和文科前五十名的大头证件照都挂在上面,半边是名单,列满了文理前三百的名字,每次大考都会换一次。

陈予锦一眼扫完,没看见宁悦的照片。

宁悦见他看得认真,多嘴问了一句:"你找什么?"

陈予锦:"找我的位置。"

宁悦:学都没入,想得倒远。

从教学楼出来,宁悦带着陈予锦直奔食堂,两者之间不算太远,直线距离大概四百多米,天热,陈予锦重新把伞撑开,他们俩慢腾腾地走。

宁悦交代道:"正式开学后,你吃饭就别这么走着去了,得跑着去,尤其吃早饭的时候。"

陈予锦点点头:"压缩吃饭时间,争分夺秒学习?你们学校挺狠性啊。"

宁悦迟疑:"……倒也不是。

"主要是因为慢了,好菜就被抢完了。

"特别是早上的肉包子限量,有些班都派班上的长跑队员去买,跑慢一点皮都吃不上。"

陈予锦:"行。"

食堂旁边就是操场,这儿算是现下学校里人最多的地方,有些男生正在球场上打球。

"还有两个室内篮球场和羽毛球场,要去看看吗?"

"不用，知道位置就行。"

说话间，一个球冲两人飞来，陈予锦把伞往宁悦手里一塞，眼疾手快地拦下了，然后双手一抛，投了个漂亮的三分。他跳起来的时候，T恤往上扬了一下，露出了一截精瘦的腰身，窄而有力，蓄势待发。

宁悦眯了眯眼睛。

场上吹来一声口哨，他们也不顾忌什么，当即就大声邀请："牛啊！兄弟，要打吗？"

陈予锦笑了下："算了。"

他从宁悦手里接过伞："还要看别的地方吗？"

宁悦没反应过来，眼睛迷茫地落在他腰侧，心想第三回见面就这么大方？她想看哪儿就看哪儿吗？她语气回味又迟疑："这不大好吧。"

陈予锦一愣。

看不出来啊，这学校还有什么不能看的机密场所？

"啊……你说学校啊？"宁悦回过神来。

陈予锦察觉到她的视线，似乎想到点什么，意味深长道："不然我说哪里？"

宁悦沉默一秒，语气笃定："学校，就是学校。"

陈予锦深深地看她一眼，有点此地无银三百两那味了。

两人回去的路上，陈予锦接了个电话，陈爷爷打来的，让他逛完直接回家。挂了电话刚好经过一个便利店，陈予锦自然地问："喝点什么吗？我请客。"

宁悦笑着推辞："不用。"

她不喜欢喝饮料，平时渴了只喝矿泉水。

但陈予锦大概是误会了，以为她是不好意思。他走进便利店拉开冰柜门，一副任君挑选的样子："别客气，带我逛学校的报酬。"

他这话带着点刻意的强调。

宁悦笑容突然就一收，心里忍不住嘀咕，你是你，我是我，送伞还烧烤，陪逛给报酬，还真是半点不欠人情，生怕别人挟恩求报似的。

她从他身边经过，垂下眼，语气淡淡地道："不用。"

陈予锦："不用客——"

她拉开冰激凌的柜门："请冰激凌吧，贵一点。"

陈予锦一愣。

宁悦在冰箱里挑挑拣拣，最后也没真的拿最贵的那种，意思意思挑了个平时不大会买的。

陈予锦自己拿了瓶雪碧，见她挑好就一起付了，压根儿就没问过多少钱，可见确实不差钱。

回去的路上气氛低沉很多,谁也没说话,宁悦也说不上自己在介意什么,本来就说不上有多熟,人家客气一点也是应该的,有来有还还能证明这人人品不差,但陈予锦"不想欠人情"的意思表露得太明显了,有点超过正常礼貌的边界,就显得他把人和人之间的关系,搞得太过泾渭分明。

当然她也不是要和陈予锦攀关系,不管是送他伞,还是带他逛学校,都是出于好心自愿帮忙,但他非得还点什么,就搞得事情很不对味。

仿佛她有所图谋,而他万般不从。

陈予锦看见宁悦越走越快,若有所思地皱了皱眉。

好不容易到了楼下,宁悦客气疏离地告了个别就准备上楼。陈予锦看着她转身,手机在手里打了个转,突然叫她道:"宁悦。"

宁悦回过头,表情平淡,用一种公事公办的口吻礼貌地问:"还有事?"

陈予锦目光沉着地打量着她。

片刻后,他走过来,打开手机递到她眼下,高大阴影笼罩着宁悦,他轻描淡写地道:"加个好友。"

因为喝了雪碧,他身上一股清爽的汽水味。

宁悦愣住了。

见宁悦没说话,陈予锦又往前递了递,他眉目清晰,无比坦然:"不是说有题目要请教?"

宁悦心说您朋友圈门槛那么高,我哪敢上门请教,却到底说不出这么不给面子的话。她没拿手机,半开玩笑地问:"不会我扫了,结果跳转出来个付款二维码吧?"

陈予锦不置可否,他笑了笑,颇为认同地点了点头:"也不是没这个可能。"

他人很高,但居高临下看人的时候也没太多压迫感,因为眼神没有攻击性,只是一如既往地专注,宁悦猜测陈予锦家境应该比她想象中更好,大概父母都是有文化且高素质的人,所以才会把他教养成这样,尽管有点跩有点傲,但掩盖不住骨子里的良好修养。

他像在诚挚邀请,也像是渔夫抛出了钓饵,状似随意地问:"那加不加?"

宁悦在那一瞬间,恍惚地以为自己在注视着蒙蒙雾气中闪烁的路灯,看不真切,但在大雾弥漫时又不得不循光前行。

她垂下眼,再抬头时,她说:"加。"

加完了好友,宁悦也没浪费,回家就拍了十几张照片,范围涵盖物理、化学、生物,全给陈予锦发了过去。

陈予锦划了一下,划不到头。

陈予锦：你索性把整张试卷拍给我得了。

宁悦：你等等。

下一秒，陈予锦就收到了一整张数学卷。

周老师手里有整套试卷的答案，但只有一个寡淡的答案，详细过程全部都是略，搞得宁悦只知道自己错了，不知道哪里错了。

当然，这都是陈予锦干的好事，毕竟无论题目还是试卷，都是他给的。

宁悦看着那串省略号，下意识看了眼对面，大白天的，陈予锦自然没拉窗帘，他的书桌估计也在窗台下面，所以此刻他人就在窗前杵着，估计是在看她发过去的图片。

宁悦在输入框内输入一行字"要不还是线下讲"，但打完又删了重新输入。

宁悦：不着急，你什么时候有空给我写个大概思路就行。

陈予锦：嗯，这数量也急不来。

宁悦：……

陈予锦：周老师很喜欢找试卷给你做吗？

宁悦：嗯。

宁悦以为他是对她妈妈的教学风格有些介意，立马又补了一句：不过你放心，她也就对我这样，对其他学生不这样。

陈予锦：我倒也不是想说这个。

陈予锦打完这行字，就陷入了长久的正在输入中，几分钟过去，也没见他输入什么东西过来，似乎有什么事非常难以启齿。

宁悦：？

陈予锦：刚刚我回家，我爷爷和我说，周老师又找他要了我的期中考试试卷。

宁悦：……

宁悦：没关系，我刚刚也才知道，我妈把我的期末考试试卷给你爷爷了。

陈予锦：……

两人隔着窗子对视一眼，不约而同地沉默了。此后的几天，两人都没能出成门。

好不容易把一套试卷做完，周老师终于大发慈悲地表示这是暑假最后一套了。宁悦得了特赦，马不停蹄地收拾东西回了爷爷家避难，就怕跑慢一步，又会从天而降一套试卷。

她到爷爷家的当晚，沉寂已久的陈予锦也给她发来了一连串的信息，是之前那些题目的解析思路，宁悦从头拉到底，没细看，先给他发了个消息。

宁悦：你试卷也做完了？

陈予锦：嗯。

宁悦好奇地问：感觉怎么样？

她猜周老师让陈予锦做这套试卷的用意应该是想看看他的水平，毕竟在同样的测试条件下，才能知道他在班级大概处于哪个位置。

她觉得期末考试卷还是有点难度的。

陈予锦：还挺简单的。

宁悦：……哦。

陈予锦等了会儿，没等到下一条信息进来。

梁思源伸出手在他眼前晃："问你呢，去哪里玩？"

今晚月色很好，陈予锦没拉窗帘，往外望去就是清冷的一轮圆月，月光落在他窗台，也落在对面，那边没亮灯。

陈予锦收回目光，懒洋洋地捏着手机转："有哪些地方？"

梁思源掰着手指头算："一森林，一个寺，你选。"

"要我看去森林吧，还能野营。"梁思源建议。

"那就去寺里吧。"陈予锦说。

梁思源惊讶："你不是不信佛？"

陈予锦漫无目的地划拉着微信："我什么时候说我不信佛？"

"我有证据！"梁思源立马打开聊天记录，举着给陈予锦看。

陈予锦瞥了一眼，一共四句话。

梁思源：咱们不如去寺庙里许愿吧？

陈予锦：不去。

梁思源：为什么不去，你没愿望的吗？

陈予锦：许愿你去坟头啊，去什么寺庙。

不知道是哪年哪月的聊天记录。

陈予锦淡淡收回目光："梁思源，你留着这么大逆不道的聊天记录，不怕神佛怪罪吗？"

梁思源："说这话的人都不怕天打雷劈，我怕什么神佛怪罪？"

陈予锦气定神闲，没个正形地坐在椅子上晃着："我不信神佛，怕什么天打雷劈。"

梁思源被他这个逻辑搞得哑口无言，半天才咬牙切齿地憋出一句："就去寺庙，我非得把你带到佛祖面前跪着谢罪，最好直接劈死你个大逆不道的狗东西！"

陈予锦冲他挑衅地笑了下，没说什么，眼睛又看向窗外。

梁思源顺着他的目光疑惑地看过去，月亮，窗台，没了，哪点值得他看得这么认真？还有这个若有所思的神情，他又在算计什么？

梁思源想了半天没想明白，也懒得再纠结，反正他全身上下一穷二白，没得算计。

仰山寺虽然名为仰山，但其实位置在山顶，山不高，可以爬上去，也可以坐缆车上去，看个人选择。梁思源花起陈予锦的钱从来不心疼，大手一挥就买了两张票，两人舒舒服服上了山。

他们到的时候山顶上已经有不少人了。

"爷爷，我和我弟真是学生。"梁思源为了能门票半价不停地和卖票的爷爷磨，好在现在窗口除了他们也没别的游客，所以陈予锦也没拦着他。

卖票的爷爷不为所动："学生证呢？"

"学生证忘带了。"

"那你怎么证明自己是学生？"

"看脸啊！"梁思源自己比画还不够，把陈予锦也拉上前来，"我俩一看就是学生啊！"

陈予锦无奈地也贴上窗口，里面的爷爷长相正气，胸口的售票铭牌上写着"宁静泉"三个字，这名字看着就不好糊弄。

果不其然，宁爷爷打量陈予锦半晌，慢悠悠地喝了口茶："长得俊不打折。"

陈予锦叹了口气，打算全票买算了，但梁思源死活不让，他这人就是这样，他占陈予锦便宜没关系，但别人不能占他俩便宜。

梁思源还想继续和宁爷爷磨，突然旁边经过一个身影，门票都没买，直接从门闸上翻过去了。

"哎！"梁思源立马叫起来，"她怎么连门票都没买就进去了！"

"她不一样。"宁爷爷放下杯子，冲着窗外突然就是一嗓子，"宁悦！跟你说八点到，你睡到几点了你看看！"

宁悦？陈予锦下意识看过去。

刚准备逃之夭夭的宁悦摸了摸鼻子，灰溜溜地又走了回来，还以为躲过了呢。

她笑着趴在窗口，带着点撒娇的语气说："爷爷，我昨晚学习太晚了。"

昨天陈予锦那句"挺简单的"把她刺激得够呛，她也不知道哪根筋没搭对，突然发了个狠，把那些题目都顺了一遍，顺完都凌晨一点了，今天怎么可能起得来。

售票的门岗是个四面有窗的小房子，买票的窗口刚好在宁悦的视野盲区，但梁思源对宁悦这个名字印象深刻，忙探过头来看，见是她马上兴奋地打了个招呼："宁悦，是你啊！"

听见有人叫自己，宁悦闻声看去，惊讶道："梁思源？你怎么在这儿？"

她心有所感，既然梁思源在，那是不是代表着……

宁悦往后退了些，果然看见了站得笔挺的陈予锦。他今天穿着一身黑，头上还扣着帽子，有种清冷的气息，活脱脱一副机场在逃明星的样子。暑假不少学生

037

来仰山寺玩,此刻就有几个女孩子躲在一边,一边偷瞄他一边窃窃私语。

宁悦和他打招呼:"来寺里拜佛啊?"

陈予锦挺酷地"嗯"了声。

梁思源激动地和宁爷爷说:"您看,我们认识的,不信您问她,我们真是学生!"

宁悦给他们做证:"爷爷,他们是我朋友,确实是学生。"

"原来是我们家悦悦的朋友啊。"有了宁悦打包票,宁爷爷立马爽快了,"那行,进去吧。"

这就行了?票不用买了?

梁思源一脸蒙:"怎么进去啊?"

宁爷爷用一种不开窍的眼光看着梁思源:"翻进去。"

都是一起来的,看那个多机灵,他话一落人家就翻进去了,教书大半生,他一眼就能看出来那孩子一脸聪明劲。

"谢谢爷爷。"陈予锦笑着道谢,看上去又礼貌又讨喜。

梁思源:狗东西惯会讨好长辈。

"不用谢,不用谢。"宁爷爷满意地打量陈予锦,还不忘交代宁悦,"带你朋友好好玩玩。"

"知道了,爷爷。"宁悦乖巧地答应。

两人并排站在一起,男靓女美。宁悦今天穿得很休闲,黑色运动裤搭配白色短袖,头发被高高扎起来,简单又干净,和陈予锦的穿搭还是同色系的。梁思源看着他们一唱一和,满脑子问号,是错觉吗?他怎么有种被孤立的感觉?

陈予锦见梁思源半天不动,反而一脸怀疑人生,嘴角逐渐上扬。

梁思源看他那憋着坏的样子就知道他嘴里吐不出好话。果不其然,陈予锦下一秒就诚挚地给他出主意:"梁思源,腿不够长的话,也可以钻过来。"

梁思源气得想打人。

宁悦听陈予锦这么说,不由自主地就看向了梁思源的腿,又打量了一下陈予锦,虽然两人看着身高差不了多少,但梁思源的腿好像是比陈予锦短一截啊。

陈予锦这个身材比例有点优越得过分了。

她心里感叹,没怎么多想就对着梁思源贴心地补了句:"要不,我让我爷爷手动开下闸?"

梁思源:您目光还能再明显一点吗?

大概是梁思源的表情太愤恨了,宁悦也后知后觉自己的目光有点伤人,顿时良心就过不去,又给他诚恳地道了个歉:"不好意思啊。"

完整地说应该是:不好意思啊,戳你痛处伤你自尊了。

梁思源一脸愤怒。

"算了，宁悦，你别说了，不然今天寺里要少一份香火了。"身旁的人一边笑一边揶揄。

宁悦侧头看去，便见陈予锦微弓着腰，笑得肆意又张扬。她还没见他这么大笑过，一时间竟然愣住了。

这人到了他们班上，不会影响班上女生学习，拉低他们班平均分吧？这样周老师年终奖可就悬了，宁悦很担忧。

梁思源被气得七窍生烟，指着他们俩骂："你们俩索性组个组合算了，组合名就叫'不做人'，陈予锦负责装疯卖傻，宁悦负责火上浇油，得亏地球不会说人话，不然非得被你俩给气炸了！还有，我就算没有陈予锦高，也有一米八！"说完，他像是要证明自己一样，猛地起跳就往里翻。

他这种跳法和陈予锦、宁悦还不一样，是跨栏的跳法，普通人轻易驾驭不住，不出意外的话出意外了，他在空中绊住了钢管，人倒是靠着强悍的平衡力安全落了地，但钢管断了。

现场诡异地安静了几秒，世界寂静又尴尬。

宁悦也不知道为什么，第一时间看向了陈予锦，她张了张嘴，但话没说出声。

不过陈予锦悟了，他耸耸肩，不负众望地撇清了干系："不是亲的。"

梁思源：妈妈，他们合起伙来欺负我！！！

"真的不用叫他过来吗？我爷爷都说了，那根钢棍原本就是坏的，跟他没关系。"宁悦有点在意地问。

"不用，他不盯着东西修好，良心难安。"陈予锦浑然没放心上。

"……行。"

仰山寺历史悠久，据说是明朝时期修建的，经过政府修缮和扩张，占地面积可观，寺内建筑古朴肃穆，气魄恢宏，除了供奉佛像的庙宇，还有高塔以及供游人休憩的水榭。

两人经过门廊往正殿走，廊壁上刻着金色的经文，佛味很浓。

陈予锦停下来打量晦涩的经文，宁悦见他看得认真，忍不住问："你知道这是什么经文？"

陈予锦点点头："《般若波罗蜜多心经》？"

宁悦惊讶地问："你懂佛法？"

"不懂。"陈予锦指着墙上的字，"但我知道这几句。"

"观自在菩萨，行深般若波罗蜜多时，照见五蕴皆空，度一切苦厄。"他念这几句经文的时候莫名有种庄严感。

其实宁悦也不懂，对这篇经文的了解也只限于这几句，还是小时候看电视记住的,但她念不出陈予锦这种感觉。她放假就会来寺里玩,也一时兴起想过念念经文洗涤一下自己,可无论怎么沉下心认真诵读都显得浮躁,每个字都好像轻飘飘的,没什么力度,爷爷常笑她没什么慧根。

陈予锦念经这种感觉估计爷爷听见了也得夸两句。

"这都掉色了,你们也不补补吗?"墙上好几个字的颜色都比周围要淡,陈予锦指着问。

宁悦解释说:"这是被游客摸掉色的,他们觉得这样能蹭点福气。"

她问:"你要蹭一点吗?"

陈予锦摇摇头,不怎么敬畏地笑着说:"我不信佛。"

宁悦挑挑眉,佛堂重地公然说自己不信佛?够大胆的啊。

她调侃道:"不信佛你来仰山寺干什么?"

陈予锦看着经文墙,语气平常地接话:"不是你说这里不错?"

宁悦心里咯噔一下,诧异道:"你是因为我说这里不错才来的?"

"嗯。"陈予锦偏头看向她。

他这人的眼神真有种动人心魄的能力,尤其在青灯古佛这种环境下,尤其显得……怎么说呢,很有宿命感,有点弱水三千,独看你这一瓢的意思。

宁悦心道周老师的绩效这把算是完了,什么语数外理化生,通通都会被他看成身外之物。

她叹了口气。

陈予锦瞥她一眼,饶有兴趣地问:"你叹什么气?"

宁悦无奈地摊开手:"既然你是因为我说不错才来的,那你亵渎佛祖的罪过岂不是就要算在我头上了。"

陈予锦懒散地笑:"怎么,有求于佛祖?"

宁悦点点头:"有啊,求保佑我高考多考几分。"

陈予锦看她一眼,抬脚往前走,百无禁忌地开玩笑说:"那你还不如求我。"

宁悦忍不住挑眉,够自大的啊。

但她一想他做题目时那个自信劲,又觉得他有这个自大的资本。她一边想着晚上得问问周老师陈予锦期末试卷做了多少分,一边配合地接话:"求你有用?"

"也许吧。"陈予锦走在宁悦外侧,帮她挡住了并不是很强烈的阳光,他笑,语气带着点蛊惑和邀请的意味,"可以试试。"

"这么好心?"不知道是不是此刻氛围很好很自然的原因,宁悦说话也逐渐放松,少了点顾忌,她揶揄,"又是还我带你逛仰山寺的报酬?"

"不是。"他不知道想到什么,突然笑了笑。

越靠近正殿就越热闹,鞭炮声不绝于耳,再想聊天就不那么方便,宁悦不知道陈予锦"不是"这两个字后面是没有后文，还是他说了她没听见。

但现下噼里啪啦响得热闹，也不大好问。

仰山寺的香客虽然不如国内几个著名的大寺多，但也算得上是香火鼎盛，寺内还特意准备了一个专门供人放鞭炮的坛子，阵阵硝烟味萦绕在空中。

等放完后，陈予锦微皱眉头："这里人一直都这么多吗？"

"假期人多一点，平时没有这么多。"宁悦想到什么，"你以前没来过吗？"

陈予锦摇摇头："平时放假我爷爷奶奶会去长宁小住，所以我每年只在寒假回来几天，几乎都用来走亲戚，没时间逛。"

"难怪以前没见过你。"宁悦了然。按道理说，陈爷爷住她家对面，她不可能对陈予锦一点印象都没有，但他只在寒假回来就说得通了，她寒假不在日新小区住，一放假她就回爷爷这里了，两人刚好错开。

两人走上了台阶就往旁边站，免得拦住别人的路。

正殿朱红色的大门全部敞开，在外就可以看见庄严的佛像，门前约七米的位置放了一个很大的香鼎炉，里面大大小小的供香正在缓慢地燃烧。

宁悦看着虔诚的香客，突然有一个想法，她说："你在这儿等我一下，我去买点东西。"

陈予锦点了点头，也没问她要买什么。

宁悦下了台阶直接往卖香的摊子上去，这种活寺里都是雇人干的，店主也认识宁悦，见她来熟练地给她递了三根香："又来上香啊？"

"嗯。"宁悦没接那三根短香，"我今天不买这种，买大点的。"

"行。"店主给她挑了中等大小的，"这种够不够？"

宁悦拿起来掂量了一下，分量不大够啊。犹豫片刻后，她摇摇头，指着店主身后道："算了，给我拿那种。"

店主惊住了："……你确定今天上这种？这可不便宜。"

"贵点没事，不是自己上香。"她打开手机付钱，"我送人的。"

店主：怪事，这年头送人送供香？

店主最后还给宁悦送了三根小供香，宁悦道了声谢，就扛着东西走了。

陈予锦原本以为宁悦是去买水和饮料，结果看见她回来时带的东西，整个人都罕见地愣住了，他难得语气飘忽地问："你刚是买这个去了？"

"嗯。"宁悦三步并两步地走到树荫下，把东西往地上一立，她擦了擦额头上的薄汗，把香往陈予锦那边送："送你根香。"

陈予锦一愣。

你管这个长一米八，比人的小臂还粗的棒子叫一根香？

"你们怎么才到这儿，我刚都找到后面去了。"梁思源的声音在陈予锦后面响起，他走近了看见陈予锦手里的东西，大惊小怪地"嚯"了声，"陈予锦，你手里拿这么粗根棍子干吗？少林棍现在做得这么花吗？"

宁悦："这是一根香。"

梁思源匪夷所思："陈予锦，你买这么大根香，是想给自己多换条命吗？"

"不是他买的，我送的。"没等陈予锦回答，宁悦默默举手，她摸摸鼻子，一脸蒙，"很大吗？那边还有根两米三的，我觉得那根有点夸张，所以特意挑了这根。"

陈予锦很想问问，难道她觉得这根就不夸张？还有莫名其妙为什么要送他一根香？

"你送陈予锦这么大根香干什么？"梁思源很好奇。

陈予锦也看向她。

宁悦格外诚恳："你帮我写了那么多解题思路，这是报酬，本来想买小点的，但我想着香越大祈福的效果也许更好一点。"

"行，那我收了。"在宁悦真诚得有些殷切的目光中，陈予锦把香举起来，"插那边香鼎炉里就行了吗？"

"对，那边有人帮忙点的。"宁悦把自己的三根小香也拿了出来。

梁思源见两人都有，忙问清位置，也去买了。

来祈福的香客很少有买这种的，高考前夕倒是有不少，家长们为了孩子的前途一般都舍得花钱，但平时大都买点小的意思一下，所以陈予锦举着这么大根家伙过来的时候，众人都不约而同地给他让了块地方。

被那么多目光齐刷刷地看着，宁悦都有点不好意思，但陈予锦倒是淡定得不行，脸不红心不跳。

点燃后，陈予锦将香插进了炉鼎中，宁悦大概是被梁思源的话影响了，这会儿居然感觉他仿佛立起了一根顶天立地的金箍棒。

她把自己的供香插在旁边，两人默契地后退一步。

宁悦闭上眼正准备许愿，却听陈予锦突然低声问："为什么送我根香做报酬？"

宁悦心道这不是刚好在寺庙，一时兴起赶上了，如果是在外面，她可能就请吃一顿饭，很简单没有别的深意。可陈予锦这样一问，她就有点后知后觉，送香好像是有点奇怪。

她正打算如实说，可一睁开眼却愣住了，视线里是陈予锦虔诚的侧脸，鎏金铜瓦下，少年沉寂肃穆，目光坚毅，一双眼睛透过袅袅青烟，敢与悲悯众生的神佛对视。

法相庄严，虽然神情大都慈悲，但也让人不敢直视，宁悦盯着佛像看久了，也会莫名觉得压力大心悸，但陈予锦看起来却无所畏惧。

这人是真的很敢，行为大胆，知而无畏。

宁悦突然晃了晃神，她忍不住问："陈予锦，你为什么不信佛？"

陈予锦低头看过来，似乎有点诧异，但他没说什么，只是笑了下，又看向大殿，神情带着点漫不经心的认真。思考片刻后，他目光深远地说："大概是因为佛的目光有限，却没有人的脚步无法丈量的土地。"

不信并非不敬，只是相较祈求神佛庇佑，他更愿意把自己当作信仰，神不能平等地普度众生，但人的潜能无限，宁悦是这样理解的。

她也心情复杂地看向庄严的大佛，一句话突然出现在脑海里。

为什么送陈予锦一根香？

她直视着佛殿说："因为知识与信仰无价。"

香不仅仅是香，而是信仰在人间的投影，能够在价值上与知识匹敌的东西，只有同样无价的信仰。

陈予锦心里一动，他看向宁悦，她双手合拢紧闭双眼，神情平静又祥和，但细看似乎又带着一点期盼。

他看了会儿，不由自主地笑了笑，也闭上眼。

他没什么愿望，就算真有也不需要神帮忙实现，如果这根巨大的香真的能够先所有人一步带着他的心声抵达佛前，那就希望宁悦许下的愿都能实现吧。

晚上，寺里的工作人员有个聚餐，搞集体烧烤，主要是非佛教人员，地点就在山脚的农家乐里。宁悦闲着没事，也在帮着一起串蔬菜。

"悦悦，你问问你朋友出发了没？"宁爷爷从牌桌上下来喝水，顺道问了一句。

宁悦惊讶地抬起头："什么朋友？"

"白天那两个学生。"宁爷爷说，"我邀请他们晚上一起来吃烧烤。"

"您什么时候邀请他们了？"宁悦无奈地挠了挠额头，宁爷爷为人热情，这确实是他能干出来的事。

"他们走的时候。"宁爷爷催促，"快问问来了没，我跟他们说的晚上八点。"

宁悦有点无语："爷爷，您叫他们干吗呀，我跟他们也不是很熟，人家和寺里的人也不认识，多尴尬。"

"尴尬什么尴尬。"宁爷爷吹胡子瞪眼，"他们不是你同学吗？好好和同学处好关系懂不懂？别老是一天到晚尾巴翘天上，谁都看不上。"

宁悦心说"我哪有谁都看不上"，但她不敢回撑，反而识趣地闭上了嘴，他们这些教师有个通病就是逮着话题就想教育，如果不顺着他，那今天没完没了了。

她打开手机找到陈予锦的微信，但一句话没打完，她却灵光一闪突然想到了什么。宁悦抬起头问："他们答应您要来吗？"

"这有什么不答应的。"宁爷爷拧开保温杯满足地喝了一口,"赶紧问,让他们早点出发。"

宁悦长叹了一口气,给陈予锦发消息:你答应了我爷爷晚上来吃烧烤?

发完,她原本没指望陈予锦能秒回,正打算放一边继续串西蓝花,但手机还没脱手,陈予锦就回复了。

陈予锦:嗯,盛情难却。

宁悦不知道该说什么,她知道自家爷爷心态年轻,喜欢交朋友,待人很热情,但又有些独断,所以有时候是很难拒绝。

想了想,她回复:如果没什么事的话,可以早点出门过来,人都到得差不多了,可能会提前开始。

陈予锦:行。

陈予锦回了消息,继续擦头发,他刚洗了个澡,浑身上下都在冒热气。

梁思源订的是个电竞酒店,离山脚不是很远,打车半个小时,陈予锦洗澡的工夫,他已经和别人激情五排了。

陈予锦把毛巾丢到椅子上,顺手拉下了他的耳机。

"干吗?"梁思源盯着屏幕一边操作一边问。

"吃饭,你去吗?"陈予锦打开地图看宁悦发来的地址。

"吃饭啊……"梁思源反应了一会儿,"哦,去仰山寺吃饭?你还真去啊,咱们都不认识,去了挺尴尬的,要不找个理由拒了。"

陈予锦手一顿,瞥了梁思源一眼,见对方聚精会神一副沉浸其中的样子,又若无其事地低下头看地图:"答应了再爽约不大好。"

梁思源终于分给他一个眼神:"你的意思是那我们去?"

"不用。"陈予锦贴心地说,"你这局游戏不是刚开?现在下了不得被人骂死,我去就行了。"

梁思源"嘿嘿"笑,捶捶胸口指向他:"够意思。"

陈予锦也很给面子地捶了捶自己的胸口回应他:"走了。"

陈予锦出了酒店就给宁悦发了个信息,说自己大概半个小时后到。

宁悦收到就大声给宁爷爷反馈了,牌房里马上传来宁爷爷的声音:"你到时候去路口接一下,三条碰一个!这地方不好找!"

"……好。"宁悦就奇了怪了,她爷爷看上去还挺喜欢陈予锦的?难不成老师当久了,还有什么学霸雷达不成?

手里的串也串得差不多了,宁悦盯着肉串看了半晌,起身去了一趟厨房。老板娘见她进来,问道:"还差什么东西吗?"

"不是。"宁悦笑了笑，"想买点东西。"

等她把所有的串整理好，半个小时也差不多到了，她出门去路口接，陈予锦从外面走进来，两人在中间就遇上了。

他头发还没干透，也没平时服帖，大概是为了方便吃烧烤，所以还是穿着一身黑，看上去比平时多了些痞感。

宁悦挑挑眉，陈予锦的衣品确实不错，碰了这么多回面，回回穿得不一样，现在回想起他那个贼重贼大的箱子，里面不会全是衣服吧？

"这地方有点难找，我爷爷让我出来接你。"宁悦没话找话。

"是有点。"陈予锦把导航关了，"开始吃了吗？"

"没，他们还在打麻将。人挺多的，都是寺里的工作人员，加上你、我，十五个人左右吧。"宁悦给陈予锦介绍情况，"如果你觉得不熟尴尬，到时候坐我边上就行了。"

陈予锦看她一眼，又看向前方，嘴角带着点懒洋洋的笑："好。"

两人步幅不大，走得比较慢，但宁悦居然也没觉得拘谨尴尬，大概是因为陈予锦看上去很松弛从容，他表现得自在，她也就不自觉地没那么顾忌。

她好奇道："我以为你不会喜欢参加这种全是陌生人的聚餐。"

"分情况吧。"陈予锦看着也有些无奈，"长辈的盛情邀请我一般不会拒绝。"

宁悦同情地点点头。她懂这种感觉，尊老爱幼的优良传统束缚着他们，家里长辈的要求她也很难拒绝。

"而且也不算全是陌生人。"陈予锦突然又说，"我们不是挺熟的？"

宁悦诧异地看向他，他们很熟吗？

见她这个反应，陈予锦又态度自然地反问了一句："我们不熟？"

这她要怎么说？这种情况下难道能说不熟？他到底是为什么能这么坦然地问出这种问题，这人不会尴尬的吗？

但宁悦一向也是有招拆招的性格，秉持着只要她不尴尬，尴尬的就是别人的原则。她斩钉截铁道："熟。"

"嗯。"陈予锦笑了，伸手抓了抓自己的头发，"那不就行了。"

宁悦也莫名其妙地跟着笑了，她现在有点懂周老师说品学兼优的意思了，但她也说不上来具体的，硬要形容，就是感觉这人虽然像个耀眼的太阳，但不像真的太阳那样难以接近，他不仅可以摸，摸着还不烫手。

到了山脚下的农家乐，陈予锦先去给宁爷爷打了个招呼，同时给梁思源找了个拉肚子的借口。宁爷爷不知道是打得兴起还是怎么的，简单地表示了一下惋惜就继续大杀四方去了。

几圈打下来,众人肚子估计也都搓空了,便忙活着开始架烧烤。桌子是三张小方桌拼起来的长桌,为了避免尴尬,宁悦和陈予锦坐在了最尾部的边上。其他人都是在社会上历练了几年的人精,当然知道他们两人的想法,因此也很贴心地没硬要他们加入话题,只有宁爷爷时不时会找陈予锦聊两句。

满桌子都是油滋滋的烤串,什么种类都有,陈予锦挑了根茄子,慢慢夹着吃。

宁爷爷年纪大了,肠胃不好,吃不了太油的东西,来这种场合也就是凑个热闹。他看陈予锦刮着一根茄子吃,还以为是小孩不好意思,热情地把一堆肉串往他面前放:"多吃点肉,不要客气。"

"谢谢爷爷。"陈予锦笑了笑,没说什么,伸手准备拿。

但还没拿到手,小腿却被人碰了一下,他疑惑地扭过头,便见宁悦偏头从送串的老板娘手里端来一盘串,然后顺手放在了他面前。

宁爷爷在和别人说话,没留意这边,宁悦看了他一眼,小声说:"你吃这种。"

刚刚宁悦就一直在心不在焉地盯着烤架看,敢情是在等这盘肉?

陈予锦挑了挑眉,都是肉串,有什么区别?他观察了一下,发现他面前这盆的竹签上用记号笔画了红色的记号。

他递了个疑问的眼神。

"今天的肉串都是超市买的,跟烧烤摊上的估计一个来源。"宁悦一边吃一边理所当然地说,"你不是怕得肠炎不吃这种?"

陈予锦愣了下。如果他没记错,应该是上次一起拼桌的时候,梁思源提过一嘴,当时宁悦在专心回信息,压根儿就没参与他们的聊天,他以为她应该没听见?

他冲这些红签串点了下头:"那这些呢?"

"这些是我找老板娘买的新鲜牛肉和羊肉。"为了不让别人听见,她往陈予锦这边靠了靠,"应该吃了不会有问题,你今晚就吃这种带记号的签就行。"

她也是突然想起了这件事,人是她爷爷盛情邀请来的,总不能来了让他吃玉米串,所以她找老板娘买了新鲜的肉,串好后做了记号,特意交代了老板娘这种只给她上。

宁悦没把这当回事,等她自顾自吃完一根,才发现陈予锦没动。

她疑惑地看向他:"你这种也不吃?"

"没。"陈予锦回过神,拿起一根串,说了声,"谢谢。"

宁悦打量他两眼,开玩笑说:"我还以为你会说给我转钱。"

这话她白天也说过类似的,话出口后,宁悦才发觉自己估计真是把陈予锦当成了熟人和朋友在处,否则也不会直截了当地拿自己之前介意的事情开玩笑。

陈予锦看她一眼:"怎么说?"

宁悦耸肩,斜着眼看他:"你不是半点不欠人人情?"

陈予锦慢条斯理地把一根串吃完，懒散地和她对视："有这么明显？"

宁悦点点头："挺明显的，所以你没说给我转钱，我真觉得很惊讶。"

她还纠结过，如果陈予锦说给钱，那她收还是不收。

陈予锦笑了，也直白地说道："你不是不喜欢收人报酬？"

这下换宁悦愣住了，陈予锦怎么看出来的？她下意识地问："有这么明显？"

"嗯。"陈予锦点点头，"挺明显的。"

所以搞了半天，两人等于都把对方给看穿了？

陈予锦来之前想着是吃烧烤，所以买了个大面包垫肚子，这会儿其实不是很饿，其他人一边喝酒一边吃，都吃嗨了，你一言我一语，一个比一个声音大。宁悦的注意力被吸引过去，津津有味地围观大人扯闲谈，甚至时不时还能插上两句。

宁悦身上有种落落大方的大气，她开得起玩笑，接得住梗，跟谁都能聊几句，在哪儿都能吃得开。

陈予锦窝在椅子里看了她半响，突然问道："宁悦，你是对每个人都这么好心吗？"

宁悦回过头，眼神茫然："你刚在和我说话？"

陈予锦点点头，换了个说法："你一直都这样吗？对每个人都这么友好。"

不然呢？宁悦不明所以，反问道："对人友好不是很正常？"

是个好问题，原则上来说是挺正常的，对人怀有本能的善意能有什么问题？只是总感觉近几年毫无理由的好已经成为稀有品，反而毫无根据的恶越来越多，世界已经不是个很善良淳朴的环境了，所以难得遇到宁悦这样纯粹就是以善待人的人，他反而会觉得难以理解。

是他想多了。陈予锦捏了捏脖子，声音压得很低："没什么，很正常。"

宁悦奇怪地看了他两眼。

烧烤没吃完，陈予锦就提前走了，怕太晚了不安全，宁悦照样送他出去。两人站在路边等车，宁悦感觉陈予锦身上带着淡淡的愁意，证据就是，他又开始玩消消乐游戏了。

大晚上的，总不能又是在想学习。

这少爷金贵惯了，不会连友好都想要独一份吧？

她在心底叹了口气，把被风吹散的头发别在耳后，淡淡说道："其实我也不是对每个人都这么友好。"

"嗯？"陈予锦看过来。

宁悦仰头看着他的眼睛，极度诚恳地说："我对你这么友好其实是想和你做个朋友。"

陈予锦惊讶："想和我做朋友？"

"嗯。"宁悦眯了眯眼睛，掩盖住了自己眼中正在闪烁的某些光芒，"我打电话问了我妈你那套期末试卷考了多少分，陈予锦，你猜你能排我们班第几？"

陈予锦想都不想，一脸胸有成竹："第一。"

"是啊。"宁悦这回都没说他自大，反而更有深意地笑了，"你这个成绩保持下去，考清华、北大都没问题了。"

宁悦往他这边靠了靠，露出点狡黠的笑："沅南一中有个政策，如果哪个班上出了清华、北大，按人头给班主任奖钱。"

说到这里，宁悦眼底兴奋的光终于再也忍不住了，生机勃勃的样子晃得陈予锦一阵恍惚。

她难掩激动地说："陈予锦，你猜你值多少钱？"

"两万！"

陈予锦无语，敢情他就是个绩效？

"你现在还没正式办入学手续吧。"宁悦神采奕奕，好似在黑暗里发光，听周老师的意思，其实还有别的和陈校长相熟的班主任想争取陈予锦这个生源，也难怪，成绩这么好，当然想争取一下。

她诚恳地看着他，一副和朋友真心换真心的样子："咱们现在也算是朋友了，你就别挑了，直接转我妈班上吧，我们还能相互照应。"

陈予锦无语。

这是想照应他吗？宁悦就差把眼馋两万块写在脸上了。

陈予锦把手机收起来，意味深长地看着她，问："宁悦，你有没有听见什么声音？"

"什么声音？"

宁悦微微瞪大眼睛，周围不是挺安静的。

陈予锦似笑非笑，调侃道："某些人打算盘的声音。"

宁悦一愣。

正巧这时陈予锦打的车到了，他拉开后车门坐了进去，临关门时，他一手拉着门一边问："周老师要是拿到两万，你能拿什么好处？"

宁悦诧异挑眉，说："会给我五千让我毕业了去旅行。"

陈予锦笑了，虽然语气商量，但神情却稳操胜券，如果梁思源在，肯定一眼就能看出这是陈予锦心里有算计的典型表情。

他说："那我也得收点好处，毕业旅行加我一个，这事就成交了，你觉得怎么样？"

宁悦谨慎地问："加你一个是什么意思？"

陈予锦老神在在地靠在后座:"来回车票你包,如果坐飞机就另算,我也不占你那么大便宜,怎样?"

宁悦算了下,她毕业旅行也没想跑多远,车票钱不贵,怎么想都不算亏,加上陈予锦也不碍事,多个男生,她和高雨婷也更安全。想到此,她爽快地笑了笑,答应了:"行!"

陈予锦笑得更深了:"那行,成交。"

他关上车门,又摇下车窗,笑容被他收了回去,就显得人出奇地认真,宁悦对上他的眼睛都忍不住一愣。

她问:"还有事?"

"没有。"陈予锦摇摇头,低声道,"下学期见,宁悦。"

他的声音像是丢进滚烫热水中的冰块,让宁悦心里一跳,可尚且来不及细想他这话是否暗藏玄机,那种莫名其妙的感觉已经转瞬即逝。她在风里怔了片刻,下意识回应道:"下学期见。"

第三章
不要给自己设定上限

沅南一中历年来的传统就是高三提前开学,往年都是在八月二十号左右,今年也不例外。

二十号一大早,沉寂已久的班群就热闹起来了,每年开学大家几乎都是一样的反应,群里哀鸿遍野,一半的人在哭诉学校无情无义,另一半的人在求爷爷告奶奶,求个好心人分享一下作业,救救狗命。

但今年有个例外,到得早的同学往群里丢了张偷拍的照片,把话题一下就带偏了——

△妈呀,你拍的是咱班教室吗?这帅哥谁啊?

△跟帅哥聊天那人是李石译吧?李石译同桌不是江宇吗?

△@江宇,一个暑假的时间,你把自己整成这样了?高考不参加了?改出道了?

△我还在家里补作业,说八百遍了,有没有人给我抄一下数学啊!

△都什么时候了,你还关心数学!

△@李石译 跟你聊天这人谁啊?

△@李石译 跟你聊天这人谁啊?

△@李石译 跟你聊天这人谁啊?

…………

宁悦的手机放在裤兜里，这会儿腿都快被一连串的信息振麻了，她一边锁门一边打开班群，就看见满屏都在艾特李石译。

她猛地往上划拉一下，找到了那张引起轰动的照片，果不其然，拍的就是陈予锦，这人不知道和李石译聊什么聊得神采飞扬。

上次分开后，他们就没见过面，她昨天傍晚才回到小区，到家时已经很晚了，对面窗子虽然亮着灯，但窗帘拉得很紧，什么都看不见。

她退出照片，群里消息又变成了99+，学校里难得有新鲜事，来了一个生面孔还长得那么帅，大家都比较激动。

消息刷得太快了，李石译的回复一瞬间就消失在聊天框顶端，但还是被眼尖的同学看见了——

△转学生？高三了还转学！

△那不就是咱班的。@李石译 快把新同学拉进班群啊！

李石译无奈地把群设置改成静音，然后转头问陈予锦："大家让我把你拉进班群，你号多少？我们加个好友。"

"现在吗？"陈予锦说，"我手机没带。"

师大附中是不允许在校园里使用手机的，所以他习惯性没带，而且因为还要领桌椅和一些学习资料，他出门很早，就彻底把手机忘了。

教室前面的黑板旁边贴着校纪校规，里面有一条就是不允许带手机进入课堂，陈予锦好奇地问："校规不是不让带手机？"

李石译鬼鬼祟祟地把手机放桌肚里回消息："是不让，今天不是报名嘛，管得没有那么严格，晚上上晚自习就不能带了。"

"都说了你手机没带还不信。"李石译一脸无语，"我给你写我的号吧，你等会儿回去加我，我把你拉进来，不然没完没了。"

陈予锦："不用这么麻烦。"

李石译侧头看他："嗯？"

群里还在坚持不懈地刷屏，一副不达目的不罢休的样子，宁悦一边津津有味地看，一边想着等会儿还是和陈予锦装不认识好了，他也未免太受欢迎了一点，还没正式和大家见面，就已经凭长得帅和高三转学这两点成为话题中心了。

要是让其他人知道他们认识，那今天一整天她都不可能有消停的时候。

但她这个想法刚起，就看见李石译又发了一条消息。

李石译：@宁悦 陈予锦手机没带，他让你把他拉进班群。

？

？

051

数学作业啊！没人发一下数学作业吗？！"

宁悦无语。

因为要应付同学们的各种询问，所以宁悦迟了十分钟才到教室，晒得她一脑门的汗，她先在班长那里签到报名，才回到座位。

她就坐在李石译的斜前方，原本她的后座是江宇，这会儿换成了陈予锦。

她同桌是杨灿，人也到了，杨灿是女生里的第一名，三个学霸坐一块，不知道在扯些什么东西。她拖开椅子，这三个人终于都抬头看了她一眼。

陈予锦看她汗涔涔的，诧异道："不是挺近的，你怎么晒成这样？"

宁悦睨了他一眼，一边拿起桌上的书扇风，一边用一种看破红尘的口吻叹了口气说："我缺钙，故意晒的。"

李石译笑着插嘴："你长这么高还缺钙？再往上冲冲，陈予锦还看不看黑板了？"

杨灿翻了个白眼给他："要你管呢？"

宁悦送了个"干得漂亮"的眼神给杨灿，一脸赞同地点头："就是就是。"

她里里外外地擦桌椅，陈予锦把桌子往后拖了一点，方便她擦，他问："你坐这儿啊？"

"嗯。"宁悦折腾着又擦出一头汗，"你呢？我妈让你坐这儿的？"

陈予锦点点头。

杨灿笑着说："估计是想让李石译有点危机感，谁让他整天嚷嚷着独孤求败。"

他们班上的成绩比较平均，从第二到第十，人都经常换，只有李石译一直断层第一，这人每次大考后都会矫揉造作地求对手一战。

"没有没有。"陈予锦"谦虚"地说，"周老师让我们相互学习。"

"对对对，共同进步。"李石译官方友好地附和。

杨灿大拇指向后指着两人，一脸无语地对着宁悦问道："这两人假不假？"

宁悦特有深意地看了陈予锦一眼，没记错的话，上次这人还一脸骄傲地说自己是第一吧？这会儿就相互学习了？她重重点头，拿腔作势地点评："特别假！"

陈予锦扬起一边嘴角笑，没反驳，倒是李石译不服输地和杨灿来回撑了几句。

他们班氛围一向不错，谁和谁都能呛几句嘴。

陆陆续续又有不少学生来报名，高雨婷忙着在家补作业，人一时半会儿不会来，宁悦也没打算等她。学校今天不会正式上课，毕竟刚开学，老师们有不少会议要开，但学生下午五点前要赶到学校大扫除，然后七点上晚自习。

宁悦整理完书就打算走，陈予锦叫住她说："你回去吗？"

宁悦点点头："一起？"

"嗯。"陈予锦站起来，挺拔的身体立在课桌旁边，又是另一番生机勃勃的风景。

宁悦心道就他这个高度,她多长一个头都挡不到他的黑板。

李石译问:"真不一起打球?"

陈予锦:"下次,我爷爷奶奶等我回去吃午饭。"

李石译:"那行。"

"走了,晚上见。"见他们说完,宁悦和杨灿说了声。

"嗯,拜拜。"杨灿眯着眼睛,饶有兴致地看着两人离开,然后她再看看李石译,眼里的嫌弃一闪而过,成绩好有什么用,不开窍要么只能打一辈子球,要么被球打一辈子。

回去的路上又遇到几个同班同学,宁悦打完招呼都给陈予锦介绍了一下名字,但也不知道他记住了多少。

她提醒说:"我已经把你拉进群了,你等会儿回去看消息有个心理准备。"

"怎么了?"陈予锦问。

宁悦挠挠头,斟酌着说:"他们很……热情。"

"那没事。"陈予锦稀疏平常地说,"习惯了。"

听起来还挺骄傲?

她偏头看他,少年神态自矜,嘴角微微翘着,不知道是不是年轻的原因,自命不凡都显得那么理所当然,不会让人厌恶,只会让人觉得本该如此。

他们正处于一个可以盲目自信自大的年纪。

宁悦突然感觉被阳光晃到了。

两人走到楼下,正好遇上了下楼遛弯的陈爷爷,于是宁悦没躲过,在陈爷爷的盛情邀请下,去了他家吃午饭。

陈爷爷和她爷爷曾经短暂共事过,但两个人不是很熟,仅限于认识,不过两人有些习惯倒是挺相似,特别是说某些话的口吻如出一辙,让宁悦心生敬畏,也因此,一顿饭她吃得十分拘谨,连饭都没好意思添。

但承诺倒是应下一堆,什么多照应陈予锦啊,相互帮助共同进步啊等等。

陈予锦全程静默,把自己摘得干干净净,生怕唠叨落到自己头上。

吃完饭,宁悦就马不停蹄地溜了,然后打开班群一看,陈予锦已经丝滑地融入了大家的话题,就他这招人喜欢的程度,哪轮得到她照应。

她下意识地看向对面,陈予锦靠在窗边,手里拿着手机在按,脸上带着温和的笑,也不知道是给谁发消息,让他笑成这样,但短暂的好奇后,她又想起来陈予锦好像一直都这样笑,不仅仅带着少年人的明亮灿烂,也带着温柔。

这样的人人缘好受欢迎确实很正常。

宁悦若有所思地发呆，下一秒陈予锦就似有所感地看过来，宁悦没躲过，目光就和他对上了，陈予锦神采飞扬地挑眉，无声地说出几个字，指了指手机。

宁悦下意识摁亮了屏幕。

陈予锦：晚点一起去学校？

宁悦一愣，他刚刚……是在给她发消息？

对面的陈予锦挥了挥手，宁悦反应过来，回了个"好"。

因为提前进了班群，晚上周老师介绍陈予锦时，大家已经少了很多好奇，气氛也挺融洽。周老师敲了敲黑板，强调道："陈予锦同学是从附中转来的，附中大家都知道吧？"

"知道——"下面几个人拖长了声音回复，"是敌军！"

周老师好笑地丢了一个粉笔过去："就你们这个水平，能给人当敌军吗？当俘虏还差不多！同学们，高三了，紧张起来！"

周老师："半个月后，学校会组织一次开学考，暑假玩嗨的抓紧这几天赶紧找找手感，没玩嗨的……"

"算了。"周老师自己先笑了，"肯定都玩得忘形了。"

"总之，难得能和附中的同学考一套试卷，这也是对你们水平的一次检验，看看咱们和附中的学生差距到底有多大。"周老师没好气地说，"李石译，你笑什么笑，要是拿不到第一看你还有没有脸说自己是独孤求败。"

"陈予锦也要抓紧时间适应这里的教学节奏，有问题都可以找我。"周老师对陈予锦的口气就温和许多，"多和李石译交流，杀杀他的锐气。"

李石译把手举老高："偏心！"

周老师毫不客气地丢了一个粉笔头。

成功"挑了一番事"的周老师心满意足地走了，宁悦心道她妈妈教学手段越来越高了，三言两语挑得气氛热血沸腾，都是重点高中，他们对自家学校只能排第五的事一直很不服。

但两个被点名的当事人倒是没觉得有什么，学霸之间的来往往往更单纯，你厉害我就服你，很少会有谁嫉妒谁的情况。

晚上一共有四节晚自习，上到晚上十点半。第三节晚自习快下课时，宁悦饿得都快晕过去了，早知道中午就应该添碗饭。眼看离下课只有两分钟了，她捂着叫个不停的肚子思考了片刻，最终写了个字条，背过手丢给了陈予锦。

陈予锦惊讶地看了一眼宁悦，她靠着椅背，压在身后的手还在他桌上点了两下，似乎在催促。陈予锦展开字条一看，上面写着——**想不想更快一点从敌军变成友军？**

他看了下窗外，没有巡逻的老师。

"你有办法？"他靠近她小声问。

"有，等会儿下课铃声一打，你就跟着我们班男生往食堂冲，能跑多快就跑多快，然后……"

后排听前面的话容易听不清，后面的话他一个字都没听清，他正想让宁悦大点声，下课铃就响了，果不其然，下一秒，几个男生就像离弦之箭一样冲了出去。

陈予锦来不及多想就跟着冲，与此同时，各个教室都冲出了几个人，风一样往楼下刮去。陈予锦腿长，下楼快，所以尽管他们班在四楼，但他还是冲到了前面。

身后传来阵阵喊声。

"妈呀，那是谁啊，跑那么快？"

"陈予锦？那是陈予锦吧？"

"是啊！那就是陈予锦啊！"

"陈予锦——"

陈予锦身后传来一阵撕心裂肺的声音，他根本分不清谁在叫他，食堂就在眼前了，他还一头雾水不知道要干吗。

幸好这时身后的声音又声嘶力竭地响起："陈予锦！快点冲！超过那几个跑长跑的！去窗口买三十四个肉包子！"

"三十四个肉包子！"凄厉的声音回荡在寂静的夜空中，远处似乎还有阵阵回响，仿佛来自深渊的饿鬼在索命。

陈予锦无奈。

抢个肉包子抢得这么壮烈？你们学校吃饭这么狠的吗？还有，他怎么可能跑得过跑长跑的！他又不是体育生！

第三节晚自习下课后去食堂抢包子也算是沅南一中的一个奇观，学生脑力消耗大，大部分人这个点都饿了，学校便设定了夜宵时间供应包子，但包子数量有限，去迟了就没了，所以每到这个点，大家都会派出跑得快的同学去食堂统一买包子。

课间只有十分钟，按照宁悦班上男生一贯的速度，他们七分钟就能跑个来回，还能留三分钟吃包子，他们班地理位置不好，大多数时候买不到够量的。

宁悦盯着门口想，也不知道陈予锦能不能跑，还有，他到底听到她说给她加两个包子的话没？别到时候回来，没有她的份啊……

她对着门口翘首以盼，终于在离上课还有四分钟的时候，把人盼回来了，宁悦眼睛一亮，比平时要快。

最先回来的是体育委员，他拎着一大袋包子站在讲台上，一脸骄傲："报过数的来领包子！"

宁悦想了想，没动，她没在体委那里报过数，其他报了数的同学一窝蜂地围上去。

"你们今天这么行？买回来这么多！"

"一暑假不见，刮目相看啊！"

"谢谢体委救我命，好人一生平安。"

"别谢我。"体委摆摆手，指向门口，"要谢就谢陈予锦，他买的，今天真的扬眉吐气！"

众人麻溜地改口："谢谢新同学救我命，好人一生平安。"

"就冲你一包之恩，我祝福你考第一！"

陈予锦跑得满头是汗，到现在都没喘匀气，不知道谁给他抛来一瓶水，他靠在门框上打开喝了，嗓子才终于没那么疼，他摆摆手笑了笑。

确实是变友军了，刚刚几个一起抢过包子的男生现在看他的眼神仿佛在看过命的兄弟，就是这也太累了点，他体测都没这么拼命。

教室空调开得足，陈予锦本来穿着一件外套，这会儿外套早脱了，里面的白色T恤汗湿一大片，他扯着前襟抖了抖，额头的汗顺着脖子一个劲地往下淌，他一边擦汗一边往座位走。

宁悦一眨不眨地对他行注目礼——我包子呢？包子呢？包子呢？

陈予锦好笑看着她，眼看她跟个向日葵一样头转了半圈，才从外套里掏出一个东西顺手按在她额头上。

宁悦被他按得后仰，热气腾腾的袋子顺着她额头滚到手上，是两个皮薄馅大的大包子。她惊喜地瞪大眼睛，捧着两个大包子，兴奋地转头问他："是肉馅的吗？"

陈予锦猛灌了一口水，靠在椅背上歇气，他眼皮往下压了压，瞧着挺无语的："想得真美，能买到就不错了，还想着肉馅的。"

"哦。"宁悦有点遗憾，不过菜馅的也行，比没有好。

她打开袋子咬了一大口，香嫩的肉馅在她嘴里化开，汁水盈满了口腔。她看着还剩一半的肉馅愣了愣，下意识地看向陈予锦。

这不就是肉的？

陈予锦看着她发蒙的脸，绷着脸装酷，但等他把下节课要看的书都拿了出来，宁悦还是保持着一副入定的样子盯着他看。她的眼睛里有种清澈的疑惑，让人不敢直视，陈予锦终于忍不住轻推了一下她的头，让她转过脸去。

宁悦看不见他的表情，只听见他在她背后笑得十分愉悦，温热的气息闹得她耳朵一阵发痒，然后他低声笑着说："别问了，吃你的去。"

开学考之所以定在半个月后,并非为了给他们多一点复习的时间,而是为了等高一高二开学,然后全校一起考试。

宁悦暑假作业做得比较扎实,很快就进入了高三的学习状态,因此考完感觉还不错。高雨婷一向心大,最后一门考完,她的心就已经飘到假期活动里去了,完全不在意考试成绩的事。

连上了半个月没有休息,学校大发慈悲给高三放了一天假,昨天晚上班群里就在聊考完要去哪里玩,最后也不知道怎么了,就变成了一次集体活动。

高雨婷跨过大半个教室来找宁悦确认:"明天的活动你去的吧?"

宁悦点点头,连上了半个月谁不想好好玩玩,她捏了捏脖子想到点什么,回头说:"陈予锦——"

陈予锦人没在座位上,被学委扯去对答案了,他听见宁悦的声音回过头,疑惑地看了她一眼。宁悦见其他人也因为她这一声看着她,下意识地把嘴又闭上了。

"没什么。"

高雨婷小声问:"你叫陈予锦干什么?"

宁悦一边把乱放的试卷都整整齐齐地叠起来,一边随口道:"问问他参不参加活动。"

高雨婷惊讶:"你们什么时候关系这么好了?"

宁悦手一顿,抬起头,神情微诧:"你从哪儿看出来的?"

高雨婷理所当然道:"关系不好你关心他参不参加活动干吗?"

宁悦皱了皱眉,她哪有想那么多,就是想让陈予锦快点融入班集体而已,毕竟这个班的班主任是她妈妈,班级和睦,周老师就能少操点心,而且陈予锦值两万啊,他跟同学处得好,心情好没烦恼,成绩才能好啊。

宁悦原想这么和高雨婷解释,但对方看了眼窗外,突然用胳膊肘撞了撞她:"宁悦,看窗外!杨延!"

宁悦闻言看去,果真看见一个高高瘦瘦的身影从他们教室外面经过,那人剃着圆寸,面容冷峻,半个眼神都没分给她,目不斜视地走了。

高雨婷神情不悦:"他什么意思啊?不是来找你道歉的?"

宁悦淡淡地收回目光,从被拉黑后,他们将近四十天没联系了,杨延既没有重新加回她,也没有给个说法,更没有道歉,开学后也不知道是不是巧合,两人居然一次面都没碰上过。

宁悦语气平淡地猜测:"可能来上厕所的吧。"

"怎么可能。"高雨婷说,"他们班离那边厕所明明更近。"

高雨婷愤愤不平地道:"跩什么跩啊,长得帅了不起啊,天天摆着个臭脸,

057

脾气性格那么差,也就你脾气好能忍他,和他做朋友。"

"好了。"宁悦笑着给高雨婷顺毛,她知道高雨婷是在为她打抱不平。

"我跟你说啊宁悦。"高雨婷严肃地看着她,"这回你坚决不能低头,他不道歉就绝交,不然我就要和你生气了。"

这话说得算严重了,宁悦立马指天发誓:"我绝对绝对不低头。"

"这还差不多。"高雨婷脸色缓和下来。

陈予锦对完答案被放回来了,他拉开椅子坐下,问:"刚叫我干什么?"

"宁悦想问你明天参不参加活动!"高雨婷兴奋地抢答。

宁悦无语地看了她一眼,这情绪衔接得太流畅了。

陈予锦也把桌上的东西简单收了下,修长白皙的手指在试卷中上下翻飞,格外优雅。他悠悠抬眼,答非所问地看向宁悦:"你去吗?"

宁悦说:"我去。"

陈予锦把试卷撑在桌面上对齐:"那我去。"

高雨婷愣了愣,没过脑子就问出了口:"宁悦去你就去啊?"

"嗯。"陈予锦口气坦荡得近乎单纯,他笑了笑,"我对这边不熟,她不去没人给我带路。"

这个理由吧,就合理得让人没法反驳。高雨婷微张着嘴,半天没说出话。

宁悦置身事外地看戏,让她一天到晚乱八卦,跌跟头了吧。

高雨婷佯怒地瞪宁悦一眼,把她拉近了说悄悄话。

两颗头凑在一起,像两颗圆润的黑芝麻丸。

陈予锦懒散地盯着宁悦的后脑勺看,但突然他察觉到什么,往窗外看去,窗外的人也恰好冷冷地瞥过来,两人目光相交,那人率先别开眼,收起了冷淡如冰锋一样的眼神。陈予锦蹙眉看着那人消失,表情不大爽快。

谁啊?没事那么看人,像跟他有仇一样,莫名其妙。

不过他也不认识,不爽了一小会儿后也就没再在意了。

他们班的活动组织得非常随意,想去就去,想不去就不去,最后统计到了二十几个人,由活动小能手江宇统一收了一百块钱作为活动经费。

宁悦和陈予锦一起出发,两人到时不算早,同学们都已经玩上了,最热闹的就是棋牌室。

宁悦跃跃欲试,不过考虑到陈予锦还没有着落,所以硬生生忍住了,但她看向他时,才发现陈予锦也一脸认真地盯着牌桌看。她好奇地问:"陈予锦,你会打斗地主吗?"

陈予锦摇摇头。

"这样啊。"宁悦一边心不在焉地回答他,一边往牌桌上看。

陈予锦注意到她的目光,不禁失笑:"你想玩就去玩吧,不用管我。"

宁悦问:"那你呢?"

陈予锦指了指台球桌:"我去打台球了。"

"行!"宁悦一扬眉,果断往牌桌走了。陈予锦看着她头也不回的背影,无奈地捏着脖子,往台球桌那边去了。

陈予锦所有的球类运动都会一点,台球打得也还行,但和他一起打的几个是生手,没什么经验和技巧,没几局下来就输得垂头丧气。

"你这技术也太牛了点。"同学感慨。

陈予锦弯下腰,眼睛锐利地盯着白球,估测好角度后,球杆从他指窝里迅速刺出,又是一杆进洞。他抬头,低调又谦虚地笑:"运气好。"

"什么叫运气好。"李石译揽着他的肩膀,头往上仰了仰,很欠扁地说,"你应该说,都是你们太菜了!"

李石译这一句激起众怒。

"来来来,李石译,你来,看我不把你打得满地找牙。"

陈予锦淡定地看着李石译被按在桌上打,这情景他太熟悉了,以前在附中,他没少因为太嚣张被追着满学校跑。他低下头,一边看戏一边挑了个好角度送出一球,又是一杆进洞。

陈少爷满意地双手撑着桌面欣赏,颇有些得意地想,要是初来乍到就那么嚣张,这一年他还混不混了。

"哈哈哈……"牌桌那边突然躁动起来。

不知道从什么时候开始,那边已经里三圈外三圈地围起来了,围的正是宁悦那桌。

"那边怎么了?"陈予锦问。

李石译:"不知道,可能谁赢惨了,也可能谁输惨了吧。"

陈予锦若有所思地点头,沉默半晌后,他把球杆放下往那边走。李石译疑惑地问:"你不打了?"

"不打了。"陈予锦往后挥手。

等他挤进人群,发现那个输惨的倒霉蛋果不其然是宁悦。

大家都是学生,不打钱,输了的便在脸上贴纸条,其他人脸上最多两三条,唯独宁悦脸上都贴满了,极具喜感。

宁悦虽然性子大大咧咧,玩得起不在乎输赢,但打了这么多把,把把都输就很离谱,越是运气差她就越是不信邪,再加上胜负欲也被挑起来了,她就愣是没下桌,硬挺着等转运。

059

但挺到这个程度,她也是有点头皮发麻了。

宁悦四大皆空地摸牌,心里安慰自己没关系,结果不知道是不是心态影响了手感,这把又是输。

"宁悦这运气也太差了吧!"高雨婷急得跺脚。

赢了她的那个同学一听就有点不好意思:"要不这把不算?"

"没事。"宁悦摇头,笑着说,"我运气太差了,谁接上?"

众人齐齐摆手摇头,避如蛇蝎,开玩笑,这方位运气差得跟中邪了一样。

"先歇会儿再打吧。"有人提议,"休息几分钟,上个厕所,说不定这边运气就来了。"

"有道理。"人群散开,高雨婷拍拍宁悦说,"悦悦,我去给你买瓶旺仔啊,旺旺运气,咱们等会儿接着来!"

"好。"宁悦无奈地和高雨婷击了下掌,然后才发现陈予锦站在她身后,周围已经没人了,大家都或远或近地待在别处。

她仰头惊讶地看他:"你刚也在看我打牌啊?"

陈予锦点点头。

宁悦叹了口气:"运气太差了。"

陈予锦走到旁边坐下,笑着说:"可能和技术也有点关系。"

宁悦做了个请的手势,双目无神生无可恋地邀请:"来来来,您行您来。"

"行。"陈予锦居然干脆地答应了,胸有成竹道,"我行我来。"

宁悦愣住了:"你说真的啊?我开玩笑的,你不是不会打?"

"之前不会打。"陈予锦把手里的牌弹出去,动作特帅,"刚刚学了一下。"

宁悦想自己好像在哪里看到过这种画面,估计是个什么老电影,主角丢牌的时候,就这样,范特足,好像赢定了。

她的目光在牌上停留了一会儿,才看向陈予锦自信的脸。

去上厕所的牌搭子已经出来了,正在往这边走,围观的同学见状也打算走过来,陈予锦收起了笑,示意她站起来给他让位置。

宁悦给他让了,但还是强调道:"这边运气真的很差,不是我技术问题。"

"嗯,我知道,我逗你的。"陈予锦笑着说,"但总要试试吧。"

宁悦站在他旁边,准备观战,她很担忧,心不在焉地问:"试试什么?"

陈予锦一手揣兜里,一手漫不经心地转着牌,脸上带着傲气:"想试试能不能赢。"

宁悦口袋里的手机在振动,她察觉到想离开去接,但才刚后退一小步,陈予锦却突然抬头说:"别走,看着。"

可能说起来有点匪夷所思,但宁悦觉得陈予锦此刻看向她的目光如同折射入深海的光束。

她怔了几秒，鬼使神差地把手机按了，又站回他身边："好。"

陈予锦虽然有学霸基因，但他的脸上也被贴了两条。

没办法，运气实在太差了。

散桌后，宁悦惋惜地摇了摇头，几不可闻地叹了口气。

陈予锦将自己脸上的纸条扯下后，瞥了她一眼："失望啊？"

宁悦一边扯着纸条，一边发出"嘶"的吸气声："很明显？"

其实陈予锦还是赢了挺多把的，但陈予锦开打前那个架势太足了，就让她有了不符合实际的心理预期。

陈予锦往后仰了仰，活动僵硬的身体，调侃她道："你的表情看上去像是指望我把把都赢。"

宁悦颇有些困惑地问："你不是学霸吗？"

陈予锦："学霸和打牌有什么关系？"

"学霸不应该会算牌记牌什么的？"宁悦认真地问。

陈予锦无语地睨她："少看点电影。我要真那么厉害，还读什么书考什么大学，直接去赌场泡着得了，一辈子衣食无忧。"

他站起来，轻轻帮宁悦扯下了最后一条："你等会儿什么安排？"

已经下午两点，大家都玩累了准备散场，毕竟活动不包饭。

"可能和高雨婷去逛街吧。"宁悦张望了一下，没看到高雨婷人，不知道是不是还在唱歌，她拿出手机准备给她发个信息，一打开先看见了那个未接来电，居然是杨延打来的。

她看打牌看得太入迷了，把电话这事给忘记了。

宁悦无奈地挠了下脸，完了呗，电话没接，又得气死。她点开微信，里面也多了一个好友申请，不用看也知道肯定是杨延。

她点开那个申请，犹豫了片刻。

陈予锦顺着她的目光也看见了那个申请。杨延的微信名就是他的名字，宁悦没点通过，直接退出了给高雨婷发消息。陈予锦若有所思地挪开眼，这个人他记得就是上次和宁悦打电话吵架那朋友？

"你等会儿什么安排？"宁悦一边发消息一边问。

"回家休息吧，梁思源没放假，我在这里也不认识其他人。"

宁悦疑惑地看着他，这话听着怎么有点哀怨？

高雨婷给她回消息了，说自己还想继续唱歌，问她要不要一起，再唱半个小时一起去吃东西。

宁悦意兴阑珊地拒绝了，杨延这个电话和申请搞得她心情很复杂，没什么心思继续唱歌。

她把手机收起来:"那我们一起回去吧。"

陈予锦看了她一眼,点点头。

周老师今天要在学校改试卷,中午直接就在食堂吃了,不会回家,她们家冰箱里有一堆速冻饺子,中午可以对付着吃一下。

宁悦和陈予锦在楼下分开,心事重重地往家里走,刚上拐角就看见她家旁边的楼梯上坐着一个人。

宁悦目光淡淡地看着他,没说话。

杨延抬起头,眼里也没什么情绪。

宁悦理应很熟悉他这个模样,他们认识很多年了,小学就是一个班,杨延家里条件不好,他妈妈嫌弃他爸爸没本事,在杨延很小的时候两人就离婚了,杨延跟他爸爸,从小就被人看不起,这种遭遇影响了他的性格,让他格外阴郁不合群,班里小朋友不喜欢和他玩,还时不时合伙打他。

宁悦看不得同学被欺负,帮杨延出了不少头,一来二去,他们就成了朋友。

他一直在不怎么好的环境中长大,逐渐变得沉默寡言又自卑,但同时又格外好强,经常和别人一言不合就打起来,除此之外更出格的事不会干,他只是待人没那么友善,但绝不是个坏人。

而且在宁悦面前,他从来不乱发脾气,是个挺好的朋友,对她很真诚,所以她格外不懂,到底发生了什么让他有这么大的变化。

"为什么不接我电话?"杨延终于开了口,他的嗓子很沙哑。

"没听见。"宁悦靠在墙上,面对着他。

"没听见?"杨延冷笑,"两个半小时了,你都没看手机?"

宁悦被他这个语气刺得很不舒服,她口气也冷下来:"你是来找我吵架的吗?"

两人针锋相对地对视,都在彼此眼里看见了一簇火。宁悦说:"如果你是来吵架的,那我们就不用说了,我不想吵架。"

她拿出钥匙开门,但因为手一直抖,捅了几下才把钥匙插进锁孔,她拉开门准备进去,一只手却横空插进来,死死拉着门不让她开。

宁悦无声地和他较了会儿劲,杨延纹丝不动,门也是。她终于没耐心,深吸一口气后,她抬起头尽可能心平气和地问:"杨延,你到底来干什么的?"

杨延低头看着她,神情紧绷。他眼睛里翻涌着她看不懂的情绪,又像是难受,又像是愤怒。半晌后,他另一只手举了起来:"来给你送礼物。"

他手里是个粉色的礼物袋子,看不见里面装着什么。他爸爸在广州打工,每年暑假杨延都会过去陪他,顺道找点暑假工干,回来的时候他都会给宁悦带小礼物,年年不落。

宁悦瞬间不知道该说什么好。她心情复杂地松开手,但杨延还是抓着门不放,像是怕她丢下他进去。

"关门,我不进去。"宁悦退开了点,无可奈何地退让,"我们好好聊聊。"

杨延顺从地把门关了,语气也缓和了点:"聊什么?"

"聊你到底怎么了。"宁悦疲惫地叹了口气,又靠回墙上,她低声说,"是不是我做了什么事情让你不开心?"

杨延定定地看着她,摇头:"没有。"

宁悦又问:"那你为什么无缘无故冲我发脾气,不回我消息,挂我电话,还删我好友?"

杨延紧抿着唇,神情晦暗不明。他沉默了一会儿才说:"是我的问题。"

宁悦:"你什么问题?"

杨延又不说话了,宁悦等了会儿,火气又噌噌噌地往上涨,她真的很讨厌别人有话不直说,憋着让人猜,尤其是这种本就气氛紧张的时候。

她闭了闭眼睛,深吸了好几口气,但语气还是不可避免地变得很重:"别不说话行吗?我觉得我们之间没有什么不可以直说的。

"你有什么问题可以告诉我,我们一起解决。

"你这样就让我很莫名其妙。

"这都高三了,我们都没有时间浪费在吵架上不是吗?"

"杨延!你说话行不行?"宁悦终于忍不住发了火,她受够了,杨延这种人连架都不肯让人吵痛快,她感觉自己现在就是个被堵死的火药桶,再憋着自己就炸死了。

"再不说话我就当你想绝交。"她冷笑两声,紧紧地逼视着他,"你也不用再加我好友,等你什么时候愿意好好聊了,我们再谈。"

这话一出,杨延的脸色瞬间变得铁青,他语气很凶很急:"宁悦,你知道你在说什么吗?"

楼道里采光不好,逼仄又昏暗,铁质扶手锈迹斑斑,整个环境都非常冷淡。宁悦看着他的眼睛,也有点懊恼自己的冲动。她烦躁地低下头,又气又难过。

明明挺简单个事,为什么要闹成这样,他到底有什么话不能说?

两人沉默了片刻,气氛越发凝固。半晌后,杨延才低声开口,像是下定什么决心一样:"那就这样。"

宁悦猛地抬起头,那就哪样?

但杨延没再解释,他紧紧地握着袋子,看都没看她一眼,毫不留情地走了。

宁悦难以置信地看着他的背影,整个人都蒙了。等她反应过来差点气疯了,哪样啊？绝交啊？他是不是有病啊？她发泄地踢了一脚扶手，绝交就绝交，谁没点脾气啊？她到现在都一头雾水，她不委屈吗？

杨延飞快地下了楼，出了楼道口，他遇到了一个意想不到的人，那人靠着墙站着，不知道在想什么，两人余光瞥见对方，都愣了一下。

算上这一回，见过三回面了。

杨延脚步一顿，皱眉盯着陈予锦，陈予锦也没躲。两人差不多高，气势不相上下，只是杨延的锋芒都表露在脸上，而陈予锦则在眼睛里。

说是对视，但其实时间很短。

杨延上上下下打量他片刻，一句话没说，冷冷地别开眼，头也不回地走了。

人走出好远，都好像能闻见他身上的火药味，像是刚从炮筒里放出来一样，陈予锦若有所思地看着他的背影。

陈予锦回家后看见宁悦的窗帘迟迟没拉开，担心她出了什么事才来看看，没承想刚好碰到两人吵架，他就说这人之前怎么无缘无故那么恶意地看他一眼，搞了半天是这个原因。

他抬头看了一眼上面，陷入沉思。

宁悦没过多久也下了楼，她是下楼丢垃圾的，但她没想到会在楼下看见陈予锦，这人好像已经晒了一会儿了，皮肤有点发红。

"陈予锦？你在这儿干吗？"她惊讶地问。

陈予锦静静地看了她几秒，话说得很慢，像是一边说一边在思考什么："我爷爷奶奶不在家。"

然后，他顿了一下。

宁悦疑惑挑眉："所以？"因果关系在哪里？

"所以……"陈予锦扬了下头，邀请她，"要不要一起出去吃？"

陈予锦不知道附近有什么好吃的，所以最后是宁悦拿的主意，去了小区外一个口碑很好的湘菜小馆子，宁悦和高雨婷吃过好几次，从没踩雷过。

"你能吃辣吗？"宁悦问。

"能。"两人坐在窗边，陈予锦自然地在阳光直射的那边坐下。

宁悦拿起菜单，扫了两眼很快就点好了一个菜，然后她把单子推给陈予锦："我们两个人点三个菜？你看一下你想吃什么。"

"你选吧，我都能吃，不挑食。"陈予锦无所谓。

"行。"宁悦也不客气。她点了两荤一素，还要了玉米汁。

已经过了午饭的饭点，馆子里人不多，老板很快就把玉米汁端上来了，陈予锦给两人各倒了一杯。宁悦拿起杯子心不在焉地抿，本来没心情在外面吃饭的，但她也不知道怎么了,居然说不出拒绝的话。

她垂眼看着杯子,隐隐约约地觉得,大概是因为跟陈予锦在一块很舒服,比一个人在家吃速冻饺子要轻松,刚认识他的时候还会觉得这人边界感强,不好做朋友,但现在已经完全不会有这种感觉了。

这中间发生了什么?是因为他们已经算朋友了吗?

等菜的过程有点漫长,宁悦找话题道:"你开学考考得怎么样?"

陈予锦自信满满地笑了:"比李石译要好。"

宁悦点开手机录音机,露出微笑:"来,再说一遍。"

"真比他要好。"陈予锦从容地靠在椅背上,神情轻松,"一考完他就拉着我对答案,全科算下来,我应该会比他高几分。"

李石译确实就这个德行,他这人其实也挺不错的,但就是把"骄傲嚣张"四个字写在了脸上。

"你考得怎么样?"陈予锦问。

"我就那样吧。"宁悦提起自己的成绩就有点兴致缺缺,"好也好不到哪里去,但也不会很差。"

陈予锦似笑非笑地看她一眼,也拿出手机:"来,再说一遍。"

宁悦只是算不上顶尖的好,但绝对也是学霸一个,在沅南一中竞争这么激烈的地方,她能稳在班级前十已经很厉害了,清华、北大考不上,但国内985还是稳的。

宁悦耸耸肩,叹了口气:"真就那样,周老师对我的成绩一直不大满意。"

陈予锦惊讶:"这还不满意?"

她伸出手比画:"她对我的预期比这还要高一点,但我估计到上限了。"

大概是因为自己是事业型女强人,所以周老师对宁悦的要求也很严格,她希望女儿很优秀,而不是优秀。但宁悦清楚自己的实力,她不是顶聪明那种人,现在这个成绩确实是极限了,只是周老师依旧希望她能更进一步,起码要稳在班级前五,年级前一百。

不过宁悦也没有太大压力,她看开了,毕竟不看开也没办法。

"你呢?"宁悦问,"你爸妈对你成绩应该很满意吧?"

"他们不在意这个。"陈予锦提起父母,表情就淡了很多,"我爸妈觉得过得去就行,至于是第一还是第二,他们不在乎。"

陈予锦这种家庭对成绩看得不重,只要他别差得太过离谱,这辈子都能没什么压力地生活。他是独生子,家里积累的财富已经足够他挥霍一辈子,成绩对他人生的加持比其他人要小很多,他并不需要靠高考改变命运。

"真好。"宁悦言不由衷地附和,一脸"我看你凡尔赛但我配合你表演"的表情。

陈予锦有点想笑，不管什么事都有两面性，他家里自然也有不好的部分，只是这些他没必要说。

第一个菜上来了，两人边吃边聊。美食确实能治愈心情，吃点好吃的，宁悦感觉心里开阔不少，情绪也没那么沉了。

陈予锦看上去也很满意，宁悦饶有兴趣地看着他，研究他是怎么做到吃湘菜像吃西餐一样的。

看了一会儿后，她看出点门道，他吃饭很斯文，不像同龄别的男生一样端着碗扒，像是要把碗嚼碎了吃下去一样。

陈予锦夹菜，同时撩起眼皮看她："看着我吃饭，胃口会更好一点吗？"

宁悦摇头，诚恳道："会觉得这顿饭很贵。"

陈予锦：角度很别致。

她抿了一口玉米汁，犹豫片刻后，她问："陈予锦，你转学后会想念以前学校的朋友吗？"

陈予锦抬眼，面露惊讶："还好，不会很想念。"

宁悦不解："为什么？因为感情淡吗？"

"不是。"陈予锦摇了摇头，"可能男生之间的友谊和你们女生的不同吧，虽然见不到，但放假了也能线上一起打游戏，有事网上联系也一样，没必要天天见面。"

"这样啊……"宁悦若有所思，"不会担心失去朋友吗？"

陈予锦看了她一眼："失去也没办法吧，得到和失去都是生活的规律。"

他观察着宁悦的神情，状似无意地试探："怎么，和朋友闹掰了？"

宁悦微微瞪大眼睛，惊讶地点头，她不确定地说："不算闹掰吧，应该，就是有点矛盾。"

她无奈地叹气："但是感觉不做点什么，估计离闹掰不远了。"

陈予锦垂着眼睛，用筷子把碗里的饭粒拢在一起，漫不经心道："如果觉得对方是很重要的朋友，不想失去，那你就做点什么，有矛盾就解决矛盾，有误会就解开误会，就可以了。"

宁悦为难地抿嘴，现在的问题就是，杨延什么都不说，她也不知道有什么矛盾啊……

"不过。"陈予锦直视着她，"也要做好分道扬镳的准备，这世界上多的是莫名其妙分开的人。"

就像他父母一样，两人曾经也是自由恋爱结的婚，现在一没出轨二没闹翻，不也突然间就过不下去了。

宁悦眼神空了一下，又垂下眼遮住。道理是那个道理，但大概她比较感性，也太过珍惜友谊吧，一想到以后真的不相往来，还是会觉得很惋惜很遗憾。

不过她自己单方面想使劲也没办法，友情说到底也是两个人的事，她应付学业已经精疲力竭，实在是没有太多的精力来应付其他。

这也是她希望能在进入高三前解决和杨延之间矛盾的原因。

宁悦皱着眉，有一下没一下地戳着饭。陈予锦看在眼里，突然又道："我的话你也不用太放在心上，我在这方面没有经验。"

宁悦双目无神地看向他，什么没经验？

陈予锦不慌不忙地吃饭，说出的话很清晰："我没失去过朋友，我交朋友都是一辈子。"

宁悦不知为何怔了一下，半晌后她才回过神，有些木讷地点点头："嗯。"

饭钱最后是陈予锦结的，宁悦本来想和他AA，但被陈予锦一句"下次你请我"堵回来了。

虽然宁悦不喜欢陈予锦和她算账，但她自己却也是一个半点不愿意占别人便宜的人，只是两人的重点不一样，陈予锦是不愿意和别人有太多交集，所以算得清，宁悦则是单纯地不想让朋友吃亏。

他们照样在楼下告别分开，宁悦慢悠悠地爬楼梯，这次家门前没有了那个身影，她心情很复杂，谈不上是失望还是别的什么，她打开门准备进去，但余光一瞥好像看见了什么，脚步顿了顿。

上一层的楼梯拐角，一个粉色的袋子贴着扶手放在台阶边上，不是很显眼，但又能让下面的人看见。宁悦静静地看着袋子，一时间百感交集。

这人又是什么时候回来把礼物放这儿了？

宁悦拿出手机，这次没有未接来电，也没有新的好友申请，确实不是她没听见。

宁悦走上去把袋子拿了下来，进了房间。她拉开窗帘，站在窗边拆礼物，里面是一个小巧的音响，看上去就挺贵。她犹豫片刻，又把音响原封不动地放进了包装里，直接收进了柜子。

对面陈予锦也到了家，爷爷奶奶在客厅看电视，见他回来关心道："跟同学吃的什么？"

"湘菜。"陈予锦踢掉鞋子换上拖鞋。

陈爷爷乐呵呵地点头："不错，看来和同学处得不错。"

自家孙子有多傲气他们也知道，就怕他融入不了新集体，所以陈予锦说要和同学一起吃午饭，他们马上就答应了。

"周老师说你这次开学考考得不错。"陈爷爷好心情地说。

陈予锦惊讶道:"成绩出来了?这么快?"

"嗯。"陈爷爷说,"刚给我发的消息,说你考了第一,但也不要骄傲,要再接再厉。"

"知道。"陈予锦一边应声,一边打开手机看,果不其然,班群里已经聊起来了。

他点开成绩单,他以四分的微弱优势赢了李石译,拿到了班级第一,年级第十四名,他继续往下看,宁悦这次考得也还可以,班级第八,年级第一百四十五名。

班群里一群人拿李石译开涮,纷纷艾特他,可见这人平时有多招人恨。

当然也有很多人艾特陈予锦,他很机智地没回,把低调践行到底,让李石译去面对炮火。

宁悦也在看成绩单,她把陈予锦的成绩放大了看,那一科科的分数看得她望洋兴叹,牛啊,陈予锦,不愧是从附中来的。

然后,她又记下了自己各科的分数,在心里打腹稿,准备应对周老师的考后反思环节。每次考完都得走这个流程,她已经驾轻就熟。

群里还在刷屏,闹腾得不行,高雨婷这回考得也不错,班级第十七,年级第三百五十名,她群聊不过瘾,还给宁悦私发消息。

高雨婷:陈予锦牛哇,一来就打破我们班一枝独秀的局面,搞了个双足鼎立啊。

高雨婷:一来就上荣誉榜,他这照片一放上去,那还得了。

高雨婷:咱班到时候也要成为打卡景点了。

高雨婷:以后上厕所竞争是不是也变大了啊!

宁悦:……那你平时少喝点水,别人就卷不到你。

她回完消息看见"荣誉榜"三个字,突然又想起来陈予锦第一次逛学校时在荣誉榜前说的话,她一时兴起,从相册里找到荣誉榜的照片圈了个位置发给了陈予锦。

宁悦:你的位置,在这儿。

陈予锦很快把这张照片又发回给了她,宁悦点开看,发现上面多了个红圈,圈在理科班五十名的位置。

宁悦:?

陈予锦:我觉得你的位置可以在这儿。

宁悦惊讶地倒吸一口气,他也是真的看得起她,要考到这个名次,最少都要考到班级第四名,她从来没考这么好过。她只当他在开玩笑,正想发个夸张的表情过去,陈予锦下面的话又发来了。

陈予锦：没开玩笑。
陈予锦：之前就想说了。
陈予锦：宁悦，不要自己给自己设定上限，人生只有阶段性目标，没有上限。

第四章
宁悦，别着急

每年的九月都是沅南的读书节，学校会组织一些班级文化建设活动，但高三基本不参与，只保留了一项黑板报，主题也都是固定的——致梦想致未来。

出黑板报这种活挺不受同学们待见，因为得牺牲自己的自习时间和休息时间干，周老师也不为难别人，毫不客气地把这个难题丢给了宁悦。这也不是第一回了，宁悦对此早就有心理准备，一下课就去找了自己的老搭档们。

以前的安排是——宁悦负责确定板报的创意，高雨婷负责版面设计和绘画，杨灿根据创意撰写内容初稿，誊写的工作交给宁悦和另一个和她字体很相像的女生陈姗姗。

高雨婷和杨灿都没有问题，但陈姗姗放假摔了一跤，把手腕扭了，现在右手还肿着，没法抄板报。

宁悦不得不另外再找人，但一圈对比下来，居然没有第二个人和她字体相似。

"要不就别保持字体统一了，反正高三的黑板报也不评奖，凑合一下得了。"高雨婷建议。

"不行，太丑了。"宁悦有点强迫症，看不得一块黑板上出现两个截然不同的字迹。

"那咋办，找不到人了，难不成你一个人抄啊？"高雨婷看着后面的黑板，那么大一块，一个人抄得浪费多少时间，她们原本的计划是一天搞定。

"让我想想有没有漏掉谁。"宁悦皱眉思考。

杨灿也在一旁帮着想,她眼睛在教室里扫了一圈,最后不经意地停留在了后面的桌上,两张课桌上的书都摊着。

她眼睛一亮,扯了扯宁悦的衣服,示意宁悦看:"悦悦,你看李石译和陈予锦的字是不是挺像的。"

"我看看。"宁悦站起来,走到旁边打量两人的书,确实挺像的,都是遒劲有力、结体严整的字体。

"行!"高雨婷拍板,"就他俩了!"

"独孤求败——"高雨婷高声叫,"回来,有事找你!"

李石译被她一嗓子嗷得手一抖,半杯水都倒在了自己身上,杯子都差点砸了。他一边拧着衣服,一边没好气地问:"有什么事啊?"

宁悦把抄板书的事和他说了。

李石译:"我倒是没什么问题,关键是陈予锦愿不愿意帮这个忙?"

"陈——"高雨婷如法炮制,想把陈予锦也叫回来,但只叫出一个姓就哑口了,她看了一眼宁悦,"算了,等他回来悦悦你和他说。"

宁悦莫名其妙,怎么奇奇怪怪的。

陈予锦擦完黑板回来,宁悦就和他说了,他没意见,答应帮忙。

宁悦松了口气:"那这样,下午自习课之前,我和灿灿搞定创意和内容,婷婷设计好版面,我们争取用自习课的时间就把板报弄完,别浪费太多精力。"

几人都没什么问题。

宁悦出过黑板报,有经验,她把整块黑板分成三个部分,一部分安排梦想相关的内容,一部分安排未来相关的内容,但第三部分要干什么她却没想好。

她下意识找杨灿商量,但杨灿估计是去上厕所了没在,于是她顺势扭过头问陈予锦:"你觉得这个部分还能放什么?"

陈予锦低头看她的草图:"主题是什么?"

啊,都没跟他说过主题,宁悦忙不好意思地补充:"致梦想致未来。"

陈予锦思考片刻:"要不第三部分做个空白的梦想墙吧。"

他的指尖压在纸上,大概圈了一下地方:"这里就写标题,下面空着,大家可以贴便利贴。"

宁悦眼睛一亮:"就跟奶茶店的留言墙一样?"

"嗯。"陈予锦收回手,"我们以前做过类似主题的黑板报,当时就是这样做的,能省不少时间,也能让其他人有点参与感。"

参不参与都另说,能偷懒就最好了,这样只有两版内容要誊抄,也方便分配工作。

宁悦把草图拿给了高雨婷，让她设计版面，自己则和杨灿一起开始准备内容。陈予锦悠闲地看着宁悦有条不紊地安排推进，垂下眼笑了笑。

下午一共有三节课，一节自习，宁悦早就安排值日生提前擦好了黑板，一下课，几人就开始分工合作，高雨婷勾勒线条，宁悦和杨灿填色，同时陈予锦和李石译誊抄。

五个人参差交错，虽然地方够大，但还是难免有挤到对方的时候，宁悦弯着腰填最底下的叶子，填完一后退就绊到了陈予锦的腿。

"小心点。"陈予锦眼疾手快地捞了她一下，把人拉了回来，才避免了她摔倒。

宁悦很瘦，平时她都穿校服和运动服还看不出来，这一揽才发觉，陈予锦极快地扫了一眼教室，所有人都在伏案学习，没人看他们这边，李石译他们也没看见，他若无其事地松开手。

宁悦低着头在看陈予锦的鞋，鞋面上被她踩了一个印子。

"你先填这边。"陈予锦给她让了一下地方。

"行。"宁悦的视线从鞋上挪开，现在也不是聊鞋的时候，她和陈予锦换了一下位置，继续填颜色。

但不知道是不是风向的原因，从上落下的粉笔灰不停地往她鼻子眼睛里飘，她轻轻地咳嗽了两声。

陈予锦这时用手肘碰了她一下，低声道："把那边那本册子给我。"

宁悦闻言看去，刚刚高雨婷用来垫脚的桌子上有本册子，她拿过来递给陈予锦："怎么了？有用？"

"嗯，你继续画你的。"陈予锦心无旁骛地誊内容，眼睛都没看她。

宁悦看了他几秒，不明所以地低头继续画，等她聚精会神地填完一朵花后，才后知后觉地反应过来有什么不对，粉笔灰是不是好像没了？

她疑惑地抬起头，最先看见的是头顶的一本册子，陈予锦单手飞快地抄内容，另一只手抬着册子，把掉落的粉笔灰全部接下了。

宁悦愣了愣。

"画完了？"陈予锦察觉到她停下，侧头看过来问。

"啊……嗯。"宁悦回过神。

"那你画上面的，那边都写完了。"陈予锦没有要解释或者多提什么事的意思，反而语气平常地问，"要帮你扶桌子吗？"

"不用，我自己能行。"宁悦把桌子拖过来，踩着椅子上去。她对着高雨婷的标注拿出对应颜色的粉笔，但笔尖压在黑板上却迟迟没动。

陈予锦写字的声音在她耳边回响，而她在走神。

半晌后，宁悦弯下腰，把陈予锦放在桌子上的册子拿起来，依样画葫芦地抵着黑板，挡着那些扑簌落下的粉笔灰。

陈予锦不动声色地抬眼，手下流畅地写下一串文字，只是嘴角些微地扬了扬。

教室里不知道是谁带头读起了书，朗朗读书声在夕阳的余晖里起伏翻滚，逐渐热烈激昂。

他们结束时比预计晚了十分钟，在一所饿鬼横行的学校里，十分钟代表着食堂很可能已经被洗劫一空了。

宁悦大气地表示请他们吃三楼的小食堂，一起炖个牛肉吃。

考虑到有五个人，所以她点了两个小的牛肉锅，结果刷饭卡的时候才发现余额不足，毕竟两个锅加起来小八十块了。

陈予锦没多想就把自己的卡递上去，随口道："拿去刷。"

宁悦和高雨婷默契地对视一眼，两个曾经的霸总文爱好者不约而同地想到点什么。

李石译就没那么多顾忌，他干完活一身轻松，心情很好地调侃陈予锦说："不知道的还以为你递出去的是张不限额的银行黑卡。"

宁悦那点匪夷所思的联想被李石译无意间戳中，莫名其妙有点尴尬，于是她都没顾得上客气，接下陈予锦的卡就刷了。

"晚点我转你微——"

宁悦张着嘴，话没说完就戛然而止。

众人目瞪口呆。

因为他们都看见了刷卡机上显示的余额。

陈予锦疑惑地看着全员石化的他们："怎么了？"

怎么了？还问怎么了？李石译眼神疯狂，想握着他的肩膀狠狠地摇晃，顺道把刚刚的话再吃回肚子里，到底什么人会一次性在饭卡里冲五千块钱啊！

那可是五千块钱！

李石译最先从冲击中回过神，他揽着陈予锦的肩膀，语重心长道："我是饭桶，钱用不完，可以喂我。"

陈予锦也反应过来了，他悠悠地瞥他一眼："叫声爸爸，你不是饭桶，钱也喂你。"

李石译能屈能伸："爸爸。"

杨灿恨铁不成钢，一脸嫌弃："头一回见人膝盖打滑的，这也跪得太流畅了。"

李石译得意扬扬地拿着卡："你懂什么，我这是对资本家的一次有力反击。"

他举起手高声对着阿姨道："阿姨！再来一锅牛肉！"

三锅牛肉分量不少，几人最后都撑得有点走不动道。好不容易走回教室，高雨婷往宁悦旁边同学的位置上一瘫，难受地感慨："资本家的便宜不好占啊。"

宁悦好气又好笑，提醒她："这顿饭我请客，钱我到时候要转陈予锦的。"

"对哦。"高雨婷这才反应过来，"搞了半天没占到资本家便宜啊！"

宁悦无语。

陈予锦懒洋洋地看她们一眼，原想说不用还他，但很快他又断定宁悦肯定不会听，所以也就没再说什么。

高雨婷一边消食一边欣赏黑板报，梦想墙那儿已经贴上了不少便利贴，她来了兴致："悦悦，咱们也快点贴上去，贴个最显眼的位置。"

宁悦心说又不是贴得显眼就能实现，但行动上还是老老实实配合她拿出便利贴写。

她没把这个东西太当回事，毕竟就是个糊弄学校的黑板报而已，她在记忆里搜罗了几句鸡汤，挑了个不出错的写下来，但写完她看着那句"做个对社会有用的人"又觉得心里莫名发虚，好像自己这么轻易地应付这个事是错的。

可又不知道这种感觉从何而来。

宁悦把写好的撕了，定定地盯着便利贴看了半晌，不由自主地落了笔，等她反应过来，新的目标已经写好了。

△期末考试考进年级前五十。

她蹙眉，感觉自己多少有点离谱了。

"悦悦，你写完没？"高雨婷催促。

"写好了。"宁悦没时间再犹豫，她把便利贴撕下来，两人走到后面去贴。

"你写的什么，让我看看。"高雨婷凑过来，大声惊呼，"宁悦，你这个步子迈得也太大了吧。"

高雨婷自己也是写的期末目标，她的目标是考进前三百名。

宁悦挠了挠脸，果然还是太夸张了点。

"算了，我也觉得步子太大了，我重写。"

她想把便利贴揭下来，但有人比她更快，一只修长有力的手抢先一步揭下了便利贴，然后一抬手，高高地贴在了黑板的最顶上。

那是一个以宁悦的身高鞭长莫及的高度。

宁悦不用看也知道手的主人是谁，她抬起头看他。

这张不算数的——她想说这句话，却又说不出口。陈予锦给她发的那个信息瞬间浮现在脑海中，像是个什么封印一样，阻挡了她的犹豫。

陈予锦和她对视，目光幽深："怎么了？"

你说怎么了？

这人真的非常擅长揣着明白装糊涂，就凭他刚刚那个手速，宁悦都不信他一点都不知道她想干什么。

但他装,她也就不能说。她可以在高雨婷面前轻易地说算了,但在陈予锦面前说不出"我不行,我想反悔"这句话。

也就是在这一刻,宁悦突然意识到在他面前承认不行,远比达成年级前五十的目标更难。

半晌,她看着他摇摇头:"没怎么,就贴那儿,显眼。"

在期末考试之前,还有两次月考,一次期中考试,也就是说宁悦要想达成目标,每次考试在班里都得进步至少一个名次。

压力巨大。

宁悦茫然地盯着开学考的试卷,在放弃和坚持之间摇摆,片刻后,她长叹了一口气,认命地开始思考对策。

光盯着班级名次看是没有意义的,还是要想办法提高分数,杨灿这次刚好是第四十九名,宁悦比她少了三十二分,如果把这三十二分分摊在六门科目上,每科能够提高五分就差不多了,但语文和英语是宁悦的强项,还想提分很难,所以重点还是要放在数理化生上。

宁悦把四科的试卷拿出来,找自己粗心大意导致的失分点,最后拼拼凑凑出来十分左右,其他都是因为不会做而丢掉的分,那么只要四科内任意两科能够多对一个大题,那就离目标有戏。

听起来好像很简单,但实际上很难。

宁悦撑着头,感觉整个脑袋都在隐隐作痛,所以干吗要自讨罪受?

周老师对他们那个梦想墙很感兴趣,趁自习的时候把每一张都看了,晚上回家还在和宁悦聊。

"这回怎么敢定那么远大的目标了?"周老师把锅里的速冻饺子捞出来,端给宁悦,笑她道,"以前让你再努努力,不是有一大堆借口?"

宁悦其实不饿,但有种饿叫作"你妈认为你饿",她无奈地接下来,含糊道:"目标嘛,随便定的。"

"定了目标就要做到,怎么能随便。"周老师板起脸。

宁悦赶紧服软:"开玩笑的,我在朝着那个目标努力了。"

周老师好整以暇地看着她,一副把她拿捏住的表情。周老师屈起手指敲了敲桌:"那和妈妈说说,你打算怎么努力?"

宁悦把饺子囫囵吞下,把白天自己的分析复述了一遍。

周老师很满意:"早就跟你说过,除了常年稳在年级前十五的那几个人,前一百名的分值差距其实都不大,每一科能争取提高一两分,你的总分就上去了,每次考试都能在前一次的基础上提高一点,正式高考的时候,考进年级前五十肯定就没有问题。"

周老师:"你以前就是太懒惰了,鼻子上稍微冒点汗就不肯再努力。"

宁悦心想以前她也尽全力了,但表面上还是态度端正:"我保证接下来更努力。"

周老师笑了,揉了揉她的头发:"既然决定了就要努力做到,不要敷衍妈妈,更不要敷衍自己,妈妈等你期末给我一个惊喜。"

"加油!"周老师握拳给宁悦鼓劲。

"嗯嗯!"宁悦连连点头,往外推她,"你不是还要和爸爸打视频电话?再迟他要等急了。"

"行。"周老师无奈地往外走,还不忘交代,"饺子吃完自己把碗放厨房啊。"

"知道了。"宁悦笑着答应,扭身朝她挥手。

周老师满意地带上门出去了,她的目光完全消失的一刹那,宁悦就把笑容收了起来,碗被宁悦推到一边,准备等会儿收拾。

她捂着后脑,低下头闭上眼沉默了一会儿,周老师的期待总是会给她带来很大的压力,这种压力无可避免,是一个听话的女儿面对父母的要求时自然而然产生的。

因为父母爱她宠她,给了她力所能及能够做到的一切,所以作为孩子,她也想回馈点什么给他们,想要尽可能满足他们的期待,不想让父母失望。

宁悦叹了口气,睁开眼睛看向窗外,陈予锦也没拉窗帘,这些天她差不多已经摸清了他的作息,他每天都会学到十二点钟左右睡觉,早上六点二十分起床,和她的时间差不多,他学习的时候很专注,几乎不会分神。

她有的时候会把陈予锦作为一个学霸样本进行分析,试图找出除了智力,导致他成绩好的其他因素。

专注应该算其中之一。

宁悦反手揉了下后颈,撕下一张便利贴贴在正前方,上面写了大大的"专注"二字。写完,她捏了捏拳头。

加油,宁悦。

经过缜密的思考后,宁悦把提分的重点放在了数学和生物上,一个是她的相对弱项,一个算是她觉得四科里难度最低的。

为了腾出更多的时间做题,她稍微改变了一下自己的作息时间,晚上多做一个小时的题,坚持了一个星期后,她成功把自己折腾得睡眠不足了。

也不知道是因为打破了生物钟,还是她潜意识里的压力实在太大,所以她才老是忍不住在睡觉前背公式,明明已经决定要睡了,但闭上眼,脑子里却还是不受控制地想之前做过的题目,越想就越睡不着。

一连好几天，她上午都在打瞌睡，常常下课铃一打，她人就跟阵亡了一样趴下了。

高雨婷上厕所没人陪，一个人寂寞得很，终于忍不住来关心姐妹了。

她把宁悦推醒，握着宁悦的手言辞恳切地问："悦悦，老实和我说，你是不是遇到什么事了？"

"我能遇到什么事？"宁悦睡眼蒙眬地看着她。

高雨婷做贼般左右看，目光稍稍在陈予锦身上停留了片刻，见他在和李石译讨论题目，没注意这边，才小声说："是不是为情所困了？"

"什么跟什么啊？"宁悦稍微清醒了一点，无语地打了个哈欠，"我哪儿来的情可困。"

"杨延啊。"高雨婷声音高了点，又很快欲盖弥彰地低下去，"他是不是又找你吵架了？"

陈予锦听到这个名字漫不经意地看了她们俩一眼。

"没有，好多天没联系了。"宁悦喝了口水，猛地揉了下脸。

"那你怎么搞成这样？"高雨婷露出怀疑的眼神，"黑眼圈重得跟被人打了一样。"

"我熬夜学习，失眠了。"宁悦有气无力地又打了个哈欠，眼角都溢出了泪水，"天天晚上睡不着，就这样了。"

高雨婷担忧地道："你是不是中邪了？"

宁悦无奈。

高雨婷一脸惊恐："你突然学习这么拼命，我真的好慌，你不会要抛下我独自起飞了吧！"

宁悦被她夸张的表情逗笑了："我不是定了个目标嘛，不拼一下铁定达不成。"

高雨婷更加惊恐："你来真的啊？那个不是随便写写？！"

宁悦用力伸了下腰，认真道："不是，来真的。"

高雨婷劫后余生般庆幸地拍拍胸口："不是来真的就好，吓死我了吓死我了。"

宁悦：是她没断好句？

"但你这样失眠也不是个事啊。"高雨婷神情担忧，"这个状态上午能听进课吗？"

"还行。"宁悦皱眉，"不过确实不能长期这样，我在想是不是能去校医院买点安眠药。"

"不好吧，那个不能随便吃吧？"

宁悦感觉又在犯困了："我到时候去问问，看医生怎么说。"

高雨婷见她实在困得厉害，也没再缠着她问，让她抓紧时间再睡会儿，但下课时间本就不长，现在已经所剩无几，宁悦按了按眼睛起身去厕所洗冷水脸。

李石译桌子被挤到，抬头看了宁悦一下，又低下头继续和陈予锦纠结题目："这题你还没想出什么解法啊？"

"不好意思，你刚说什么思路来着，我没听见。"陈予锦回过神。

李石译有点无语："大哥，我讲三回了！"

"行吧，我再说一次。"李石译猛叹一口气，拖过试卷认命地讲，好在这回陈予锦终于听进去了，效率极高地和他讨论出了结果。

宁悦最后也没去校医院，她觉得还不至于到要吃安眠药的地步，当晚她按时十二点就熄灯睡觉，可同样没有作用，半个小时过去依旧没有一点睡意。

她从床上坐起来，无可避免地有点烦。

深夜万籁俱寂，周老师早就休息了，她起床准备开灯，却看见对面居然还亮着灯，她看了下时间，都十二点四十了。

宁悦把窗帘拉开，果不其然看见了陈予锦坐在桌前的身影，她站在漆黑的窗口安静地看了他一会儿，又去拿了一瓶牛奶。

她一边喝一边开灯，闲着也是闲着，边喝边学习。

宁悦这边一亮，陈予锦就注意到了，他抬眼看了几秒，没做什么，继续做题，但搁在手旁的手机却亮了一下，他下意识先看向宁悦，对方低着头，没看这边。

然后，他拿起手机点开。

宁悦：陈予锦，你觉得人真的没有上限吗？

他又抬头看向对面，宁悦也正看着他，两人对视片刻。

陈予锦单手回复：嗯，没有。

宁悦心情复杂，果然是这个答案啊，但人的梦想和目标可能没有上限，精神和身体却有，那有限的精力要怎么支撑无限的想法呢？

她的手机振动了一下，陈予锦的名字出现在屏幕中央。

陈予锦：你知道我们最不缺的是什么吗？

宁悦：？

陈予锦：时间。

宁悦笑了，学校老师恨不得把高考倒计时贴在每个人脑门上，告诉大家时间已经不多了，要加油，要努力，要抓紧时间，陈予锦这会儿居然说他们最不缺的就是时间？大概他这种被她妈妈归为年级前十五的学霸，不懂他们这些普通人的紧迫？

她心不在焉地喝着牛奶，不知道该怎么回。

陈予锦：你太着急了。

这话没头没尾的，乍一看可能会觉得莫名其妙，但宁悦却秒懂了。她心中诧异，抬起头看向他，这种距离很模糊，但她却仿佛能看清他洞察一切的目光，和他表情上的所有细节。

一句话打了又删，删了又打。

——我没着急。

——我着急什么？

——你知道什么？

她一脚踩着地，一脚踩着椅子横杆，翘着椅子腿摇，心里想着深夜还是容易感性，她也许不该冲动地问他，给自己徒增烦恼。她仰头看了会儿天花板，叹了口气，在对话框里敲下"很晚了，早点休息"这几个字。

但没来得及发送，陈予锦的下一条信息又来了。

陈予锦：宁悦，别着急。

椅子晃动的声音戛然而止，仿佛静止的电视画面，宁悦整个人都停滞了片刻，漫不经心的表情一点点退去。

她无意识地滑动着屏幕，那句话一会儿出现一会又消失，像个调皮的小人一样，在她心里横跳，你看得见我，你看不见我，你看得见我。

也不知道沉默了多久，宁悦定住手指，屏幕也不再跳跃，她身体松懈下来，把喝完的牛奶瓶投进垃圾桶，删掉了编辑好的信息，回复了一个简短的"嗯"。

陈予锦收到信息抬起头，两人默契地对视了片刻，又低下头各自做题。

暗淡的小区仿佛沙盘里的模型，一盏盏还亮着的灯光，标记着高考生的坐标，累的时候看看别人的窗口，就知道自己不是孤军奋战，再深的夜里，也有人和你一样，在题海里匍匐求生。

有了同伴，好像也就没那么疲惫了。

每逢考试，大家情绪普遍都会比较焦躁，明明开学考好像也没过去多久，也不知道为什么就又要考试了。

原本下早自习后的早饭时间，大部分人都会睡个迟来的回笼觉，但这几天睡觉的少了，很多都在沉默着刷题。

在满教室的低气压里，李石译和陈予锦悠闲得和其他人格格不入。

李石译："杨灿，别做题了来聊天吧。"

杨灿不理他，李石译就手贱地把彩色长尾夹夹在了杨灿的头发上，他一边夹还一边和陈予锦抱怨："考个月考而已，搞得这么用功，我都有点紧张了。"

陈予锦慢悠悠地转笔："反正我不紧张。"

这人眼看已经融入了班集体，就逐渐开始原形毕露，说这话时语气格外嚣张。

"喊。"李石译斜他一眼，手下还没停，给杨灿挂了一圈夹子，"我跟你讲啊，你别激我，否则我就卷死你你信不信？"

陈予锦还没说话，杨灿先忍不了了，她一本书砸下来，正好砸在李石译手上：

"李石译，你别激我啊！"

她挂着满头的长尾夹，头发甩起来就像是云霄飞车一样："老子懒得理你你当我脾气好是吧！我今天不把你头打掉，我跟你姓！"

"别——"李石译一边挡着从四面八方打来的书，一边逃，"灿姐灿姐！我错了！"

宁悦被吵醒，一脸蒙地问陈予锦："怎么了？"

陈予锦笑着从外面收回视线："没什么，李石译手贱。"

宁悦习以为常地点头，她眼神空洞地看了会儿窗外，突然回头对陈予锦说道："陈予锦，你捏我一下，用力一点。"

陈予锦的笔当时就转掉了，落在书上画了一条印子，他心道这么突然？他若无其事地捡起来继续转，似笑非笑道："想碰瓷啊？"

宁悦把手臂摆在他桌上："碰什么瓷？你要把我手捏断啊？"

这什么脑回路啊，他又不是个铁钳转世，轻轻松松就把人的手捏断。

他瞥了一眼横在他面前的这条又白又细腻的胳膊，没动手："我平白无故捏你干吗？"

"醒神啊。"宁悦用力闭了闭眼睛，"我最近一听到英语单词就困得慌。"

她心疼地看着自己胳膊说："自己有点下不了手。"

陈予锦垂下眼，好像他就能下得了手一样。他往后靠，离那条胳膊远一点，开玩笑说："你觉不觉得这个要求有点唐突？"

宁悦眨眨眼，清醒了一点，她反省了一下，恍然大悟："我刚刚口气是不是有点像叫按摩师傅？"

陈予锦无语。

这不是困，这是压根儿没醒。

他拿着笔把她那条胳膊戳下去，没好气道："转过去，我有个更好的办法。"

"什么办法？"宁悦转过去。

"你稍微等等。"

宁悦不明所以地等着，后面也没什么动静。她盯着黑板看了会儿，感觉也清醒了七八分，就在她以为陈予锦是想着突然袭击把她吓醒的时候，一只冰凉的手突然贴上了她的后脖子，她被冻得一激灵，立马醒得不能再醒了。

她心说难道你这就不唐突啊？

宁悦惊愕地回过头，陈予锦的手也后撤了点，他手里拿着一瓶冰水，宁悦恍惚了一下，一时间也不知道刚冻到她的是水还是手。

"醒了没？"陈予锦老神在在地问。

宁悦点点头，今天一整天都不会困了："谢谢你啊。"

陈予锦扬眉，看着心情很好："不客气。"

李石译站在座位边看着陈予锦，眼神疑惑，同样是恶作剧，为什么他被打成这样，陈予锦还能拿到一声谢谢啊？

见陈予锦起身去厕所，他立马跟上虚心请教。

陈予锦轻飘飘看他一眼，揽着他的肩膀将他压低："你别指望了，这是情商。"

说完，他拍拍李石译，别有深意地走了。

李石译在原地愣了会儿，这狗东西刚刚是不是变着法骂他情商低？不能因为熟了就这么肆无忌惮吧？说好的相互学习呢？

周日只上半天的课，下午休息半天，晚上再回来上自习。

宁悦吃完饭睡了个饱满的午觉，起床后精神奕奕地准备去打个球，小区里有个篮球场，虽然场地小篮网都被打没了，但一个人玩玩还是没问题。

她到时场上已经有人了，那人过人投篮，中了个漂亮至极的三分。

宁悦那一刻说实话，想吹个口哨。

梁思源不甘心地撑着膝盖休息，余光先看见了倚在拦网上看得津津有味的宁悦。

他惊讶道："宁悦？好巧啊！你也来打球啊？"

他又看了下陈予锦，警惕起来："不对，你们约好了？"

"好久不见啊。"宁悦打了个招呼，"陈予锦没和你说过吗？我也住这个小区。"

梁思源提高声音，一脸被背叛的表情："弟弟你怎么这么大个事都不告诉我！"

陈予锦拿起地上的水喝，浅翻了个白眼给他："北极冰川融化了你是不是也要管啊？"

梁思源悻悻。

宁悦饶有兴致地看着他俩一来一往，她发现陈予锦待人的态度是因人而异的，在学校和李石译他们一块的时候，只能算有点嚣张有点跩，但跟梁思源说话，那就非常嚣张非常跩了。

可能是越熟悉，就越不会控制本性？

陈予锦今天穿搭是运动潮男风，不光戴上了护腕，头上还戴了个发带，很酷，只是依旧穿着灰色的运动长裤，两相对比，让旁边露着腿的梁思源看起来不像个正经人。

陈予锦打量宁悦两眼，目光落在她抱着的那个球上："你会打球啊？"

"会一点。"宁悦自觉自己这点业余的水平在两人面前不够看，所以很谦虚。

"那来打一场。"

宁悦惊讶地问："你和我啊？"

"嗯。"陈予锦打量她这一身。说来也巧，宁悦为了打球也戴了个发带，马尾高高地扎着，活力又阳光。

他把自己的护腕扯下来丢给她。

宁悦条件反射地接住，又愣了下："不用……"

"我们刚开始打，还是干净的。"陈予锦把梁思源的护腕拽下来戴上，"你应该也好久没运动了？最好做个防护，毕竟马上就要考试了。"

也是这么回事。

"行。"宁悦把护腕戴上。陈予锦的东西估计都挺贵的，这款虽然是男士专用，但戴在她纤细的手腕上，也很服帖干爽。

他们用的是陈予锦的球，一上手宁悦就感觉手感不一样，她以前打球要不就和高雨婷玩玩，要不就和杨延打，都打得挺随便的，所以技术也没有多好。

一开始陈予锦挺明显在配合她的速度，两人打得不温不火，看着不像打球，反而像是跳交谊舞。等宁悦手感找回来后，陈予锦才认真起来，他一认真，宁悦就再也没进过球。

打了半个小时，眼看陈予锦又轻轻松松绕过她，宁悦就有点心灰意冷。

她叉着腰，眼睛盯着那个球进到篮圈又落地，长叹了口气："不打了。"

陈予锦接住球抱在怀里，拿起挂在一边的毛巾擦汗，夸赞她道："其实你打得挺好的。"

"得了吧。"宁悦没把这种虚假的夸奖当真，她看空一切地叹气，"要不是你让我，我一个球都别想进。"

她拿起自己的水杯，喝完才看见梁思源坐在地上双目无神地发呆。

宁悦不解地问："梁思源，你坐地上干什么？地上不硬吗？"

梁思源目光涣散："地硬不硬我不知道，你俩是真的心硬啊！"

"半个多小时了，我这么大个活人，有人管我吗！明明球场上有三个人，打球，有人带我吗？"梁思源痛诉。

宁悦心里莫名有点理亏。

"不好……"

"你别道歉！"梁思源伸出手大声阻止她，眼巴巴地看着陈予锦，"弟弟，不安抚一下哥哥受伤的心脏吗？"

"等会儿请你吃饭。"陈予锦非常熟练。

"好嘞！"梁思源从地上一跃而起，变脸变得比谁都快。

陈予锦看向宁悦："要一起吗？"

宁悦摇摇头："我中午吃过了，吃不下。"

"行。"陈予锦拿起自己的东西，三人往球场外走，运动适量就行，没几天就考试，要是过量拉伤就得不偿失了。

陈予锦回家洗了个澡,就和梁思源一起去吃东西,只有两个人,梁思源跟个炮仗一样不停地发问。

"你真的很不对劲啊,陈予锦。

"住对面,一个班,她妈妈还是你班主任?一桩桩一件件,你是一个都没和我说啊!

"你也太不把哥哥我当哥哥了吧!"

陈予锦笑了:"跟你说了你能干吗?"

梁思源义正词严:"我必将把你的歪心思掐死在摇篮里,履行我身为哥哥的职责。"

"你就比我大五天。"陈予锦提醒。

"大一个小时也是大!"梁思源骄傲地挺起胸,"别转移话题,高三啊弟弟,高三多重要啊弟弟,不要仗着成绩好就分心啊!"

陈予锦低头悠闲地喝汤:"谁跟你说我会分心?"

梁思源一脸不信:"你敢看着我的眼睛告诉我你不喜欢人家?"

陈予锦低下头继续喝汤。

梁思源拿出手机:"我现在就告诉姨妈。"

"你姨妈忙着离婚呢,没空管你。"陈予锦一点不虚。

"歇会儿吧。"陈予锦把菜往他那边推,"咸吃萝卜淡操心。"

梁思源又想到什么,恍然大悟:"宁悦不喜欢你啊?"

陈予锦把汤勺丢碗里,抱着胸冷冷地看着梁思源,你说,你有本事再说。

梁思源:有杀气。

饭吃完,陈予锦都对他一副爱搭不理的样子,梁思源心里慌得不行,说中了?还真有人不喜欢陈予锦?不喜欢他这个聪明有钱又帅气的弟弟?宁悦牛啊!

他哥俩好地揽着陈予锦走,不怕死地继续问:"人家真对你不感兴趣啊?"

陈予锦不说话,闷头喝果汁。

梁思源叹气:"那你想干吗就去干吗,我不告密了还不行?"

陈予锦冷冷开口:"高三毕业前,我不想干吗。"

梁思源怔住了:"那……那要干什么?"

"学习啊。"陈予锦瞥他一眼,眼神鄙视。

学渣梁思源被暴击。

陈予锦隔了四五米,把空瓶子精准地丢进垃圾桶,然后他定定地站了会儿,像是欣赏自己一投一个准的战绩。

两人沉默了片刻,就在梁思源还在想招的时候,陈予锦突然说:"梁思源,从小到大，我要做到的事情，有失败的吗？"

梁思源愣了下，答案第一时间出现在脑海里——没有。陈予锦最狗的地方就是，他从小就心眼多，又闷骚又腹黑，只要他真的想做的事情，千方百计都会做到。

梁思源摇摇头。

陈予锦满意了，他拍拍梁思源的肩膀："你走吧，我要回家学习了。"

梁思源：说话说一半，陈予锦你真的是狗吗！

宁悦家那栋楼突然停电了，具体原因宁悦也不知道，她和周老师摸黑回了家，两人在客厅坐了十分钟，就被闷得大汗淋漓。

"业主群里说今晚不会来电了。"周老师说，"明天才能抢修。"

"啊？怎么回事啊？"宁悦把校服裤脱了，换了条宽松的运动短裤，但还是热得直淌汗，她手里拿着把小扇子，给自己扇扇又给周老师扇。

"不知道啊。"周老师语气不佳，"可能谁家又乱用电了吧。"

小区老就是这点不好，当时的建筑水平不高，所以留存了不少隐患。

"没事，我等会儿把台灯找出来，也能学习。"宁悦顺她妈妈的毛。

"台灯能有多大用，还不如下面路灯亮，而且把眼睛看坏了怎么办？"周老师想了想，"你把书收一下，我们去对面陈爷爷家蹭空调。"

"啊？"宁悦迟疑，"这么晚了打扰人家不好吧？而且陈爷爷他们这个点可能都睡了。"

"没睡，刚还在业主群说话了。"周老师已经站起来了，"别磨蹭，快点，早点做完作业早点回来休息，不然你作业不做，明天老师讲的时候你就只能抓瞎。"

宁悦："……好。"

她把书收了一下，走的时候又把晾在阳台的护腕带上了，白天忘记还，她就给洗了，刚好可以还给陈予锦。

陈爷爷果然没睡，自从陈予锦搬回来，老人家都是尽量陪他陪到十二点。

周老师和陈爷爷在客厅聊陈予锦的学习情况，让宁悦自己去敲陈予锦的门，陈予锦隔了好一会儿才开。他刚洗完澡，头发还没干，脖子上挂着一个头戴式耳机，刚刚大概是在听歌没听见。

见是宁悦，他愣了一下。

宁悦举起手里的书："我家那栋楼停电了，我来蹭个空调写作业。"

"方便吗？"她觉得在别人家四处观望不大礼貌，也怕陈予锦介意，所以只能尽量让视线都集中在陈予锦脸上，不看其他地方。

陈予锦被她这过于专注的目光看得浑身不自在："方便。"

他侧身让她进来，带上门时他顿了一下，最后只关了一半。

陈予锦的房间很干净，被子都整整齐齐叠着，墙上挂着一件外套，书桌上也和宁悦不同，摆放得很有条理，床对面是一排柜子，一半是衣柜，一半放着书和高达模型。宁悦大概看了一眼，似乎还看见了全英文版的小说。

难怪不怕人看，她房间要是这么整齐，也不怕人看。

陈予锦把自己的书挪到一边："你坐这儿写。"

"我坐这儿你坐哪儿？"这房间就一张书桌一把椅子。

"我坐床上。"陈予锦拿起一本厚厚的英文书直接上了床。也许是没把宁悦当外人，所以他坐得挺随性，两条腿都弯曲着，弓着背靠在床头看。

不知道是不是洗了澡的原因，宁悦觉得他比平时要懒散点，也更加黑白分明。

她把书放在桌上坐下来，好奇道："你不写作业？"

"在学校就写完了。"陈予锦偏头看她，"最近我晚上有点别的事。"

"哦。"宁悦没追问。她心想着他看的那本书是什么，封面都是英文，刚刚扫得太快没看清，转而她又有些感叹，学霸就是学霸啊，看书都看全英文，她虽然英语成绩不错，但看全英文小说还是有障碍。

她转了下笔，无奈地笑了笑，翻开习题册。

陈予锦见她已经进入了学习状态，翻书的动作更轻。

房间里的空调开得很足，没过一会儿宁悦就觉得有点冷，她还纳闷自己什么时候不耐冻了，下一秒就发现自己只穿着运动短裤，半截大腿及以下部分全部光着，此刻都暴露在风口下吹。

她抬起腿，下意识就想跟在自己家一样，直接踩在椅子上学，腿都撩了一半她才反应过来现在是在陈予锦房间。

宁悦几不可闻地叹了口气，又生硬地放下了，她强迫自己集中注意力在课本上，自我催眠只要学习够认真腿就不会冷。

陈予锦余光看见了她的动作，眼睛随意一瞥，就看见了她那两条笔直白皙的腿，不光白，还很紧实，线条流畅有种力量感，他飞快地收回目光。

宁悦硬抗了会儿，还是冷。她正在犹豫是不是让陈予锦把空调调高点，旁边就突然飞来一个东西，宁悦抬手接住一看，是陈予锦挂在墙上那件外套。

她愣了一瞬，偏头看他。

"冷就盖上。"那人戴着耳机，看都没看她这边一眼，格外高冷，格外言简意赅。

宁悦打量他两眼，说了声"谢谢"，陈予锦没反应，不知道听到没。

他这件衣服很大，宁悦把腿整个包住，袖子在腿后打了个结，瞬间就暖和了很多，但本该因此恢复满分状态的宁悦，包完腿后却握着笔迟迟没有动，明明只是多盖了一件衣服而已，却有种他的气息铺天盖地而来的错觉。

很清爽，存在感很强。

思绪频频被打断,像是摔了一地的曲别针,本可以相互贯通链接,但现在却各自为营。

屋内两人,一个看不进去,一个写不下去。

翻页和下笔的声音默契地停滞了许久,在不知道哪个时间点,又先后响起来,仿佛刚刚只是短暂的掉线,信号恢复后,卡顿的画面会按照既定的情节照常上演。

宁悦做完作业时还不到十二点,效率不可谓不快,她习惯地拿出下一本书,准备开始做自己额外定下的作业。

翻开书后,她才觉得有点不妥,她扭头看他:"陈予锦,你要休息吗?"

陈予锦抬眼:"你搞完了?"

"老师的作业搞完了。"宁悦回答,"但我还想再做几道数学题。"

"什么题?"他拿下耳机,从床上下来。

宁悦把书往他那边推了下,给他看。

"你在集中做圆锥曲线题吗?"陈予锦看了几眼就看出门道,都是同一类型的题。

"嗯。"宁悦靠在椅背上,手里有一搭没一搭地转笔,"双曲线、椭圆是我的弱项,几乎每次都失分。"

她松了松脖子,叹了口气:"压轴的导数题我是没指望了,能把这题拿全分,也就挺好了。"

陈予锦笑着看她一眼:"挺明智的。"

宁悦没介意他的调侃,耸耸肩挺坦然地说:"人贵在有自知之明。"

陈予锦没再说什么,又坐回床上了。

宁悦扭过身,手搭在椅子靠背上若有所思地敲:"我以为你想给我传授点学习经验?"

"我哪有什么经验给你。"陈予锦笑着翻书,"你自己不是挺有条理的。"

宁悦微微皱眉:"我这一套和你那一套能一样?"

陈予锦点点头:"一样啊,刷题,多记多背,硬要说有什么不同,那估计就是我平时都刷压轴题。"

宁悦的失望都写在了脸上,可能是因为周老师老是和她说,让她多学习陈予锦、李石译的学习方法,所以她总是以为他们有什么隐藏的经验。

十二点了,周老师在外面叫她:"悦悦,作业做完了吗?"

"做完了!"宁悦大声回应。这么晚,估计是陈爷爷要睡了,看来今晚不能刷题了,她把衣服解下来还给陈予锦。

"对了。"宁悦突然想起来,从口袋里拿出护腕,"还你,我洗干净了。"

"放桌上就行。"

宁悦给他放桌上，把自己的书收起来。陈予锦看了她半晌，突然给她丢过来一个东西："把这个拿走。"

宁悦都没看清他从哪里拿出来的，她险险接住，是个小小的MP4。

这东西一看就贵，他也不怕砸坏了。

她一想到陈予锦那个不把钱当钱的大方劲，还以为他是要送她。

宁悦推辞道："这个我不能收。"

陈予锦笑着揶揄她："我卖给你。"

宁悦愣了愣，她什么时候说要买MP4了？她下意识问："你家破产了？"

沦落到卖二手了？

陈予锦：这天马行空的联想力绝了。

他无语地双手叉腰看她："借你的，你家有耳机没？"

宁悦点点头："有。"

"那就行。"

哪里行了？宁悦不解地问："你借我这个干什么？"

"你不是失眠？"陈予锦抬头点了下MP4，"失眠的时候听这个。"

宁悦惊讶地看向他，他怎么知道她失眠？

"悦悦，你收拾好了吗？"周老师又在问。

"好了，马上！"她走向门口，但拉开门时还是忍不住回头问，"陈予锦，这里面有什么？"

陈予锦笑了下，他靠在书桌的边沿上，自带吸引力的眼睛直视着她，像是放出钩子一样。他低声说："有催眠曲。"

家里依旧闷热，但宁悦觉得最热的是她握着MP4的手心，都快烧起来了。

她快速洗了个澡，然后进房找自己的耳机，上次用完她也不知道随手放哪儿了。

周老师见她翻腾问了句："悦悦，你找什么啊？"

"没什么！"宁悦把耳机插进MP4，反身把门关上，"妈妈，我睡了。"

周老师还说了句什么，宁悦没听清，她戴上耳机打开MP4，果然看见有个命名为催眠曲的文件夹，她打开，里面是十几条音频。

她随便打开一条，低沉清爽的声音就传进耳朵里，非常标准的美式发音，无数单词流畅地在宁悦耳朵里浮动，像是有双手在她脑海里拨弄。

宁悦愣住了，不自觉地屏住呼吸，所谓的催眠曲，是陈予锦在念英文故事。

第一次月考结束后，荣誉榜终于替换了，学校手脚很快，成绩出来后的第三天就换上了新的，下课后不少人都挤在那边看。

"杨延，找到了！"有个男生说，"这里183。"

杨延扫过去，果然看见宁悦的名字后面跟了个"183名"，他记得上回宁悦应该是考了一百四十多名？退步了四十多名。

那男生坏笑着用手肘顶了杨延一下，小声说："她考得不错啊。"

杨延表情不佳，没理。他视线上移，看向理科班挂了照片的那五十个人，陈予锦排在年级第十三名，陈予锦这张照片拍得挺不错，眉眼干净帅气，五官自然舒展，表情随和从容，和其他人画风都不同，旁边有不少女生都在对着这张照片窃窃私语。

"吴子龙，你知道这人是谁吗？"杨延问。

吴子龙顺着他的目光看去："不认识啊，咱们学校什么时候有这么一个人了？怎么没印象，我看看……三十七班，这不是宁悦班上的？"

吴子龙："这人你认识啊？"

杨延想起在宁悦家楼下和陈予锦那短短几秒钟的对视，语气不善地说："不认识。"

"不认识你关心他是谁干吗？"吴子龙盯着陈予锦的照片看了会儿，突然意味深长地笑了，"噢，我知道了，宁悦班上有这么优秀一人，你有危机感了。"

"你知道什么。"杨延抬脚就走。

"我说没说中你自己知道。"吴子龙赶紧跟上，"你们吵架还没和好啊？这都好几个月了吧？你上次不是去道歉了？没和好？"

他问了一连串问题，杨延一个都没回，好在吴子龙也习惯了杨延这副样子，不怎么介意。

他继续絮絮叨叨："都跟你说了不能那样，你倒好，直接把人删了，你介意什么直接和她说不就好了，你不说，她怎么知道你生什么气。"

吴子龙自告奋勇："如果你实在说不出口，我帮你去说。"

杨延冷冷道："你要是敢去找她说，以后我们就当不认识。"

吴子龙没想到他会说出这种话，当场愣在原地。等他反应过来，杨延已经走出很远了，他跑过去，无奈道："我不说，不说行了吧。"

杨延全身上下除了拳头，嘴最硬，明明心里在意得要死，但他就是什么都不说，他们班就在厕所边上，杨延非得舍近求远去三十七班那边，不就是为了能偷偷看宁悦一眼。

经过三十七班，吴子龙往里面看，宁悦还是坐在老位置，她正和后座的男生说着什么，两人有说有笑。他心里"咯噔"一声，暗道不妙，果不其然，虽然杨延目不斜视，好像什么都没看见，但吴子龙了解杨延，杨延这副表情分明就是气得连牙都要咬碎了。

而且刚刚那人好眼熟。

吴子龙脑子里灵光一闪："延哥，刚刚那男的是不是荣誉榜上那个？他和宁悦坐那么近啊？"

杨延没说话，脚步匆匆，连去厕所的过场都不走了，直接走到头下了楼。

吴子龙长叹了一口气，认命地跟上去："大哥，你们认识这么多年了，有什么话不能说出来。"

"你看坐她后面那男的，长得帅，成绩还好，刚荣誉榜那儿就有不少女生讨论他吧。"

"你就不慌吗？万一——"

杨延突然停下来，吴子龙猝不及防撞上去，鼻子都差点撞歪了。

吴子龙看他这样，长叹了口气："国庆放假，你约一下人家吧，不要把关系搞得这么僵，你这样闷在心里也不是个事。"

杨延被戳中痛处，紧紧地抿着唇不说话，他把外套帽子戴起来，一言不发地走了。

吴子龙看着他的背影："所以你约不约啊！"

杨延没回答。

国庆假，高三只放三天，还布置了超量的作业。

高雨婷怨声载道，和宁悦吐槽还不如不放，这么多作业就是让他们换个地方学习。

宁悦露出一个勉强的笑，无奈地垂下眼："我都不烦作业……"

"对哦。"高雨婷想起来了，面露担忧，"你这回退步这么多，周老师不会骂你吧？"

"不会。"周老师很少骂宁悦，成绩退步，她也只会让宁悦分析原因，但不管会不会被骂，考后总结这个事就挺让人心烦的，会带来无形的压力。

"唉。"高雨婷叹了口气，"你不是挺用功的，怎么还退步了？是不是和失眠有关系？"

听到"失眠"两个字，宁悦心一动，立马就想到了陈予锦那十几条催眠曲，她最近正在尝试把英文故事翻译出来，正好练练听力，第一篇已经差不多快翻译完了。

她摇摇头，这几天她睡得挺好的，已经不失眠了："可能试卷有点难，刚好考的我不会。"

高雨婷心道这次她年级进步二十多名，试卷要是难，她可做不到啊……

"没事。"宁悦打起精神，笑了笑，"下次好好考就行了。"

"我去上厕所你去吗？"宁悦站起来。

高雨婷摇摇头，她担忧地看着宁悦的身影。

陈予锦和李石译从外面回来，刚好和宁悦错身而过，宁悦没抬头，神情有些淡，整个人拖着步子在走，很没精神。

陈予锦回头若有所思地看了她一眼。

"假期什么安排啊？"李石译问他，"要不要一起去打游戏？"

陈予锦摇头。

"脑子里除了打球就是打游戏。"杨灿似笑非笑地看了李石译一眼，"我看你以后确实要改名叫千年老二了。"

李石译不服地嚷嚷："我这回只比这狗东西低两分！"

"哦，低两分不是低？"杨灿淡淡地笑。

李石译倒吸一口凉气，捏着人中一副缺氧样，他拉着陈予锦的袖子，一副要死的样子："快点给我人工呼吸。"

陈予锦直接一本书盖他的脸上，无情笑道："译哥一路走好。"

杨灿乐得不行，她笑完发现高雨婷一副神游在外的样子，伸手在她面前晃了晃："想什么呢？"

高雨婷回过神，咬了咬大拇指指甲："想干点什么事情才刺激。"

"抢银行啊，最刺激。"李石译插话。

杨灿白了他一眼，看向高雨婷问："你想这个干什么？"

"悦悦这回考试不是考得不好嘛，我看她情绪也不大好。"高雨婷叹了口气，"我想着放假是不是能约她去玩点刺激的，让她开心一下。"

她苦思没结果，求助道："你们有什么好主意吗？我只能想到去电玩城或者唱歌？但感觉就我和她两个人没意思。"

"两个人没意思，就加上我们嘛。"李石译笑着揽上陈予锦的脖子，"我、陈予锦、灿姐、高雨婷，再加上宁悦，五个人刚好五排啊！"

"谁要跟你五排。"杨灿又是一个翻上天的白眼。

"我觉得行啊。"陈予锦突然说。

杨灿愣住了："什么行？你要和这货五排啊？"

李石译眼睛都亮了："你要和我五排啊？"

陈予锦轻笑了声："想得美，我说找刺激行。"

这下换高雨婷眼睛亮了。

国庆假期第一天的早上，宁悦就被迫接受了来自周老师的精神洗礼，两人对这次月考进行了深刻的剖析，最后说一不二的周老师当场拍定，让宁悦国庆三天吃吃苦，好好把月考卷及之前不懂的知识点吃透。

换言之就是，建议她别在外面疯玩。

宁悦试图起义，但被镇压。

周老师是个大忙人,又是带高三,放假也不安生,交代完宁悦在家好好做作业后就出门了。宁悦坐在书桌前,半天找不到状态。

她打开手机就是她和高雨婷的聊天页面,最后一句是高雨婷神秘兮兮地说要带她找刺激,问高雨婷什么刺激高雨婷死活不讲,说是要给她一个惊喜。

不过现在不管是什么惊喜,她都无福消受了。

宁悦叹口气,正打算给高雨婷发个消息说她今天没法出门了,结果刚打一个字,就听到陈予锦在下面叫她,听声音就在她房间窗户底下。

她站起身推开窗往下看,陈予锦跨坐在一辆自行车上,单腿支着地,仰头招呼她说:"下来。"

"下来干什么?"

"高雨婷没和你说吗?"陈予锦挑眉问。

宁悦诧异道:"找刺激?"

陈予锦点点头:"快点下来,就差你了。"

宁悦下意识看了眼出小区的方向:"你看见我妈没?她让我今天在家学习。"

"我看着周老师走了才来叫你,她今天要在学校开会吧,这种会不到晚上开不完。"陈予锦句句都在诱惑她下去。

宁悦蹙眉,还是有点犹豫。她扫了陈予锦一眼:"我这也没看出哪里刺激啊?"

陈予锦双手并拢靠在车把上,冲她一扬眉:"无证驾驶,算不算刺激?"

宁悦心想无证驾驶个自行车,哪儿刺激了?时速三十公里都没有。但她什么都没说,只是保持着探头的动作看着他。

她看他那条穿得很频繁的灰色运动裤,看他那辆崭新的自行车,看他精瘦的手臂和微微躬起的脊背,看他线条分明、骨相面相都极佳的脸。

片刻后,她神情轻松道:"如果让我妈知道我阳奉阴违,我一次检讨是跑不了了。"

陈予锦悠悠看着她,意有所指:"也不是第一次了。"

在宁悦肆无忌惮的目光中,陈予锦弯起嘴角,从容地偏头点了下后座,目不转睛地看着她邀请道:"那来不来?"

他的笑令人难以捉摸。

宁悦猛地攥紧手中的笔。

两人对视,陈予锦整个人在阳光的映照下异常明亮。

沉默半晌,宁悦忽然笑了:"等我,我来!"

宁悦下了楼只看见陈予锦那辆自行车,她等了两三分钟后,陈予锦才从楼上下来,他仗着自己腿长下楼下得很不规矩,一步几乎跨了四级阶梯,像是飞下来一样。

他背上多了个黑色的背包，刚刚估计就是拿这个去了。

"李石译他们都到了，在南门那边等我们。"陈予锦跨上自行车，"上来，我们去找他们会合。"

"李石译也在？"宁悦坐上去。

"嗯，还有杨灿和梁思源。"陈予锦踢开站架，"你坐稳没？"

宁悦拽着陈予锦的包："稳了。"

陈予锦感受到自己的包上多了股往后的力量，他挑了下眉，脚一蹬车就稳稳地冲出去了。

李石译和梁思源也各自骑了辆自行车，分别用来载杨灿和高雨婷，几人已经等了一会儿了，额上都晒出了汗。

见陈予锦出来，梁思源抱怨道："弟弟，你们也太慢了吧。"

宁悦闻言站起身："不好意思啊，是我耽误了点时间。"

高雨婷问："是不是周老师不让你出门了？"

她和宁悦做朋友这么多年，也算是把周老师的一些习惯脾气摸得门清。

宁悦点点头，叹了口气："让我在家好好学习。"

李石译皱着脸，心有余悸地说："幸好我妈不是老师，这管得也太严了。"

杨灿立马冲他的手臂狠狠捏了下："就你会说话。"

李石译被捏得嗷嗷叫唤，但又不能还手，只能和杨灿打起了嘴巴仗。

高雨婷看着他俩无奈地摇摇头，她问宁悦："那你是怎么说服周老师的？"

宁悦摊开手："没说服，我妈去学校开会了，我偷跑出来的。"

高雨婷瞪大眼睛："牛啊，不怕被发现啊？"

"被发现了再说吧，反正出都出来了。"宁悦被阳光晃到了眼睛，她遮了遮，"我们去哪儿啊？"

高雨婷惊讶地看了陈予锦一眼："陈予锦没和你说啊，我们去听摇滚乐。"

"摇滚乐？"宁悦看向陈予锦，"什么摇滚乐？"

"几个沅南的摇滚乐队一起组织的小型音乐会。"陈予锦低头在手机上点着。

他把手机举起来："地址就在这儿。"

梁思源看了一眼，大声道："这么远？骑车去啊？"

"还好啊，骑车过去四十分钟。"陈予锦上下打量他，嘴角上扬，"怎么，不行啊？"

梁思源一愣。

"高雨婷上来！"梁思源激愤道，"我今天就让陈予锦看看，什么叫作运动员的体力，什么叫作行！等我第一个到，非得让你跪下叫爸爸！"

李石译也燃起来了："比赛是吧！来，比！灿姐快点上来！"

高雨婷、杨灿：真是莫名其妙的男性胜负欲。

宁悦露出无奈的神情："你们无不无聊？陈予锦，你——"

她话没说完，就见陈予锦也一脸嚣张地骑过去，和他们排成了一排。

行吧，是她不懂男生。

宁悦她们任上了车，载人的车夫立马铆足了力往前冲。杨灿猝不及防地后仰，差点被直接甩下去，她气得又逮着李石译的后背捏："李石译，你骑那么快要死啊！"

"灿姐别捏，被超过了！"

梁思源骑着车像个野人一样"嗷嗷嗷"地冲上前了，然后他单手握着把，高举起手竖起了自己的小拇指。

杨灿：太嚣张了。

她猛地拍了下李石译的背："李石译快点踩，给我超过他们！"

"行嘞！"

不知道是不是运动刺激了多巴胺的分泌，明明之前对他们这种胜负欲嗤之以鼻的杨灿和高雨婷纷纷加入了这场莫名其妙的竞争中，吼得一个比一个声音大。

宁悦听着她们高昂的声音，感觉自己心跳也在加速，她扯了扯陈予锦的包，大声道："陈予锦，你不快点吗？"

陈予锦自信道："要骑四十分钟，又不是四分钟，等着，他们冲不了多久了，咱们肯定赢。"

"肯定赢"这三个字让宁悦心跳得更快了。

果不其然，没多久后，前面两人的速度都慢下来，陈予锦突然道："宁悦，抓紧点。"

宁悦立马反应过来他是要加速了，忙紧紧地抓住他的包。

陈予锦猛地加速，两人以迅雷不及掩耳之势超过了李石译和梁思源两人。

身后一连串的惊呼响起。

杨灿怒吼："李石译，你早上没吃饭吗！倒数第一了！快给我追上去！"

高雨婷也不甘示弱："梁思源加油！让他们看看什么叫行！"

宁悦回头看，梁思源都站起来蹬了，差距又在减小。

她赶紧大声道："陈予锦，梁思源追上来了！"

她难得能有这么激动的时候，估计真的是被气氛影响了。

"别慌，他们追不上。"陈予锦无所畏惧，反而回头挑衅。

梁思源："太嚣张了。"

李石译："是可忍孰不可忍。"

杨灿："还拽什么文言文，不能忍就快点踩！"

宁悦听着身后的声音，忍不住笑了，感觉连日来的郁闷都一扫而空，运动果然能让人兴奋，想赢的斗志可以轻而易举地战胜颓废。

"宁悦。"陈予锦突然叫她，"你不给我加油吗？"

宁悦回过神："你说什么？我没听清。"

"我说——"少年的声音被猎猎风声带过来，慷慨激昂，"你不给我加油吗？"

宁悦愣了一下，抬起头，陈予锦斜过身体看向她，笑得灿烂又张扬。

宁悦抿了抿唇，心跳又开始加速，身后，高雨婷和杨灿的加油声此起彼伏，喊得撕心裂肺。她沉默着听了会儿，突然深吸一口气，放纵地大声吼道："陈予锦加油！干死他们！"

这一嗓子嗷得所有人都蒙了一下。

这两人的嚣张是不是师出同门？

"行！"陈予锦骑得更带劲了，他的声音在空中回荡，直白又嚣张，"干死他们！"

他这句话无疑把李石译和梁思源刺激得够呛，两人开始不要命地追。

宽敞的大马路上三辆自行车疯狂地较劲，少年们满头是汗，但丝毫不影响斗志，汗水和激情挥洒在空中，阳光一照，每个人都在发光。宁悦大声笑起来，真好啊，骑个自行车赢了，都好像赢了整个世界一样。

最后，第一个到的果然是陈予锦，梁思源和李石译到了后什么都来不及说，下了车就去便利店买水，梁思源提着一大袋水出来，先给每个女生发了一瓶，刻意没给陈予锦。

"求我，我就给你一瓶。"梁思源拿乔道。

陈予锦懒得理他，便利店又不是被他搬空了。陈予锦正想下车自己去买，就感觉自己的手臂被人戳了戳，他回过头。

宁悦把自己的水递给他："给你，我不渴。"

梁思源生无可恋地叹气："失策了，忘了我们中间还有你这个叛徒。"

宁悦顺手把瓶盖拧开，笑着说："我本来不就是和陈予锦一队的？"

陈予锦把水接过来："别理他，某些人就是输不起。"

他喝了一半，剩下一半倒手上给自己洗了个脸，水沾湿了他的额发，湿漉漉地贴在额头上，陈予锦顺手往后撩，露出了整张干净的脸。

宁悦飞快地看了眼，又别开。

有点性感。

梁思源重新给了宁悦一瓶水，宁悦不渴，就直接收在包里了。

李石译也回来了，手里除了一瓶功能性饮料，还有一袋水果。他从里面翻出三个梨子，给女生一人发了一个："润润嗓子，别明天哑了。"

喊了这么久，杨灿嗓子确实不舒服，她用矿泉水简单冲洗了一下就开始吃，清甜的梨水划过喉咙，冰冰凉凉的。

李石译笑道："你喊那么凶干吗，不知道的还以为赢了能有几百万。"

今天他们拼成这样，百分之八十的原因都是女生们喊得太凶了，一副不赢不罢休的样子，而这个年纪男生的通病，就是喜欢在女生面前装帅，什么都可以丢，但唯独不能丢脸。

李石译感觉自己嗓子现在都在烧，然后他再看陈予锦，对方悠悠闲闲地玩手机，潇洒得要命，唯一一个没有被女生的呐喊声冲昏头的，就是陈予锦了。

"都歇够没？"陈予锦收起手机问，"歇够了我们就进去。"

梁思源扯起衣服闻了下："我们这一身汗味，不会不让进吧？"

"不会。"陈予锦把车锁在一边，"等会儿里面汗味更重。"

走到检票口，陈予锦出示了他在网上买的票，验票的小哥就在几人的手背上都盖了一个夜光的章。除了陈予锦，其他人都是第一次听摇滚乐，对于这个夜光章感到十分新奇。

李石译说："这个章不是多此一举吗？又不是没验票。"

杨灿撑他："氛围感懂不懂。"

进了门，里面人还不多，几人挑了个桌子坐下，服务员问他们要不要喝点什么，于是陈予锦点了六杯柠檬水。坐了会儿，音乐会还没开始，杨灿和高雨婷就兴致勃勃地去自拍了，宁悦觉得这地方昏昏暗暗没什么可拍的，就没去。

而李石译和梁思源在联机打游戏，男生之间相处真的挺简单的，一起打过游戏就算熟了。

陈予锦没玩手机，他饶有兴致地盯着舞台，好像挺期待。

宁悦看了他一会儿，好奇道："你以前听过这种音乐会吗？"

"嗯。"陈予锦回过头，"长宁有挺多这种小型音乐会，大多数是大学生组的乐队。"

宁悦打量他，开玩笑道："我以为你平时只会听古典音乐会。"

"那种我也听，我妈喜欢，我也跟着去过几次。"陈予锦笑了，"我对音乐没什么感觉，什么都会听一点，但比起在寂静的大厅里听人拉大提琴，我其实更喜欢这种氛围。"

宁悦不解："为什么？"

陈予锦敲着桌面思考，细长的手指一上一下，惹人注目："因为在音乐厅听的是艺术，但是在这里听的是激情和放纵吧。"

宁悦从他这句话里听到点叛逆的意思，也莫名有点戳到她。

她低头喝了一口柠檬水。陈予锦这人真的很难说，有的时候中规中矩，有时候却又离经叛道。

她叹了口气,略有些担忧道:"要是让我妈知道我们跑来听摇滚乐,肯定会拉着我们教育几个小时。"

"出息。"陈予锦轻轻嘲讽,他无所谓地笑道,"如果真被发现了,就推我身上,我担着。"

宁悦笑了:"个人英雄主义不值得提倡,你这样会显得我们很不够意思。"

"而且你还是不了解周老师,在我妈眼里,主犯和从犯是一样的。"宁悦比了个枪的手势,虚虚地指着陈予锦的太阳穴,"都要被枪毙。"

宁悦闭上一只眼睛,仿佛在瞄准,她纤细的手指微翘,还很有氛围地配了个音:"嘭。"

是昏暗的环境模糊了一些边界,抑或是周围的氛围影响,他们都更加松弛,也更加肆无忌惮。

陈予锦感觉自己心跳停了半拍,仿佛真的被一把无形的枪击中了心脏。

放纵是可以被允许的,至少现在可以。

他举起柠檬水和宁悦碰杯,神情认真,只是说出的话依旧百无禁忌,丝毫不忌讳。他说:"那死前最后一场音乐会,好好听。"

虽然来听摇滚是陈予锦建议的,但音乐会真的开始后,他却坐在座位上岿然不动。

没去人群里凑热闹的还有宁悦,她兴致勃勃地给在舞池中间摇得疯狂的四个人录视频,并贴心地拍了非常多的黑历史。

拍完,她挨个欣赏了一遍,才满意地放下手机。

她拿起自己的柠檬水,余光看见陈予锦的手搁在桌面上,正跟着音乐打节拍。

宁悦下意识问:"陈予锦,你会弹钢琴?"

陈予锦惊讶地看向她:"怎么看出来的?"

宁悦抬手按在桌面上,模仿了一下他刚刚的动作:"很像在弹钢琴吧?"

陈予锦心道是有点像,他早就发觉宁悦是个非常细心的人,能够轻而易举地发现一些其他人不会注意到的事。

"你不去那边跟着一起跳吗?"宁悦问。

"不去。"陈少爷露出嫌弃的眼神,"太臭了。"

舞池里挤得水泄不通,所有人都在疯狂地摇晃,虽然宁悦不在其中,但可以想象到汗味发酵是什么滋味。

"而且我也不想被某些人拍到黑历史。"陈予锦看着她的手机,意有所指。

宁悦:刚这人不是一直聚精会神听音乐吗?怎么注意到的,而且他偶像包袱这么重的?

她打开手机,淡淡道:"那不好意思,已经拍到了,你是不是花钱买回去?"

陈予锦老神在在地看着她:"发到我手机,你发多少张,我买多少张。"

那副神情分明是笃定她手机里什么都没有。

宁悦无语。

她把手机收起来,咬着吸管喝柠檬水:"陈予锦,人太聪明了会少很多乐趣。"

陈予锦悠悠闲闲地靠在椅子里:"乐趣是要靠自己创造的。"

他上下打量她:"心情变好了?"

宁悦动作一顿,他怎么什么都知道,知道她急了,知道她失眠,还知道她心情不好。

"其实也不能算是心情不好,只是有一些事没有想明白。"宁悦握着杯子,无意识地摩擦。

陈予锦犹豫片刻:"是因为我说的那句话吗?"

他每天说无数句话,可宁悦却精准地找到了他所指的是哪一句:"人没有上限?"

陈予锦点点头,目光沉着:"我一直在想,是不是因为我说了这句话,才让你变得着急。"

细想起来,一切都有迹可循,犹犹豫豫写下的目标,临时更改的学习计划,失利退步的月考,所有变化的起点,都来自他那一句"人没有上限"。

不知道是不是和他严肃的脸色有关系,气氛莫名其妙沉下来。

宁悦挺不喜欢这种沉重,也不喜欢将自己的无能归咎到另外的人身上,就算她真是因为陈予锦的这一句话而动摇,那也和陈予锦没关系,归根究底是她心智不够坚定。

她摇摇头:"不是因为这个。"

音乐会的气氛又热又燥,其实不适合静下心来聊这些话题,但宁悦却感觉从这个话题起头开始,她的耳朵就开始自动除燥了。

她呼出一口气:"在进入高三之前,我就多少有点焦躁,周老师一直对我耳提面命,高三是最关键的一年,你要再努力一点,你还有潜能,不要让自己以后因为没有尽过全力而后悔等等,听得多了我也会动摇,是不是我真的还没有尽全力。"

宁悦神情闪过一刹那的迷茫:"是不是我还能在现在的基础上再前进一点点。

"在你说人没有上限之前,我一直在思考这些,到底是我妈对我的期待不合实际,还是我对自己没有清晰的认知,我很难从这两者之间判断出哪个才是正确答案,我的眼睛看不透我妈,更看不见我自己。"

陈予锦点出重点:"你很在意周老师对你的评价。"

明明她什么都没点明，他却那么简单就懂了。宁悦叹了口气，笑了："我爸常年不在家，从小到大都是我妈带我，所以她的一言一行对我的影响很深，她又是老师，看学生的眼光很毒辣，我很难不把她的评价放在心上。

"在我因为这些东西反复纠结的时候，我明白了一个事情，我对自己的现状大概也不是很满意，但又觉得自己没有能力去改变现状。"

这种矛盾也反应在了行动上，她不喜欢做试卷，所以可以毫无心理负担地抄，也可以让高雨婷帮忙蒙混过关，但事后还是会花心思把不懂的弄明白，她一边敷衍，又一边较真。

不够躺平，又没有决心。

宁悦知道这一切的症结在哪里，不管是太过在意周老师的评价，还是她这种矛盾的做法，其实都是因为她不够自信和坚定，所以才会轻易地被影响。

努力，躺平，在她心中身处天平的两端，始终摇摆不定。

陈予锦的那句话，只是在一方加了砝码，打破了她心中微妙的平衡。

"那你现在已经想好接下来要怎么做了吗？"陈予锦问。

宁悦其实心里有答案，但她突然想听听陈予锦的意见，她问："你有什么好的建议吗？"

陈予锦把玩着手中的杯子，垂着眼睛思考。半晌后，他说："我觉得你考虑得太复杂了，能不能做到和想不想做到，是两回事，不要混在一起考虑。"

"只要是想做的事情，那就去做，不管最后结果是否达到预期，起码不会后悔。"陈予锦目不转睛地看着她，"你之前也问过我学习的经验，我没有太多能告诉你的，除了上课认真听讲，课后好好做题，我和你的不同大概就是我并不看重结果。"

真是说得轻巧。

"陈少爷，那也得我有你那样的底气才行啊！"宁悦无语。

当是谁家都有家族企业继承呢？成绩不好也有家里托底，最差也还能出国镀金，她这样的家庭还是很看重结果的。

陈予锦也没恼，他往前倾身："不看重结果，是为了能够更好地达成目标，只有把一件事变得尽可能纯粹，不重结果，不被他人左右，不拘束于自身能力，宠辱不惊，悲喜不乱，才能心无旁骛，才能一击必中。"

他拿起杯子和宁悦碰了一下，自顾自地先干了。

宁悦看着他滚动的喉结，突然觉得无话可说，她转而看着自己的杯子陷入沉思。

陈予锦喝完柠檬水静静地看着她："宁悦，其实你自己心里有答案吧？"

"嗯？"宁悦挑眉，"这又怎么说？"

"猜的。"因为环境的原因，陈予锦的神情看上去很朦胧，"我觉得你是个很清醒的人，既然已经想了这么多，纠结了这么久，不至于没有答案。"

虽然他表面说是猜的,但语气却非常笃定。

宁悦与他对视半晌,然后懒散地撑着脸把目光投向了舞池,她的嘴一张一合,无声地吐出两个字:"秘密。"

余光里,陈予锦似乎在笑。

高雨婷最先摇不动,满头大汗地回来了,她人还没到座位上,宁悦就把她的水递给了她。

她大喝了几口:"憋死我了,刚刚我身边也不知道谁身上味贼大。"

她揉着摇疼的脖子,问陈予锦道:"这是什么摇滚文化吗?非得这么摇,我脑袋都快甩出去了。"

陈予锦觉得无语:"你也可以不摇。"

"别人都摇我不摇,那多没意思。"高雨婷不假思索地说完,又担忧起脖子,"明天我脖子不会直接不能动吧?"

"我也怀疑我这脖子明天还有用没啊。"杨灿也回来了。

气氛太热烈,不知不觉就从众了,虽然听都听不懂,但情绪还是被调动起来了。

等李石译和梁思源也回来后,他们就离开了,几人都不是摇滚乐爱好者,就是来听个新鲜,长个见识。

时间还早,但几人身上都汗涔涔的,不舒服就算了,味还不好闻,便都表示想先回家洗澡。回去的路上远没有来时闹腾,几人骑得也慢,花了一个小时才到小区。

李石译负责送杨灿,梁思源把高雨婷放在了小区门口,最后结伴走到了楼下的,又只剩下宁悦和陈予锦。

宁悦抬头看向自家窗户,又打开手机看了看,周老师没有发过消息,也没打过电话,从这里也看不出人回来没有。

说不定回来了,正等着她。

她轻轻地呼出一口气,算了,从决定偷溜去玩的时候就已经想好了要面对暴风雨。

陈予锦见她这样,调侃她道:"怕了?"

"有点。"宁悦声音无奈,"我妈有的时候很较真。"

但该来的躲不掉。

宁悦:"我上去了,拜拜。"

"等等,把这个拿回去。"陈予锦把背包卸下来,从里面拿出一个黑色的笔记本递给宁悦。

宁悦疑惑地接下:"这是什么?"

"笔记,里面是我对这次月考的一些题型归纳,重难点总结,各科都有。"

他扬了下头,"如果周老师真回来了,你就说这段时间都在我家和我探讨学习,笔记本就是证据。"

宁悦翻开本子看,里面写满了各种各样的题目,条理清晰,一目了然。

她记得这个背包是陈予锦特意返回去拿的,当时她还以为他是带了食物和水,搞了半天里面就装了一个笔记本,所以他是那个时候就已经想好要怎么帮她圆谎了吗?

宁悦缓慢地翻着笔记,神色莫名。

等翻完有字的最后一页,她合上本子,定定地看着陈予锦。这人还是跟平常一样,目光坚定,不管做了什么,都不怕人看不怕人猜,仿佛少年顶天立地,行事坦荡,无愧于心。

"那我先回了。"陈予锦推着车转身。

"陈予锦。"宁悦忍不住叫他。

陈予锦回过头:"嗯?还有事?"

你对每一个朋友都那么好吗?

宁悦沉默片刻,她收紧手指,抓着他的笔记本。良久后,她才慢慢松了劲,微微摇摇头:"我想说,那个秘密的答案是,我想的和你一样。"

缘由与结果都不重要。

把一件事变得简单纯粹,想就去做,结果总会如我们所愿。

第五章
世界上最美好的东西

  宁悦蹑手蹑脚地开门，屋内静寂无声，周老师还没回来。她大松了口气，踢掉鞋子后去房间拿了衣服，以最快的速度洗了个澡。
  高雨婷拉了个五人群，往里面丢了一堆她和杨灿的自拍，宁悦把自己拍的视频也一股脑都发到群里了，换来了高雨婷一连串的怒骂。
  她一边擦头发，一边兴致勃勃地刷消息。对面陈予锦也洗完澡了，在房间里走来走去，也不知道在干什么。
  宁悦看了一眼，给他发消息。
  宁悦：周老师还没回来，你的笔记本急着用吗？
  陈予锦：怎么了？不是很急。
  宁悦：那能不能借我用两天，我研究一下。
  陈予锦在挂耳式耳机和蓝牙耳机之间犹豫了片刻，选择了蓝牙耳机戴上，顺道给宁悦回消息：嗯，你可以看完再还我，我不急着用。
  真大方。
  宁悦隔空给他比了个"OK"的手势。
  她把毛巾挂在脖子上，拉开椅子坐下看，陈予锦的笔记做得非常有条理，一目了然，她看了几页，眼睛总忍不住瞥向手机。片刻后，她拿起来，给陈予锦改了个备注——鸡蛋黄。

只有她知道这是什么意思，宁悦满意地看着自己的杰作，忍不住笑了。

国庆收假后，温度突然就降了，刚好适合开运动会，当然这和高三也没什么关系，只有高一高二才能参加，他们这些苦哈哈的高三生只能听一听，过过耳朵瘾。一下课，走廊上就乌泱泱站了一排男生，个个都抻长了脖子望着操场那边，陈予锦也在中间，不过他是出去吹风的，人也没看着操场，反而面对着教室，懒懒散散地站着。

高雨婷嫌他们这些人挡了道，从厕所一回来就和宁悦吐槽："前两年能参加运动会的时候，也没见他们有多积极。"

宁悦顺着她的目光看过去，正好看见陈予锦。他两只手肘都往后靠在护栏上，头微微偏右，脸上带着一点笑，好像在听身边人说什么。

在他看过来前，宁悦漫不经心地收回目光，和高雨婷说："你不想参加运动会？"

"想啊。"高雨婷叹了口气，"运动会多好玩，还不用上课，但想有什么用。"

她眯着眼睛，遗憾又向往地看向窗外，盯了会儿鸟后，她的目光也若有所思地从陈予锦身上掠过，然后她低下头，凑近宁悦小声道："不过最可惜的还是陈予锦。"

宁悦不解："他有什么可惜的？"

"运动会啊！多么适合招摇过市！"高雨婷"啧啧"两声，"他随便参加个什么项目，估计都能引起女生注意。"

宁悦正想点点头表示对高雨婷这话的认同，高雨婷却突然激动地撞了撞宁悦，压低声音道："快看！外面有女生找陈予锦！"

两个女生，看样子是结伴来的，男生们此起彼伏地起哄，所以那两个女生没待多久，就害羞地冲下楼了。

人走后，陈予锦便大刺刺地暴露在宁悦的视线里，他手里拿着一个小小的信封，估计是女生给的。男生们还在坏笑起哄，陈予锦踢了笑得最欢的那人一脚，就从外面进来了。

校运会让大家的心都变得比较浮躁，外面实在是太不安全了。

高雨婷对陈予锦行注目礼，到底没忍住好奇道："陈予锦，这什么情况啊？"

陈予锦看了眼宁悦，她没回头，好像在聚精会神地做题目，他把信封塞桌子里："没什么情况啊。"

高雨婷伸出两根手指指向自己的眼睛："那我是瞎了吗？"

没等陈予锦回答，她又摩拳擦掌："你不拆开看看吗？"

陈予锦笑着瞥她一眼："你这么好奇，要不你帮我拆？"

宁悦眉头微动，本就没有写半个字的笔尖一顿，忍不住抬头看向高雨婷。

这东西还是不大好让人代拆吧?她向高雨婷使眼色,可惜对方的注意力全在陈予锦的信封上。

　　陈予锦倒是注意到了,他看着宁悦突然抬起的头,垂着眼睛轻轻地笑了笑,他抬手作势要把信封递给高雨婷,但刚伸过宁悦的耳侧,他又突然收回手,信封拂着宁悦的头撤回去。

　　宁悦吓了一跳,条件反射地回头。

　　陈予锦撩起眼皮看她一眼:"你也好奇?"

　　宁悦视线短暂地看向他手里的信封,又挪开,没说话,但眼睛里掩盖不住的好奇把她暴露得彻彻底底。

　　陈予锦好笑地看着她,没忍住用信封不轻不重地敲了她一下:"好奇也没用,做你的题去。"

　　宁悦缩了下头。

　　陈予锦掀开书箱盖子,把信封放进去,宁悦瞥了一眼,眼尖地看见里面有不少信封。

　　他什么时候收了这么多信?

　　宁悦诧异道:"你一个都没拆啊?"

　　"嗯。"陈予锦点头,"所以你好奇也没用,我也不知道里面写了什么。"

　　宁悦惋惜地摇头。

　　陈予锦:她惋惜个什么劲啊?

　　他把书箱关上,靠着椅子懒懒道:"那么想看我拆?那你写一个我拆。"

　　宁悦摇摇头:"那就没悬念了。"

　　陈予锦一愣。

　　他感觉有点憋屈,站起身去厕所冷静。陈予锦人一走,宁悦顿时就觉得没什么意思了,她扭过头继续看书。

　　高雨婷眼巴巴地看看门口,又看看宁悦,纳闷地喃喃道:"我总觉得刚刚你们在打什么我不懂的哑谜。"

　　高雨婷露出怀疑的目光:"你们之间是不是背着我偷偷有了秘密啊?"

　　"整天不知道在乱想什么。"宁悦好笑地推了她一下,"快上课了,还不快回去。"

　　高雨婷纳闷,真的没什么?她怎么觉得这么不对劲?

　　陈予锦从厕所出来,撞见了杨延,他本想直接当作没看见,可没想到对方居然拦住了他,他往左杨延就往左,他往右杨延就往右,明摆着就是跟他过不去。

　　杨延不让过,陈予锦也懒得过了,他往栏杆上靠着,上下打量杨延。杨延长着一双丹凤眼,看着挺凶,但陈予锦不在意,就对峙这会儿,陈少爷敏锐地发觉自己应该比杨延高一点点。

这个认知让他很高兴,所以陈少爷屈尊降贵地先开口道:"有事?"

他的从容让杨延的神情更加不善,杨延冷冷地看着陈予锦:"给宁悦带个话,下晚自习后,我在楼下等她。"

陈予锦笑容一滞,这是找他挑衅?

他懒洋洋地歪着头,声音发冷:"教室就那边,你怎么不自己找她说?"

"人太多,被听见了对她不好。"杨延语气平淡。

学生们对八卦都比较敏感,一点事传来传去最后不知道会传成什么样子,最近学校正在狠抓风纪,杨延不想给宁悦惹麻烦。

陈予锦轻嗤一声,不想被听见那打电话讲不就得了,非得在学校见面?

而且——

陈予锦没什么起伏地问:"干吗找我传话啊?"

杨延看着他,那审视的目光让陈予锦心里一阵不爽。半晌后,杨延冷笑了下:"你不是和她很熟?"

这话陈予锦倒有点没法接,他总不能为了不传话,就说他和宁悦不熟,那不正中杨延下怀?

他直勾勾地看着杨延,皮笑肉不笑道:"我不帮人传话,你别找人。"

"随便你。"杨延看了下时间,大踏步下楼了,似乎真的不在意陈予锦传不传。

陈予锦看着他消失在楼下,冷气一茬茬往外冒,他和杨延认识吗?都不认识凭什么理所当然要他传话啊?他以为他是谁啊?

这人和他玩心理战术是吧?

"你怎么了?谁惹你了?"宁悦听见身后的动静,便捧着书回过头想和陈予锦讨论一下题目,却看见他的脸色十分难看。

"没谁。"陈予锦看了一眼她的书,"数学是吧,哪道题?"

宁悦张了张嘴。

见她没说话,陈予锦皱眉又问了一次:"哪道数学题?"

宁悦欲言又止:"……我这是物理。"

陈予锦仔细看了眼宁悦手里的书,确实是物理。

唉……陈予锦长叹口气:"快上课了,你标一下给我,这节课下课我告诉你。"

宁悦狐疑地打量他半晌,最后到底没说什么。

那之后一整天,陈予锦状态都很不对,总是心不在焉。认识这么久,宁悦还是头一次看见他出现这种状态,她暗暗思考是为了什么。

难道是因为白天的信?

他看了?里面什么内容让他动摇成这样?

课间去上厕所,宁悦和高雨婷讨论:"你说什么信看了能让人乱成这样?"

"收到信都会让人心烦意乱吧？"高雨婷夸张地捧着手，"那可是别人手写的哎，激动一下不是很正常？"

宁悦摇摇头："搁你身上正常，在陈予锦身上不正常。"

他收了几十封信，不至于到现在才后知后觉地激动吧？

高雨婷不满地捏了她一下："你歧视啊？怎么我就正常他就不正常了？你是不是拐着弯说我心智不够坚定？"

"没没没。"宁悦躲着求饶，"你最坚定，你泰山崩于前都面不改色。"

高雨婷勉强松手放过宁悦，见宁悦还是一脸沉思，她若有所思地上下扫宁悦，"嘿嘿"一笑："你这么关心陈予锦干什么，他收什么信跟我们有什么关系？"

宁悦皱眉："你不也很好奇他那封信？"

"那都是上午的事情了。"高雨婷语气夸张，"我早忘记这茬了。"

她坏笑着用手肘顶了顶宁悦："悦悦，你老实说，你是不是对陈予锦有别的想法？"

宁悦没回答，她以迅雷不及掩耳之势一把捂住高雨婷的嘴，压低声音神情凝重道："慎言，隔墙有耳。"

高雨婷被宁悦这严肃的语气唬得愣了一下，等人都走远进了教室，她才反应过来，这是条走廊，哪儿来的墙哪儿来的耳？！

宁悦转移话题的能力疯涨啊！

教室里陈予锦还在兴致缺缺地走神，李石译跟他聊题目聊得头发都炸起来了，可见这人状态游离到什么程度。

宁悦看了眼陈予锦的书箱，抬头时刚好和他对视上。

两人各怀心思，又很快都挪开了视线。

陈予锦考虑了一整天，终于在第二节晚自习下课时认命了，他做不到当作什么都没听见，他用笔戳了戳宁悦。

等对方一回头，他立马便说："杨延下晚自习后在楼下等你。"

"什么信让你烦成这样？"

两人同时开口，都是一愣。

宁悦："杨延？"

陈予锦："信？"

什么跟什么啊？

宁悦皱了皱眉，恍然大悟，所以他今天一直在烦的事不是信是这个？

"你这么看我干什么？没听清啊？"陈予锦没好气。

宁悦失语片刻，欲言又止地摇摇头："不是，他在楼下哪儿等我啊？"

"不知道。"陈予锦语气不善。

"那他什么时候——"

"上午。"

"……哦。"

这人只差没把心情不好不想说话写脸上了。

宁悦识趣地闭嘴，回过头去。

但没过几分钟，她后背又被戳了一下，这回是个本子，陈予锦把本子递给她，但看都没看她一眼，态度怎么说呢，带着点不屑？

宁悦翻开，里面写着白天她问的那道物理题的解答，他一整天没动静，她还以为他早就忘记了。

本子的一整面都密密麻麻写满了，宁悦眼睛差点看瞎，等看到底部，一句不属于答案的话出现在眼底。

写得很潦草，夹在一堆数据之间，不仔细看根本看不见，但还是能认出是陈予锦的笔迹。

只有三个字——你去吗？

这时，身后突然伸出一只手，猛地把本子从宁悦手里抽了回去。

宁悦诧异地回过头。

陈予锦垂着头，看不清表情，他把本子合起来："等会儿给你换个解法，这个不行。"

宁悦："……行。"

下晚自习后，高雨婷快速收好了东西就来等宁悦一起走。

"你先走，不用等我，我还有事。"宁悦说。

高雨婷："什么事啊？这都好晚了。"

宁悦叹了口气："杨延找我。"

高雨婷立马皱起眉头："他找你干吗？"

"不知道，去了才知道。"宁悦一边收东西一边说。

高雨婷伸出手指，神情严肃。宁悦赶紧在她说话前抢答："不低头，不认输，不主动加好友。"

宁悦握着她的手指掰下去："都记着呢，放心。"

高雨婷对杨延的印象已经坏得不能再坏了，在她眼里这人就是个不折不扣的浑蛋，每次看见都要交代宁悦一番，宁悦都能背出来了。

"这还差不多。"高雨婷满意地扬起头，"那我先走了，到家和我报个平安。"

"嗯嗯。"宁悦连不迭地点头。

高雨婷走后，宁悦加快了收东西的节奏，收完她站起身，余光看见陈予锦的桌子，忍不住愣了一下。

身后的座位已经空了,也不知道陈予锦是什么时候走的,她一点动静都没听见,宁悦扫了下桌面,没看见那个本子,不知道是不是他带走了。

反正什么其他的解法,她是直到下自习了也没看到。

宁悦发了几秒的呆后才无可奈何地耸耸肩,越过他的椅子往外走,杨延也没说楼下哪儿,所以她只能跟着大部队一直往下走,下到大厅后,才看见杨延高高的身影。

好久没联系,宁悦猛地发现自己不知道该说什么,真的好奇怪,十多年的友情好像敌不过三个多月的生疏,以前可以自然而然说出口的话题突然变得格外难以启齿。

不管怎么开头,都觉得生硬。

上次见面吵些什么宁悦都快记不清了。

杨延大概也有同样的感觉,所以他也保持了沉默。周围人来人往,只有他们气氛奇怪得不行。

这样下去也不是个办法。

宁悦握拳深吸一口气,故作轻松道:"找我干什么?"

杨延认真凝视着她,那目光让宁悦莫名有点慌,她下意识躲闪开。半晌后,杨延别开眼,声音低沉道:"没什么,就是道歉。"

宁悦诧异地看向他,一瞬间没反应过来:"道什么歉?"

"我之前冲你乱发脾气,是我不对,以后不会这样了。"杨延双手插在兜里,神情疲惫落寞,"我们加回好友吧?"

宁悦愣住了,之前莫名其妙生气,现在又莫名其妙道歉?而且道歉这种事真的不像杨延的风格,这人从不低头的,她总觉得发生了什么她不知道的事情。

她忍不住问:"你怎么——"

"你就告诉我行吗?"杨延打断她,摆明了不想聊其他的事。

他脾气一向都硬得跟块臭石头一样,这会儿突然低声下气,宁悦觉得不习惯,她心情复杂地抿了抿唇:"行。"

杨延松了口气,他提了提背包带,露出一点笑:"晚点回去我加你。"

"嗯。"宁悦点点头。

杨延找她好像就是为了这事,说完就没了。宁悦不喜欢猜测,杨延不说的事情她也不想追着问,两人沉默着往外走。

从教学楼到校门口要走十分钟左右,他们已经属于最后一个梯队了。

走得早的陈予锦和李石译早就到了校门口。

李石译往某个地方瞥了一眼,顶了顶陈予锦说:"最近果然抓风纪抓得很严啊，你看那边藏着老师，大晚上的，他们也不嫌累。"

陈予锦在走神，只听到他说"藏着老师"这四个字，他蹙眉看去，果然在黑漆漆的树下看见了一个模糊的人影。

"那是老师？藏那儿干吗？"陈予锦问。

"抓早恋啊。"李石译露出牙疼的表情，"我们学校抓早恋抓得可狠了，抓一对处理一对，不光要写检查，还要叫双方家长。"

李石译隐晦地扬了下下巴："他们最喜欢躲那种乌漆麻黑的地方，看见有走得近的，立马就窜出来抓，一抓一个准。"

他心有戚戚地叹气："幸好我没早恋——哎？"

李石译看着突然往回走的陈予锦，一脸蒙地问："你干吗去啊？"

陈予锦急匆匆往回走："忘拿东西了。"

李石译一愣，现在这会儿教室早关门了，他回去不也是白跑一趟？

陈予锦一路小跑，快走到头了才看到宁悦和杨延的身影，一高一矮大剌剌在校道上走，丝毫不忌讳什么。

他走得急，脚步风风火火的，一点都没有平时的淡定和风度。待人走近了，宁悦才发现是他。

这人头发都吹得竖起来了。

宁悦惊讶道："陈予锦？你回来干什么？掉东西了？"

陈予锦在两人面前站定，先冷冷地看了杨延一眼，然后便没好气地拉着宁悦的包带往前走，他这个行为很突然，宁悦和杨延都没反应过来。

宁悦没留神还被他拉得跟跑了一下。

"你有毛病啊？"见宁悦像个小鸡仔一样被陈予锦拉着走，杨延顿时就来火了，他伸出手就想拽宁悦。

但陈予锦仿佛头后长眼睛了一样，杨延还没碰到宁悦，他就回头冷淡地用手一指："别跟上来，保持距离，有抓早恋的。"

这句话成功呵退了杨延，对方脚步一顿，就被他们甩开几米。

但很快杨延就反应过来了，有抓早恋的他还拉着宁悦走？杨延顿时就火冒三丈，撸起袖子就准备上去拉开两人，可他紧追了两步，又不由自主地停下来。

三个人拉拉扯扯，目标更大，如果真被抓了，周老师那儿宁悦很难过去，杨延握紧了拳头。

这一犹豫，前面两人走远了。

"抓早恋？"宁悦不明所以地问，"哪儿啊？"

"校门口，别的地方也许也有。"陈予锦语气凝重，他没松手，生怕宁悦落后又和杨延走到一块儿，"看见走得近的就抓。"

走得近就抓？宁悦看着陈予锦拉她包带的那只手，有点蒙，那他们这算走得近还是走得远啊？

她停下脚步。

感觉到阻碍，陈予锦回过头，皱眉道："怎么了？不信？"

"不是。"宁悦无奈地指了指自己的包带，你再不松手，我们就要被抓现行了。

陈予锦顺着她的指尖看去，终于后知后觉地意识到了什么，他松开手，有些尴尬地咳嗽了两声。

他太着急了。

宁悦整理了一下包带："你先走吧。"

陈予锦回头看了眼杨延，对方和他们隔了好几米，他环顾四周，学生已经很少了，零零散散地从他们身边经过，两旁的校道刮来阴风阵阵，也不知道里面有没有藏起来的老师。

他低头深深看了宁悦一眼，但对方没注意。

"行，我先走。"陈予锦说。

三人都和对方隔了一点距离，安全地通过了校门口，宁悦回头向杨延挥了挥手告别，才往小区走去。进了小区门后，陈予锦放慢了脚步，宁悦没多久就赶上了他。

气氛有些沉，这让宁悦本能地想说点什么。

她想了想说："下次遇到老师抓早恋，你给我打个电话就行了。"

"不然像今天这样，横竖我都会被抓。"宁悦开了个玩笑，"结果不都一样。"

陈予锦心想哪里一样？跟他一起被抓，和跟杨延一起被抓能一样？人都不一样！

"不过今天还是谢谢你，不然真被抓了解释起来挺麻烦的。"宁悦诚恳道。

她边说边打量陈予锦，可惜对方太高，看不清表情，只能听见低低的一声"嗯"，大概是表示知道了的意思。

宁悦挠了挠头，手机响了一下，她想着也许是杨延的好友申请，正想解锁通过，走在她前侧的陈予锦却突然停了下来，宁悦险险停住，才没撞上去。

她疑惑地抬头一看，才发现原来已经到楼下了。

今天的路是不是变近了，怎么就到了？她乱七八糟地想。

"宁悦。"陈予锦站在原地看了会儿月亮，下意识出声叫她。

"嗯？"宁悦不解地抬头，眼神清澈又茫然。

陈予锦看着她这双眼睛，突然感觉什么都说不出口。他叹了口气，忍不住伸手揉了揉宁悦的头顶，道："今晚的月亮那么好看，你多看两眼好好想想。"

宁悦因为头顶的触感而全身僵硬。

他力道有些重，好像泄愤一样。

宁悦无法思考，讷讷地问："想什么？"

清冷的月光下，冷风呼呼地从两人心间刮过，一阵战栗。

陈予锦弯下腰，以便宁悦能看清他格外认真的表情，他的眼睛仿佛酝酿着一个深不见底的旋涡，里面是触礁的沉船和吟唱的海妖，他似乎想更近一步，又似乎想错身退开，但最终他什么都没做，只是低声提醒她说："想有什么不一样。"

什么不一样？

月亮那么圆，心跳那么快。

她能怎么想？

"悦悦，悦悦！"周老师站在门口喊，"你想什么呢？"

宁悦回过神，视线从月亮上挪开："我写作业写累了，放一下风。"

"您今天怎么回来这么迟？"宁悦问。

周老师疲惫地叹了口气："教务处的刘老师抓了一对小情侣，楼下文科班的，那女孩儿怕请家长，在办公室哭得不行。"

"哦，原来是看热闹去了。"宁悦笑。

"看什么热闹？"周老师没好气，"我在办公室劝呢。"

"既然不想被家长知道，那干吗要早恋呢？现在这时候是谈恋爱的时候吗？"周老师说着又忍不住说教，"学生的首要任务是学习，高考多重要不知道？等毕业了考上大学了，你们想怎么谈恋爱就怎么谈恋爱，谁能管你们。"

宁悦双手叠在下巴下，枕着椅背悠悠地问："毕业了就能谈了？"

周老师走进来，习惯性先看了眼宁悦的桌子，见桌面上是一本物理书，才伸出手指按了下宁悦的额头："大学就不用学习了吗？"

宁悦了无生趣地叹了口气："学啊。"

"那还差不多。"周老师满意地摸了摸她的头，但走到门口时，又回头若有所思地打量宁悦，"悦悦，你还记得妈妈跟你说过的话吧？"

宁悦垂了下眼，她回过头拿起笔，有些含糊地说道："记得呢，放心放心。"

周老师终于放心地点点头："早点写完早点休息，不要搞得太晚了。"

宁悦举起手挥了挥："帮我把门带上。"

周老师把门带上，动静瞬间都被隔绝在门外，宁悦盯着物理书发了会儿呆，突然抱着头一顿猛搓，看什么月亮，满脑子知识点都看得离家出走了！

她仰着头，自暴自弃地把书整个盖在脸上。

书缝里透了点光，不知道是她房间的，还是对面房间的，她不用看都知道陈予锦一定在聚精会神地做作业，他这人在某些方面专注得可怕。

宁悦闭着眼睛深呼吸几次。

半晌后,她几不可闻地叹了口气,把书拿下来继续做题。

算了,不想了。

抓早恋的风也是一阵一阵的,学校成功抓了几个典型后,就又放松了对学生的管控,把重心放在了期中考试上。

宁悦十月份的学习效率很高,期中考试强悍地考了年级第一百一十四名,陈予锦一如既往地稳,班级第一雷打不动。

于是两人都被体委找上了门,要他们参加接下来的篮球赛。

虽然运动会不让高三参与,但学校考虑到高三生的身体也需要锻炼,所以允许他们参加篮球赛。男子队伍很快就凑齐了,甚至还找了好几个替补,但女生这边就差点,本来会打篮球的就不多,愿意打比赛的更是少。

宁悦也不愿意参加,毕竟她技术就那样,但她耐不住体委的苦苦哀求,最终不仅答应了这件事,还把高雨婷也拖下了水。

为了争取不一轮游,体委生拉硬拽把她们五个女壮丁拉到一块搞练习,但大家原本想趁着体育课好好休息,这会儿脑子里只有偷懒,所以都兴致缺缺,练得很敷衍。

"你们这样不行啊,这个水平上场肯定一轮游。"

高雨婷坐在球上休息:"那不刚好了,打一场之后就没我们什么事了。"

"有点班级荣誉感行不行?"体委很无语,他目光落在另一边的球场上,"等着,我想点办法让你们提起精神。"

"什么办法啊?"

"等着!"体委往那边球场走去。

高雨婷问:"悦悦,你说体委干吗去?"

宁悦练得手脚发软,靠在墙上休息。闻言,她看向体委离开的方向,目光在陈予锦身上停留了片刻,她摇摇头:"不知道。"

距离有些远,几人只看见体委和几个男生说了几句话,还指了指她们这边,然后一群人就朝她们走过来。

天气有些冷了,但男生们打球打得热气腾腾,陈予锦把外衣脱了,里面穿着一件短袖,他腋下夹着球,头上绑着发带,一边走一边笑着和身边人聊天。

女生们看着他们一排走过来,顿时精神就振奋了一点。

"一对一集训啊。"体委指着两队人笑道,"男女搭配干活不累,你们自己搭一下。"

这话一落,除了高雨婷和宁悦,其他女生都不约而同地看向了陈予锦。

李石译不满了,他挡在陈予锦面前晃了晃手:"别都看他啊,我们还活着呢!"

心思被挑破,有个女生恼羞成怒地瞪了他一眼。

陈予锦无语地拨开李石译，哪儿都有他，凑这么近，热死了。

高雨婷见这状况偷偷和宁悦咬耳朵，暗暗举起大拇指："体委高明啊！"

宁悦颇为认同地举起拇指回应她，可不是，大家的精气神肉眼可见地不同了啊。

"陈予——"有个女生鼓起勇气开口。

"宁悦。"没等女生说完，陈予锦就把手中的篮球往宁悦手里一丢。

宁悦正和高雨婷说得起劲，余光瞥见一个东西朝自己飞来，下意识就接了，篮球捧在手里，她才回过神。

陈予锦见她接下球转身就走，还极其自然地淡淡撂下一句："过来。"

宁悦捧着球愣了下，心道你唤狗呢？

她指指陈予锦，对高雨婷说："我过去了。"

高雨婷意味深长地看她一眼，点点头。

两人离开后，刚刚想和陈予锦组队的女生也反应过来了，她直愣愣地看着两人的背影，忍不住问高雨婷道："高雨婷，他们——"

高雨婷立马摇头摆手："我不知道，别问我，李石译，咱们组一队！"

宁悦跟着陈予锦走到最边上的篮球场，她放下球拍了两下，抬手投了个篮，力道不够，球没进，陈予锦给她补了一下，跳起来投进了篮圈。

宁悦毫不吝啬地鼓掌："厉害。"

"怎么做到一投一个准的？"宁悦虚心请教。

陈予锦轻飘飘看她一眼，手里抛着球玩："手感。"

宁悦无语。

这人也不知道真的还是假的，问学习经验也没有，问打球的诀窍就说手感？

"下周星期三就要打了吧？"陈予锦把球抛给她，示意让宁悦过他，"你们还真想打进决赛啊？"

"嗯。"宁悦弯下腰，认认真真运球。

陈予锦手长腿长，双臂一伸跟个渔网一样把她的前边都防死了，宁悦好不容易找到机会冲破防线，结果错身的一刹那，球没了。

陈予锦反身又投了个篮。

宁悦直起身怅惘地叹气，幸好其他班女生技术也不行，否则都跟陈予锦一样，那还打什么。

"既然参加了，那肯定还是想尽量多打几轮。"宁悦接着之前的话说。

陈予锦闻言也正经了点："你们对手哪个班？技术怎么样？"

宁悦摇摇头："不知道。"

陈予锦："那你们自己技术怎么样？"

宁悦："我应该算最好的。"

陈予锦：就这还想进决赛？

他无语地把球丢给宁悦："算了，练练投篮吧，争取准一点，拿到球能进。"

宁悦："……行。"

投篮也没什么太多花样，陈予锦就站在篮圈下，帮宁悦捡球，两人一个投一个捡，反复练了十几分钟。

后面宁悦的手感上来了，十个里面能投进一半。投篮这事确实就是靠手感，多投几次，适时调整力度和方向，准头就上来了。

她投得有些无聊，后面速度很慢。

陈予锦一边捡球一边和她闲聊："为什么学校不让高三的参加运动会，但让参加篮球赛？"

"运动会一开就是两天半，太耽误时间了。"宁悦拿到球抬手，"篮球赛占的是原本的休息时间，学校当然不在意。"

"而且学校也怕运动会上学生出事，万一摔到手脚就得不偿失了。"宁悦想到什么，抱着球强调，"所以你们打篮球也别太拼了，实在拿不到名次也没事，安全第一。"

陈予锦冲她招手，示意她继续投："你刚还说想进决赛，现在又安全第一？能不能统一一下说辞？"

宁悦无奈地偏了下头："进决赛是我的想法，安全第一是我妈的想法，篮球赛哪有高考重要，我妈觉得这种比赛就是让我们放松用的，成绩是次要。"

她有点脱力，球的高度不够，打在篮板上又弹下来了。陈予锦跑去帮她捡球，他小跑的时候身形也好看，不疾不徐，宁悦叉着腰看他，有点走神。

陈予锦运着球回来："想什么呢？"

宁悦叹了口气："想如果真的第一轮就被打趴下了，会不会很丢脸。"

她为难地活动手腕，早知道不该心软答应体委，比赛这种事就是这样，参加了就总是不想输，想尽可能走得远一点。

"怕什么。"陈予锦看着她的手腕，"我们是一个班的，一荣俱荣，虽然男女比赛是分开打，但其实也就是你们打上半场，我们打下半场，你们多赢几个球，我们肯定不会少。"

宁悦笑着把球投出去，他说得也没错。

她站在原地看着球在篮圈上滚了两圈，最后还是没进，她脸囧了下，又忍不住问："那要是我们输了呢？"

陈予锦眼疾手快地又给她补球，在球落地前，他接下潇洒地往上一投。

轻轻松松游刃有余，格外帅气。

球掉下来，陈予锦在原地拍了两下，然后夹在腋下走向宁悦。

宁悦自然地伸手接，陈予锦把球轻轻地往她怀里一推，懒散地笑道："到时候打就行了，别的别管。"

宁悦挑了下眉，也笑着看他："结果不重要？"

"嗯，不重要。"陈予锦撩起眼皮，轻描淡写，"要是输了，那你输几个，我补几个。"

宁悦她们这些半吊子最终搞了个两轮游，第二局就出局了。陈予锦他们倒是给力，一路打进了半决赛。

"你们抽到的对手是三十四班啊？"杨灿问。

"嗯。"李石译把外套脱了，把护腕戴上，虽然教室里开着空调，但他还是冷得哆嗦了一下。

"三十四班？我记得他班上是不是有个特厉害的？"宁悦闻言皱眉。

"是的吧。"杨灿回忆了一下，她摸着下巴，"你们这局估计有点悬。"

李石译露出一言难尽的表情："你怎么长他人志气灭自己威风？"

"再厉害我们也不怕。"他顶了下陈予锦，"你说是吧？"

陈予锦看他两眼："我也听说了，三十四班有个厉害的，初中时候就是校队的，还代替学校去外地打过比赛。"

听他这么说，宁悦下意识接话道："你怕了啊？"

陈予锦被她激笑了："对啊，还不让人怕啊？"

他不像李石译早早就把自己扒得只剩下一身运动服，反而把校服外套拉到顶，一副怕冷怕得要死的样子。

宁悦遗憾地摇摇头，自言自语道："我们输了两个球来着。"

陈予锦撩眼看她，宁悦没躲闪，反而跃跃欲试似乎想挑衅点什么，陈予锦立马就明白她什么意思。之前他说过，她输几个球，他就补几个球，这话到现在都没兑现。

不是他赖账，而是他们打了这么多场，周老师就没让班上同学去看过，他们几个打球的就像是班上的孤勇者，孤零零去孤零零回，场上连个啦啦队都没有。

她去都不去，他补给谁看啊？

陈予锦扬起嘴角，微微垂眼："点我啊？"

宁悦真诚地装傻："什么啊？"

陈予锦似笑非笑地看她："都半决赛了，去看吗？"

宁悦迟疑片刻，她当然想去看比赛，但周老师不让，说是耽误学习。思考几秒后，她摇摇头："逃自习课不行。"

陈予锦轻嗤一声，弯下腰，把脚下的球拿起来，站起身："走了。"

宁悦抬头看他："加油。"

陈予锦睨她一眼:"没诚意。"

那怎么才有诚意,逃自习课?开玩笑,全班都上自习她一个人逃多显眼啊,周老师每次都会尽职尽责查,她又不瞎。

宁悦握紧拳头,很有诚意地复述了一次:"加油!"

陈予锦:糊弄谁呢?

半决赛还要一会儿才会开始,但他们得先去场上热热身,否则打起来很难进入状态。陈予锦他们前脚刚走,周老师后脚就进了教室。

"李石译他们人呢?"周老师问。

杨灿说:"刚刚都下去热身了。"

"哦。"周老师倚靠着讲桌站着,底下一群人都若有似无地看她。

不知道谁先憋不住喊了一句:"老师,他们打半决赛了!"

周老师一脸了然地笑,但偏偏还装傻:"他们打进半决赛关你们什么事啊,又不是你们打。"

"啊——"底下一阵哀叹。

"我们是一个班的啊。"

"听说三十四班组了啦啦队啊!"

"最后几场了,打完就没了。"

"老师——"这句老师喊得格外情真意切。

周老师好笑地瞪他们:"行吧,看你们这个样子就知道自习肯定没效率。"

她大手一挥,恩赐道:"半决赛了就让你们去看吧,给他们加加油鼓鼓劲!"

"好哎!谢谢老师!"教室顿时就爆发出一阵欢呼。

杨灿把书猛地一合就站起来,显然心已经先一步飞了。宁悦等了一下高雨婷,两人落在最后面,一大群人浩浩荡荡地往篮球场走去,其他班都在安分上自习,看他们堂而皇之地去看比赛,都露出了羡慕的眼神。

高雨婷挽着宁悦,得意扬扬地让她摸自己口袋。

宁悦摸了一下,惊讶地瞪大眼睛:"你把家里的微单带来了?"

高雨婷点点头:"我就想半决赛了,万一周老师让我们去看呢。"

她笑嘻嘻地晃来晃去:"这不就用上了。"

"等会儿你帮我拍啊。"高雨婷说,"我怕万一周老师也来看,抓到我就不好了。"

"抓到我就好了?"宁悦斜眼看她。

"那是你妈嘛,你怕什么。"高雨婷满不在乎地把微单塞宁悦手里,"等会儿好好给我拍啊,这估计是我高中生涯看的最后一场篮球赛了,一定要留个纪念。"

宁悦打开机器调试了一下,随口道:"万一他们打进决赛了呢?"

"得了吧,不可能。"高雨婷已经看透一切,"三十四班很强的,我看陈予

115

锦他们这局会输。"

宁悦没说话。

高雨婷看她两眼,坏笑着挤挤她的胳膊:"你肯定想陈予锦赢吧?"

宁悦随手拍了一张,垂下眼看感觉:"我希望我们班赢。"

高雨婷装模作样地叹气:"女人啊,就是口是心非。"

篮球场已经被围满了,除了他们班和三十四班,杨延他们班也在。

两人加回好友后联系也不如以前那么多,毕竟学习很紧张,晚上本来就没多少时间聊天。

杨延看见了她,跟身边人说了两句就从另一边走过来,但没走两步就看见陈予锦把外套脱了,拎在手里走向宁悦。

"延哥,你砸什么篮板啊!吓死我了。"吴子龙大叫。

宁悦听见声音下意识看过去,但视野都被陈予锦挡死了。

"不是说不来看吗?"陈予锦问。

"那我回去?"宁悦作势就转身。

陈予锦没好气地把外套丢她头上:"刚不还点我呢?两个球?嗯?"

宁悦笑着把他的外套拿下来,整理了一下弄乱的头发:"那等会儿哪两个球是帮我补的?头两个?"

"等着看就行了。"陈予锦声音有点傲。

宁悦不解:"你不给个信号我怎么知道。"

她扬扬手里的微单:"婷婷让我拍。"

"陈予锦,要开始了!"李石译在场上叫他。

"来了!"陈予锦没回答她这个问题,准备回场上。

"你衣服我能垫地上坐吗?"一场球少说也要一个小时,站着也太累了。

陈予锦脚步一顿,让她拿个衣服真的累死她了,他往后一扬手:"随便你。"

高雨婷刚刚去帮生活委员抬水了,这会儿回来看见宁悦拿着微单准备拍,忙上前阻止:"先别拍,等场子热起来先,不然等会儿精彩的部分没拍到就没电了。"

宁悦合上镜头:"什么时候才叫热起来了?"

高雨婷思考半晌:"等咱班进第一个球吧。"

她看着球场叹气:"如果我们班还能进球的话。"

宁悦:这是有多悲观?

不管怎么样,她相信陈予锦答应的两个球还是会做到的好吧。

但这句话她没说。

比赛开始后,气氛很快就燃起来了,这还是他们班看的第一场球赛,女生们一个赛一个激动,隔一阵就要尖叫欢呼。

特别是李石译进第一个球后,宁悦感觉自己耳朵都要被吵聋了。

"李石译牛啊!"

李石译本来就是喜欢开屏的性格,眼看自己进了第一个球,那架势恨不得绕场三周。

"哎,悦悦,你刚看见没?"高雨婷小声地在宁悦耳边问。

"看见什么?"宁悦侧头过去,但目光没有离开球场。

"唉,你真的一点八卦细胞都没有!"高雨婷神神道道地靠近她,"你没听说过吗?球场是最真实的,男生这种时候多巴胺上头,一般都会不小心把掩藏的小心思暴露出来。"

宁悦终于看了她一眼:"什么小心思?"

高雨婷恨铁不成钢,抬头隐晦地瞥了一眼杨灿的方向:"看他进球后第一个看向谁。"

宁悦惊讶地瞪大眼睛,她怎么看不出来?

高雨婷看她这个表情,面露嫌弃。

"算了算了。"高雨婷叹气,"你还是帮我拍视频吧。"

她把微单打开,又把宁悦的手臂摆好位置:"我去上个厕所啊,你好好拍。"

"知道了。"宁悦对准位置,"你放心去。"

高雨婷这个微单是她爸妈买给她的十七岁生日礼物,性能很不错。宁悦为了保证镜头不挪动,只能从小屏幕里看比赛,好在视频很清晰,也不是很影响观感。

比赛打得很胶着,他们班输了几个球。

宁悦身边的两个女生像赛事解说一样不停地絮絮叨叨。

"李石译怎么不传球啊,陈予锦位置多好!"

"传了传了!"

"陈予锦拿到球了!这位置这么远,他不会想投个三分吧?!"

"好紧张好紧张好紧张!"

宁悦本来不紧张的,听解说听得紧张了。

她咽了口口水,看了眼球场又看向手里的小屏幕,比赛开始后陈予锦还没进过球。

球到陈予锦手上后,对方立马就防上了他,他反身一个假动作躲过了对方的拦截,手高高一扬,球就脱手了。

宁悦忍不住抬头屏住了呼吸。

那个球在众目睽睽下从篮圈中穿过,是一个漂亮的三分。

进了!

"啊啊啊啊啊!"周围爆发出一阵欢呼。

宁悦松了口气，也在心里兴奋地叫了声"Yes"。

她大喘气后才想到视频，也不知道刚刚手晃了没。

宁悦赶紧低下头，确认刚刚这一幕有被录下来，然后下一秒，她就愣住了，因为她发现自己居然隔着屏幕对上了陈予锦的视线。

屏幕那么小也挡不住少年的意气风发，灼热的目光仿佛拥有了实质。

在他进了第一个球后。

他在看镜头。

或者说，在看镜头后的她。

"你看完了没啊？"宁悦用身体帮高雨婷挡着，以便她能偷偷摸摸看拍好的视频。

但这个姿势格外难受，没一会儿宁悦就觉得自己骨头疼，见高雨婷没反应，她又补了句："你晚上回家再看吧，等会儿要是被发现给收缴了，看你上哪儿哭。"

"行行行，不看了。"高雨婷把微单收起来，她感慨地叹气，"可惜啊，打得那么帅，还是输了。"

对手实在太强悍，非人力能改，但他们输得也不难看，所以宁悦觉得没什么可惜的，高中生涯最后一场篮球赛打成这样，也算不留遗憾了。

"他们人呢？怎么没回来？"高雨婷回头没看到陈予锦和李石译。

"回家洗澡了。"

天气已经很冷了，周老师担心他们糊着一身汗会感冒，特许几个人趁着吃晚饭的时间回家洗澡，高三大家都住得离学校很近，回去一趟也很方便。

陈少爷从小金贵爱干净，球赛结束那瞬间连自己外套都不想拿，生怕沾上汗，所以衣服和球都是宁悦帮忙拿回来的，他自己则直接回家了。

"谁先动手的你看清了没？"有两个女生从外面回来了，两人不知道讨论些什么。

"没啊，莫名其妙就打起来了。"

"唉，谁知道打个球最后变打架。"

"你们说什么打架啊？"高雨婷好奇地问。

"另外两个班啊，不也在打半决赛？"其中一个女生说，"打到最后不知道怎么，就变成打架了。"

宁悦皱了皱眉，另外两个班？她记得是杨延班上？他们打得慢一些，高雨婷催她一起回来看视频，她就没留下看完。

"谁和谁打起来了？"宁悦问。

"不认识，就是打比赛那几个打起来了。"

每年搞竞技比赛总会出几个打架的事件，主要青春期的男生大都比较冲动，稍微有点摩擦就容易动手，高雨婷听了两句就没兴趣了，反正又不是自己班打架。

但宁悦却站了起来。

高雨婷愣愣地看着她问："你去哪儿啊？"

"有点事。"宁悦急匆匆往外走。

她下了楼直接去杨延班上，正是吃晚饭的时候，教室里很空，她站在窗户外看了几眼，没看到杨延，正想找个人问问的时候，有个男生突然从里面走出来问："你来找杨延？"

这个人有点眼熟，宁悦想了会儿才想起来他好像是杨延的朋友？有几次她看见他们走在一块。

宁悦点点头："他在吗？"

吴子龙上下打量宁悦，语气不善："不在，打架被抓去办公室了。"

宁悦皱眉，心里有些担忧，一听打球变打架她就有不祥的预感，果然有杨延的份啊。

对于打架，学校的惩治力度不同，如果情节恶劣，那可能得背个处分，但如果没有闹出什么严重的后果，大多就是批评写检查了事。

想到此，她问："为什么打架？打得严重吗？"

"还能为什么，对方出黑手，看不惯。"吴子龙冷笑。

宁悦皱了皱眉，奇怪地看他两眼，这人话里话外的态度好像对她有点不爽？但他们又不认识，这不爽就让人有点莫名其妙。

她没有过多纠结，既然杨延不在，她也不准备等在这里，晚上电话问也是一样的。

"等杨延回来了麻烦你跟他说一声，让他晚上有空给我回个电话。"说完，宁悦就准备走。

"你这就走了？"吴子龙突然说。

不然呢？宁悦惊讶地回过头，神情疑惑。

她这副神情让吴子龙更加恼火，以前他还觉得宁悦长得好看印象不错，但没想到她居然是这种人。他心里生气，一冲动便直截了当地说出了口："你能不能别耍着杨延玩了？"

宁悦蹙眉："什么意思？"

还装糊涂。吴子龙气笑了，既然都冲动了，那索性说完算了，杨延事后要怎么算账再说。他破罐子破摔道："你都有男朋友了，还来假模假样地关心杨延，不就是想把他当个备胎？"

宁悦更蒙了，这都哪儿跟哪儿？

吴子龙这话说得实在不客气，宁悦也认了真，她神情严肃道："我没有谈男朋友,更没有把杨延当备胎,我们是好朋友,麻烦你不要胡说。"

吴子龙不屑地上下瞥她:"装,继续装。"

他的眼神让人很不舒服,宁悦还是第一次被人这么毫不客气地指责,心里也冒了火,她装什么了?她莫名其妙好吗?

宁悦抱着胸,冷冷地往栏杆上靠:"我装什么了,你说明白。"

宁悦冷着脸的时候很有几分气势,但吴子龙心里都是为兄弟打抱不平的愤慨,所以也没有发怵。他轻蔑地打量宁悦,半晌后才意味深长地反问:"宁悦,你真的不明白?"

被他这样盯着,宁悦心里逐渐发沉,没说话。

吴子龙哼笑一声,也没有再和她针锋相对,有些话点到为止就算了,再说下去大家都难堪,他转身进了教室。

宁悦沉默着又在外面站了会儿,杨延依旧没回来,她才慢吞吞地回了自己教室。

她应该明白什么?

宁悦一整晚都在想这个问题。

高雨婷几个课间都扑了个空,终于忍不住小心翼翼地问陈予锦:"你们是不是吵架了?"

陈予锦一头雾水:"吵什么架?"

"没吵架?"高雨婷纳闷地看向窗外,"没吵架悦悦怎么失魂落魄的?一下课宁悦就去外面走廊站着,跟罚站一样,问她什么也不说,深沉得不行。"

陈予锦潦草地瞥了外面一眼,从他的角度是看不见走廊的,他有一搭没一搭地转笔:"想知道你直接问她不就行了。"

"问她她不说啊。"高雨婷神情着急。

她怔怔地发了会儿呆:"要不你帮我去问——问?"

嗯?人呢?刚还在这里那人呢?

陈予锦没怎么费心就找到了宁悦,他们教室离厕所近,两者之间有一条长长的悬空走廊,宁悦趴在走廊扶手上,正认真地看着下面。

不知道是哪些老师把小孩带来上自习了,几个小朋友在楼下玩一种会飞的闪光玩具。

陈予锦在宁悦面前打了个响指:"好看吗?"

宁悦下意识躲了下,反应过来后,她指着下面问:"你能看清他们玩的什么东西吗?"

陈予锦不怎么走心地看了一眼,他 5.2 的视力又不是用来看玩具的。他随口出主意:"要不帮你抢上来,你玩?"

"行。"宁悦煞有介事地点头,跃跃欲试,"你去抢。"

陈予锦:这哪有失魂落魄的样子,高雨婷是不是瞎。

他背靠着栏杆站着,看她一眼又收回目光,状似随意道:"你看了三个课间,就研究他们这玩具?"

宁悦心里一动,她抿了抿唇,没回答。

楼下的树静静地矗立在黑夜中,树冠糊成一团,什么都看不清楚,就像是被藏匿起来的心事。

有点想说给他听听。

陈予锦总是很懂。

宁悦目光涣散地看着下面,缓慢地说:"陈予锦,你说该怎么判断喜欢这种感觉?"

陈予锦心跳不由自主地停了半拍,他不动声色地站直:"喜欢什么?东西还是人?"

宁悦偏过头瞧他,视线逐渐聚焦:"人吧。"

说完,她又补了一句:"纯粹地讨论一下。"

"纯粹地讨论?"陈予锦轻声喃喃,他也看她,"你怎么想的?"

宁悦悠悠叹了口气:"我就是觉得喜欢是虚无缥缈的,没有实体,没有落点,很难去真的形容,也很难看清。"

其中掺杂了太多干扰因素,很容易就弄混、搞错。

对于她这种从来没有喜欢过别人的人来说,这题尤其难。

陈予锦转了个身,也和宁悦一样,微微弯腰靠在栏杆上。他一边思考一边捏着手指的指节,纤细的手指被捏得"咔咔"响。

也许是话题的原因,他也放轻了声音,两个人像是在讲什么秘密。

他说:"是挺虚无缥缈的,但也有迹可循,如果有心去看的话,其实到处都是落点。"

"嗯?"宁悦认真地看着他。

她的目光赤诚又清澈,陈予锦忍不住笑了,他下意识地伸出自己的一只手,摊开,手里空无一物。

这是一双养尊处优的手,手指瘦削有力,指甲被修剪得干净圆润,虽然在黑夜中,但依稀可见红润的掌心下,血液在静静流淌,温柔又炙热。

宁悦纯粹地欣赏片刻,不解地抬起头。

陈予锦接着说:"你不要把喜欢想得太过复杂,也不要太考虑这段关系中的另外一个人,说白了,喜欢其实是一种会蒙蔽五感的障眼法。"

宁悦挑了挑眉,这种说法很新鲜,她顺着陈予锦的视线,又看向他的手。

他弯腰离她更近，两人更像是在说悄悄话了，他说："打个比方，如果不喜欢，你在我手里什么都看不到。"

不喜欢什么？也没个主语啊。

宁悦凝视几秒，轻声问："如果喜欢呢？"

陈予锦动了动手指，笑了："如果喜欢，你可能会看到日出云海，看到雾林雪松，看到巍峨山峦，看到这个世界上，你认为最美好的东西。"

风轻，他的声音更轻，像漂浮在水面的芦苇，若有似无地撩着平静的湖水，又像是深夜响起的电台，用平静温柔的语调，诉说一段又一段的隐秘心事。

小朋友的玩具在这时飞上来，这是飞得最高的一次，斑斓的灯光闪烁在两人脸上，一阵蓝一阵红，宁悦看清了，那是一只会飞的玩具蜻蜓。

原来是这样啊，她在那一刻想。

宁悦思来想去，还是估摸着时间给杨延打了个电话，吴子龙之前那个态度，大概率不会告诉杨延她去过。

杨延的爸爸一直在外面挣钱，只有过年才会回来，他家里除了他就只剩下一个八十多岁的奶奶，平时就两个人住。

电话没响多久就被接通了，杨延一开口声音就十分沙哑："怎么了？"

宁悦也不和他绕弯子，直接问："打架的事学校打算怎么处理？"

杨延沉默了片刻，但他没问宁悦是怎么知道的，只淡淡说了句："批评教育。"

宁悦有点不信："真的？"

"嗯，没骗你。"

宁悦松了口气，批评教育就说明不严重，她就怕杨延下手没轻没重，把对方打出什么好歹，家里本来就没钱，如果还得赔偿人家，那就雪上加霜了。以前初中的时候就发生过这种事，她记不清打架的缘由了，只记得那男生下巴缝了针，杨延的奶奶来学校低声下气地道歉，对方才收了医药费没再追究。

"以后别再这么冲动了，否则记了过，档案上会不好看。"宁悦放轻了声音劝他，"你不是还梦想考军校来着，万一到时候学校觉得你有污点，不收怎么办？"

听出了宁悦语气里的关心，杨延的态度也柔和了很多。其实他的梦想不是军校，他想考军校只是因为读军校会便宜，学校每个月还会发钱，他这样的家庭是没有太多资本去谈梦想的，现实的困难永远都要排在这些东西前面。

所以宁悦的担心也是多余的，他不会真的把别人打成什么样，他家里赔不起。

但这些他不会告诉宁悦，她是在幸福圆满的家庭中长大的孩子，心思单纯、心肠很软，知道太多只会给她增加不必要的心理负担，都高三这个节骨眼上了，他不想给她添麻烦。

"我知道。"杨延低声说，"我以后不会了。"

他自己的声音很沉，只有小声说话的时候，才会显得没有那么硬。就算他是只刺猬，也想在宁悦面前，尽可能展现自己柔软的肚皮，而不是那遍布全身的硬刺。

"你今天不学习吗？"杨延问。

"给你打完电话就学。"宁悦面前摊着几本书，都等着她做。

"那你学吧，我挂了。"杨延看着奶奶颤颤巍巍地端着一个碗过来，忙迎上去接下来。

宁悦抠着书角，没说话。

奶奶端的是一碗粥，有点烫，杨延把碗放在桌上才又问了句："还有别的事？"

"没有。"但宁悦说完这句又沉默了。

杨延看了眼屏幕，还在通话中，他也没催，一边喝粥，一边等着。

几分钟过去，那边还是没消息，杨延才又无奈地说："有话就说？"

宁悦仰头看着天花板，感觉血液有点倒流，不知道为什么，她眼前又浮现出吴子龙看她那种不屑的眼神，好像她真的做错了什么，忽视了什么。

半晌后，她脑海里莫名其妙地出现了一句话："杨延，我们都要看远一点。"

杨延动作一顿："怎么突然这么说？"

宁悦自己都很茫然，她不知道为什么会冒出这句话，只能遵从模模糊糊的感觉继续说："不知道，就是感觉我们现在的目光都太有限了，也许看远一点，才能看见更广阔的东西。"

可能现在他们都很迷茫，很多事看不开看不明白，但千万不要被某些东西框住视线，要主动去看各种各样的风光，毕竟人生还那么长。

杨延喝完了粥，看着奶奶又慢吞吞地去洗碗，这栋房子是他家的自建房，因为一些政府规划的原因，没有拆，爸爸只建了一层，家里也没刷白，冰冷的水泥墙面吸收了大部分光线，晚上就显得格外冰冷阴森。

他也想看得远一点，也想相信凭借自己的努力，能够改变现状。

他不是没有机会的。

杨延低下头，露出今晚第一个笑："我会的。"

之后几天，宁悦又旁敲侧击地从周老师那里打听了篮球赛的情况，见真的没人被记过后，才算是真的放心下来。

第六章
因为她不接招

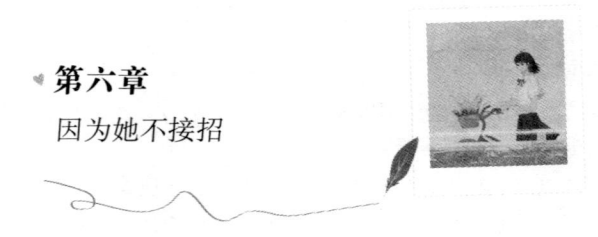

进入冬天后,学习更加紧迫,时间如同猛兽,在高三学子身后穷追不舍,然后不知不觉,新的一年就悄无声息地来了。

元旦会演就如同运动会一样,和高三生没有太多关系,学校只给他们留了一个节目位,是一个乐器合奏节目,把拉小提琴的、拉大提琴的、弹钢琴的凑到一块整一个节目就算完,很简单,也不用花太多时间排练。

有些老师连这个节目都懒得让学生参加,嫌浪费时间,学生自己主动性也不高,最后不得已只能规定每个班必须报一个人参与筛选。

周老师想让宁悦去弹钢琴。

宁悦无奈地说:"周老师,我好几年没碰过钢琴了。"

她是学过钢琴,但升上高中后就再也没练过,早生疏了。

"那不正好?"周老师说,"去了刚好被刷下来。"

算盘打得真响,宁悦连连摇头,果断卖队友:"我不想去,你让陈予锦去,他会弹钢琴。"

见宁悦态度强硬,打定主意不去,周老师只好找上了陈予锦,他对这种事无所谓,老师让他去他就去,反正他的成绩雷打不动,也不会被耽误。

只不过从教师办公室回来后,他还是免不了找宁悦算账。

"你跟周老师说我会弹钢琴的吧?"陈予锦团起课本敲宁悦的肩膀,全班就她知道他会弹。

宁悦无辜地笑："这种抛头露面出风头的好事，我第一个想到你。"

陈予锦一脸"你在说什么鬼话"的神情："我替我全家谢谢你。"

"你家有钢琴吗？"陈予锦问。

看宁悦那天在酒吧那个手势，她应该也会的。

宁悦摇头："我家你又不是没去过，你要练琴啊？"

陈予锦点点头，听说初筛也有二十几个人，要是弹得七零八落，那也太丢脸了，虽然他对上不上无所谓，但也不能直接上去出丑。

宁悦想了想："我家没有，但我知道哪里有。"

周日下午休息，宁悦带着陈予锦去练琴，他一看场合，转头就走。

宁悦赶忙拉住他的衣袖："你不练了？"

陈予锦气笑了，他环顾四周，没好气地把自己的袖子从她手里拽出来："你要不看看这是哪儿啊？"

这是个大型商超啊！宁悦说的那架钢琴就摆在大厅正中央，周围人来人往。

宁悦憋着笑："免费的，很多人都在这里弹过。"

"这是免费不免费的问题？"陈予锦似笑非笑。

宁悦故作惊讶："陈予锦，你不会怯场了吧？"

陈予锦直视着她的眼睛，跟他玩这套？他轻哼一声："宁悦，激将法对我没用。"

不上当啊，宁悦有点遗憾，她叹了口气，又抬起头诚恳发问："那什么有用？"

她这人有时候就是这样，直白得让人无法作答，她不绕弯子，也不来虚的，就大大方方地发问，直接把你的话堵死。

陈予锦一时语塞，他别开眼，什么有用？真诚的套路最有用！现在只能庆幸今天出门戴了顶帽子，他压低帽檐，打定主意弹一曲就走。

"去给我买瓶水。"陈予锦撂下一句就走向钢琴。

宁悦笑开了："行。"

陈予锦抬起盖子，按了几个音，有点不准，但也没办法，不能指望放在商场的钢琴有多好的质量。他家里是有钢琴的，没来沅南之前他偶尔会弹，所以手不算太生，稍微练习一下，找找手感估计就差不多了。

他打开手机找出一篇谱子，竖在钢琴上，然后静了静心，抬起手，旋律从他手下倾泻而出，如同流淌的银河。

宁悦选了一瓶矿泉水，塞了五元纸币进去，机器哗啦啦吐出三个硬币，与此同时，音乐声也响起了。

宁悦能听出声音有点问题，但并不觉得这有什么影响，钢琴曲嘛，外行人听个热闹。可能陈予锦觉得她带他来这里是故意想捉弄一下他，但她真没这个想法，她就是觉得陈予锦并不介意在大庭广众下弹琴,而这里是她能想到的最方便练习的地方。

不用花钱,不用去借,坐下就能弹,多好。

她拿着水回到大厅,已经有不少人围绕在周边,驻足观看。

陈予锦身材好,简单的运动裤和冲锋衣也能穿出范儿,虽然帽子挡住了大半的脸,但挡不住他本身的气质,他往那儿一坐,就让人忍不住朝他投去目光。

他弹的是那首非常经典的《梦中的婚礼》。

冬天很冷,但音乐却带着丝丝暖意,宁悦站在离他最近的内圈,有种身处音乐厅的错觉,他认真专注,却又洒脱不羁,没有穹顶的束缚,少年的锋芒仿佛要冲上云霄。

她不知不觉地笑了。

一曲弹完,陈予锦落下最后一个音符,轻轻地呼出一口气,弹错了几个音,但反正也没人听出来。他在掌声中起身,准备悄无声息地离开,可余光却瞥见一个东西朝他飞来。

圆的,有点硬,陈予锦摊开手,发现自己接住的是一枚硬币。

他疑惑地看向宁悦。

少女眉飞色舞,笑得灵动肆意,她冲他一挑眉,轻佻懒散道:"再来一曲。"

陈予锦觉得她甚至想吹个口哨。

不知道哪里学来的,拿一枚硬币就想点歌?想得真美。

陈予锦微扬着头,手指转着硬币,像只高傲的孔雀。宁悦也笑着看他,不慌不忙、好整以暇地等着。

走?还是坐下?这是个问题。

幼稚的少男少女总喜欢较些奇怪的劲。

但也自有乐趣。

半响后,陈予锦忍不住笑了。他无奈地叹了口气,再傲气的孔雀也像个绅士一样装模作样地取下帽子,目视着她弯腰鞠躬,然后顺从地坐回去。

行吧,再来一曲。

学校在平时升旗的大广场搭了个露天的台子,台子前划分好了各班的区域,大家搬着自己的凳子下去,每班分两队,所有人在寒风中看表演,一边痛苦一边快乐。

因为身高原因,宁悦和陈予锦都被排在了老后面,四周也几乎都是相熟的人。

高雨婷缩着头看表演,两个主持人穿得一个比一个单薄,那女生脸都冻白了。

她打量自己侧前方的陈予锦,小声道:"陈予锦,你等会儿就穿这身上去啊?"

"没，我里面穿着西装。"座位挤得很紧，陈予锦束手束脚挺不舒服，但奈何他后面坐着李石译，也是个大高个，没法给他腾点位置。

宁悦注意到了，她把椅子往后拖，硬生生挪出点空间："你把腿往这边放，应该能舒服点。"

陈予锦都习惯了宁悦这种细心，他道了声谢，就把折起的腿往她那边伸，可没想到关节是舒服了，两人膝盖却几乎抵在了一起，更要命的是，陈予锦不得不又往回收了点，隔出一点缝隙。

宁悦动了下眼珠，没说什么，只是把腿也死命地往里收了点。

学校的安排真的可以的，一群人挤在一起，像煮久了粘连在一起的肉丸子。

高雨婷没留意到两人的互动，她还在看陈予锦的衣服，完全看不出来这身大棉袄里还有一件西服啊。

"穿西服不冷吗？今天只有3℃。"她问。

陈予锦也很无奈，冷啊，但有什么办法，早知道要在大冷天里露天表演，他宁愿出丑被刷，以前附中搞活动都在室内，谁知道沅南作风这么冷硬啊，他都不知道等会儿手指还能不能灵活地弹琴。

宁悦打了个哆嗦，她拢紧自己的羽绒服："你们这个表演有几分钟？"

"八分钟左右。"

那时间还挺长的，宁悦想。

陈予锦看向台上，他们节目蛮靠前，似乎这个表演完，下下个就是他们，有挺多眼熟的学生已经拿着乐器去候场了。

"让让，我出去。"陈予锦小心地站起来，"快到我们了。"

"哎，把这个贴上。"宁悦给他递过来两个暖宝宝。

背胶已经撕开了，显然是她从衣服上扯下来给他的，陈予锦迟疑了两秒才接下："谢了。"

他出去又是一阵不小的动静，幸好位置靠后，不影响别人看表演。

几人目送着他出去，然后，宁悦眼疾手快地从高雨婷衣服里撕下一个暖宝宝给自己贴上。他们一直都是露天看表演，都被冻出经验了，她贴得比较少，就两个，都撕给陈予锦了，但高雨婷不同，高雨婷很怕冷，衣服里贴满了。

宁悦手很快，高雨婷只来得及"哎"了一声，就痛失了一个暖宝宝。她没好气地翻了个白眼，咬牙切齿地在宁悦耳边恨恨道："重色轻友！"

温暖都给别人，寒冷留给姐妹，真是好样的！

宁悦敷衍地拍了拍她的头以示安慰。

候场地就在舞台后面，自然也是露天的，一众学生提着乐器瑟瑟发抖，他们一起排练的时间不长，大多数人陈予锦都不认识，简单打过招呼后，就各自抖各自的。

陈予锦解开西装，给自己贴上暖宝宝，不知道是不是心理效应，真的感觉要比之前暖和许多。他们前面那个节目表演到一半的时候，他就把棉袄给脱了，虽然天气冷，但还是提前适应一下比较好。

主持人报完幕，学生们就帮着把乐器往台上搬，女主持见陈予锦穿着单薄，就从自己口袋里拿出一个暖宝宝递给他："我多出来的，你要吗？"

"不用了，谢谢。"陈予锦对她没什么印象，他礼貌地拒绝，"我有。"

"好吧。"女主持听着有些失望。

乐器合奏一共是十个人表演，陈予锦一上台，下面就开始窃窃私语。

李石译感冒了，一边吸鼻子一边含混不清地说："陈予锦这人模狗样的，穿上西装还真人模狗样啊。"

杨灿嫌弃地拿白眼翻他："人家那叫帅好吗？"

高雨婷啧啧感叹："真的帅，简直像个王子一样！"

李石译难以置信地打量高雨婷："你这什么复古又贫瘠的词啊？语文老师听了该有多伤心，还王子……怎么说出口的？"

高雨婷斜他一眼，轻蔑道："悦悦，你看男生嫉妒的嘴脸多么难看。"

宁悦头也没回，语气严肃："别说话，要开始了。"

高雨婷瞪大眼睛："？"为了个男的你凶我？！

她气势汹汹地看向舞台，但片刻后，气焰又不由自主地弱下来，行吧，如果是为了陈予锦，她勉强能理解，毕竟帅是真的帅。

台上的站位很讲究，十个人谁都没挡着谁，钢琴就在舞台的最右边，陈予锦十指搁在琴键上，等着开始。

宁悦隐在人群中，大大方方地打量他。

他这身西装应该是学校统一租的，因为几个男生款式都一样，但只有他穿出了一股矜贵的味，稍显廉价的布料仿佛都有了特殊的质感，让人不由得感叹，有些人就是天生的衣服架子，套个麻袋都好看。

台下很多女生都在看陈予锦，陈予锦自从来了沅南后人气就不弱，虽然大家明面上都没做过什么出格的事，最胆大的也只是给他递信而已，但私底下从来不缺讨论他的声音。

不知道多少人心中那些雀跃的、隐秘的心事和他有关。

高雨婷靠在宁悦肩上一脸陶醉："好听，不错，长脸！"

以前她总觉得梁思源奇怪，因为这人提到陈予锦的时候总是有种谜之骄傲，现在她懂了，如果她有这么个弟弟，她也会骄傲得上天。

耳边不断传来一些惊叹的声音，高雨婷左右环顾，心里突然有点痒，和他们这些人比起来,宁悦镇静得过分了,几乎毫无反应。

高雨婷戳戳宁悦的手臂,忍不住小声问她:"悦悦,你就没点感想?"

"有啊。"宁悦掏掏耳朵叹了口气,"你们好吵。"

高雨婷面露鄙夷:"装吧你就!"

宁悦目不转睛地看着舞台,没有反驳。她换了个更舒服的姿势听他弹奏,然后一个人轻轻地、偷偷地笑了,坐在这里听他弹琴和在商场大厅听是截然不同的感觉,人越多,显得他的光芒更甚,虽然是合奏,但其他的声音都变得十分微弱,这种情况下,她怎么可能会没有感想呢?

当他弹奏时,世间万物可都在回响啊。

直到节目结束,周遭的窃窃私语都没有停止,宁悦默不吭声地看台上的表演,依旧是最不动声色那个人。

下了台,陈予锦第一时间就找自己的棉衣,之前想给他借暖宝宝的女主持忙笑着给他递了一下,陈予锦极快地皱了下眉:"谢谢。"

"你弹——"女主持话没有机会说完,因为陈予锦接过衣服,就目不斜视地走了。

他直接绕到后面回队伍,听到身后传来椅子腿摩擦的动静,宁悦也慢吞吞地挪开,给陈予锦让地方,方便他进来。

"你弹得真好听。"隔壁班的女生夸赞道。

"谢谢。"陈予锦挂上微笑,他拖开椅子坐下来,膝盖一歪,轻轻地撞了下宁悦。

台上这人唱歌有那么好听?怎么听这么入迷,他人回来她像没察觉到一样。

宁悦缓慢地回头,仿佛信号延迟了:"怎么了?"

"这个还你。"陈予锦把那两个暖宝宝又撕了下来。

宁悦还没说什么,高雨婷忍不住吐槽上了:"就两个暖宝宝,撕来撕去的早凉了,不知道的还以为你俩让的是什么贵重的发热能源。"

其实还有温度的,但现在陈予锦拿回来也不是,递出去也不是。

宁悦说:"你贴着吧,我还有。"

高雨婷找存在感:"那是我的!"

宁悦无奈地笑了,拿她一个暖宝宝而已,她这个怨念也太足了点。宁悦偏头小声说:"下次请你吃烧烤。"

高雨婷讨价还价:"加上五杯奶茶。"

宁悦:"成交!"

陈予锦不明所以地看着两人咬耳朵,无奈地把暖宝宝又贴了回去。他们这么一打岔,本来想找陈予锦的声音倒是没了,过了那个时机,勇气就一泻千里。

而且几个找陈予锦说上话的女生心里都隐隐有个矛盾的感觉,他这个人看上去挺好相处，但也不知道为什么就是让人觉得很远。

像个海市蜃楼一样，只可远观，不易接近。

之后也出了几个很精彩的节目，尤其是一个高二男生的吉他独唱，那人长得不错，唱得好听，立马又成为新的话题中心。

只是宁悦不知道为何，总觉得兴致缺缺，没有太惊艳，注意力一散，身体上的痛苦就更难熬，好不容易等到会演结束，她感觉自己都冻麻了。

散场时没有入场那么井然有序，大家都像是撒出去的黄豆，四散而去。

有几个别班的女生一边走一边靠近陈予锦，鼓起勇气和他搭话，说来说去就那么几句，以她们的称赞开场，以陈予锦一声不咸不淡的谢谢结束。

他这个"谢谢"让人格外难接，也不知道为什么。

宁悦拖着椅子在他旁边走，不禁为这些女生感到无奈，她忍不住出声评价："陈予锦，你这人真是——"

可说了一半，又不知道怎么接。

真是什么？高冷？好像不是；平易近人？也不是。

想来想去，也只能想到一句，就是让人没辙。

"我真是什么？"陈予锦低头看宁悦，见宁悦拖着椅子吃力地走，他立马把自己的椅子换了只手，然后自然地把宁悦手里的椅子接了过来。

宁悦手里一轻，突然就语塞了。

陈予锦提着两把椅子也走得闲适轻松，他悠悠地道："我以为你第一次见我就应该知道我是什么样的人。"

宁悦揉着酸痛的手臂，跟他并肩走。她缓慢地回忆起第一次见面是在火车站，时间也不远，但好像过去好久了，或者说，她感觉和陈予锦认识已经很久了。

那时候他在干什么？在和骗子胡说八道，给人气得七窍生烟。

宁悦不解地问："什么人？"

陈予锦轻哼一声，目视前方，口吻傲气："看人下菜碟的人。"

宁悦慢下脚步，看着前面那人健步如飞地离开。

她叉着腰不知道该说什么，看人下菜碟，这值得骄傲吗？

期末考试完，宁悦虽然没有实现年级前五十的目标，但考得也不差，起码这个名次可以确保她过个好年。

沅南一中放假比较迟，腊月二十五才放，放假第二天宁悦因为生物钟的原因醒得很早，她打开手机看时间，才六点钟，正当她捂紧被子打算睡个回笼觉的时候，楼下却响起了汽车的声音。

好像刚好停在了他们楼下。

宁悦裹着被子起身擦了擦玻璃往下看，楼下果然多了一辆小汽车，她认识这辆车的牌子，这个品牌的车都价格不菲。

　　车门打开，上面下来一男一女，宁悦仔细打量了两人的长相，心里有了个八九不离十的猜想。这应该就是陈予锦的爸妈了，他长得很像他爸爸，但气质又更贴近他妈妈。

　　宁悦看着他们提着一大堆东西消失在楼道里，打了个哆嗦继续蜷回床上。

　　她紧闭着双眼，脑子里突然冒出一个问题，陈予锦当时是为了什么才转学来着？家庭原因？

　　对面陈爷爷陈奶奶也早就醒了，他接下陈平华与傅臻手里的一大堆东西，嘴里虽然习惯性地斥责了他们两句，但脸上的笑容却止都止不住。

　　陈奶奶在厨房里忙活，傅臻去帮忙。

　　"小锦还没醒。"陈爷爷说，"好不容易放假了，让他多休息会儿。"

　　陈平华看了一眼紧闭的房门，点点头。这大半年陈予锦就没怎么搭理他们，虽然每次打电话他都接，问什么都答，但就是少了点热络，整个人都冷冰冰的。

　　"期末考试成绩怎么样？"陈平华问。

　　"还可以。"陈爷爷说起这个就有点骄傲，"班上第一。"

　　家里生抽没了，傅臻下去买。等人一走，陈爷爷就忍不住问："你们……怎么样了？"

　　陈平华的笑容淡下去："还在谈。"

　　也就是还没离，陈爷爷松了口气。他很想问问儿子儿媳到底在闹些什么，又是为什么要离婚，但话到嘴边，还是什么都没问出口。他不是个喜欢干涉儿女私事的大家长，沉默片刻后，他最终只是说："既然一起回来了，那不管有什么矛盾都先放在一边，过完年再说。"

　　他板起脸："而且不管怎么说，你们都应该为小锦想一想，他还有半年就高考了，你们俩最后怎么样我管不着，但不能耽误孩子。"

　　陈平华低声答应："知道了，爸。"

　　他们都不想在这个话题上多谈，简单说了几句就开始聊别的事情。

　　陈予锦双手垫在脑后，面无表情地看着天花板，他们一回来他就醒了，只是不想出去。

　　又在床上干熬了一会儿，陈予锦起身穿好衣服。南方没有暖气，一到冬天，窗户内侧就会出现一层水雾，他拿起桌上的纸巾擦了一下，视野清晰后，他便看见对面的窗户上，一个大笑脸正在缓慢地出现。

　　宁悦的脸在水雾后面很模糊，他只能看见她的指尖贴着窗户，画出了两道弯弯的眼睛。

陈予锦忍不住勾起了嘴角，他把纸巾丢进垃圾桶，在其他还没擦干净的地方画了个什么，然后拉开房门出去洗漱。

宁悦也模模糊糊地看见陈予锦起床了，还在窗户上鼓捣了一阵，她拉开自家的窗户看过去，对面写了个福字。

年未到，福先到。

是个好寓意。

周老师今天的安排是去附近的农贸市场置办年货，虽然爷爷已经买好了鱼肉之类的食物，但花生瓜子糖果都没买。

周老师说："虽然你爷爷有退休金，但过年哪能都让他花钱。"

宁悦一边附和一边穿鞋准备出门，作为这个家目前"唯二"的劳动力，采购是肯定要参与的。两人下了楼刚好遇到了陈予锦一家三口，他们也准备出门。

陈予锦拖着脚步走在最后面，见到周老师他礼貌地打了个招呼："老师好。"

傅臻诧异地问："小锦，这是？"

"我班主任。"陈予锦给两边介绍，"老师，这是我爸我妈。"

周老师还是第一次见到陈予锦爸妈，之前家长会都是陈爷爷出席，既然刚好撞见了，那就免不了要寒暄两句。宁悦和陈予锦两人对这种场面司空见惯，都自觉地杵在一边当背景板。

陈予锦精神不济地拿着手机玩，宁悦余光一扫，看见了久违的消消乐界面。

她诧异地多看了两眼，才垂下头。

她记得陈予锦玩这个游戏的时候，多半心情都不大好？

有大人在，两人都默契地没有聊天。等双方家长说完，陈予锦才低声说了句："走了。"

声音轻得宁悦差点没反应过来。

他们家车就停在楼下，周老师的车则停在了停车场，两家人并不是同时出发，但宁悦在路上却又看见了陈家的豪车。

两辆车一前一后隔得不远，同路十几分钟后，宁悦给陈予锦发了个消息。

宁悦：你们也去农贸市场吗？

鸡蛋黄：你和周老师也是？

宁悦：嗯，我和我妈去买年货。

刚好一个红灯，周老师慢慢停下来，宁悦往窗外看了眼，低头打字：你往左边看。

陈予锦下意识扭过头，宁悦隔着车窗对他小幅度地摇了摇手，当作打招呼。

陈予锦笑了下，按下了窗户。

傅臻刚好在后视镜中看见他在笑，这一大早上他都一副兴致缺缺的样子，她还以为她儿子不会笑了。傅臻诧异地扭头问:"小锦,什么事这么开心?"

"没什么。"陈予锦收回目光。

"怎么把窗户打开了,不冷吗?"

陈予锦摇头,表情又恢复了淡淡的样子:"不冷,有点闷。"

傅臻还想说什么,但陈予锦已经低下了头,摆出一副拒绝沟通的姿态,她无奈地叹了口气。

两辆车先后开进了停车场,下车的时候不可避免地又碰上了。宁悦有时候很佩服大人的社交能力,明明是第一次见面,但好像也不会尴尬,周老师一听他们对这里不熟悉,便自告奋勇地当起了向导。

宁悦和陈予锦又默契地落在后面,和三个大人隔了两三个人的距离。

陈予锦双手插兜,兴致不怎么高。

宁悦走神想着为什么,没防备差点和别人迎面撞上,陈予锦眼疾手快地揽着她的肩膀往他这边一带,才和那个提着一大袋核桃的人错开。

两人靠得很近,宁悦心里一悸,但陈予锦已经很有分寸地松开了。

"你不看路,想什么呢?"陈予锦无奈地问。

"想等会儿要买什么。"宁悦轻咳掩饰,她问,"你们全家今年要留在沅南过年了吗?"

"应该吧。"农贸市场人很多,两人有点走不动,陈予锦一边看着路人,一边不怎么在意地回答,"我没问他们,但我不会回长宁。"

宁悦好奇地问:"为什么?"

陈予锦半真半假地笑:"因为在沅南过年比较新鲜。"

说得好像出国了一样,明明就是隔壁市,能有多新鲜,宁悦在心里吐槽。

前面的三人已经走得没影了,两人索性也懒得再跟,宁悦饶有兴致地看着两边摊子上卖的一些东西,别的不说,吃的是真多,各种干果、肉干摆满了。

老板递给宁悦一颗肉多肥美的梅子,宁悦转手就把牙签递给陈予锦,自己重新找老板要:"老板,我们两个人,再给我一颗。"

老板大概是见她长得好看,笑得又甜,所以也很大方地又给了她一颗试吃。

陈予锦猝不及防被投喂,一时间没反应过来,他甚至来不及把梅子吃掉,宁悦就又顺手给他递了块牛肉干。

陈予锦笑着把梅子塞进嘴里,揶揄道:"别人都是来进货,你来吃饭啊?"

宁悦浑不在意,她又接下老板递来的甜辣鱼,自然地分给陈予锦一份,同时狡黠地问:"陈予锦,你知道什么东西最好吃吗?"

陈予锦把甜辣鱼也吃了,递了个疑惑的眼神给她。

宁悦笑着说:"试吃的东西最好吃。"

陈予锦手里的牙签越拿越多,他很多年没这么干过了,一般他想吃什么,都会直接下单买,他把牙签都丢进经过的垃圾桶,开玩笑似的讽刺她:"好不好吃我不知道,但光试吃不买,刺激是挺刺激。"

宁悦淡淡睨他一眼:"也是,把饭卡当银行卡用的人怎么会懂贫民的乐趣。"

她递给他一枚奶片,但就在陈予锦习惯性想接过去的时候,她立马又缩回手,丢回自己嘴里。

陈予锦接了个寂寞,眼含深意地看了她一眼,这好玩吗?

宁悦眼神挑衅。

陈予锦转头看着前方,似乎是服了,但在宁悦失去防备,打算吃掉另一枚奶片的时候,陈予锦却突然偷袭,在宁悦吃进嘴里之前,把奶片给抢了过去。

宁悦吃了个空。

市场里没有暖气,陈予锦冰凉的手指轻轻地擦过宁悦的嘴唇,那一晃而过的触感让宁悦忍不住一激灵。

陈予锦却仿佛浑然不觉,他把奶片丢进嘴里,津津有味地品尝并发表看法:"宁悦,我觉得从别人嘴里抢下来的东西,最好吃。"

宁悦只怔了短短的几秒,就从善如流地拿起一颗没剥开的夏威夷果,好整以暇地挑衅他:"来,继续。"

陈予锦:还真赢不了她了?

两人磨磨蹭蹭地在后面一边吃一边走,宁悦买了很多东西,虽然每样都买得不多,但合在一起数量也相当惊人。一条路走到头,宁悦眼尖地看见周老师和陈予锦的爸妈都在尽头等着。

周老师手里提着一大袋东西,不知道是不是东西都买齐了。

宁悦下意识和陈予锦拉开点距离,两人又默契地恢复那种半生不熟的状态,高中阶段有些事总是比较敏感。

一阵人潮拥来,挡住了两人的去路,宁悦犹豫地抬头看向陈予锦,有点想问他。

为什么不开心?

还有现在心情好点没有?

可人来得快去得也快,就在宁悦拿不定主意的那几秒钟里,人群散开,他们重新出现在大人的视野里,宁悦叹了口气,没机会问了。

"怎么这么慢?"周老师看向宁悦的手,惊呼,"你买这么多吃的啊。"

宁悦撒娇地笑:"守岁的时候和弟弟妹妹一起吃。"

除夕夜,两个叔叔也会在爷爷家看春晚,一大家子人一起守岁是他们家的传统,宁悦有一个表弟一个表妹,几人年龄差距不大,感情也很好。

傅臻也关心地问陈予锦："小锦怎么什么都没买？没有特别想吃的吗？"

陈予锦简短地"嗯"了声。

宁悦飞快地看了他一眼，又目不斜视地看着地面。她察觉到了一点不对劲，陈予锦在他父母面前好像格外惜字如金？明明刚刚一起吃东西时他兴致还挺高，但一到爸妈面前他就有点半死不活。

她暗暗思忖，他的不开心和父母有关？

接下来要买的东西两家人有点不同，周老师和陈予锦的父母告了个别，几人便分开走了。

周老师买了花生核桃之类的干果，还剩下糖果没买。

"悦悦，你挑一下糖果。"周老师说完又强调，"别买太贵的，中间价位的就行。"

宁悦心不在焉地答应，伸手就往最贵的篮子里拿。

"哎！"周老师叫住她，"刚跟你说别拿最贵的，白讲了。"

但宁悦已经抓了一把，她放进袋子里："贵的我们自己吃。"

周老师宠溺地瞪了她一眼，妥协道："行吧。"

宁悦装了一小袋最贵的糖果，然后重新换了个大袋子装中等价位的，一边挑，她一边状似随意地问："妈妈，我听说陈予锦转学是家里出了点事？他家出什么事了？"

周老师在篮子里挑挑拣拣，随口问："你问这个干什么？"

"好奇嘛。"宁悦低着头，"你看他家又有钱，家庭又和睦，怎么看都不像是有什么事的样子。"

"人家家庭和不和睦能让你这个外人看出来？"周老师说，"像他们这种家庭，不管关起门来怎么样，对着外人，永远都是体面的。"

宁悦敏锐地抓住了周老师话里的重点，她惊讶地问："所以他家里不和睦啊？"

周老师点点头，又叹了口气，她似乎也很费解："陈予锦爸妈在闹离婚，他因为这事成绩一落千丈，才被突然转回沅南。"

闹离婚？宁悦瞪大眼睛："但陈叔叔和傅阿姨看起来感情很好啊。"

周老师不想多谈："那谁知道，别八卦那么多，也不要不长眼地在陈予锦面前提这件事知不知道？"

宁悦心事重重地点头。

难怪他在他爸妈面前那么冷淡，父母要离婚换谁都会心情不好吧？

她下意识在人群中找陈予锦的身影，他个子高，很好找，三个人在另一边挑东西，似乎是干龙眼，陈平华和傅臻两人在摊子前研究着，两人看着十分和谐，陈予锦则站在离他们稍远的地方，低着头估计在玩消乐。

宁悦真的不解，印象中要离婚的夫妻都会闹得很难看，不存在还能一起买年货的情况，而且他们之间相处很自然客气，也不像是闹翻的样子。

陈予锦应该很在意这件事吧，毕竟成绩都一落千丈了，但这半年从来没听他提过……宁悦心情有点复杂。

周老师把贵的那一小袋糖果交给宁悦拿，自己则去付钱，宁悦低头看着糖果发了会儿呆。

"应该买完了。"周老师对着自己手里的清单说，"咱们把东西提回车上吧。"

"等等妈妈。"宁悦回过神指了指另外一边，"再买点牛肉干吧，挺好吃的，刚我嫌贵没买。"

周老师没好气："自己不舍得买就让妈妈出钱？"

宁悦讨好地看着她，一脸非常想吃的样子。

"行吧，去买。"周老师无奈地笑了，她对宁悦这个独生女一向纵容。

"糖果我提着！"宁悦体贴地把另一大袋糖果也接下来。

两人往牛肉干那边走，周老师看见了正在买干龙眼的陈平华夫妻，但对方没看见她，她也就不打算额外打招呼。

宁悦落后周老师半步，在经过陈予锦时，她看准位置，飞快地往他手心塞了一个东西。

"送你的。"她轻声说。

听到她的声音，陈予锦条件反射地握紧了手。

两人错身而过，陈予锦惊愕地往前看，宁悦脚步没停，却回头看了他好几眼，她眼神指向他的手，扬了下手机，然后低头单手打字，陈予锦下意识切换手机页面。

宁悦：帮我试试好不好吃。

陈予锦心里一动，他摊开手心看，是一块奶糖。

宁悦已经和周老师一起走远了，但陈予锦手机这时又振动了一下，同样是来自宁悦的消息。

宁悦：还有，假期快乐。

陈予锦垂下眼睛，不由自主地收紧手指，直到手心的奶糖硌疼了他的手，他才松开，笑着叹了口气。

周老师和宁悦把东西都运回车上，可她自己却没上车。

宁悦不解地问："还有什么东西没买吗？"

"你爸明天到家。"周老师笑着说，"我去给他买点礼物。"

宁悦拉开车门："那我一起去。"

周老师把车门按紧，无情拒绝："你在车里等着，就你那个不把门的嘴，一会儿肯定就直接告诉你爸了，那就没有惊喜了。"

宁悦：老夫老妻了，还玩什么惊喜。

她无奈地叹气，勉强道："行吧。"

"空调没关，嫌闷你就自己下车透透气啊。"周老师交代道。

宁悦冲她挥挥手："知道了。"

她无意识地打开手机，等点开了微信，才反应过来自己是想看看陈予锦有没有回复，但可惜没有，最后一句话停留在她的假期快乐。

宁悦耸耸肩，无所谓地把手机放在一边，开始挑袋子里的糖果。买的时候完全就是随手拿，现在才发现拿了不少她不爱吃的糖，她一边盘算把这些不爱吃的都丢给弟弟妹妹，一边找刚刚给陈予锦的那种奶糖。

最贵的，好像是新品种，她还真没吃过。

找了半天好不容易在最底下翻到了，她正想撕开吃，车窗却被人敲了两下。

她茫然地抬头看去，那人贴着车窗站得很近，看不到脸，只能看见停留在车窗上那只好看瘦削的手。

宁悦摇下车窗，陈予锦丢进来一串冰糖葫芦。

两人隔着车窗的缝隙对视几秒，只感觉目光相遇处风起云涌，变幻莫测，但他什么话都没说，直接跟上前面的父母走了。

宁悦目送着他离开，旁边的手机振动了两下她才回过神，她拿起来解锁看，两人的聊天框里多了两句话。

鸡蛋黄：别人送的最好吃。

鸡蛋黄：假期同乐。

宁悦感觉自己确实需要下车透透气，否则就要窒息了。

等宁征从国外回来，一家三口就回了爷爷家。

临近年关，来仰山寺祈福的人肉眼可见地增多，山脚的游乐场也赚得盆满钵满。宁悦帮爷爷卖了一天的门票，忙得腰酸背痛。她配了几张图发了个要罢工的朋友圈，下一秒就收到了陈予锦发来的消息。

鸡蛋黄：明天你会在寺里吗？

宁悦懒懒地躺进沙发里，给他回了一个"？"。

陈予锦瞥了眼正在规划行程的父母：我爸妈明天想去寺里上香，生意人比较信这些，要祈祷明年生意顺遂。

宁悦思考了半晌：想让我当向导？

鸡蛋黄：你有空？

宁悦和他开玩笑：看你给什么价吧。价格到位就有空。

陈予锦什么都没说，直接转了两百元给她：到位没？

宁悦没想到他这么干脆，手一抖差点给收了，她怀着一种仇富的心态重重地打字：你家印钞的吗？给钱这么干脆？

陈予锦悠闲地靠在沙发上：也有不干脆的时候，看为什么事花钱。

宁悦没想好这句话她该怎么回，陈予锦下半句就发来了。

这位富家子很清晰自己的定位，二世祖的味把握得异常准确：我爸的生意关乎我以后还有没有钱花，我这叫以小博大。

宁悦都能想到他发这句话时的表情，定然是神态从容，跩得磊落。

她看着屏幕笑了会儿。

陈予锦问：所以有没有空？

宁悦用居高临下的口吻回复：可以腾点时间。

但转账她没收。

宁悦和陈予锦约好了随时线上沟通，第二天早上九点，他发消息说自己到了山脚，但宁悦到那边时却只看见了他一个人。

"你爸妈呢？"

陈予锦扬头："上山了。"

宁悦无语了，那她来当什么向导？

她歪了下头："你怎么没上去？"

陈予锦双手揣兜里闲散地看着她说："我等向导。"

宁悦眯了眯眼睛，颇有些无语地笑了："人都没了，我导谁啊？"

"谁花的钱导谁。"陈予锦说得很理所当然。

宁悦心道我一分钱都没收，那是不是现在就能回家继续休息了？

今天温度很高，难得的好天气，宁悦晒了会儿觉得有点热，她抬起手挡了下太阳，突然有点懒，说废话是挺好玩的，但现在太晒了。

她叹了口气，没再和他贫，直接道："叫我出来到底干吗？"

陈予锦看出她有点快，也不绕弯子："真是想让你做向导，上次来只逛了寺里，其他地方都没玩过，所以这次找你带我逛逛山脚。"

宁悦想山脚又没什么好玩的，陈予锦一看就不像那种会对游乐场感兴趣的人，她环顾四周，目光瞄准了那个面积还挺可观的天然湖泊，湖边停着不少观光小船，看着还有点意思。

她问："你爸妈大概多久下来？"

"应该要几个小时。"

陈予锦他爸对这个看得挺重，也很信，以往他们过年都会在长宁那边一个寺庙里上香，每次都搞得很隆重很虔诚。

划船都是以小时计费，宁悦点点头："那时间应该够了。"

她指了下船:"这边的开发还有待完善,游乐场项目大都是小朋友在玩,不刺激,你估计会觉得无聊,今天这个天气去划船应该比较有意思,还能看看风景,你觉得怎么样?"

陈予锦没什么意见,宁悦说什么就是什么。

达成一致,两人就往售票处走,宁悦给他打预防针:"山脚没有山上好玩,你不要有太多期待。"

说完这句话,她又想到一个主意:"要不我们还是上山?刚好过年了,可以去祈祷一下来年考试顺利。"

陈予锦摇摇头,还是那句话:"我不信。"

这方面他还真是坚定啊,宁悦神情莫名地点点头。沉默几秒后,她突然又道:"其实我也不完全信。"

"嗯?"陈予锦低下头看她。

两人在温暖的阳光下不疾不徐地往前走,时间好像都变慢了,格外悠闲。

宁悦说:"我是随缘信,如果我去求签,求到了上上签,我就信天要旺我。"

陈予锦顺着她的话轻声问:"那如果是下下签呢?"

宁悦想到什么自己先忍不住笑了,她转头看向他,表情飞扬:"那我就信我命由我不由天。"

她的笑容有种暖洋洋的质感,让冬天的凛冽都变得柔软。

陈予锦出了会儿神,才带着笑意低低地"嗯"了一声:"挺好的。"

宁悦不解地眨眼:"好在哪儿?"

好在难得的好天气可以你一言我一语地闲聊。

陈予锦推了她一把,大爷似的使唤:"买票去。"

宁悦无语。

他也不看看两百元花出去没就这么理所当然地当少爷?

宁悦一边腹诽一边凑到窗口买了两张票。工作人员领着他们去选船,船表面看上去都差不多,也没做什么奇怪的造型,陈予锦全程当甩手掌柜,宁悦便随手选了一艘。

两人对向而坐,脚下都有一个踏板,这种观光的小船都是人力船,想去哪儿全靠自己踩。陈予锦还算有点良心,他把苦力活都包揽了,让宁悦直接躺平,他负责踩。

宁悦乐得偷懒,她不走心地客气了一句:"那就辛苦你了。"

没等陈予锦回复,她就抬离了脚,悠闲地撑着脸开始看风景。

陈予锦哼笑了一声,真有够敷衍的。

微风拂过脸,鬓角的发丝被吹得胡乱飞舞,宁悦捻起头发绕在耳后,舒服地呼出一口气，不用帮爷爷干活，也不用烦学习的事，大冬天的在湖面吹风晒太阳，真的舒服爆！

两人踩到湖中央，宁悦建议道："要不别踩了，漂哪儿算哪儿吧。"

陈予锦看她一眼："想在湖面流浪？"

宁悦挽起袖子一边玩水一边认真说："你不觉得这样特洒脱吗？有种大侠的心境。"

陈予锦停下动作，忍不住笑，还大侠，怎么联想上的？

他屈腿坐着，手搭在船沿边上随意划了一下，指尖撩起阵阵涟漪，随着周遭的欢声笑语荡漾开去，湖面漂着不少小船，也有许多人和他们一样，随波逐流，闲适地晒太阳。

对面的宁悦撑着脸不知道在看哪儿，她的手指一屈一伸地在脸颊上敲，好像连指尖都在说它的主人心情有多雀跃。

陈予锦不动声色地盯着她微红的脸看了会儿，突然问："你以前在这儿划过船吗？"

宁悦摇摇头："没有，婷婷嫌寺庙闷不怎么过来，杨——"

她想起来陈予锦不认识杨延，于是她咽下了没说完的"延"字，改口道："我其他朋友也没空，一个人划船没什么意思，我也是第一次玩。"

"怎么突然问这个？"宁悦问。

陈予锦就当没听见她顺口带出来的那个"杨"字，他握紧船沿晃了晃："没什么，就是想知道你心里有谱没有，这种小船安不安全。"

宁悦玩味地看他："都到湖中央了才想起来安全问题，会不会太迟了点？"

"嗯。"陈予锦整理了一下身上的橙色救生衣，悠悠道，"怪我太相信你，如果我出事了你得负全责。"

宁悦震惊这人甩锅的速度，她微微瞪大眼睛："你碰瓷登月？"

陈予锦很有兴致地压了个韵："我阐述事实。"

宁悦看了他半晌，没想出怎么回。片刻后，她拿出手机："要不咱们双删吧，我觉得你不当朋友的时候，比较会做人。"

回想起刚认识的时候，这人多顺眼，现在变化也太大了，年纪轻轻，讹诈的技术倒是登峰造极，八竿子打不着的事也能赖在她身上。

宁悦一本正经地看着他，态度似乎真得不能再真。

而陈予锦占了上风，没忍住笑出了声。

笑声爽朗，穿透力很强，弯起的眉眼让他整个人看起来更加朝气蓬勃，宁悦心跳突然慢了半拍，她不自然地摸了摸耳朵，有些欲盖弥彰地别开眼。

孔雀在开屏。

她寻思是不是应该把陈予锦的备注改成花孔雀算了。

"哥哥，你笑起来真好看。"身边突然传来一个声音。

宁悦闻声看去，才发现刚刚她发呆的这个空当，另一艘小船漂到了他们身边，船上是两个小姑娘，看着年纪都不大，可能刚上初中，两人一个穿着红裙子，一个穿着绿裙子，是同一款。

没等陈予锦回答，红裙子小姑娘继续问："哥哥，你们是男女朋友吗？"

陈予锦脸上还残留着笑容，他没正面回答，而是反问道："是又怎样，不是又怎样？"

两个小孩面面相觑，没说话。

宁悦打量她们几眼："小妹妹，你们家长呢？怎么让你们两个人划船？"

"姐姐，这年头谁还和家长一起出来玩啊。"红裙子小姑娘语气有些嫌弃。

宁悦一愣。

陈予锦插话："有啊，我就是啊。"

红裙子小姑娘在两人之间来回看，恍然大悟："我知道了！"她语气笃定，"你们不是男女朋友，姐姐是哥哥的家长！"

宁悦：我谢谢你。

陈予锦乐得不行，他今天心情好，格外耐心，他说："她不是我家长。"

这话一落音，绿裙子小姑娘便紧接着追问："那你们是男女朋友吗？"

陈予锦停顿片刻，依旧没有正面回答，他扯开话题道："我记得售票厅上有写十二岁以下儿童需要家长陪同才能上船吧，你俩怎么骗到这艘船的？"

红裙子小姑娘被掐住了命脉，瞬间就有些气虚，她底气不足道："我们满十二岁了。"

宁悦心中了然，那就是没满，她伸手握住两人的小船："你们这样很危险知不知道？"

两个小孩划到湖中央很容易出事故。

红裙子小姑娘见船被拉住瞬间就急了，她脚踩在踏板上，就准备溜走，陈予锦眼疾手快地也伸出手拉住了她们的船。

"这样吧。"陈予锦说，"你们和我们一起上岸，我就告诉你们答案。"

"真的？"绿裙子小姑娘眼睛一亮。

陈予锦点头："真的。"

红裙子小姑娘兴奋地加了一句："骗人是狗！"

陈予锦眼神真挚："骗人是狗。"

红裙子小姑娘："成交！"

两艘小船并排往岸边划，陈予锦和宁悦默契地交换了眼神，换宁悦踩船，陈予锦则集中注意力盯着两个小女孩的船，以便在有什么突发状况的时候能够第一时间救援。

好在她们大概真的很想知道两人的关系，一路都非常安分。

船停靠在岸边，陈予锦先下去，宁悦想着待会儿可能还要玩会儿，就没动，陈予锦走到另一艘船的船头，伸出手把两个小女孩都接了下来。工作人员见船上下来两个小姑娘，也惊呆了，忙上前询问情况。

陈予锦把人骗上了岸就准备甩手走人，但红裙子小姑娘在面对狂轰滥炸的询问时居然还抽出了心思关注陈予锦，她着急地大声提醒："哥哥！你还没告诉我们答案！"

陈予锦回头看着她笑，在众目睽睽之下，他说："汪汪。"

宁悦笑出了声，她就知道会这样，陈予锦谁啊，他百无禁忌，骗骗小孩根本没心理负担。

"戏好看吗？"陈予锦叉着腰站在岸边问。

"还行。"宁悦津津有味地点头，"比登月碰瓷好看多了。"

陈予锦哼笑了声，开她一句玩笑是不是要记到明年？

他习惯性弯腰伸出手："上来。"

这个动作一出，两人都愣了一下。

陈予锦其实是因为刚刚这样带了两个小孩下来，所以才条件反射地这样做，他抿紧唇，感觉有点进退两难。

宁悦盯着他的手心看了一会儿，问："不玩了吗？"

"时间差不多了吧，再踩回去也待不了太久。"陈予锦背着光，神情模糊，"或者你想再加钱续一点时长也行。"

"看你。"陈予锦说。

说话时，他一直没有收回手，整个人都朝向宁悦的方向微微倾身，那一直冲她张开的手心似乎闪烁着莹白的光。

宁悦指甲按进手掌里，她垂下眼，在气氛走向尴尬或者更暧昧之前，她搭上陈予锦的手，几乎在手指触碰的瞬间，他便用力反握住了她，将她拉上了岸。

宁悦有点不在状态。

陈予锦在一旁接傅臻的电话，他惜字如金地"嗯"了几声，就把电话挂了。

"我妈说他们还要很久，让我上山。"陈予锦说，"你什么打算？"

"我啊？"宁悦握紧手机，心不在焉地回答，"我爷爷也让我上去。"

"那一起上去。"陈予锦把手机收起来。

太阳更盛了，陈予锦发觉宁悦似乎被晒得有点犯困，他自然地走到直射太阳的那一面，让宁悦待在自己的影子里。

缆车的票是陈予锦买的，两人上去各坐一边，大概是空间逼仄令人拘束，也大概是因为之前的那个插曲，所以两人都有点沉默。宁悦缓慢地摩擦着自己的指尖，感觉陈予锦残留在她手掌的触感，依旧挥之不去。

后劲有点大，宁悦看着下方的风景，有一搭没一搭地想。

缆车逐渐升高，底下的景色缩小折叠，树与树之间的间隙深邃幽暗，仿佛深不见底。

"宁悦，说点什么。"陈予锦突然说。

宁悦茫然地偏过头，没反应过来："说什么？"

陈予锦正襟危坐，眼睛左右都不看，直视着她，跟个在上课的好好学生一样："随便说点什么转移一下注意力，我恐高。"

恐高？！宁悦第一反应是不信，她语气怀疑："你恐高？真的假的？"

陈予锦正儿八经地点头："真的。"

他恐高的毛病不是一天两天了，不是很严重，但这样沉默着没有别的事可干，他的注意力就不由自主地集中在脚下的森林上，难免有点紧绷。

宁悦惊奇地打量他两眼："那你平时低头的时候会害怕吗？"

陈予锦：这是重点吗？

他哑然失笑，摇摇头："倒也没有严重到那种程度。"

"这样啊。"宁悦顿时就有点意兴阑珊，但被他这样一打岔，先前那点后劲倒也淡了。

她换了个舒服的姿势坐着，问他："那你上次怎么上来的？和梁思源包车吗？"

"不是，是坐缆车。"陈予锦面无表情，"他不管我死活。"

梁思源对陈予锦这些毛病从来不惯着，他将陈予锦不吃路边烧烤和恐高都视作富家少爷的矫情，表示格外不屑，所以陈予锦不想干什么，他就偏要强迫陈予锦干，还美其名曰为陈予锦好。

宁悦了然地点点头，从梁思源带陈予锦吃烧烤就可以看得出来，这位是有点贱格在身的，她皱着眉，似乎在苦思应该说点什么话题才好，但下一秒，她就大惊小怪地指着外面说："陈予锦，快看！有飞机！"

陈予锦目光死寂地和她对视："……"你也挺不管我死活。

他没有被宁悦诈到，依旧目不斜视，别说是飞机，就算外面有飞碟也甭想他往外面看一眼。

宁悦恶作剧失败，非常失望，这人定力怎么这么强，一般人不应该都会下意识看过去？

陈予锦皮笑肉不笑，淡淡开口："继续。"

出其不意才有看头，现在继续还能有什么意思，宁悦一秒收心，她并拢双腿，语气正经："现在正儿八经来聊点正常的话题。"

"别啊，飞机多正常。"陈予锦不依不饶，他吊儿郎当地靠在座位上，姿势倒是比之前松弛许多。他目不转睛地看着她，拖着声音阴阳怪气，"刚刚我没看见，你形容一下机型、大小，还有这飞机是从南往北飞，还是从西往东飞？都展开讲讲。"

宁悦：较这个真就小气了啊。

陈予锦挑眉，眼睛里就一句话，还真就这么小气。

宁悦一时语塞，她上哪儿编个飞机出来啊？就不该一时兴起想捉弄他。

想了想，她突然站起来，这动作在缆车里不算小，顿时陈予锦就感觉脚下在晃，宁悦直不起腰，她踢了下陈予锦的脚尖："过去点。"

"干什么？"陈予锦边问边缓慢地挪动，尽管他尽可能表现得从容，但那僵硬又小心翼翼的肢体动作还是把恐高暴露得干净彻底。

宁悦这才相信他是真的恐高，而不是在开玩笑骗她。

既然恐高坐什么缆车，他们也可以坐汽车上山啊，就是时间久了一点而已，宁悦在心里犯嘀咕。

她直接在座位的另一端坐下，然后自顾自地看着玻璃外叹气，佯装懊恼："帮你挡半边视野，那飞机能不能让它安静地飞走算了？"

缆车内空间小，两人并排坐在一边，中间差不多只隔了三个拳头的距离，目光所及之处，从令人眩晕的空中景色变幻成了宁悦圆润可爱的后脑勺。

陈予锦愣了几秒，心里想飞机算是个什么东西？

他别开口轻咳两声，玻璃上很浅淡地映出他的脸，笑容一晃而过，他拿乔点头："行。"

两人微微侧着坐，默契地看着各自那边的观光玻璃，但草木再欣荣，也不入人眼。

山不高，所以坐缆车的时间不长，寺里每逢过年都有不少活动，山上人声鼎沸非常热闹。

两人去门亭买门票，宁爷爷不在，卖票的是另一个工作人员，他认识宁悦，偷偷给两人开了闸门。

正殿的祈福法会已经开始，陈予锦爸妈都在里面，他俩在外面看了会儿，没进去，转而去鼎炉各自上了三炷香，求个吉利。

年关，大家都很大方，炉子里插了许多一米多高的大香，烟气缭绕，福气绵长。

陈予锦不由得想起了宁悦送他的那根，忍不住笑了，也不知道他许的愿望实现没，宁悦有没有被神明眷顾，想要的都能得到。

"我带你到处走走？"宁悦提议。

"嗯。"陈予锦噙着笑点头。

两人只要看见人群聚集就会凑上去看一眼，宁悦记得除了祈福法会，还有挂福灯、挂福袋和写对联的活动。

"对联是由寺里德高望重的老和尚写的。"宁悦一边解释一边走,"你想要的话可以花钱买,福灯也是,不过贵一点。"

"有很多人买吗?"

宁悦点头:"年末大家都愿意花钱为明年讨个吉利。"

刚好路过写对联的地方,宁悦问:"你要去买吗?"

"不用了,我爸妈估计会买。"陈予锦看向旁边放着红纸的小桌子,"那边是干什么的?"

小桌子旁人少一些,宁悦踮起脚望了一眼:"写福字的,自己写。"

宁悦想起自己房间还差个福:"我去写一个拿回家,你等下我。"

桌面上放着四根毛笔,小和尚给宁悦递了一张四四方方的红纸,她犹豫了一下,蘸着墨写下一个福字,写完她拿起来一看,顿时就有点嫌弃。宁悦没练过毛笔字,下笔的劲掌握得不好,该轻的地方没轻,该重的地方没重,成品挺难看。

正当她为了自己的字牙疼的时候,陈予锦也拿起了毛笔,宁悦余光瞥见他那个拿笔的架势,惊讶地侧头问:"你会写毛笔字啊?"

"会。"陈予锦摆正红纸,流畅地写下一个福,"练了好多年。"

宁悦忍不住感慨:"你会的东西好多啊,又会弹钢琴,又会写毛笔字,你哪儿来那么多时间学?"

她小时候光学个钢琴就够吃力了,根本没余力再学一个特长,当然,周老师觉得完全是因为她懒,脑子里只想着玩。

"也就这两样算拿得出手。"陈予锦把镇纸拿开。

宁悦默默想,这话的意思是他除了这两样还会别的?只是拿不出手?有钱人家都这样培养小孩吗?

宁悦眼馋地盯着陈予锦写好的福,他写硬笔就已经很好看了,没想到毛笔字更好看。

陈予锦看见她直勾勾的目光,故意拎着红纸在她面前抖,笑着问:"想要啊?"

宁悦诚恳地说:"我可以花一点钱买。"

陈予锦扬了下头:"那你先开个价。"

宁悦伸出五根手指。

陈予锦问:"五百?"

你还真敢想,张口就来啊?

宁悦无语道:"……你又不是颜真卿的真迹。"

她五指张开:"五块。"

陈予锦无语。

冬天墨迹不好干,他没好气地捏着纸角递给宁悦:"陈予锦的真迹无价。"

宁悦接下来,她看着他走开的身影眨眨眼,无价的意思是白送了?她拿着两张纸不好走快,怕风吹来吹折了,两人一前一后地走到菩提树下,墨水才终于干了。

宁悦:"你帮我拿一下,我卷起来。"

陈予锦低头看了眼,把宁悦写的那张福接过来,宁悦卷完找他要,陈予锦却装傻:"什么?"

宁悦:"那张福。"

"哦。"陈予锦把卷好的红纸举起来,居高临下地看她,"换了。"

宁悦:换了就换了,你举那么高是以为我想抢吗?那丑字抢回来干吗,本来就想着拿回去贴狗窝。

宁悦面露嫌弃,语气大方:"那么难看,送你不客气。"

陈予锦因为她的干脆怔了一下,本来他是觉得赚的,但宁悦这个反应,他就莫名感觉自己有点亏。

菩提树下有卖许愿带的小摊,陈予锦找摊主要了两根红绳子把卷好的福字系起来,他自己懒得拿,直接把红绳的另一端绑在了手指上,然后任由红色的纸筒吊在空中。

宁悦本想有样学样,但绑到一半还是觉得算了,这幅字是用来贴她房门的,还是手拿着保险一点。

冬风吹来,垂落的许愿带落在了陈予锦头顶,他微微让开一步,两人同时抬头看去,树上密密麻麻系满了带子。宁悦曾经系过一根,但现在已经找不到了。

"哥哥,可以帮我把这个系上去吗?"一个五六岁的小女孩仰头问。

小朋友扎着两个小丸子,特别可爱,她妈妈紧跟着来解释:"我身高不够,能麻烦你帮个忙吗?"

"可以。"陈予锦接过小朋友手里的带子,但要挂上去之前,他想到点什么,又停下弯腰问小女孩道,"小妹妹,你想不想自己挂?"

小朋友重重点头。

"那我把你举起来,你自己挂?"陈予锦对着小朋友说,眼睛却看向了她妈妈。

得到小孩妈妈的首肯后,陈予锦抱着小孩的腿把她高高地举起来。宁悦有点担心,下意识地伸出手在下面接着,怕小孩摔了。

陈予锦和她对视一眼,无声地说了句:"放心,稳。"

小朋友的手没那么灵活,挂了好久才把许愿带挂上,陈予锦把她放下来后,她兴奋得直蹦。

宁悦看着母女俩离开的背影,感觉陈予锦好像挺讨小孩喜欢的,她顺口问:"你一直都这么讨小孩喜欢吗?这个也是,湖面上那两个也是。"

陈予锦想到湖上那两个小姑娘,怀疑宁悦是不是在取笑他。他似笑非笑地说:"你是夸我还是骂我?"

他这个语气像是留下了什么阴影一样。

宁悦赶忙澄清:"当然是夸你。"

"你最好是。"陈予锦睨她一眼。

他又下意识抬头看向小朋友挂的许愿带,上面好像是写着希望全家幸福快乐?他看见接口处好像有点散,小孩力气小没系牢。

她挂得不高,陈予锦刚好能够到,他把带子解开,重新挂。

百年菩提树上,红丝带随风扬起,陈予锦的面容在无数愿望中若隐若现,他抬着头,神情认真,那张福纸垂在他的脸侧,红线映少年,色彩分明。

对待别人的愿望时,他好像比对待自己的要虔诚。

被这幅景象吸引到的人不止宁悦,他刚把许愿带挂好,就有个女生迫不及待地走过来想要他的联系方式,宁悦识趣地又退开了一点。

她听不见他们说什么,但看女生的神情估计是碰了壁。

这个人看着比他们要大一些。

打发了姐姐,陈予锦朝她走过来。宁悦忍不住取笑:"陈予锦,你这样的人要是想追哪个女生肯定很容易吧?毕竟全年龄段通吃。"

陈予锦哼笑一声,原本想嚣张得意地说声"是",可他低头看着她的笑脸,脑海里却突兀地出现了一句话——

佛光普照之地,不要妄言。

察觉到陈予锦过于明显的目光,宁悦不明所以地抬起头。

陈予锦在那一刻别开眼,说:"不是,挺难的。"

"嗯?"宁悦心微动,惊讶地挑眉,这话的意思是追过?

陈予锦突然转了一圈转过身去,面朝着她后退着走,他们一进一退,始终保持在一个恒定的距离,冥冥中似乎在拉扯着什么,但因为势均力敌步伐一致,所以维持了微妙的平衡。

宁悦看向他的脚下,又仰头看向他的眼睛。

清脆的钟声恰巧响起,预示着祛除尘世烦恼,来年吉祥如意。

陈予锦神情认真,低声回答:"因为她不接招。"

除夕夜,宁悦一家吃完年夜饭,家里就支起了麻将牌桌,宁爷爷招呼自己的三个儿子作陪,势要打个痛快。

宁悦帮周老师收完饭桌子,也和弟弟妹妹一起搬了个小桌打斗地主。最近几年春晚一年比一年难看,他们都失去了观看的兴趣,电视放着,也不过就是充当一个氛围背景音,家里只有奶奶在看,还一边看一边打盹。

她正大杀四方的时候，手机疯狂地振动了几下，高雨婷的消息接连不断地出现在屏幕上。

高雨婷：QQ班群里在发红包，你快点来抢！还有最后五个！

高雨婷：快点快点，特别大！

宁悦单手拿着牌，分心把手机解锁了。

班群里聊得热火朝天，消息晃得眼花缭乱，一溜儿都是谢谢老板，宁悦猛地往上拖了一下，找到了那个高雨婷口中的大红包点开，红包缓慢地转了会儿，显示她抢到了六毛三。

宁悦甩了一张牌出去，对着这个数字有些无语，大红包？大哪儿了？

高雨婷：你抢到没？

宁悦：抢到了。

高雨婷：多少？

宁悦：六毛三。

高雨婷：……

高雨婷：你这个运气绝了，两百块的红包，你抢六毛三？！

两百块的红包？宁悦把手里的王炸丢出去，一边翻记录找到红包打开领取记录，其他人多的抢到了十八块多，少的也有两块，只有她一个人是个单薄的六毛三。

宁悦心有点疼，这什么破运气，还不如索性让她抢不到。

她退出去，然后才发现发这个红包的人居然是陈予锦。

宁悦心里嘀咕，难怪这么大方，以前班群里发红包最多也就发过五十，弟弟见她拿着手机玩，问她还打不打。宁悦只能一心二用，一边打牌，一边翻聊天记录。

群里的聊天是从班长一个红包开始的，大家领了红包后不好意思装死，纷纷冒头吐槽，之后一百多条都在讲春晚如何难看。宁悦翻得手都快抽筋，才终于搞明白为什么陈予锦要发这么大红包。

就是很普通的红包接龙，谁是上一个运气王，就得重新发一个红包出来，只是不知道陈予锦是真的钱多烧得慌，还是人傻，上个包他虽然是运气王，但只抢了八块钱，可他居然发了两百出来。

她忍不住点开和陈予锦的聊天框，在表情包里挑出个"老板就是豪"发了过去。

陈予锦秒回：六毛三也这么开心？

宁悦又被扎了一回心，她心在流血，却故作坚强：数额不重要，重要的是抢到了。

陈予锦也给她回了个表情包。

妹妹催她出牌，她心不在焉地甩出一张，又切回群聊，正巧群里又发出一个红包，宁悦手快点了，这回抢了两块多。被红包炸出的同学越来越多，这个红包几秒就没了，运气王又是陈予锦。

宁悦蹙眉，正想是不是给他发个消息，让他别又发出两百，便见群里有人说：这把别让陈予锦发红包了吧，老板上一个发太大了，一个抵十个。

有同学附和：可以可以，别发了。

孙悟空：不发红包发张自拍吧，嘻嘻。

同学甲：不是，上面有本事取消匿名了再发？

金角大王：我觉得自拍可以@陈予锦

白骨精：自拍+1

红孩儿：自拍+10086

宁悦看个牌的工夫，屏幕上挤满了自拍两个字，搞得她差点都要不认字了。她停下出牌的动作，等着看陈予锦会不会发自拍。没多久，他还真甩出一张照片来，只不过画面中央不是他的脸，而是一个被手举着的高达模型。

孙悟空：@陈予锦 你是不是对自拍这两个字有什么误解？

银角大王：就是！这太犯规了！

大家纷纷表示不满，要求陈予锦重新拍一张。群主看热闹不嫌事大，直接禁止匿名，马甲一掉，刚刚还叫嚣不止的众人立马安静如鸡。

宁悦看着他们这怂样笑得不行。

陈予锦的照片是在他房间里拍的，看角度，估计他人是在床上，照片带到了他房间的一部分，宁悦看着他紧闭的房门愣了一下，她放大看，门上贴着一张福字，那狗爬似的字她很熟悉，正是陈予锦换走的那张，是她写的。

他拿回去居然贴在了自己房门上？

弟弟又在催她出牌，宁悦才发现自己看着他这张照片发了挺久的呆，她把牌合起来，语气飘忽："休息一会儿再打。"

她的两个牌搭子顿时就怨声载道。

宁悦拿着手机窝在沙发的角落里刷消息，电视在放小品，算是节目单里为数不多值得期待的节目，也因此群里的发言又变成了对这个小品的讨论。

她心不在焉地看了一会儿，突然后知后觉地想到了一个问题。陈予锦的照片是在房间里现拍的，那意思是他现在一个人在房间里？除夕夜没和家人一起看春晚吗？

宁悦猛地坐直了腰，想起了他爸妈在闹离婚的事，难道大过年的吵起来了？可转念她又觉得自己想得有点多，陈予锦爸妈那样的人应该不会在除夕夜吵架才对。

那他到底是为什么一个人冷清地待在卧室？

宁悦心情复杂地想了会儿，打开陈予锦的头像给他发消息：*我觉得这个小品应该是今晚最佳。*

陈予锦问：*谁的小品？*

宁悦：*你没看？*

陈予锦回复：*没有，我在卧室。*

宁悦蹙眉，果然猜对了，他没和家人一起看电视，她往聊天框里打字，但打好觉得不妥又删了，反反复复几次后，陈予锦先给她发了个"？"。

宁悦抿了抿唇，她不想贸然地去问陈予锦他父母的事，毕竟这涉及个人隐私，安慰如果没有把握好时机，只会变成一把雪上加霜的利刃，而且她也不能断定陈予锦没看春晚是因为父母的关系，万一就是他自己不喜欢看呢？毕竟节目如此难看。

她想了想，重新打字：*你想不想看点有趣的节目？*

陈予锦看见这句话眉头跳了一下，他输入"什么有趣的节目"几个字，但打好后马上又删了，最后发到宁悦那边的只有一个字：*想。*

宁悦把盘着的腿放下来，一边穿鞋一边回复：*那你等我会儿。*

宁悦叫上宁恒、宁恬两个人，把早就买好的烟花全部搬到了家外面，爷爷家就在山脚，以前这片其实就是个小村庄，所以很多个人的自建房，放烟火也没人管。

现在的烟花做得很花哨，老板极力给他们推荐了一个据说非常炫的玩意儿，宁悦在一众小东西里挑了会儿，觉得都看不上眼。

"就放这个大的。"宁悦决定了。

"离零点还差半个小时。"宁恬犹豫道，"现在就放？姐你确定？"

"零点有更大的看，你哪儿来的时间放这个。"宁悦把耳机拿出来插上，一边催促她弟去放，一边给陈予锦打视频电话。

他就等在手机边上，视频只响了一声，陈予锦就接了，只是接通后屏幕里出现的却不是宁悦的脸，而是漆黑的一片，有个高瘦的人影蹲在地上，不知道在鼓捣什么玩意儿。

是个男的，陈予锦皱了皱眉。

宁悦说："你等会儿啊，我弟在点了。"

陈予锦眉头舒展开，笑着"嗯"了一声。

宁悦举着手机，找了个最佳机位。宁恒点燃了烟花，跟个猴子一样跳开，生怕被火星溅到，这也正好没有挡到镜头，让陈予锦看到了烟火燃起的那一刹那。

非常华丽的烟花，不仅色彩绚丽，还有层次，跟莲花一样层层绽放，每一层都是别具一格的灿烂。

宁悦忍不住感慨："这钱花得值。"

她转了转手机，但其实几个方位看见的景象都差不多。

几分钟后，烟花终于燃尽了，只留下黑漆漆一团黑烟，宁恒和宁恬没过瘾，又拿起了其他东西继续放。

炮仗的声音太吵了，宁悦往旁边走了几步，她正想问陈予锦还要不要继续看，便听他突然说："宁悦，镜头转一下。"

宁悦没多想，她点击翻转，两人隔着摄像头对视，这才腾出心思打量对方，陈予锦穿着一件宽松的毛衣，整个人有种棉花般温和柔软的质感。

她还没从看烟花的兴奋中缓过神来，神采飞扬地问他："节目好不好看？"

光线昏暗，陈予锦看不清宁悦的样子，只能借着她身后窗户里透出来的光，看见她的头上似乎别了一个红色的夹子，喜庆又娇俏。

他举着手机，神情懒散地笑："好看。"

其实宁悦猜对了，他确实不想和父母一起看春晚，一想到两人明明都想着离婚，却为了他粉饰太平，他就觉得无趣，虚假的温馨又有什么意思。可他就算再烦躁，也对此没有办法，所以只能眼不见为净。

他不知道宁悦在想些什么，或者只是恰好兴致好，想找个人分享她斥巨资买的烟花，或者还有什么别的他不知道的原因，但这都不重要，重要的是，她真好看。

这可以带给他一整晚的好心情。

放完所有烟花，其实离零点也没多久了，爷爷他们结束了牌局，把买好的鞭炮都拿了出来，准备放。有些人家等不及零点，已经开始提前庆祝，黑色的天空中不断有璀璨的烟花亮起，流光溢彩，震耳欲聋。

他们家还在执着地等待山顶的钟声。

而在钟声响起之前，陈予锦又打来了电话，宁悦站在屋外，一边仰头欣赏烟花一边问："怎么了？"

"没什么，就问问还有没有其他的节目。"他站在窗边，目光悠远地看着窗外，对面黑洞洞一片，但他却仿佛看见了宁悦伏案读书的身影。

宁悦乐了："还真有，你等会儿认真听。"

话音一落，山顶的钟声就响起了，一声接一声，悠扬又古朴，浑厚的钟声敲在每个聆听的人心上，唤醒灵魂深处的敬畏和对古老信仰的臣服。

虽然知道是徒劳，但宁悦还是举着手机，想让陈予锦能够听得更清楚。

每年除夕，仰山寺都会鸣钟一百零八声，这个数字的起源有很多传说和说法，宁悦记得其中一种，佛教认为人有一百零八种烦恼，鸣钟一声可以祛除一种烦恼，鸣钟一百零八声，就可以让人平安无忧。

第一百零八道钟声消散在空中，时间正式跨过零点，宁悦心脏随着钟声怦怦直跳，尚未平息之时，陈予锦卡着点和她说了声："新年快乐。"

辞旧迎新，同贺新春。

他的声音一如既往地干净飞扬，宁悦心跳更加剧烈。

这时，陈予锦那边也传来了烟花冲天的声音，听起来似乎就在他附近，宁悦知道小区每年会放烟花，地点离他们那两栋确实不远。

她按着狂跳的胸膛，心里突然涌起一股冲动，她低声道："陈予锦，你怎么知道她没接招。"

这句话只是鼎沸烟火声中毫不起眼的一声低喃，如同刹那间划过天空的流星，稍不留神就消失不见，听不听得见，都是天意。

不久，烟花声落，陈予锦沉默了片刻才问："你刚说什么？"

宁悦笑开了，她家的鞭炮在外面响得热闹。她捂着半边耳朵，吸了口气大声道:"我说，祝你新年快乐！"

听见了吗？陈予锦，我们一起听过一百零八道钟声，佛会为我们赐福，从今以后，希望我们也能一直清明于心，当下不负。

第七章
敬光芒万丈的我们

开学那天,陈予锦爸爸才回长宁,宁悦下楼准备去学校报名,正好看见两人,陈平华在往后备厢搬东西,陈予锦双手插兜懒洋洋地站着,也没帮着搭把手。

宁悦想这人对父母的怨念不是一般的大,毕竟平时他看见别人踩自行车上坡都会顺手帮着推一把,什么修养孝道,这一刻好像都喂狗了。

这样走出去免不了和陈平华打照面,那就得打招呼,宁悦想想都觉得尴尬,她后退几步,又站回楼道里。

陈予锦潦草地撩了下眼皮,朝对面看去,视野有限,只看见两条穿着运动裤的腿。他扯了下嘴角,又垂下眼睛当什么都没看见。

傅教授学校有事,已经提前回了,陈平华把所有东西都装好,合上后备厢。陈予锦靠在墙壁上还是那样一副事不关己的冷漠样,陈平华无可奈何地叹了口气说:"小锦,爸爸和你说的事,你好好考虑一下。"

陈予锦想说不用考虑,他不出国,但抬起眼却看见了陈平华头顶的几根白头发。其实他爸生意也挺忙的,毕竟刚转到国外那边,很多事都需要他爸操心,可为了多陪他几天,陈平华还是硬生生留到了今天。

他压着心里那股烦躁,虽然心不甘情不愿,语气也生硬,但到底还算态度乖顺地说了声:"我会的。"

陈平华欣慰地点点头,心满意足地开车走了。

等引擎声远去，宁悦才从楼道里出来，陈予锦还站在原地，似笑非笑地睨她："你躲什么？"

"躲你爸。"宁悦停下脚步，"刚我那样出来肯定就要和你爸打招呼，打完招呼他肯定要问我妈在不在家啊，是不是上班去了。"

宁悦看破红尘地叹气："我对他们这一套门清，太麻烦了，还不如躲一躲。"

说完，她问："去学校报名吗？"

陈予锦笑了笑："我穿这一身能去？"

这一身怎么了？

宁悦视线下移，上下扫，这才发现陈予锦居然穿着睡衣，脚上还穿着一双拖鞋，话说他那衣服上的暗纹是不是小黄人啊？宁悦目光探究地盯着他的衣服，心不在焉地回答："也不是不行。"

陈予锦顺着她的视线低头看自己，没搞明白她在看什么，他被她那个认真的目光看得心里发毛，果断转身上楼："还是算了，我怕重点高中的地烫我脚。"

他语气听着有点呛，估计是没从和他爸讲话的语境中出来。

不过宁悦也不在意，她看着那双拖鞋消失在视线里，心道他一学霸讲这种话真该被天打雷劈。

寒假时间很短，但高雨婷还是像三年没见宁悦一样激动，一张嘴叽叽叽叽把寒假发生的事都倒了个遍，末了她问宁悦寒假过得怎么样。

宁悦刚想开口，却发现自己不管讲什么都免不了要带上陈予锦，于是她硬生生止住了话头，沉重道："在学习。"

高雨婷惊讶地瞪大眼睛："那么多天都在学习！"

宁悦神情悲惨地点头。

高雨婷无话可说，半晌她拍了拍宁悦的肩膀，怜悯道："算了，都过去了。"

"不过我们是要收收心好好学习了，毕竟就一百多天了。"高雨婷怅惘地看着后黑板，之前的黑板报早就被擦了，只剩下贴便利贴的地方，不知道是哪个杀千刀的手坏，在黑板上写上了倒计时，时间还特意用了红色粉笔加粗，生怕大家懈怠一样。

"我把游戏卸载了，小说也全删了。"高雨婷语气坚定，"什么别都想让我分心，这半年我打算往死里学。"

"你可以的！"宁悦给高雨婷鼓劲，她从书包里拿出一颗菩提子给高雨婷，"新年礼物，寺里老和尚开过光的，可以保佑你高考超常发挥。"

"哇，爱你！"高雨婷表情夸张地接过去，当即就回到自己座位拿着包挂上。

她一走陈予锦就来了，宁悦听到身后的动静，顺手也给他桌上放了一颗菩提子。

陈予锦拿起来在指尖转："给我的？"

154

宁悦点点头，虽然陈予锦不信，但她还是强调了一句："老和尚开过光。"

陈予锦原本想逗她一句，就说看在她这么有心的份上请她吃饭，还没说出口，就见高雨婷蹦蹦跳跳地过来，拿着自己的包给宁悦看："悦悦，你觉得挂这儿怎么样？"

宁悦诚恳道："好看。"

陈予锦也装不经意地看了眼，闭上了嘴，搞了半天不是他一个人有。

"宁悦。"窗外有人叫。

三人齐齐朝外看去，便见杨延站在窗边上正看着他们。陈予锦和杨延短暂地对视了一眼，敏感地发现这人好像有什么地方和之前不一样，他敲着桌面思考，是不是没那么阴郁了？

"等我一下。"宁悦对着杨延说。

她又转身从包里拿出了什么，才往外走，陈予锦 5.2 的视力看得清清楚楚，又是一颗菩提子。他垂着眼睛酸溜溜地想，原来是所有人都有，让老和尚开这么多光，还能灵吗？

陈予锦捏着自己手里的菩提子玩了会儿，突然抬眼对高雨婷说："高雨婷，把你的包举起来让我看一下。"

"干什么？"高雨婷见他语气严肃，老实地举起了包。

陈予锦拿起她那颗端详，虽然都是菩提子，但品种好像不同，高雨婷这颗圆一些，他这颗长一点，也大一点。陈予锦回忆了一下，刚刚宁悦拿给杨延那颗，好像也是圆的？

"没什么，随便看看。"陈予锦语气轻松，心里舒坦了点。

虽然所有人都有，但他这颗最大。

宁悦很快就回来了，手里还拿着杨延的回礼，一个水晶球。

高雨婷有点嫌弃："直男审美。水晶球都是咱们初中的时候喜欢的东西，这都高三了还送这个。"

不过话是这么说，她还是很有兴致地打开了水晶球的灯，看里面的雪花飞舞。看了会儿后，虽然不乐意，但高雨婷还是勉强称赞说："不过他也挺够意思的，这么多年，逢年过节都不忘给你送礼物。"

"礼尚往来而已，而且早就和你说了，他人没有那么坏。"宁悦无奈道。

初中的时候幼稚，有一阵特别迷恋收礼物的感觉，所以她和高雨婷、杨延都约好了逢年过节给对方送礼物，可这股热乎劲只持续了半年不到，那之后她和高雨婷都忘了，只有杨延锲而不舍，而且还越送越贵。

她其实不想收，毕竟杨延的家庭条件不好，但他不听，依旧我行我素。前不久两人和好后，宁悦又严肃地和他说了一次，这回他才妥协，只是他妥协的点在于把贵的换成便宜的。

怎么说都不听,也是够让人头疼。

高雨婷玩了半天,终于还是忍不住问陈予锦:"陈予锦,我采访你一下,你们男生心里都是怎么想的?是不是觉得女生永远都喜欢水晶球?"

陈予锦冷着脸当了半天背景板,这会儿说话都带着北极刮来的冰风,一张口就让人哆嗦:"不要把所有男生混为一谈。"

这话听着有股莫名其妙的脾气,宁悦不明所以地回头看他,他爸都走这么久了,他还没缓过神来?

陈予锦看着两人惊讶的神情,也意识到自己反应过激,他低下头缓了缓,叹了口气:"我的意思是,我也不知道,我的想法只能代表我,不能代表其他人。"

因为要平复心情,所以他说话有点慢,还时刻不忘给某些人泼冷水:"反正我不会送这个。"

高雨婷皱了下眉,她为什么感觉出一点阴阳怪气的味道?但这是陈予锦哎,不确定,再问问。她顺着说:"那你会送什么?"

宁悦也看向他,表情好奇。

陈予锦瞥她一眼,抬起手,把一个东西放在桌面上:"这个。"

宁悦慢吞吞地低头,抬眼问:"给我的?"

这么自觉?陈予锦意味深长地笑了:"本来是我买给自己用的,但为了和某人礼尚往来,所以我割爱了。"

宁悦:阴阳怪气上瘾了。

她不客气地拿起盒子打开,里面是个银色的小机器,虽然构造看着简单但做工精致,屏幕正中间是一个数字,和后黑板上一模一样。

宁悦惊讶道:"这是个高考倒计时啊?"

"嗯。"陈予锦看着宁悦一字一顿道,"鞭策我们心、无、旁、骛,好、好、学、习。"

他语气很重,像是刻意强调什么。宁悦心里吐槽,你说心无旁骛好好学习的时候都不心虚吗?

高雨婷沦为背景板,她在两人之间来回看,看热闹不嫌事大,也一字一顿道:"你们都礼、尚、往、来!显得我多不厚道啊。"

她献宝似的把自己手上的头绳薅下来,双手递给宁悦:"悦悦,这根头绳跟我多年,是我最喜欢的一根,我也割爱了。"

宁悦、陈予锦:"……"

虽然有点对不起姐妹,但宁悦不大想接。

陈予锦当了她的嘴替,他露出难以形容的表情,语气嫌弃道:"还是收回去吧,你这根都被头油盘包浆了。"

高雨婷面无表情道:"宁悦,今天你朋友圈有他没我,你选!"

宁悦:"我……"

"你犹豫了!"高雨婷像戏精一样哭喊,"宁悦你居然犹豫了!你居然没有第一时间选我!"

戏过了啊。

宁悦想了想,附耳对高雨婷说了些什么。陈予锦很好奇,但什么都听不清,只能看见高雨婷看向他的目光逐渐变得亮晶晶的,然后人就心满意足地走了。

陈予锦心里有点痒,他用笔尖戳宁悦:"你跟她讲什么了?"

宁悦意味深长地看他一眼,讲他值两万啊,还能讲什么。但她故意卖关子。她把倒计时稳稳当当地摆放在两人都能看见的位置上,故弄玄虚道:"佛曰,好好学习。"

陈予锦似笑非笑地和她对视,眼睛又着重看了那个倒计时一眼,行,好好学习就好好学习。

开学后的时间过得飞快,困倦寒冷的冬季不知不觉地过去,众人在日复一日的考试、学习中埋头苦干,少睡一分钟、多做一张卷子,好像都能成为自己的筹码,然后在不久的高考中,打一个漂亮的胜仗。

等宁悦有所反应的时候,倒计时已经减少到了两位数,她这才惊觉已经四月了。

陈予锦四月初生日。

宁悦某一天在周老师的书桌上看见了他的身份证号,很不巧,是个工作日,现在学习这么紧张,他大概率没有时间过,毕竟学霸也不是轻轻松松就能成为的,高分的背后都是数不清的汗水和无数个熬到深夜的辛劳。

她对这些再清楚不过,因为这段时间陈予锦的灯就没有比她晚熄过。

陈予锦在他生日之前的那个周日突然说要请客吃饭,叫的人少,就李石译、杨灿、宁悦、高雨婷,再加上一个梁思源。

自从陈予锦转过来后,李石译的好日子就结束了,尤其这个学期考试多,两人争第一争得腥风血雨,他没陈予锦的"包袱"大——陈予锦就算再累再苦,展现在人前的永远都是从容帅气的一面,李石译就不同了,忙起来根本没心思顾自己,整个人蓬头垢面,连头发长长了都没去剪,朝着野人的方向急速变化。

听到陈予锦要请客,他第一个反应是:"上次考试我第一吧,你请什么客啊?"

陈予锦知道这人已经学魔怔了,脑子里只有考试的时候才转,他也没解释:"为了放松一下呗,你看看一个个都学得走火入魔了,就说去不去吧?"

一个个指除了陈予锦以外的所有人。

宁悦趴在桌子上根本就没睡着,她就是累,眼睛睁不开那种,杨灿靠着一瓶风油精苦苦支撑,把周围的人都熏入味了,她疲惫地举起手:"我可以,我想吃。"

宁悦也举起一只手比了个"OK",然后她想到高雨婷不在他们这块,又举起了另外一只手:"我帮婷婷答应了。"

李石译努力打起精神看了杨灿一眼,点点头:"那我也行。"

他们周日十二点才放学,几人约了下午两点见,空出来的时间让大家睡个午觉,毕竟晚上还有晚自习。午觉睡久了头晕,宁悦睡了半个小时就起来了,她去洗了个澡,洗完感觉人精神了不少。

高雨婷给她发消息问:陈予锦突然之间为什么要请客吃饭啊?

宁悦:你就当他钱多烧得慌。

高雨婷:我也想有钱烧得慌。

宁悦笑了笑,没回。她打开衣柜,难得想穿漂亮点,但一眼望去全是运动裤,周老师觉得女孩子穿得花枝招展不好,容易分心,所以给她买的衣服全质朴得很过分。

挑挑拣拣几分钟,最后也只搭出个简单的黑白配。

因为住得近,所以宁悦和陈予锦、高雨婷一起出发,她准备好了以后就给陈予锦发消息,他没多久就出来了,天气还有点凉,所以他穿了一件挺括的外套,整个人格外挺拔。

宁悦还以为他过生日会穿得花哨点,没想到这么随便。

李石译和杨灿比他们先到,五人一会合,都和这家饭店格格不入。宁悦也不知道该怎么说陈予锦订的这个地方,她早该想到陈予锦请客,不会是什么便宜店子。

李石译一脸生无可恋,道:"你早说你订的是这么个地方啊,早说我穿西装出席啊!"

陈予锦打开手机看预约,头都没抬:"你还有西装?"

"我没有。"李石译说,"但我爸有。"

高雨婷也很担忧,她以为是去吃烧烤,就穿了校服来了。她心有戚戚地说:"有点慌,不会不让进吧,这一看就是个高端会所。"

他们的这种心虚其实是一种小孩误入大人世界的慌乱,看着来来往往的精英人士,心里难免底气不足,生怕被看轻。

高雨婷见宁悦一脸镇定,戳了戳她问:"悦悦,你不担心啊?"

宁悦摇头,虽然她也从来没有来过这种地方吃饭,但她心里没什么感觉,不就是个贵点的饭店?有什么可慌的。她底气十足地说:"我脸皮厚。"

陈予锦闻言笑着看她一眼,宁悦很牛的一点就是不管什么时候,都很淡定,显得高深莫测难以捉摸。

梁思源发来消息说他还要一会儿,不用等,陈予锦便把手机收起来领着几人往包厢走。进了包厢关上门,大家的那股别扭劲就消散了很多。

李石译拉开椅子坐下,拿起桌上的菜单看,他看一眼啧一声,换来杨灿无数个白眼。

李石译把菜单丢给她:"你看你也啧。"

杨灿根本就不接他这茬,宁悦好奇地拿起另一本菜单和高雨婷一起看,于是包厢里又响起了此起彼伏的"啧"声。

这么贵,怎么不去抢啊?

陈予锦从宁悦身后伸出一只手合上:"别看了,都点好了,等着吃就行。"

他拖开宁悦旁边的椅子坐下,轻描淡写道:"不要关注价格,关注味道。"

李石译:"这很难。"

高雨婷:"这非常难。"

陈予锦好笑地哼了一声:"出息。"

"你老实和我说,怎么突然请我们吃这么贵的地方?"李石译想到一个可能,语气惊疑地问,"你不会要走了吧?!"

陈予锦倒水的手一顿,瞬间想到了他爸那个建议。他不动声色地继续倒水,语气不善道:"都快高考了我走哪儿去?你想考第一也不用这么咒我吧?"

李石译不干了,他正色道:"你这是对我人格的侮辱。"

杨灿乐了,她斜眼过去:"你还有人格?"

李石译捂着胸口装窒息,成功收获了几个白眼。

陈予锦倒好了水推到宁悦那边,又顺手把她的空杯子拿起来。宁悦心不在焉地说了声"谢谢",脑子里却在想陈予锦刚刚那个不合时宜的停顿。

她小口地抿着茶,想着自己也许太敏感了。

梁思源来的时候,刚好上菜,他显然对陈予锦的德行非常了解,是所有人中穿得最正式的,只是可惜和上菜的服务员撞了衫。

进入高三,家长都逮着他们一顿补,一天吃三顿还不够,下晚自习回去还得搞点夜宵,就怕他们营养不足,成功养大了众人的胃口。没吃午饭,几人早就饿瘪了,菜一上都忘了贵这回事,吃得狼吞虎咽。

等肚子里有了点东西,大家才终于有了闲心聊天。

李石译心满意足地叹气:"高考前估计是再也没有时间这么轻松地吃饭了。"

杨灿垂着眼睛,这段时间她的精神压力很大:"也就两个月了,熬完拉倒。"

"灿姐,熬这个字我不同意。"李石译直起身体,难得正经地教育她,"要享受学习的过程。"

没人搭腔。

李石译看向陈予锦,陈予锦看他冷场得实在可怜,便敷衍地点点头:"对。"

159

李石译叹了口气:"没意思,聊点别的吧。你们都想考哪儿啊?陈予锦就不用说了,没什么悬念。"

高雨婷吃饱了撑的没事干,她第一个接话说:"我这个成绩不上不下的,就在本省读吧,本省随便哪个211都行,悦悦你呢?"

"周老师想让我当老师。"宁悦脑子空空,有点发饭晕,她语气犹豫道,"可能读个师范?"

高雨婷缩了缩头:"最好的师范大学分数线好高啊。"

陈予锦心里合计,那是不是和A大挺近的?他低声问:"你已经确定好了吗?"

宁悦点点头,她自己其实没什么理想,对人生也没有远大的规划,她妈妈和爷爷都是老师,一直对她耳濡目染都是女孩子做老师最好了,她觉得无所谓,读师范就读师范,只要能考上那就去读。

"你呢?"她低声问他。

两人凑得很近,无形中脱离了其他人,划了一个只有两人的小圈子。

陈予锦说:"生物工程。"

宁悦疑惑道:"干什么的?"

陈予锦想了想:"三言两语解释不清,简单点说,我想学的是制药。"

宁悦:"医学方向?"

"算吧。"他们隔得太近了,宁悦的气息都撒在了他脸上,陈予锦躲了一下,解释说,"我爸的生意是这方面,我学这个出来,刚好可以去帮他。"

陈平华的公司是一家制药公司,宁悦查过。她恍然大悟,说:"我们这算不算是继承父母衣钵?"

"不好吗?"陈予锦嘴角微微上扬,"站在前人的肩膀上,会看得更远,你会成为更好的老师,我会成为更好的科学家。"

宁悦接话:"我们都有美好的未来?"

陈予锦笑着挑眉:"嗯。"

宁悦也笑了,本来她还有点不乐意,人嘛,总是有点叛逆心理,父母越是强势地要求你干什么,你就偏想对着干,虽然她没有公然反抗周老师的决定,但心里一直不舒服,现在听陈予锦这么一说,她觉得做个老师也挺好,起码她看周老师教书这么多年,经验确实很足。

她将来会成为一个比周老师更优秀的老师,这个认知让她雀跃。

梁思源搁旁边看很久了,他忍不住敲打道:"你俩说什么悄悄话?有什么是我这个哥哥不能听的?"

陈予锦冷冰冰杀他一眼,坐直了,毫无人性地说:"你听不懂。"

梁思源:他刚就应该和服务员一起出去。

宁悦见气氛有些沉，侧头问高雨婷："怎么了？"

高雨婷做贼心虚地看了眼李石译和杨灿，见两人都看着碗碟发呆，才打开手机给宁悦发消息：刚李石译问杨灿去哪儿读大学，杨灿说留在本省。

留在本省，所以呢？

宁悦等了会儿，没等到下一条。

她不解地问：所以？

高雨婷用一种不开窍的眼神看她：所以毕业后就不能经常见面了啊！

高雨婷实在受不了这个气氛，她端着茶杯站起来："大家都这么沉默干什么，来来来，我们一起碰一杯啊，好不容易有空一起吃个饭，别浪费这个地方！"

众人懒洋洋地站起来，高雨婷想说点什么来活跃气氛，但脑子里空空如也，她顶了下宁悦："悦悦，你说点什么。"

宁悦：我难道就会说？

"快点快点。"高雨婷催促，所有人都看着她。

大家的眼神都有些麻木，这段时间的学习压力确实让人不堪重负，他们需要一点什么来让自己精神一点。

照周老师的话说，他们需要一点鸡汤。

宁悦想了想，一边组织语言一边开口说："虽然毕业后大家可能会天各一方，会从事不同的职业，会有不一样的人生，但希望我们都能一直记住现在一往无前的冲劲和对大千世界的无畏，无所谓往后能爬多高、走多远，也无所谓会不会成为一个对社会有贡献的人，这都不重要。"

她停顿了一下，缓慢但坚定道："重要的是不管脚下是山顶还是泥泞，我们站在哪里，就要在哪里光芒万丈。"

宁悦的声音虽然轻但是有重量，自带一股令人动容共鸣的力量。

陈予锦低头看着她，心跳得厉害，他愣了很久。

不知过了多久，高雨婷才心情复杂地回过神，她五味杂陈地看着宁悦："你这个鸡汤煲得……"

宁悦说完就有点尴尬，感觉自己说得太矫情了，还是没把握住周老师的精髓，她忐忑地问："煲得怎么了？"

高雨婷说："好喝！有你妈妈的味！"

梁思源在二中哪里喝过这种加料的鸡汤，被灌得心神激荡，他豪气地举起茶杯："来，干了！敬光芒万丈的我们！"

他这一嗓子把所有人都号回了神，几人面面相觑，脸上不知道是被空调闷的还是因为激动，双颊通红。

宁悦觉得很羞耻，也觉得很中二，但气氛已经被拱到了这儿，她激动得有点难以自控，只能和众人一起大声附和："敬光芒万丈的我们！"

也敬光辉明朗的未来。

　　饭局散后，大家各自回家休息，宁悦和高雨婷告完别，便和陈予锦一起往家里走。为了消食，他们走得很慢，宁悦低着头，犹豫是不是问一嘴，从头到尾陈予锦都没提他生日的事，所以这顿饭到底是为什么吃的？难道真就是让几人放松一下？

　　他钱还真多到烧得慌？

　　眼看就要分开，宁悦终于还是没忍住问了句："这就结束了？"

　　陈予锦低头看她，不明所以道："不然呢？"

　　宁悦噎住了，她总不能直接问生日的事，那势必就要涉及她是怎么知道的，会显得很刻意。

　　她选择闭嘴。

　　陈予锦没等到回答，下意识低头看着宁悦的头顶，看了几秒后，他若有所思地停下脚步。

　　"怎么了？"宁悦感觉到他停下，回头看。

　　"宁悦。"他抓着她的目光说，"我有的时候觉得……"

　　他顿了一下。

　　宁悦心里莫名一跳："你觉得什么？"

　　觉得你什么都知道，只是揣着明白装糊涂。

　　宁悦坐在书桌前，想着陈予锦没说完那句话后面是什么，想了会儿没有头绪她又莫名其妙地开始想陈平华这个时候回来干什么，是不是为了给陈予锦过生日。

　　刚刚在下面，陈予锦差点就要说完了，但他爸却突然从楼上下来打断了他们。

　　宁悦撑着下巴感到惋惜，总觉得那会是什么挺关键的话。

　　晚上在学校再见时，李石译和杨灿的状态都好了不少，虽然黑眼圈依旧大得吓人，但眼睛是亮的，陈予锦不知道为什么来得迟，教室都快坐满了他也没到。

　　杨灿摸着肚子还在回味，她咂着嘴说："悦悦，你说贵点的东西吃起来就是不一样啊！我现在后悔之前没多吃点会不会显得很没出息啊？"

　　宁悦眼睛盯着窗外，心不在焉地回她："比高雨婷好，婷婷说她这星期都不打算上厕所了，要把吃下去的每一分钱都吸收成为自己身体的一部分。"

　　杨灿语塞，半晌才举起拇指："牛的。"

　　高雨婷不知道是不是感应到了什么，兴致勃勃地跨过大半个教室过来，她拿着个便利贴问："悦，你之前说的那句话是怎么讲的来着，我们怎么光芒万丈？"

　　宁悦发自内心地颤了一下，浑身都不自在，离开那个背景再听这句话真的"中二"死了，她甚至怀疑中午那茶里是不是掺酒了，不喝高怎么说得出口。

她装傻："不记得了。"

"别装了，快点。"高雨婷了解宁悦，她一脸执着地说，"我要记下来作为我接下来的座右铭，不！我要刻在桌子上！"

学什么鲁迅呢？宁悦无语地提醒她："咱们这桌子是铁的，你怎么刻啊？叫个焊工来教室？破坏学校公共财产，当心校长扣你毕业证。"

"就你会危言耸听。"高雨婷翻了个白眼，不客气地把便利贴丢在她桌子上，"知道你害臊讲不出口，你给我写出来行了吧。"

宁悦无可奈何地拿起笔，在高雨婷咄咄逼人的目光中认命地回想，等她磕磕绊绊地写完把人打发走，陈予锦也终于来了。

她难得没沉住气主动问他："怎么来这么迟？"

"我爸回来你不是看见了？"陈予锦奇怪地看她，语气如常，"千里迢迢跑回来，我总不能不给面子。"

"怎么，帮周老师查人啊？"陈予锦调侃她。

宁悦镇定下来，面不改色地往下接："是啊，我每天晚上回去都要打小报告，你学习最好认真点。"

"吃人嘴软你不知道？"陈予锦假装气笑，"白请了，真是白眼狼。"

宁悦屈起手指在他桌上敲，范特足，跟领导点拨下属一样："陈同学，你这叫挟恩求报。"

陈予锦垂眼看她那根手指，宁悦的手指纤细修长，敲打的时候，皮下的骨骼被牵引，筋脉一起一伏，比任何机器都要精巧完美。他一时兴起，抬起手用指尖照着她的指腹轻轻一拨，淡淡提醒："上课了宁同学，当心查人不成反被抓。"

宁悦的手指和脉搏一起跳了一下。

她不动声色地收回手，还真心虚地看了监控一眼，见没亮红光，才放下心，一中的老师都贼精，有的时候会去监控室偷偷观察他们。

陈予锦好像真没什么事，宁悦不由得暗笑自己杞人忧天，自从知道陈予锦父母要离婚，她就对这件事格外敏感，每次他父母出现，她好像比陈予锦还紧张，但其实陈予锦自己可能早就调节好了，毕竟他这人心理比谁都强大清醒，世界末日了，他可能都会是悠悠闲闲直面死亡的那一个。

陈平华那辆豪车偶尔会停在楼下，托这辆车的福，宁悦知道他一直都没走，于是她又忍不住胡思乱想，听说陈平华工作很忙碌，为什么这次待这么长时间？

她坐在书桌前，一边转笔一边允许自己发五分钟的呆，她当然想不出所以然来，所以五分钟内她几乎都在劝说自己，不要想太多，有这个空还不如多做一道题。

自我洗脑半晌后，她自暴自弃地拿出手机发了个朋友圈：**动人禅心，天打雷劈。**

高雨婷秒回：我也这么觉得！

宁悦正想问她，谁动她禅心了，便见朋友圈下又出现她的两条回复。

高雨婷：法海多有天赋一和尚啊！小青怎么敢坏人修行的！

高雨婷：有兴致啊，悦，大晚上不学习看电影？

宁悦嘴角扯了扯，将错就错地回复了她法海那一句：你说得对。

然后，宁悦就丢一边没管了，等睡前再拿起来看的时候，多了好几个赞。梁思源不知道是不是闲得慌，和高雨婷在评论里辩论小青和法海谁错了，她无语地拉到底，终于看到陈予锦的评论，估计是睡前发的，因为时间很近。

他比周老师还尽职尽责，因为他评论的是：好好学习，功德无量。

底下跪了一群人，都是班上同学，跟参拜学神一样，宁悦想大家都挺会苦中作乐的。她叹了口气，有点后悔发了这么个朋友圈，就算对面窗子里真是个动人禅心的坏玩意儿，她也不希望他天打雷劈，她还是希望他顺风顺水，前程似锦。

在寺庙待久了，宁悦总是会不由自主地信一些忌讳，比如不要乱说话，因为天上有神明在听。

犹豫片刻，她还是把朋友圈删了，然后握着手机放在胸口，默念阿弥陀佛，请宽恕她胡说八道的罪过，就当她深夜发疯，切莫当真。

可能是因为睡前记挂这件事的原因，她做了一晚上光怪陆离的梦，第二天中午，陈予锦回了家就没再来，她还以为是自己梦成了真，陈予锦真遭了什么报应。

好不容易熬到晚上，她旁敲侧击地在周老师那儿打听："陈予锦怎么下午晚上都没来上课？"

"他爸给他请了假。"

宁悦惊讶地说："你居然准假了，这可是高三！"

周老师一边忙忙碌碌地洗漱一边回答："人家爸爸要带他去过生日，我还能拦着？而且他们有正事的。"

原来陈予锦生日是今天，她差点忘记了。

宁悦装作漫不经心地问："什么正事？"

周老师的声音从浴室里传来，有点模糊："出国。"

宁悦"啪"地弹了下指甲，给自己弹得生疼，但她顾不上吹，语气惊诧地问："陈予锦要出国？"

"嗯。"周老师从浴室走出来，"他爸爸想让他出国读大学，和我已经聊过几次了，不过听陈予锦自己的意思，他不愿意去。"

周老师叹了口气："他爸爸还想让我做一做陈予锦的思想工作，我哪能左右人家孩子的想法。"

"你别一天到晚八卦，专心学习知不知道？"周老师点到为止，又来鞭策宁悦。

宁悦恍恍惚惚地点头,细想一下这件事也很正常,有钱人家很多都是把孩子送出国读大学,只是她潜意识里一直觉得陈予锦没必要,他这个成绩不需要去国外镀金。

她正想着,余光看见下面有一道熟悉的身影晃进了楼里。没多久,对面的窗子就亮起了灯,只有他一个人,陈平华估计是走了,那两人是谈妥了?

她一边做题一边留意对面的动静,陈予锦坐下后就一直在学习,没干什么多余的事,但没过多久,他就熄灯了。

宁悦看着黑洞洞的窗口挑眉,今天这么早睡?才十一点多。

她低下头继续做题,但没过几分钟,她又突然抬起头看向楼下,对面楼道口多了个颀长的人影,手机屏幕那点微弱的光照亮了他小半张脸,除了手指,其他地方都一动不动,跟个从服装店逃出来的塑料模特一样。

宁悦一边转笔一边幽幽地想,大半夜站那儿给谁看呢?

她拿起手机贴着窗户,给他拍了一张照片,然后果断点开两人的聊天框发送:**你家楼下有个可疑分子,你小心点。**

陈予锦收到信息忍不住笑,偏不按常理出牌是吧?他也打开摄像头拍了一张照回给她。

他没开闪光灯,所以画面不仅黑还全是噪点,不过好歹还能勉强看清人脸和动作,是自拍,他的手还装模作样地掐着自己的脖子。

谢谢,已经抓住了。

宁悦注意力跑偏了,她放大他的脸啧啧称奇,怎么会有人这样随手一拍也那么帅?

"悦悦,妈妈出去一趟啊。"周老师在外面急匆匆地说。

宁悦下意识把手机往抽屉里一扔,也不知道磕哪儿了,里面传来一声钝响。她一边心疼一边问:"这么晚了你去哪儿?"

周老师把挂着的外套穿上,又着急忙慌地穿鞋:"刚寝管给我打电话,说赵思甜肚子疼,可能是阑尾炎,要送去医院,我跟着去看看。"

有些同学家里隔得远,家长又没空租房陪读,就只能住学校宿舍,每个班都有几个人。

宁悦第一反应是担忧:"阑尾炎?那要动手术吗?会不会耽误高考?"

"只是猜测,也可能是吃坏肚子了。"周老师拿上车钥匙,语速飞快地交代,"情况如果严重我今晚可能不回来,你一个人在家锁好门,学完就早点休息。"

"好,你晚上开车注意安——"

"嘭!"门关上了。

宁悦叹了口气,当老师也不轻松,学生出点什么事,老师三更半夜也得跟着折腾。

周老师走得急，压根儿没注意到陈予锦大半夜没睡杵在下面当门神，他诧异地看着周老师连走带跑地离开，给宁悦发了个消息询问：这么晚了，你妈去哪儿？

她回复：赵思甜可能阑尾炎，她去医院了。

这样啊，陈予锦动了下眉，拿着手机若有所思地转，思考了片刻后，拨弄手机的手指停下，他解锁编辑信息：要不要下来？

陈予锦没发出去，因为刚打完，对面就悄无声息地晃出个人影，神出鬼没地出现在他身后问了句："你看什么呢？"

陈予锦吓得手机差点摔了，他惊讶地回过头，宁悦顺势后退了一步。

天气冷，她戴了顶帽子，外套拉链也老老实实拉到了最顶，挡住了小半部分下巴。

陈予锦把手机放进口袋，清了清嗓子问她："你跑下来干什么？"

宁悦笑着说："玩。"

"三更半夜下来玩？"陈予锦探究地打量她。

"就许你大半夜在下面当门神，不许别人下来玩？"宁悦打趣他，"陈予锦，你会不会太霸道了点？"

陈予锦好整以暇地靠着墙看她，不说话，有点看你表演的意思。

宁悦感觉他的视线好像带起了风，呼呼地往她衣领里窜，躁动来躁动去，她下意识别开头，也清了清嗓子说："算了，都别装了，你有没有地方去啊？外面冷死了。"

说到后面，她有点抱怨，晚上是真冷啊，现在就是后悔，跑下来干吗，被窝里它不暖和吗？陈予锦还搁这儿给她装，你不想我下来，站楼道口干吗，你去小区外面站啊，看扫地阿姨理不理你。

陈予锦不知道怎么想的，突然伸手压了压她的帽檐："我没有地方去，你有没有？"

宁悦蹙眉，脑子里把能去的地方都过了一遍，最后说出一句："天台？"

"天台那儿不是更冷？"

宁悦认真地说："电影里都这么演。"

陈予锦轻笑一声："你这两天电影看得比较多啊？"

宁悦想起昨晚那个朋友圈，顿时有点心虚。她转身往楼道那边走："我也想找个暖和的地啊，不过看这个点了，周边奶茶店饭店都关门了，不去天台怎么办？我俩都搁这里站着？到时候再吓到谁。"

陈予锦跟在她身后慢悠悠地走，没再说什么。

两人脚步都放得很轻，连楼道的声控灯都没惊醒，就那样一前一后摸黑往天台爬,他们这儿的天台一般都不锁,因为平时大家会在上面晾衣服和被子。

天台的风确实比下面大,宁悦找了个避风的角落站着,还是觉得有冷风。陈予锦朝四周看了看,发现有床被子还挂在铁丝上,便走去把被子整个拉了过来,挡住这个角落。

这样一来倒不冷了,但宁悦总觉得有点奇怪,他这个拉被子的动作,很像是拉床帘。

陈予锦习惯性拿出手机,有个东西被带了出来,掉在地上。

宁悦捡起来,惊讶地问:"你抽烟啊?"

"不抽。"陈予锦也不知道自己当时在想什么,路过便利店就买了一包。

"想借烟消愁?"宁悦笑他。

陈予锦反应很快,意味深长地问:"我消什么愁?"

说漏嘴了。

宁悦反应比他更快,诚恳地道:"我怎么知道你消什么愁,但你晚上不学习不睡觉,肯定是有点愁。"

她把烟盒塞进自己口袋,转移话题说:"烟我收缴了,借烟消愁没意思,用我的这个。"

"帮我把帽子里的东西拿出来。"宁悦转过身背对着他。

陈予锦低下头看,这才发现她外套的帽子里放着东西,他挨个拿出来,是两罐菠萝啤和一袋瓜子,瓜子还是用一个塑料袋装着的,看起来很随便。

宁悦有时候是真的懒,一点东西都不愿意自己拿。

"怎么样?是不是比你的好?"宁悦自信满满,"这是聊天标配。"

陈予锦懒得搭话,她当过年闲聊呢?他单手拉开菠萝啤的拉环递给宁悦,她接过抿了一口。

两人默契地沉默了片刻,情绪都沉淀下来。

宁悦不自觉地敲了敲罐身,单刀直入:"行了,讲吧。"

跟聪明人讲话就这点好,不用绕什么弯子,也不用费尽心思做铺垫,你我都心知肚明我们站在这里是为什么,又要聊什么,所以可以省掉很多麻烦。

陈予锦想了想,应该从哪里讲起?半晌后,他说:"我爸妈要离婚。"

这她知道,宁悦点点头,一脸平静地问:"然后呢?"

陈予锦看着她的反应,心想然后什么然后,听到别人父母要离婚你不惊讶吗?连装都不装一下?

但他没说破,他拉开自己那罐的拉环:"这都是快一年前的事情了,我一直都不知道他们好好的为什么要离婚,因为我们家一直都按照一个原则在生活。"

说到这儿,他自嘲地笑了笑:"虽然是一家人,但也是独立的个体,在某些方面,特别是重大选择,不要对对方多加干涉,所以他们不讲,我也没问。"

宁悦皱眉,那不就和她家完全是反的?周老师是个比较强势的人,对宁悦生活的方方面面都横插了一脚。

她问:"他们要离婚,你没有做点什么吗?"

"做了啊。"陈予锦想起就来气,"梁思源建议我搞垮自己成绩,说只要这样他们肯定就会把重心放在我身上,而不会想离婚的事。"

宁悦:搞了半天成绩一落千丈是这么回事。

宁悦:"然后你就被转回沅南来了?"

陈予锦点头,语气平静地叙述:"其实我后面想明白了,他们要离婚确实是他们的事情,是他们的选择,就算是我也没有资格用亲情或者前途去绑架他们为了我妥协,所以无论他们最后怎么样,我都接受。"

宁悦无措地舔了舔下嘴唇,不知道该说什么,陈予锦表现得很冷静,但宁悦知道,这不过是无数次挣扎痛苦后得出的无可奈何的答案。

每个家庭都不同,他们家比起家庭的幸福美满,更在意个人的权利和自由。

陈予锦小时候享受了这项原则带来的诸多好处,可以自由支配压岁钱,可以自由安排周末的时间,特长他想学就学,不想父母从来不逼他,对他的朋友圈他们也从不干涉,不经允许,他们连他的房间都不会进去,在父母要离婚之前,陈予锦感受到的都是尊重和自由的快乐。

可这是有附加代价的,在他们做出他不满意的决策时,他也无权去指手画脚。

陈予锦想明白了这些,他也认可父母这一套,就像是他妈妈曾经说过的,人首先是他自己,其次才是别的身份,所以他愿意接受他们为了自己做出的一切选择,哪怕他很不开心。

陈予锦仰头灌了一大口饮料,然后看向宁悦问:"你应该很难理解吧?"

宁悦点头,她的觉悟没有这么深刻,如果是她父母要离婚,她估计会在家闹,而不会说尊重他们的选择。谁不想自己的家庭圆圆满满?父母生了她,难道没有给她一个美满家庭的责任吗?

而且周老师一直以来都在疯狂地干涉她好吗?

她无意识地捏着罐子,斟酌了很久才问:"所以他们离了吗?"

陈予锦摇头:"没有,我爸这次来就是和我说这件事,我才知道他们为什么要离。"

陈予锦:"离婚是我妈先提的,起因是我爸准备把工作重心转移到国外,他希望我妈可以辞职和他一起过去,一家人以后定居国外,但我妈不愿意。"

宁悦很理解:"傅阿姨是大学教授,她肯定不愿意放弃自己经营多年的事业。"

"是啊。"陈予锦垂着眼睛遮挡情绪,"对未来的规划出现分歧,那势必就要有人妥协，但他们谁都不愿意妥协，所以才会想要离婚，各自奔前程。"

宁悦思考片刻，提出自己的想法："傅阿姨想离婚，有没有可能是因为生气而不是真的想离呢？比如气陈叔叔不尊重她的事业？也不是没有可能？"

陈予锦自嘲："我爸和你也是一样的想法，但一年了，他也没能让我妈改变决定。"

说到这儿，他突然认真地看向宁悦，顿了顿才低声说："所以他希望我可以出国读大学。"

他的眼睛里带着点说不清道不明的情绪，宁悦和他对视几秒，垂下眼拿起罐子喝，含糊地"哦"了一声。

咽下饮料，她接着问："陈叔叔是想争取你的抚养权吗？"

陈予锦被她逗笑了："我都这么大了还争什么抚养权？"

宁悦有点不自在，这才反应过来自己问了个很无脑的问题，她轻咳两声掩饰尴尬："那他为什么想让你出国？"

陈予锦弓着背靠在墙上，找到一个支点，低声说："为了让我妈妥协。我爸不想离婚，他觉得也许我去了国外，我妈就会跟着一起去。"

宁悦心想这算是情感绑架的一种吗？但她不好发表评论，感情中的事不是当事人，都难以判断是非。

她的视线落在别的地方，轻声问："你自己怎么想？"

陈予锦没有马上回答，他抿紧了唇："我不知道。"

宁悦在心里叹了口气，对于陈予锦这样的人来说，模棱两可就意味着动摇，不过她能够理解，就算嘴上说着尊重，陈予锦心底肯定还是不希望爸妈离婚，哪怕知道这个主意是个馊主意，比如梁思源那个狗头军师提的成绩下降法，比如陈叔叔这个出国"胁迫"法，他也会想试试，只要能够保住他岌岌可危的家庭。

"所以你今天这么愁，就是因为在犹豫要不要出国？"

"一部分。"陈予锦捏着手里的空罐子玩，声响在寂静的深夜格外明显，他心里也很嘈杂，一方面烦宁悦对他要出国这事好像无所谓，一方面也烦自己确实拿不定主意。

他这人一向自诩聪明，梁思源也说他是个心眼多的狗东西，但偏偏他使了浑身解数、用了八百个心眼，也没用。

就好比现在，虽然她陪着他在天台吹冷风谈心，但陈予锦知道换个人，不管是高雨婷还是杨延，她都会这样做，因为她心肠柔软，是个看见陌生人不开心，都会慷慨赠伞的人。

这样的人你要怎么判断她对你的好意，是出于朋友的关心，还是因为动心？

宁悦没等到陈予锦的下文，疑惑地问："另一部分呢？"

"另一部分是，我在想我爸妈之间，到底有没有真感情。"陈予锦苦笑，"如果有，会把个人凌驾于家庭之上吗？"

喜欢一个人，爱一个人不应该为对方着想吗？

他绷着嘴角，看得出很在意，这个问题深想会带出很多东西，往浅了说，他在担忧父母感情是否破碎，往深了说，他在怀疑多年来的幸福是否只是一场假象。

宁悦的心里也紧了下，她抬起头，看见陈予锦脸上有落寞也有疲惫，唯独不见他那股把万物抓在手里把玩的自信，他们还年轻，浑身上下都是破绽。

"我觉得有的。"宁悦突然说。

陈予锦呼吸窒了一瞬，他缓慢撩眼："怎么说？"

宁悦没看他，她轻轻地笑了："从一个人身上就能看见家庭的痕迹，你会成为什么人，和你生活的环境脱不开关系，陈予锦，你这样的人一眼看去就知道成长于一个温暖的地方，你的父母必然爱着彼此，也爱着你，所以你才会是现在的你。"

"不要怀疑这个。"她坚定地说。

是这样的吗？

陈予锦沉默着思考了半晌，最后的结论是甭管是不是，但他选择相信宁悦。

宁悦搓了搓手臂，感觉冻得有点僵了。她其实不擅长和人这么走心，每每说完都会后悔，觉得自己矫情、多管闲事，自己都是个拎不清看不清的人，她有什么底气来安慰别人啊？

"说完了没？"宁悦往手心哈气，正好挡着自己的表情，"说完我们就下去？"

"差不多了。"陈予锦侧了侧身，不动声色地挡风，"还有一件事。"

他慢悠悠地说："我今天生日。"

宁悦动作一顿，她把手揣兜里，耍赖一样地说："我没有礼物。"

陈予锦心想我找你要礼物了吗？还有你还真是什么都知道，不惊讶我父母离婚就算了，我生日也了如指掌？他心里又开始发痒。

"我说要找你要礼物了吗？"陈予锦心情明朗许多，他笑着说，"让你唱个《生日歌》不过分吧？"

宁悦看了下时间，还没过十二点。

"连个蜡烛都没有，干唱啊？"

陈予锦想了想："我家有过年剩下的祭祀蜡烛。"

宁悦无语："你也不嫌不吉利。"

她摸了下兜："有了。"

"你应该买打火机了吧？"宁悦拿出烟盒抽出一根烟。

陈予锦拿出打火机给她，宁悦蹲下去点燃，在饮料罐上烫出一个洞，然后又拿出一根烟插上："就这样吧，条件简陋，凑合一下。"

陈予锦失笑，亏她想得出来。

"我点了,你准备一下许愿。"宁悦点燃了烟,拍手给他唱《生日歌》。

她唱得很小声,毕竟深夜了,但不影响其中的温和柔软,陈予锦闭上眼没许愿,只是静静地听着,今天他爸虽然说是给他过生日,但两人没有达成一致,所以搞得有点不愉快,他直到现在才觉得有点过生日的意思。

几句唱完,陈予锦睁开眼睛,象征性地吹了一下,当然没吹灭,只吹起了烟灰,他抽出来按在地上。

时间跨过零点,一个潦草的但也有意义的生日结束了。

两人收拾了垃圾往下走,宁悦到了家门口停住,陈予锦跟她说了声再见就继续往下,宁悦背靠着门看了他一会儿,突然出声道:"陈予锦,不管怎么选,听自己的。"

陈予锦脚步一顿,没回头:"好。"

第八章
我们谈恋爱吧

五四青年节，学校开了高三动员大会，还是在之前元旦会演的大广场，众人搬着凳子坐在一起，听校长打鸡血。

宁悦听着没什么太大感觉，主要是最近打的鸡血太多了，很麻木，校长讲到最后，让全体学生都站起来大声喊出自己的目标，她才觉得有点振奋的意思。

这一回她和陈予锦没坐在一起，所以听不清他在喊些什么，自从上次在天台聊过后，两人的关系出于某种说不清道不明的考虑，变得有点奇怪，说不上疏远，只是他们两人都好像默契地后退了一步。

这事只有身处其中的两人才有所察觉，因为高考临近，大家都普遍减少了闲聊，他俩来往没有那么频繁显得非常正常。

"发什么呆？"高雨婷推了她一下。

宁悦叹了口气，拖着椅子继续往前，去横幅上签名。这也是沅南一中的传统，签字代表着要为自己的话负责，要为了目标全力以赴。

签完名退场，她和高雨婷慢腾腾地往教室走，这人一散场就一改刚刚昏昏欲睡的样子，变得精神十足，甚至还有闲心八卦。

"我听说陈予锦毕业要出国？"

听到陈予锦的名字，宁悦下意识地看了一下四周，他和李石译走在她们后面，她看过去的瞬间,两人不经意地对视了一眼,宁悦若无其事地挪开视线,陈予锦蹙了下眉,目光落在她提在手里的椅子上。几秒钟后,他也别开眼,继续和李石译聊天。

"问你呢!"高雨婷戳了下宁悦。

"你听谁说的?"

"大家私底下都在说。"在沆南一中,毕业出国读大学的占少数,高雨婷语气艳羡,"家里有钱就是好啊,我长这么大都没去过国外。"

"那我们毕业旅行去国外?"宁悦没什么精神地提议。

"我们那点钱能去哪个国外?"高雨婷叹气,"去泰国打个来回都不知道够不够。"

高雨婷:"所以他毕业是要出国吗?"

宁悦沉默了一会儿,摇头:"不知道。"

高雨婷奇怪地看了宁悦几眼,欲言又止,半晌后,她还是忍不住问:"你不关心吗?"

宁悦垂着头没回答,良久后,她才仰头呼出一口气,神情平静地问:"婷婷,你觉得我是个自制力特别强、意志特别坚定的人吗?"

高雨婷不知道宁悦为什么突然要问这个,她犹豫后摇头,宁悦不是没有,但肯定称不上"特别"两个字。

是吧,宁悦也觉得自己没有那么强,既然她的心态没有好到能够屏蔽一切干扰,那不如就暂时搁置,不问不听不想,先考完试,再说其他。

"别管他出不出国了。"宁悦语重心长地说,"先关心模考吧。"

高雨婷哀号一声,精神头又垮了。

高考在所有人的期待和忐忑中如期而至,那是平常却并不平凡的两天,天气不错,温度没有那么高,不至于让人心生烦躁,许多人将这视为好兆头,表示天公作美必定凯旋。

人总是喜欢给一些事物添加意象,用来说服自己,也用来缓解紧张,高雨婷说她妈妈甚至精心策划了一个捡钱的计划,用来给高雨婷心理暗示,让她相信自己有好运气,考试蒙的都会全对。

高雨婷跟宁悦吐槽说她妈妈表演得太假了,但她还是陪她妈妈演了一场,家长嘛,其实比他们这些学生更紧张。

但周老师就还好,可能她相信宁悦的实力,也可能她藏得好。不管怎么说,宁悦自己心里倒是轻松,她不是一个站在悬崖边上,指望靠运气跳到对面的赌徒,她是一个心有底气、成竹在胸的战士,只需要昂首挺胸、怀着一腔希望往前走,就能轻松到达彼岸。

她相信自己有这个实力,也相信她所有朋友的努力都不会落空。

宁悦考完最后一科交卷的那一刻,随之而来的却不是欣喜,而是茫然。直到她走出考场,一个别班的男生一边大笑一边从她身前呼啸而过,她才有些迟钝地反应过来,一切都结束了,从今以后,再也没有层出不穷的考试,再也没有耳提面命的鞭策,她可以浑身轻松地进入人生的下一个阶段了。

宁悦笑起来,她脚步轻快地往教室走,隔老远,高雨婷就冲过来抱着她又笑又跳:"解放了!"

宁悦也抱着高雨婷,大声回应:"解放了!"

陈予锦的考场要远一些,他回来时宁悦和高雨婷还在激动地跳,宁悦高兴成这样,考得肯定不会差,陈予锦放心地扬起嘴角。这学期宁悦的成绩进步很大,基本稳定在了年级一百名以内,高考发挥得好进入前五十名也不是没可能,那样上京师大没问题。

李石译从背后冲过来揽住陈予锦的脖子:"考得怎么样!"

陈予锦被李石译拽进了教室,他笑着说:"还行。"

李石译把文件袋重重地砸在桌子上,如释重负地伸了个懒腰:"还行就是稳了?"

"陈予锦!等会儿有空没!"高雨婷咋咋呼呼地进来。

"有,干什么?"陈予锦下意识看向她身后,没看到宁悦。

"有空就一起讨论一下毕业旅行去哪儿啊。"高雨婷说,"聊完刚好晚上一起去吃散伙饭,免得再额外找时间了。"

陈予锦听到"毕业旅行"这四个字面露犹豫,但还没来得及说什么,李石译便在一边插嘴道:"你们毕业要一起出去玩啊?都哪些人?"

高雨婷眼珠子转了转,狡黠地笑道:"现在就我、悦悦、陈予锦和杨灿四个人,怎么,你要来啊?"

陈予锦看了她一眼,心里秒悟,识趣地没拆穿她的谎话,杨灿自始至终都不知道这事,怎么参与?

李石译一秒都没犹豫:"来啊,不然这么长的假多没意思,一起去。"

"好嘞!"高雨婷意味深长地笑,"我先和她们说一下,要加你这个人。"

高雨婷转身就出去找杨灿,陈予锦知道她套路完一个要套路下一个了,他转着笔高深莫测地笑,但很快他就想到自己刚要讲的话还没讲完,顿时便笑不出来了。

有点儿头疼,陈予锦垂下眼睛,算了,还是当面讲显得诚恳一点。

宁悦此刻在办公室给周老师当苦力,周老师每次带毕业班,都会给他们写一张毕业贺卡,寄托她对他们的美好祝福,宁悦要做的事,就是把这么多张贺卡都装在信封内,并写好名字。

周老师对每个人的评语和祝福都写得不一样,看得出花了很多心思,宁悦一边装一边写,没花多少时间就弄得差不多了,最后剩在她手上的只有陈予锦那张,周老师对陈予锦偏爱得过分,全篇都是溢美之词,把他夸得天花乱坠。

不过他那样的人确实讨老师喜欢,性格好成绩好,一门心思都在正道上,整个人干净又阳光,还不像其他帅哥那样祸祸女同学。

宁悦手里夹着他那张贺卡,若有所思地玩了一会儿,然后目光落在了空白的贺卡上。

高考放假比平时要干脆很多,周老师把全班同学聚在一起,交代完报志愿的时间,然后把贺卡一发就放假了,很多人当场就想拆开看,被周老师以不想煽情为由阻止了,让他们回家自己拆了看。

这间教室是高中生涯的终点,但也是远大前程的起点,所以就算是离别,也要大笑一场说再见。

高雨婷把李石译和杨灿套路上了船,几人约在了一个烧烤摊见面,只有宁悦一个人来得比较迟,串都开始上了她人都没到。

李石译饿得不行:"高雨婷,你给宁悦打个电话问问她到哪儿了。"

高雨婷举起手指"嘘"了声,示意自己在打了。陈予锦看了她一眼,默默删掉自己打好的信息,若无其事地把手机放进了口袋。

两人上次聊天停留在半个月以前,陈予锦能察觉到宁悦有意在疏远他,虽然不知道具体为了什么,但他也很默契地配合,想着不管什么事都等高考结束后再说。

"悦悦说想带个朋友来,问你们介不介意?"高雨婷捂着听筒询问。

陈予锦蹙眉,据他所知,宁悦的朋友不在他们班的,就只有杨延?

"不介意不介意。"李石译饿得有气无力,"让他们赶紧来——"

"哎哟!陈予锦,你踩我干什么?!"李石译吃痛地看着陈予锦。

陈予锦面无表情毫无悔意,眼神甚至有些冰冷:"无心的。"

"一句无心的就把我打发了?!"李石译龇牙咧嘴,"而且你能不能先松开啊!我脚指头都快被你踩断了!"

"哦。"陈予锦慢条斯理地抽出一张纸巾擦手,不知道的还以为他刚不是踩了李石译的脚,而是抹了李石译的脖子,他上下嘴唇无情地一开一合,"被我这双全球限量版球鞋踩断脚趾,也是你的荣幸。"

李石译震惊地看向杨灿:"他刚说的是人话吗?"

杨灿挑挑眉:"我觉得陈予锦说得没错啊。"

李石译一愣。

宁悦见他们那边很热闹,问了句:"怎么了?说什么说得那么热闹?"

高雨婷笑着回："没什么，你们快来吧，他们都不介意。"

宁悦挂了电话，犹豫着又和杨延确定了一次："跟他们一起吃烧烤，你真的没问题？"

她刚要出门的时候，杨延就找上门说要和她一起吃饭，她原想推了换一天，但杨延居然问他能不能跟着一起去吃。他以前从来都不参与她和其他朋友的聚会，更不愿意融入她的朋友圈，他甚至和她最好的朋友高雨婷连联系方式都没加过，足可见杨延这人有多不喜欢社交。

所以这次他主动提出要参与，让宁悦觉得不真实。

可能是高考结束，让他心里也落下一块大石，所以杨延看起来心情很不错，他露出一个浅浅的笑："嗯，我没问题。"

宁悦看了他几眼，狐疑地点点头。

还是那家周记烧烤，人多，他们搞了张大桌子，李石译已经干完一盘五花肉了，见她来还欲盖弥彰地藏了下签子，宁悦忍不住嗤笑了一声，目光落在陈予锦身上。

他没回头，不知道在干什么。宁悦突然想起上一回在周记偶遇也是这样，她远远地看见他的背影，觉得熟悉，他也是没回头，等她走到身边了，才轻描淡写地抬头说了声巧。

"你们没拿饮料吗？"宁悦往桌上扫了眼。

"你没来我们就没点。"高雨婷说。

宁悦拖开椅子却没坐下："那我去拿，婷婷和灿姐你们要什么？"

"橙汁吧。"高雨婷和杨灿对视一眼，杨灿没意见。

"我要一瓶啤酒！"李石译豪气万丈。

"你呢？"宁悦终于问到陈予锦。

他兴致不高地抬了下眼："随便。"

宁悦忍不住抬眉，不明白这位少爷又怎么了，先前在学校看着明明很开心，也不像是考砸了啊？她一边嘀咕一边去拿饮料，到柜台那儿研究了半天，给陈予锦整了个最贵的酸奶。

她把东西都拿回去，但少爷收到酸奶也不开心，一声谢谢说得很没有温度。

陈予锦此刻心里打翻了醋坛子，心想这一桌问遍了都没问杨延，就是对他的口味很了解呗？就你俩有默契只喝水？他现在看着摆在宁悦和杨延面前那两瓶矿泉水只觉得硌硬。

他盯着看了会儿，突然把宁悦面前那瓶水拿过来，又把酸奶换给她。

宁悦诧异道："你不喝酸奶啊？"

陈予锦语气平淡："我酸奶过敏。"

宁悦很想反问一句你要不要听听自己说的什么鬼话，但鉴于少爷心情不好，两人又不是私下在聊，所以她只好硬生生把话咽下，若无其事地把杨延介绍给其他人。

李石译和杨灿都没什么，简单打个招呼就过了。轮到陈予锦的时候，他突然语气生硬地说："我们见过的，你不用介绍了。"

宁悦愣了下，他们什么时候见过的？

思考片刻后，她才缓慢地想起来好像是见过，而且不止一次，但因为当时她关注的重点都放在了别的地方，所以给忘记了。

杨延因为陈予锦换酸奶这事心里也很不爽，闻言冷冰冰地应了声："见过吗？我忘记了。"

这话说得不给面子，陈予锦当场就气笑了。

幼不幼稚，较这个劲。

众人都不迟钝，立马就察觉出这两人气场有点不对付，如果不是中间还有个宁悦隔开，他们光眼神交锋估计都能大战几百回合。

杨灿好奇得不行，她挤眉弄眼地看向在场"唯二"认识这两个人的人：怎么回事啊？

高雨婷也心痒难耐地皱眉眨眼：我也想知道啊！

此刻最尴尬的还是坐在两人中间的宁悦，这两人不至于吧？难道私底下有过节？她果断拿起菜单转移话题："点单了没？"

"没！"高雨婷立马响应，"给我点一手五花肉。"

李石译："我要十串羊肉和十串脆骨。"

杨灿："我就不点了，晚上还有散伙饭吃，吃太多待会儿吃不下了。"

宁悦看了下时间，散伙饭定在晚上八点，确实没太多时间给他们消化，她在菜单上勾了几下，转头问杨延："你要吃什么？"

杨延摇摇头："我不吃。"

"哦，你们班晚上也有饭吃。"宁悦自顾自地接了句，没强求他，她跳过肉类，去找不会出错的蔬菜。

李石译见宁悦跳过了陈予锦，多嘴问了句："陈予锦你不点啊？"

陈予锦正想解释自己吃不了，宁悦就顺口帮他讲了："陈予锦吃不了路边烧烤，会肠胃炎，只能吃点素的。"

她在玉米和茄子之间犹豫不决，最后抬头看向陈予锦："你要茄子还是玉米？"

宁悦这一套操作下来流畅又自然，了无痕迹，却又让人明显感觉到被重视被记住。陈予锦心情突然就好了，觉得自己刚刚其实也挺幼稚，有什么好计较的，人家不管怎么说也是认识好多年的朋友，知道口味不是挺正常？

他和宁悦认识不到一年，她也一直记得他肠炎的事，陈少爷斤斤计较，小心眼地比较了一下,觉得还是自己赢了点。

陈予锦心里爽快,脸上终于露出一点笑容,他表情散漫道:"都可以,你选。"

宁悦看他这样心里有点想笑,果然是娇生惯养的金贵少爷,傲娇得不行,但也出奇地好哄,像只炸毛的猫一样,顺顺他的毛,他就会踩着高贵的猫步屈尊降贵地靠到脚边来,但头也一定是扬着的,证明他还是保留着骄傲,只是给你个面子。

宁悦把单子给老板,话题终于回到了正轨上。

高雨婷拍了拍手:"各位,先说好啊,咱们今天的重点是聊旅行的事,其他的也可以聊,但只有一点!"

她筷子指向李石译:"绝对不能对答案!"

李石译正在和陈予锦咬耳朵,他抗议:"我们又没说出声!"

高雨婷一边颤抖一边痛心疾首:"对我来说,看到和听到一样,都会让我四肢发麻,想让我死的话,你们就继续说。"

宁悦笑着看他们耍宝,高雨婷是坚定的考完不对答案党,反正都尘埃落定了,对答案能改变什么吗?她认为对答案就是凌迟,是最残忍的死法,不如什么都不对,等成绩出来时死个痛快。

杨延沉默地靠在椅子上,没有和他们一起笑。这几个人里,李石译、陈予锦和杨灿都是光荣榜上有头像的人,宁悦没那么好,高雨婷差一些,但两个人其实都属于985、211的准高才生,没那么好只是相对于陈予锦这些人而言。

无论是谁,他都比不上。

他紧紧地抿着唇,半晌后才问宁悦:"你们要去毕业旅行吗?"

宁悦点点头,脸上的笑容在转向他时淡了一些,她很明显地停顿了一下,才问他说:"你要来吗?"

杨延不自觉地看向陈予锦,又很快垂下眼,冷淡道:"我不去。"

宁悦张了张嘴,但顾忌着什么,又什么都没说。半晌后,她好像才终于组织好了语言,故作轻松道:"那下次有机会一起去。"

杨延定定地和她对视,心里越发烦躁。他真的特不想看见宁悦小心翼翼不伤他自尊的样子,这种好意让他更加自卑,更加无地自容。

他冷着脸"嗯"了一声。

陈予锦表面上和李石译他们聊得欢快,实际上余光一直在盯着宁悦这边,两人刚聊两句,他就拿起杯子和宁悦碰了个杯,"叮"的一声脆响把宁悦的注意力吸引了过去。她茫然地问:"怎么了?"

"问你想去哪里,云南还是西藏?"陈予锦淡淡地说。

"就这两个地方吗?"宁悦看向高雨婷。

对旅游最热衷的就是高雨婷，所以出行攻略都是她在做。高雨婷说："原本还有大海的选项，但灿灿去过，就排除了，现在我们觉得云南和西藏是最理想的，能看能玩的地方多，可以安排五六天的行程，我和灿灿想去云南，李石译想去西藏，我们少数服从多数。"

宁悦没有马上回答，她转头看向陈予锦："陈予锦，你想去哪儿？"

不知道是不是宁悦的错觉，她觉得陈予锦难得躲闪了一下目光，他低头挑着茄子吃，语气沉闷道："我都行，看你。"

宁悦皱了下眉，她看着桌面思考，良久后才慢腾腾地说："云南。"

"好耶！"高雨婷和杨灿击掌，"三比一，决定了，就去云南！过两天我们就出发吧？赶在报志愿之前回来，免得出了分没心情去玩了。"

"干吗呀？字里行间都是一股不自信的味。"杨灿拿了一根串递给她，"相信自己，没问题。"

说完高雨婷，杨灿又注意到了过于沉默以至于格格不入的杨延，他们在学校聊天就这样，有种内在的默契在，杨延又是今天第一次见，众人似乎都有点忽视他的存在，没有给他递话口让他参与，现在反应过来，就觉得不礼貌。

她感觉有点不好意思，正想问问杨延去不去，对方便像是察觉到什么一样，突然站起来，椅子被野蛮地退开了，摩擦出刺耳的声响。

"宁悦，我走了。"杨延神情阴郁，低头看着宁悦撂下一句话。

然后没等宁悦回答，他转头就走了。

全桌人都呆住了，杨灿和李石译是最搞不清状况的，他俩面面相觑，都不明白发生了什么，怎么突然发脾气？

宁悦也一头雾水，她站起来，仓促地说了句"我去看看"，就紧跟着去追了。

被丢下的几人气氛凝固了一会儿，高雨婷最先反应过来，露出一副司空见惯的样子招呼大家继续吃，不用在意。

她有些鄙夷地想，还以为杨延改了性格有所长进，结果还是这样，随随便便就发脾气，连个解释都不给，也就宁悦能忍他，换她这个脾气非得给他两巴掌。

杨灿很担忧："真没事吗？我们刚刚确实聊得太投入了，好像孤立他一样。"

高雨婷冷哼一声："跟这没关系，他这人就是脾气怪，你就算找他聊天，他也不会理你的，杨延也就对着宁悦有好脸色，其他人在他眼里都是粑粑。"

李石译好奇："怎么听着你怨念这么大？他得罪你了？"

高雨婷叹息，摆摆手。她以前想过要和杨延搞好关系，毕竟两人都是宁悦的好朋友，熟悉起来更方便一起玩，哪料想这人根本就是块臭石头，又没礼貌脾气又差，她每次找他聊天，他都爱搭不理，一副拒人千里之外的样子，显得她上赶着不要脸一样。

179

杨灿蹙眉,她撑着脸看向两人离开的方向,不解道:"居然是这种性格吗?那宁悦也能和他做朋友?"

"嗯。"高雨婷愤愤不平,"也就认识时间早吧,不会看人的时候就做了朋友,没办法。"

杨灿:"有多早?"

高雨婷思考了一下,不确定地说:"可能八九年?我也不清楚,他们是小学同学,那时候我和宁悦都不认识。"

杨灿惊叹:"那是挺早的,小学一般都不分班,估计是一年级就认识了,那算下来十二年了。"

李石译听着她们聊天,突然想到了什么,他猛地拍了下大腿:"他是不是就是上次篮球赛打架那个?结果搞得他们班被取消了决赛资格。"

高雨婷也记起来了,她诧异道:"上次篮球赛打架的是杨延?"

"嗯,是他。"李石译拿胳膊肘顶了下陈予锦,"我还和你说过,你记得不?他们班本来是赢的,结果因为这事没了资格,几个球员内部差点又打起来。"

陈予锦抱胸低着头,一言不发,一副全世界都欠他的鬼样子。

李石译没等到回复才察觉到不对劲,他打量陈予锦两眼,夸张地问道:"你又怎么了?!"

陈予锦连眼睛都没抬一下,像只深渊怨鬼,一字一句:"我神经病。"

李石译跟陈予锦熟,深知陈予锦虽然偶尔傲娇,但脾气绝对算好的,因此看他脸色发青也不怕,反而跃跃欲试地在他底线上跳:"你这人毛病还真不少,又是酸奶过敏又是肠胃炎,现在连神经病都整出来了,这么多事,当心以后找不到对象。"

陈予锦终于有反应了,他冷冷地抬眼,目光如刀锋,谁以后找不到对象?

李石译莫名哆嗦了一下,好在陈予锦大概心情已经差到极点,连撑他的精力都没有,所以李石译才从他嘴下逃过一劫,他识趣地躲开陈予锦的霉头,转而贱兮兮地触杨灿的霉头。

高雨婷在一旁默默撸串默默观察,她就坐在陈予锦对面,所以比其他人都要清晰地知道陈予锦就是从宁悦追出去后才变成这样的。根据看偶像剧多年的经验,她内心有个猜想,事实上她很久以前就这样猜了,只是一直都没抓到实锤。

大概是高考结束,大家没了顾忌,所以行为和情绪都失去了控制,敞开在人前,如同被剥开的石榴,大刺刺地袒露出自己晶莹剔透的内心。

她此刻抓心挠肺地想问一句话:陈予锦,你是不是吃醋了?

如果是,那陈予锦和宁悦不就是双向奔赴?!

她难耐地抠着桌子,拼命忍住这个冲动。

宁悦回来的时候，高雨婷面前的桌子都被她抠掉了一层木屑。宁悦看着高雨婷痛苦的脸色，不解地问："你怎么了？不舒服啊？"

"没事。"高雨婷麻木地说，"我就是嘴痒。"

宁悦：嘴痒你抠桌子就不痒了？

杨灿关心道："你朋友怎么了？"

陈予锦也看向她。

宁悦面色如常："没事，有人找他有事，比较急。"

不知道宁悦说真的还是假的，但也没人继续问，私事打听太多是会惹人厌烦的。东西本来就点得不多，差不多都吃完了，几人各怀心思地对着一桌狼藉发呆。

陈予锦心里又忍不住烦，他长到十八岁也是头一回对一个女孩动心，头一回尝到吃醋的滋味，根本控制不住自己的情绪。宁悦才十八岁，就和杨延认识了十二年，这认识时间也太长了，都占人生的三分之二了！从时间上他就差了别人十一年，他要花多少心思才能补上这十一年的情感浓度？

之前他和杨延打的那两次照面时间都很短暂，他无从判断宁悦和杨延之间的关系怎么样，所以一直都不是很在意，心想异性朋友谁都有，两人也一直在吵架，根本对他构不成威胁，但今天才知道不是这样，多年的默契不是假的，关心也是真的。

光杨延比他多认识宁悦十一年这点，就足够让陈予锦嫉妒得吐血。

虽然陈少爷一向自信心过剩，放眼全省，自大点说放眼全国，他这样的人也是凤毛麟角，但感情的事情不是那么算的，有的时候先来的就是有先机，就是有无可比拟的优势，就是能轻轻松松碾压他这个各方面都优秀的后来者。

他疲惫地闭上眼睛，感觉太阳穴突突地跳。

一个温热的东西触碰到了他的手背，陈予锦睁眼看，是宁悦悄无声息推过来的一杯温水，顿时他的心情更加复杂。

"累了？"宁悦低声关心。

陈予锦摇摇头，他不知道该怎么说，他现在诡异地想问一个问题，如果他和杨延同时掉水里，宁悦选择救谁？

但他问不出口，太傻太幼稚了，掉价，问出口他的骄傲得碎得稀巴烂。

宁悦"哦"了一声，出神地握着手里的杯子，她不是那种有事就憋着自己猜的性格，碰到疑问，她要么就问了，要么就直接放在脑后不想，因为猜来猜去太累，人长嘴这个器官，就是为了讲话的。

可现在她却犹豫了，猜也不敢猜，问也不敢问，明明等了很久才等到的机会，杨灿和高雨婷去上厕所了，李石译在一边发呆，没人会听到他们在聊些什么。

她叹了口气，她在担心什么呢？这都不像你了呀宁悦。

宁悦抠了会儿杯子，定了定心，扭头看着他认真问："陈予锦，你是不是有事要告诉我？"

陈予锦诧异地看了她一眼，不明白自己是哪里露了馅，他沉默半晌，指尖一跳一跳地点着水杯，良久后，他才低声开口，语气尽可能轻松："说起来有点不好意思。"

"我没法跟你们一起去旅行。"说这句时，他的视线又从水杯挪回宁悦脸上。

宁悦心里一紧一松，心道果然是这样。她用了点力道握着杯子，别开头轻描淡写地喝了一口，随后才口吻平常地问："要去国外？"

陈予锦点点头，他想接着解释，但看宁悦这个不算反应的反应，到底没忍住先问了一句："你就不想说点什么？"

"有啊。"宁悦慢吞吞地点头，小口小口地喝着水。

陈予锦很没出息地有点期待，指望她多关心两句，或者挽留他一下。

但宁悦顶着他执着的目光，只是语气遗憾地来了句："很可惜，周老师的两万没了。"

陈予锦当场就气笑了，有种本来指望着泡个温泉，结果被丢到油锅里反复炸的煎熬感，宁悦有良心没啊？她就只惦记周老师那两万块？！

等高雨婷上完厕所回来，桌上就少了一个人，她朝四周看了一圈："陈予锦人呢？"

宁悦在发呆没回答，高雨婷一把夺下她手里的空杯子，宁悦才缓慢地抬头茫然地看着她。

高雨婷叹了口气，又问了一次："陈予锦呢？"

"哦，被我气走了。"宁悦还是那个温暾的语调，听着还挺悠闲。

高雨婷瞪大眼睛，匪夷所思："你怎么气他的？不是！你没事气他干吗？"

宁悦心想我怎么不能气他，陈予锦先言而无信还不允许她生气了？她心里生气故意气气他怎么了？

晚饭是班长选的地方，在一个湘菜馆包了三桌，周老师和几个科任老师也被邀请过来，所以这顿饭是散伙饭，也是谢师宴。

从烧烤摊回家后，宁悦洗了个澡换了身衣服才赶过去，到时已经有些迟了。

高雨婷给她留了位子，拉她坐下后，小声嫌弃道："我还以为你说回家洗澡是要穿漂亮点过来，怎么还是这么朴素一身啊？"

他们学校平时不允许学生在校穿裙子，把正处爱美年纪的女生憋得够呛，所以好不容易毕了业，大家都花心思打扮了一下。

宁悦无奈："我也想穿好看啊，家里没有。"

她们这一桌全都是女生，宁悦往另外三桌看去，没看到陈予锦人。

"别看了。"高雨婷小声取笑，"陈予锦被喊出去当苦力买零食了。"

宁悦淡淡收回目光："我看我妈。"

高雨婷不屑地哼哼："嘴硬。"

宁悦没反驳，转头参与了其他女生的话题，心不在焉的几分钟过去后，陈予锦一行人才出现在门口。几个男生背上都背着鼓鼓囊囊的包，里面是晚上唱歌要吃的零食。

这也算是沅南一中毕业生散伙狂欢的标准流程，先吃饭，再唱歌，KTV就在这边不远，今晚所有包厢几乎都被毕业生包了。

陈予锦估计是被宁悦气得狠了，进门时居然都没看她，径直去了最里面那桌。

大概是因为大家知道今晚过后，许多人或许这辈子就不会再见，所以一顿饭吃得很热闹，男生那两桌笑得格外开怀，连一向严肃的数学老师也和李石译揽着肩膀谈起了心，周老师还有工作要做，吃完就打算回学校了。

"虽然高兴，但晚上也不要喝酒，可以玩得晚一点，不过十二点之前要回家。"周老师交代宁悦，"我跟陈予锦说了，晚上让他和你一起回，两个人安全一点。"

宁悦乖巧地一一答应，听周老师提到陈予锦，脸色也没有丝毫变化。

高雨婷眼观鼻，鼻观心，心想经验丰富的周老师也有所托非人的一天，如果她猜得没错，对宁悦来说，最不安全的就是陈予锦！

吃了饭，所有人三三两两地往KTV走，陈予锦看着走在前面的宁悦，神情莫名不知道想些什么，和他一起走的李石译不知道是不是被他的低气压影响，也一改常态有些恍惚。

他们班订了一个大包，两个中包，都在三楼，再往上就是楼顶。

宁悦前脚刚和高雨婷、杨灿进入大包厢，陈予锦和李石译后脚就跟进来了，高雨婷交代宁悦给她占好位，兴致勃勃地去点歌。宁悦接过高雨婷的包放在左边，然后就感觉右边一沉，她看过去，是某位一身傲骨宁折不弯的男同学。

她的气早就消了，现在看他这样只想笑。

包厢很大，可以容纳二十多人，有两个手脚快的同学已经开始放声歌唱，唱得不错，大家都在喝彩，只有陈予锦板板正正地靠在沙发里听，神情隐在五颜六色的灯光里，晦暗又神秘。宁悦也学着他的样子，神情平静地看着电子屏。

两人安静得像是在看一场群魔乱舞的真人电影，就看谁先沉不住气。

高雨婷点歌回来，浑身畅快地在宁悦身边一屁股坐下，宁悦被她挤得不由自主地靠向陈予锦那边，肩膀压向了他硬邦邦的手臂，骨头撞在一起，宁悦疼得皱了下眉。

陈予锦目不转睛地看着屏幕，浑身僵硬，他的喉头难耐地滚动，心里也在发热，这包厢看着挺大,为什么沙发会这么挤?

他垂下眼深呼出一口气,但心中的燥热丝毫没有消减,自己缓了片刻后,他放弃了,身边这么一个热源存在,怎么可能缓得过来?

"周老师让我晚上和你一起回去,她和你说了吗?"他微微低头,仿佛无事发生一样稀松平常地问。

宁悦心里一动,心想他这是主动给台阶的意思?之前的事翻篇了?那他脾气还真好啊。

她点点头,也不拿乔,好声好气地和他商量:"你打算几点回?周老师让我十二点前到家。"

"那就十一点走?"陈予锦对狂欢通宵没兴趣,玩久了太累。

"我可以。"

僵局一打破,气氛就正常了很多,宁悦松了下骨头,陈予锦见她被挤得可怜又往后坐了一点,和她错开一些,只是这样一来宁悦要和他说话,就得稍稍回下头靠近他,这样的姿势在昏暗的包厢里多了几分旖旎。

虽然翻了篇,但陈予锦还是比平时要沉默,心事重重都写在脸上。

"你不去唱歌吗?"宁悦没话找话。

陈予锦摇头:"我五音不全。"

"真的假的?"宁悦面露怀疑。

陈予锦本来就没脾气,现在看见她这张脸仅剩的一点不忿也没出息地散了。如果梁思源知道了非得笑死他,人家什么都没做,就平平常常叫了他一下,他就屁颠屁颠上赶着过去。

陈予锦在心底自嘲,面上却忍不住扬起一边嘴角:"不信啊?"

看见他笑,宁悦心里更轻松了点,开玩笑说:"不信,毕竟有些人还说他酸奶过敏。"

陈予锦一时语塞,又搬起石头砸自己的脚。

"在你这儿胡说八道一次,信誉就降到零了?"他没好气。

宁悦认真点头:"有了前科,那我当然要对你说的话保留怀疑。"

"除非——"宁悦扬了下头,脸上毫不掩饰地写着"想看笑话"四个大字,"除非你唱一首,我就信。"

陈予锦睨她一眼,他抱着胸稳如老狗地坐在沙发上,似笑非笑:"那你不信也没关系。"

宁悦翻了个白眼。

对话一旦停下来,越发热烈的气氛便乘虚而入包裹两人,原本被忽视的声浪进入耳朵,荡得人心里起伏伏怦怦直跳,两人对视,宁悦突然觉得口干舌燥,却又挪不开眼，陈予锦也好不到哪里去，这种氛围太黏糊，容易让人的脑子也变成糨糊。

沉默了仿佛一个世纪那么久。

陈予锦突然说："对不起，宁悦。"

他脸上的笑一点点收回去，面容沉静地诚恳道歉："说了要一起去旅行又做不到是我的错，不管为了什么，我都应该说声对不起。"

宁悦的心跳忽地停了一拍，其实真说起来爽约并不是多么严重的事情，他又不是临到出发才反悔。计划总是赶不上变化，搁在别人身上，她可能只会觉得遗憾可惜，然后就过去了约下次，只是因为他是陈予锦，她有期待才会生气。

可他这样一本正经地道歉，宁悦又觉得自己小题大做、反应太过，她不是个得理不饶人的人。宁悦轻轻地呼出一口气，释怀地笑道："没事，我能理解。"

陈予锦看着她轻松的神色，又陷入了沉默。以前觉得宁悦情绪稳定、性格成熟是个优点，现在轮到这件事上，却让他万分为难，头脑没有用武之地，猜测总是真假难分。

她在意？还是不在意？或者他纠结这个问题是否有意义？是不是弄反了主次？

不知道谁点了张信哲的《过火》，这会儿正声情并茂、撕心裂肺地唱着那一句歌词——是我给你自由过了火。

这词莫名有点应景。

"陈予锦，你包里的零食给那边包厢的人分一分。"门口有人叫。

陈予锦回过神，深深看了宁悦一眼，应了一声就站起来去找包。宁悦静静地注视着他的背影，脑子里飞快地闪过一个念头。

高雨婷一脸孩子不争气的表情，委屈巴巴地顶了顶宁悦问："你们俩悄悄话说完了？是不是能抽空听听我俩讲话了！"

宁悦茫然地看着她："怎么了？"

还问怎么了？真是重色轻友的典型！从坐这儿开始，宁悦就没理过她，光顾着和陈予锦说话了。高雨婷此刻怨气冲天，她让开了一点，露出脸颊通红的杨灿。

宁悦愕然地看向杨灿面前的酒杯："灿姐喝醉了？"

高雨婷无奈："离醉还差一点。"

她站起来："我俩换个位置，你到中间来，方便聊一些。"

宁悦犹豫了一下，但还是站了起来，三个人窝在沙发的最边上，跟做贼一样凑在一起。宁悦问："聊什么？"

高雨婷欲言又止，看向杨灿。杨灿其实没喝醉，她只是有点上头，所以没有平时理智，起码接下来这话换正常时候的她肯定不会问出口，毕竟她那么爽利，很少有犹豫不决的时候。

她说："悦悦，你觉得女生应该主动表白吗？"

　　宁悦惊讶地和高雨婷对视一眼，毕业后话题就这么飞了？高雨婷挤眉弄眼，表示她也不知道。

　　宁悦眼神谴责：关键时候总是把难题丢给我，高雨婷你摸着良心讲你这就够意思了？

　　高雨婷理直气壮：我也想当知心姐姐，但我没那个本事啊！

　　宁悦和高雨婷眼神对话几个回合，最后还是无可奈何地担起了答疑解惑的角色。她顺着杨灿的视线看向正在唱歌的李石译，思考半晌后才说："我觉得如果你认为时候到了，想做就去做。"

　　"哎？"杨灿没说什么，高雨婷反而先不认同地反驳起来，"女生怎么能主动表白呢？"

　　宁悦一脸疑惑："女生怎么就不能主动表白？"

　　"掉价啊！"高雨婷有点激动，"不都说女生倒追丢脸？"

　　宁悦有点无语："你自己不觉得掉价，就没人能让你丢脸。表白这么美好的事，被你说得好像是菜市场的买卖一样，你也信谁先开口就输了这一套？"

　　高雨婷语塞，她想跟宁悦辩论，但想了半天也没想出词，最后只能底气不足道："女生多少要矜持一点……"

　　宁悦点点头，对这句话倒是表示认同。高雨婷奇怪地看她一眼，不满道："你怎么前后矛盾？宁悦你不是在糊弄我吧！"

　　她不知道是不是也喝了，情绪起伏很大，抱着宁悦的手晃来晃去。宁悦只好无奈地解释："如果你出于矜持的想法觉得女生不应该主动表白，我认同，因为这是个人选择，有的女生就是比较被动，所以不能强求她主动做什么，但如果是因为觉得掉价，那我不认同，因为这是错的，在我看来，觉得自己先表白掉价本身是一种自轻。"

　　宁悦说着态度不自觉地变得认真："在一段关系中主动迈出第一步，只能证明女生的勇敢，我只会觉得敬佩，而不会觉得她掉价丢脸。"

　　"那万一男生觉得女生太主动，而不珍惜呢？"高雨婷面露担忧。

　　宁悦满头问号地看向她，不明白这有什么好担心的："如果这个男生这样做，就说明人不行，那还留着干吗？直接踹掉不就行了。"

　　高雨婷：是她犯蠢了。

　　高雨婷确实喝了点，这会儿脑子转得慢，她端起桌上的水喝了一口，然后又看向宁悦，她们俩在一起没聊过这个话题，毕竟两人以前都没有喜欢的人，不过宁悦的观点很新颖，她听别人讨论过，大家都不是很赞同女生主动表白。

以前她觉得有道理，现在当然站宁悦，就这么三言两语的工夫，她已经被完全说服了，甚至有种找个心动嘉宾勇敢一回的冲动。

不过在此之前，她有个问题忍不住想问。

高雨婷犹犹豫豫地看着宁悦。

杨灿自始至终没有发表自己的看法，两种声音让她陷入了沉默。

三人的脑袋分开，各怀心思地目视前方。宁悦突然叹了口气，似有所感地低声说："其实我觉得有时候阻挠两个人在一起的，不是家世、距离这些外在因素，而是勇气，没人迈出第一步，才是错过的根源。"

"不过我说这些也不是鼓励灿姐你去做什么。"宁悦讲完又笑着给杨灿递了一瓶矿泉水，"我觉得你现在醉了，最好等醒酒了再思考，怎么选听你自己的。"

高雨婷终于忍不住了，找到机会就急匆匆地接话问："悦悦，要是你，你怎么选？"

如果暧昧是一场拉扯，你会握紧手中的绳索，一步步收紧走向他？还是等他狂奔而来拥你入怀？

宁悦沉吟片刻，笑了，她凑近高雨婷耳边，神秘莫测地说："我选钓鱼。"

高雨婷一脸茫然，我问表白你说钓鱼？

宁悦遗憾地拍拍高雨婷的头："少喝点酒吧，降智。"

杨灿心里似乎有了答案，窝在一边不再说话，这个话题就此打止。宁悦不由自主地看向门边，心里嘀咕陈予锦送个零食而已，怎么还没回来。

她站起身伸了下腰："我出去透口气。"

走廊尽头有卫生间的指示牌，她慢慢往那边走。经过中包时她看了眼，门关得很紧，只听见里面没什么调子的歌声。

然后再走几步，快要转角的时候，她听到有人在那边说话。原本宁悦没听清在说什么，打算直接过去，但余光一瞥，她立马站住了脚，静悄悄地退了回去。

高雨婷见她回来这么快还纳闷："你就透完气了？"

宁悦摇摇头："外面的空气更窒息。"

宁悦坐在沙发上发了会儿呆，突然和高雨婷说："你手机现在不用吧？借我一下。"

"干什么？"高雨婷不明所以地递给她。

宁悦正要回答，陈予锦推门进来了，于是她低下头没再说什么，手指匆匆在高雨婷的屏幕上操作一番。

陈予锦回来后还是坐在宁悦旁边，嗨到现在，已经变成了流动局，几个包厢的人开始互相串门，还有一些同学莫名其妙地"失踪"，不知道去了哪儿，所以房间里空旷了很多。

宁悦能感觉到陈予锦的目光落在她身上，她看了下手机，十分钟了，一句话没说。

这时一个电话进来，宁悦看着来电人面露惊讶，这副表情落在陈予锦眼里，他皱了皱眉，下意识看向她的屏幕，可惜宁悦已经放在了耳边，什么都看不见。

"现在？去楼下？"

"有什么事吗？"

"行，我现在下来。"

宁悦边说边站起身。

这对话一听没什么，但陈予锦刚刚就被诓出去过，自然有了一些联想，他看着宁悦的背影冷下脸。

李石译浑然不觉，他唱得满头大汗，重重地坐在陈予锦身边。

"啊！差点忘了。"刚坐下，李石译又立马像烫到一样坐起来，然后从屁股底下的外套里拿出一个东西，是周老师送的那张贺卡，他抽出来看了一眼，松口气，"幸好没折。"

既然都拿出来了，李石译便就着昏暗的灯光认真看了下内容，他边看边感慨："周老师还是有心。"

"陈予锦，你的呢？"李石译又来烦他，"也拿出来看看写的什么。"

陈予锦心里烦宁悦的事，冷淡地把包丢给他："最外面的袋子里，自己看。"

"行嘞！"李石译才不管陈予锦态度怎么样，今天陈予锦的心情比晴雨表还多变，他拿出信封拆开，还没看内容就先抗议地大喊了一句，"你怎么有两张！周老师偏心！"

"什么两张？"陈予锦疑惑地扫向他。

"贺卡啊。"李石译伸出两根手指抽出贺卡，只露了一个边就能让人看出确实是两张。

陈予锦在电光石火之间想到了什么，一把抢过贺卡就往外走。

李石译手上突然一空。

陈予锦脚步带风，毫不犹豫地走向电梯间，但还是晚了一步，电梯门在他眼前合上，他只来得及隔着窄窄的缝隙看了宁悦一眼。

他猛按了两下开门，没成功。

陈予锦难得低声骂了句脏话。

三楼下去很快，只要短短的几秒，宁悦靠着墙壁垂着头，手指轻轻地敲着电梯。

"叮"的一声，让她回过神。宁悦站直了往外走，电梯门缓缓拉开，露出陈予锦那张不管什么时候看都帅得明明白白的脸，他跑楼梯下来的，为了追上电梯一点余力没留，现在只觉得肺都要炸了，每呼吸一次都是煎熬。

宁悦惊讶地看着他，但还没来得及说话，陈予锦便抓着她的手臂往内推，反手按下顶楼按钮，然后用力按了几下关门。

宁悦看着缓缓合上的电梯门，心跳逐渐加速，被他握住的地方在发热，她忍不住后退，直到退无可退抵上电梯。

陈予锦也跟着她一起后退，他急促地喘着粗气，看起来很难受，为了让自己舒服点，他举起抓着宁悦的那只手，连着她的手臂一起按在墙上，然后闭了闭眼睛。

他弯着腰呼吸灼热，气息铺天盖地地笼罩着宁悦，超强的压迫感使得她被迫屏住呼吸，脑子被强行清空。

整个电梯里都好像回荡着陈予锦有力的心跳声。

深吸一口气后，他睁开眼，举起那两张贺卡，气息不稳地问："给我的？"

宁悦看向贺卡，心里一边缓慢地想着"你就为这事跑楼梯狂奔下来？"，一边点点头。

"写的什么？"

电梯明明在上升，却带来一种令人心惊的失重感，宁悦舔舔干燥的嘴唇："你没看？"

"还没来得及。"陈予锦直勾勾地看着她，心脏几乎要跳出胸腔。

宁悦笑了，也不介意两人此刻的姿势多么暧昧，更管不了这电梯打开时，外面会不会有人，她扬扬头："现在看。"

陈予锦转过贺卡，视线慢一步看过去，刚好背面就是宁悦的字迹，只有短短的两行。

你怎样形容这个人：良好的修养，温柔的底色，自矜的性格，不羁的心脏。

你对TA有怎样的祝福：你现在是这样，希望未来也是如此。

陈予锦觉得喘不过气来，心里烧得慌，眼睛都有些迷蒙。他闭上眼，在电梯开门之前松开宁悦，与她并排站着开始笑。

他觉得挺明白了。

门外没有人，这层没有商户入驻，漆黑一片，门外的黑暗也好像是存心想把他们困在小小的空间内，逼迫他们直视自己的内心。

宁悦侧头看他，良久后才反应过来自己看他笑看呆了，她清了清嗓子缓解自己的尴尬，恍恍惚惚地问："你笑什么？"

陈予锦这会儿终于缓过来了，肺不再刺痛，呼吸也重归平稳，一双眼睛清澈又明亮，含笑看向她："你问了我笑你明知故问。"

宁悦心一下跳到了嗓子眼，她装傻不接他这茬："我要是不问呢？"

"那我喜欢你。"

宁悦愣住了，太突然了，她都没反应过来，她讷讷地道："我问的是——"

没等她说完,陈予锦又恍若未闻地问:"我能不能当你男朋友?"

他的目光执着认真,令人不敢直视。

电梯下面大概是一直没人按,所以没下去,宁悦心里发烫,目不斜视地问:"是不是不回答就不让下去?"

陈予锦无奈地笑了,他又不是要逼她,他伸手按楼层:"不回答也让——"

"那行。"宁悦突然说。

陈予锦愕然地回头。

"我说行。"宁悦也恍若未觉,又说了一次,她抬起头笑弯了眼睛,"我们谈恋爱吧!陈予锦。"

包厢里歌声渐渐弱下去,偶尔会有人突然号一嗓子,惊醒昏昏欲睡的众人。

高雨婷打了个哈欠,手放下时刚好摸到了自己的手机,她拿起一看,屏幕界面居然是通讯录,宁悦的名字挂在正中间。

她正纳闷,想着自己是不是误触了屏幕,微信就来了两条信息。

第一条是:我和陈予锦先走了。

第二条是:我脱单了!

高雨婷一愣。

她猛地就清醒了,从沙发上一下蹦起来,不敢置信地看着信息,宁悦说什么?她脱单?她和谁脱单?

高雨婷激动地拨通宁悦的电话。

刚振动了一下,宁悦看见高雨婷的名字,立马就面不改色地挂断了,顺道把手机调成了静音。对不住了姐妹,她在心里道歉,现在可不是接电话的时候。

陈予锦付完钱回头招呼她:"开好了,208,走吧。"

宁悦心里一跳,不知道是不是她思想污浊,她觉得陈予锦这话听着好像两人是在开房一样。她抬头看向陈予锦,两人对视一眼,却又都不自然地别开。

不知道为什么,在电梯里言语拉扯时两人都坦坦荡荡,确定关系后却反而有点扭捏。

陈予锦暗骂自己没出息,他轻咳了一声,一边带路一边故作自然地调侃道:"害羞啊?"

宁悦并排走在他身边,上下扫他一眼:"你不也是?"

"我没有。"陈予锦果断不承认,害羞?怎么可能!他陈予锦的字典里就没有"害羞"两个字!一切都在掌握之中,他有什么可害羞的。

宁悦看着他嘴硬的样子笑出了声。她忍不住出声提醒:"不害羞的陈同学,我从刚刚就很想告诉你,你同手同脚了。"

陈予锦身体一僵,他低头看自己,手脚都摆放正常,哪有同手同脚?

宁悦看他这样笑得更开心。

"诓我？"陈予锦反应过来无奈失笑，他推开小包厢的门，侧身让宁悦进去。

"你心里不虚，我怎么诓得到你？"宁悦取笑他。

从电梯出来后两人都默契地不想回去大包厢和同学们凑热闹，也不想直接回家，思来想去后，便决定在二楼开个小包厢单独再待会儿，但待会儿干什么两人都没想法。

小包厢空间逼仄，两个人都嫌挤，关上门，密封的环境让气温快速上升。

宁悦犹豫了一下，在沙发正中间坐下，陈予锦随便点了几首歌放着，然后坐在她身边，腿挨着腿，碰到的地方僵硬无比。

一头乱麻，无所适从。

陈予锦虽然从小收过无数信，但一次恋爱都没谈过，纯情的程度堪比小学生。宁悦就更不用说了，她妈妈是班主任这一点就断了她无数桃花，严重欠缺相关经验。

只有充当背景的音乐还在不断继续，但人却像是按下了暂停键。

要死不死，放到了情歌。

陈予锦喉头滚动，侧头垂眼看向宁悦，她一眨不眨地看着屏幕，一看就知道心不在焉。他一直都承认宁悦是好看的，而且漂亮得很温和，没有攻击力，但从来不知道，她还能这样动人。

心里燥热，陈予锦仰起头呼出一口气，"扑哧"一声突然笑了，总不能就这样待到回家的时候，那也太浪费了。他捏着后颈活动了一下脖子，让自己看上去松弛一些，然后主动问："女朋友，你不打算说点什么？"

女朋友，宁悦默默品味这个称呼，有点甜，听着挺雀跃。

她转头，笑盈盈地看向陈予锦："男朋友，话题还得我来找？"

"嗯，我紧张。"陈予锦现在躺平了，也不嘴硬了，他耍赖地靠在沙发上，懒懒散散地抵着太阳穴承认，"我没有经验，现在这个情况有点烧CPU。"

没经验？宁悦诧异地问："你以前没谈过啊？"

"我当然没谈过！"陈予锦猛地提高音调，跟被泼了一盆脏水一样跳脚，他严肃地直起上身，"谁跟你说我谈过，梁思源？"

他这个语气听着像是要刀了梁思源。

宁悦立马摇摇头："没，我猜的。"

陈予锦皱眉，低头审视自己："你怎么会这么猜？"

他在学校明明很安分，都不怎么和其他女生来往，就差把不近女色刻脸上，都做到这种程度怎么还会让宁悦误会，难道是因为他收信被宁悦看见了？

看他一脸认真，这么在意，宁悦原想直接闭嘴，但陈予锦一副势要问个明白的样子，让她躲无可躲，所以最后她还是不得不硬着头皮诚恳回答："因为你太会了，像个久经沙场的人。"

陈予锦气笑了，难以置信地问："我哪里像了？我每天除了和你聊天就是和李石译待在一起！"

猫爹毛了，宁悦赶紧顺："不是！这是夸张的说法！重点在前半句，你很会，所以我觉得你应该谈过。"

宁悦用了一个折中的副词。

但陈予锦并没有被顺到，事关清白，他不依不饶："我哪里会？"

他靠近了一点，压迫感十足，跟平时截然不同。宁悦表面沉着地看着他，眼底却暗波涌动，她心跳加速脑袋一空，话就跟倒豆子一样："又是给我录催眠故事，又是开导我，那次篮球赛，我镜头都快被你盯碎了，这还不会？"

宁悦第一次怀疑陈予锦对她有意思，就是从那个 MP4 开始，不然他没事费那个劲干什么？有了这个猜测后，他之后的所作所为在宁悦眼里便都有了深意，进球后看她也好，在商场给她弹琴也好，都在证明这个猜测的正确性。

今夜之前，她对陈予锦喜欢她这事几乎有百分之九十九的把握，只是不知道他有多喜欢。

气氛又开始黏糊，像搅不动的糨糊。

"你管这叫会？"陈予锦情绪沉下来，但不知道为什么，陈予锦神情沉静时更令人紧张，他右手搭在沙发上，像包围她，也像揽着她。

宁悦觉得脸上烧得慌，她反问他："这不叫会叫什么？"

"这叫坦荡！"陈予锦一字一句强调。

"噢。"宁悦舔舔干燥的嘴唇，直视前方，"那你也不能怪我，我没经验，其他人都不像你这样。"

"其他人是谁？"陈予锦心里瞬间警报大响。

宁悦莫名其妙："其他同学。"

她一时之间也想不到具体例子："那谁喜欢那谁，就生怕别人知道。"

班上其他同学谁不是把喜欢藏在心底遮遮掩掩，谁会跟他一样，光明正大地付出行动。

陈予锦放下心，自然地把这茬揭了过去。他不屑地哼了声，理直气壮地说："喜欢又不是什么见不得人的坏事，我为什么要遮遮掩掩。"

他意味深长地瞧她："而且你原来那么早就知道。"

她比他想象中更沉得住气，他还真以为这人迟钝到那种一无所察的程度。

宁悦被点破也面不改色，丝毫不怵："我还不至于连写在脸上的事都看不出来。"

"看出来了为什么不问我？"陈予锦紧跟着问。

"心里有数的事为什么要问？"宁悦笑着反问。

而且这种事什么时候点破也是学问，时机不对，可能就会导向不同的结局，她自认为不是个心智坚定的人，所以不敢冒险，更不敢拖陈予锦冒险，反正心知肚明的事，她等得起也耐得住。

陈予锦仰坐在沙发上笑，挠人似的轻声撩她："那有没有什么心里没数的事要问？"

宁悦想了想："这算是确定关系后的坦白局？"

"嗯。"陈予锦点头，他盯着宁悦脸侧滑下来的那缕头发，心不在焉地想给她别上去，"互通有无，看看这一年我的招你接了多少。"

"一年？"宁悦挑眉。

陈予锦心领神会地颔首："所以催眠曲之前的招都白使了。"

宁悦越发惊讶："你从什么时候开始喜欢我的？"

"一见钟情信不信？"陈予锦语气调笑。

宁悦犹豫着点头："信吧。"

陈予锦没好气地揉揉她的头发，宁悦今天没扎马尾，头发被他揉得乱糟糟，他语气不善："得了，语气这么勉强你骗谁，你就是觉得我谈过。"

"真没有。"宁悦真诚地说，"我现在觉得你很纯情。"

而且他俩现在连手都没牵上，宁悦在心里嘀咕。

"你是不是在点我？"陈予锦意味深长地睨她。

宁悦心里心虚地咯噔了一下，她露出茫然的眼神："什么意思？"

陈予锦静静地看她几眼，握了握拳头，他清咳两声："没点就算了。"

"噢。"宁悦又看向前方。

他俩都看向屏幕，但陈予锦点的歌早放完了，现在电子屏上不知道在放什么广告。

陈予锦突然想起个事："刚是谁给你打电话约你下去？"

宁悦一时之间没有反应过来，顿了好久后才后知后觉地圆谎："那个电话啊……班上同学！"

陈予锦看着她，不说话。

宁悦尴尬地挠头，一时之间不知道能说什么，怪她忘了这茬，在陈予锦面前露了馅，他这么聪明，肯定都猜到了。

光线昏暗，陈予锦笑得高深莫测，他放慢声音，咬字清晰地问："宁悦，你钓我？"

宁悦目光飘忽，不自在地清清嗓子："就许你钓我不许我钓你？陈予锦，别太霸道。"

她底气不足,语气就有点冲。

陈予锦拿起桌上的矿泉水拧开,顺手塞到她手里:"我有说不许你钓我?"

肯钓他说明喜欢他,他现在没高兴得笑出声算他有定力了。

"而且你钓我也没关系。"陈予锦双肘撑在膝盖上,他又拧开了一瓶水,但没喝,只是拿着瓶盖转着玩,他平静地说,"我咬着你的钩你就钓不上别人,那迟早你会把我拉上去。"

他突然这么认真让宁悦愣住了。

"虽然你可能不大信。"陈予锦半开玩笑地自嘲,"我这才发现我恋爱脑。

"一见钟情是真的,一直钓你也是真的,我不觉得这样有问题,我喜欢你,当然想让你上我的钩,你可能觉得这是套路,但我的所作所为都是发自内心。"

陈予锦说完,转头看着她。

宁悦从他眼里看见了赤诚少年的真情实意和他滚烫的真心。

半晌后,宁悦才道:"这话是不是应该在确定关系前说?"

"嗯。"陈予锦轻笑着点头,"所以我说我没经验,虽然我们现在已经在谈恋爱,但我希望你至少明白我不是一时兴起,也不是想跟你玩玩,而是认真地因为很喜欢你而想和你谈恋爱,不分手那种,知道了吗?女朋友。"

两人对视,沉默良久。

宁悦点点头,郑重其事地回应:"我知道了,男朋友。"

以不分手为前提,谈恋爱。

"行,你知道就行。"陈予锦仰头喝了一口水,"那现在下一步。"

宁悦不解地看向他:"什么下一步?"

陈予锦扬了下头,声音发哑:"你先站起来。"

宁悦顺从地站起,低头看他:"然后呢?"

"然后——"

陈予锦突然拉着她的手,重重拽下,宁悦一时不察,失去重心坐在了他的腿上,手下意识揽着他的脖子,发出一声惊呼。陈予锦没有给她反应的时间,他的手指顺势深入她发中,果断扣着她按向他。

震天动地的音乐声是陈予锦的助阵曲。

他抬起头,亲吻她。

特别生涩的一个吻,毫无技巧,浅尝辄止。

甚至陈予锦都亲完了,宁悦的心跳才后知后觉地开始加速,他们还是保持着那个姿势,她揽着他的脖子,他扣着她的腰,一上一下对视。

片刻后,陈予锦的视线率先挪向别处,不知道是不是错觉,宁悦觉得他脸上出现了可疑的红晕。

"好看吗？"他的声音听起来有些咬牙切齿。

宁悦脑子发蒙，反问他："这就完了？"

"你眼睛睁那么大我怎么继续！"这下听起来有些炸了。

陈予锦没闭眼，他主要是怕自己第一次亲女孩找不准位置，到时候亲在鼻子上又丢脸又扫兴，但他没想到宁悦也没闭，就那样直勾勾地看着他，整得他莫名其妙有种负罪感，感觉自己没经过同意就亲她是乘人之危。

他是在"懂文明，树新风"的清爽环境中成长起来的好好少年，按照他平时的作风，多少要提前问一句"我能不能亲你"，得到准许后再做，但特殊环境特殊情况，他一冲动就没忍住。

现在宁悦这个反应，他也摸不准她什么态度。

宁悦被陈予锦提醒才发现眼睛有些涩，好像是挺久没眨眼了，她眨眨眼，想着睁眼接吻扫兴吗？那也不能怪她吧，谁让陈予锦搞突然袭击，让人一点心理准备都没有。

她脑子里一团乱麻，乱七八糟地想着一些无关的事，魂不守舍地问："那我现在闭眼睛还来不来得及？"

陈予锦惊讶地回过头，心里攒着火，她这是意犹未尽的意思？

两人眼神拉了会儿丝，又不约而同地瞥过头去。

还是算了，宁悦这一刻觉得陈予锦不打招呼是对的，否则亲不亲得了还两说，她的手指摸到了陈予锦的头发。他挺久没剪头发了，发丝又长又软，宁悦感觉自己仿佛在摸自己的毛绒玩具。

她心里燥得慌，口也干。

"水递给我。"宁悦使唤他。

陈予锦顺手就把自己刚喝过的水给她，宁悦仰头灌了一大口，心里多少有点懂了为什么陈予锦刚才要喝水，接吻前喝水涮一下，会干净一些，第一次都想留下点美好的印象。

她把瓶盖拧上，垂着头说："一人一次，扯平了。"

说完，她把瓶子顺手一扔，狠狠心闭上眼，捧着陈予锦的脸，直接在他惊讶的眼神中亲下去。清凉柔软的触感把陈予锦瞬间拉回了现实，宁悦的吻没她这个人一半大胆，颤颤巍巍地磨着他，一下一下地啄着，撩得人上火。陈予锦被折磨得够呛，果断化被动为主动，在宁悦又一次后撤时追上去，加深了这个吻。

这人一回生二回熟，宁悦呼吸困难眩晕不止，手被他扯下落在肩膀上，又在意乱情迷时摸上了他修长的脖子，陈予锦凸起的喉结在她手下难耐地滚动，宁悦也不知道在想什么，突然忍不住用指甲轻轻地刮了一下。

所有的纠缠戛然而止，陈予锦停下来。

他在顷刻间反应过来，用力握着她作乱的手，声音沙哑地问："你干什么？"

宁悦茫然地睁开眼："我干什么了？"

陈予锦眼睛湿润，微微发红，蠢蠢欲动的情绪都浮在表面，宁悦被他这样看着突然意识到了什么，下意识地低头看。

陈予锦在电光石火间捂住她的眼，扶着她的腰让她站起来，然后自己欲盖弥彰地往旁边平移了一大步，跟躲什么怪物一样。

"还看？！"陈予锦口吻恼火。

宁悦不好意思地咳了一声，装作不以为然地说："其实我懂，很正常。"

她这个人不喜欢露怯，哪怕有时候确实有点尴尬，也会装得落落大方，仿佛自己阅历很多，不管发生什么都司空见惯云淡风轻。

陈予锦深吸几口气，恼她没事乱摸，又因为她装而觉得好笑，就一小孩，穿件大人衣服就以为能唬住人了？

"不懂装懂。"陈予锦身体前倾，避开她的目光。

宁悦张了张嘴，但在那一瞬间，她觉得确定关系的第一天就聊这么大胆的话题好像有点冒进，于是险险收住了话。

她闭上嘴，在沙发的另一端坐下，拿着手机掩饰。

解锁的一瞬间，高雨婷的消息便狂轰滥炸地冒了出来，她快速地看完，中心意思就一个，问她和谁脱单了。最后一条是半分钟前发的，高雨婷发了个跪下的表情。

宁悦好心情地给她回复：和陈予锦啊。

高雨婷挺久没回，不知道是没看见，还是在震惊中。她这样，宁悦又觉得不得劲，紧跟着发了个问号过去：你不打算恭喜我？

高雨婷：牛啊！！！

高雨婷：你下手也太快了！

高雨婷：你们走后，至少有四个女生来找过陈予锦。

高雨婷：这个时候找他，用脚指头想都知道是干吗的。

高雨婷：对了，还有两个男生找你，一个自己班的，一个别班的，你不好奇？

高雨婷：你请我喝奶茶，我就原谅你背着我脱单的事，那几个女生我也都帮你记下了，全告诉你。

宁悦给她回复：奶茶可以，人不好奇。

高雨婷：？

宁悦想了想，决定装一下：赢的人，不需要回头看。

高雨婷果然跳脚了：……有对象了了不起啊！

宁悦无声地笑了笑，她往旁边看了一眼，他安安静静看着手心，小孩似的左手腾右手地抛着瓶盖玩。哪怕KTV包厢暧昧昏暗，陈予锦也气质干净，有点出淤泥而不染的意思，有些人坐在哪里，哪里就像是图书馆，酒味都成了书墨味。

宁悦收回目光，搞定了像陈予锦这样根正苗红长得还帅的学霸，她多少还是有点了不起？

高雨婷暴躁完又忍不住问：快点和我说说怎么回事，谁先表白的？要不我给你打个电话说？

宁悦回复：不方便，我给你发消息。

高雨婷看见这个不方便顿时就有了不好的联想，哪里不方便？为什么不方便，他俩在干什么连打电话都不方便？

她想着想着就惊掉了下巴，不至于吧宁悦，这么大胆？她重重地打字：宁悦，你和陈予锦不会开房去了吧？！

宁悦迅速编辑完聊天框里的信息给她发了过去，然后附赠一个无语的表情包。

高雨婷一目十行地看完，视线着重在她的"钓鱼技法"上停留了好几秒，搞了半天不是她误触了屏幕，而是宁悦用她的手机给自己打电话钓鱼？

她打了字又删，最后敬佩地给她发去一句话：宁老师，出个书吧，我也想当钓系女孩。

宁悦很谦虚：过奖了，都是天赋，学不来，只能自己悟。

高雨婷：报警了，扫黄办马上到。

宁悦看着信息乐不可支。

"笑什么？"陈予锦又平移回来了，他刚好看见宁悦退出聊天界面，然后眼一瞥，看见了什么，挑了下眉。

宁悦下意识看向他的裤子，这就好了？

陈予锦都懒得理她，他抬手帮宁悦理头发，指尖在她头发间不断穿梭，一点点耐心地把她弄乱的头发梳理得服服帖帖："问你笑什么？"

他的动作带着自然而然的亲昵，好像已经迅速适应了"宁悦男朋友"的身份，从朋友转换成了恋人，一点过渡都没有。

宁悦忍不住在心里嘀咕，陈予锦这才是天赋，第一次谈恋爱熟练得真跟谈过一样，一举一动都撩得人心潮澎湃。

她把手机收起来："跟高雨婷随便聊聊，我们现在走吗？"

时间不早了，再耗下去，就要错过周老师规定的回家时间。

"走。"陈予锦站起来，又很自然地冲她伸出手。

宁悦迟钝了一瞬，干脆地将手放入他掌心。

两人出了KTV，街边的冷风冲着他们的脑袋一吹，两人终于从恋爱的混乱中清醒了点。

陈予锦打了车，还没来。

深夜的街边行人稀少，偶尔一两个加班晚归的人脚步匆匆，但路过他们时，却都忍不住多看了几眼，少年人身材单薄，脊背刚直，像是晚风中脆弱的白纸，有种不谙世事的破碎感，但又有着成年人没有的朝气蓬勃，他们脚尖永远朝前，精神永远昂扬。

真好啊，高考刚毕业，大学未开始，什么烦恼都没有。

陈予锦攥紧宁悦的手，突然问：“鸡蛋黄是什么意思？"

宁悦诧异地抬头：“你什么时候看见的？"

"刚刚，"陈予锦拉了下包带，空包重量轻容易下滑，他解释，"不小心看见的。"

"所以是什么意思？"他紧盯着她。

他自己琢磨很久了，甚至还趁着打车的时候偷偷查了一下，但都没查到，他想不通自己和鸡蛋黄有什么关系。

"这个啊。"宁悦真诚地说，"夸你像鸡蛋黄一样秀色可餐。"

陈予锦脑子里飞快地回忆，宁悦喜欢吃鸡蛋黄吗？那玩意儿那么噎人，同时质疑：“鸡蛋黄？秀色可餐？宁悦你瞎话张口就来啊。"

"没有。"宁悦更加真诚，"真是这个意思，如果你不喜欢，我可以改成花孔雀。"

陈予锦无语地哼笑：“骂我自恋喜欢开屏？"

宁悦叹了口气：“你怎么老是喜欢恶意揣测我，花孔雀的意思是夸你和孔雀一样帅。"

陈予锦睨她一眼，笑了笑懒得问了，这人摆明了糊弄他，他想着还是改天问问梁思源，或者从高雨婷那里打听一下。

"那我是不是要给你改个备注叫鸡蛋清？"他随口说，"是不是挺像个情侣备注？"

宁悦笑了：“我还以为改成鸡蛋清，是表示你在我心里的意思。"

陈予锦表情有点凝固：“你这有点像土味情话。"

"有吗？随口讲讲。"宁悦别开眼。

幸好没跟他说鸡蛋黄的真实寓意，她改备注那天也是突然想到的，觉得鸡蛋黄很像是太阳，而且是可触摸的太阳。对于她来说，陈予锦就是可触摸的太阳，灿烂不烫手。

宁悦决定把这个联想烂在肚子里，免得扫了兴。

两人打了车在小区门口下车，然后慢吞吞地往小区里走，往日那些亮到半夜三更的窗口今日都默契地暗了，宁悦看着挺高兴，也很轻松，不管结果好坏，大家都过了高考这个坎了。

小区里熟人多，他们也怕撞见，所以陈予锦收敛了点，两人保持着不远不近的距离并排走。夜太寂静，好像一点风吹草动都会惊醒大家的耳朵，陈予锦要和宁悦讲话就得弯腰凑近她说，否则就容易听不清，这样聊天挺累，所以两人索性也没再聊什么。

宁悦落后陈予锦半步，一直磨磨蹭蹭地走到楼道口，她舔了舔嘴唇，突然撞了陈予锦一下，飞快道："有脚步声，我妈从楼上下来了。"

陈予锦心里一惊，等反应过来时，宁悦已经被他拉进了楼道里，两人贴在信箱旁边站着。

他抬头看向楼梯，这才发觉哪有什么脚步声。

宁悦自顾自地笑，又不敢笑出声，所以憋得一颤一颤的。

陈予锦无话可说，半晌才无语失笑，低声问："有意思吗？"

宁悦抹了下眼角笑出的泪水："我刚就是突然觉得今天这种情况，如果跟平时一样说声再见就各回各家，多少有点……嗯，有点不刺激，太平了。"

"吓我一下，你就刺激了？"

宁悦单纯地看着他，眨眼："毕业了，你怕什么？"

陈予锦轻哼，要笑不笑地垂眼："宁悦，我还真不怕，我可以明天就上你家门，当着周老师的面再表一次白，关键的问题是，你怕不怕。"

宁悦噎住了，她有点发怵，周老师多半不希望她太早谈恋爱，但对象是陈予锦她又摸不准，毕竟周老师很喜欢他。

她清清嗓子："我重说，我其实是想再钓下你，看你说没说谎，上不上钩。"

陈予锦对她想法门清，但也不戳穿，他没好气地弹了她一下："还钓，我都被你挂在半空中了，麻烦给个桶让我待会儿行吗？"

他弹得不疼，宁悦像被挠了个痒，她笑着拉陈予锦的包带，让他弯下腰，她那个劲跟没使出来一样，但陈予锦还是顺从地躬身靠近她。

宁悦的气息直面而来，轻声挑衅："陈予锦，谁稳坐钓鱼台？"

真挺较真的，连这事也得争个上风，她哪儿来的脸说他霸道？

陈予锦似笑非笑地盯着她看了会儿，突然飞快地低头在她嘴上碰了下。

为了防她后退，他还在电光石火间按住了她的后脑，整个动作一气呵成，相当娴熟。

宁悦被这个偷袭弄得一蒙，这人亲上瘾了？

陈予锦满意地松开她，又笑着弹了她一个脑瓜崩："宁悦，这话不是这么问的。"

宁悦摸着额头："那要怎么问？"

陈予锦面对着她后退，老神在在地挑眉："问谁愿者上钩。"

"走了，晚安。"他潇洒地转过身，眼神还不忘勾宁悦一下，脚步也一颠一颠，似乎如果没有地球引力，他立马就能飘到天上去，这人傲娇是真的，得意也是真的。

　　宁悦顿在原地,片刻后弯起嘴角。

　　是你,也是我。

第九章
弟弟，你家被偷了

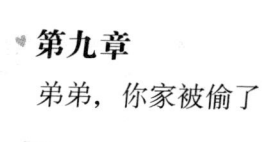

"所以这人就这么放心大胆地撇下你出国了？"高雨婷难以置信地问。

宁悦"嗯"了声，有一眼没一眼地往对面看。放假的第三天，陈予锦就回了长宁，走的前一晚他知会了宁悦一声，问她要不要送他去车站，宁悦没答应，以时间太早起不来为由拒绝了，事实上，她那天早上挺早就醒了，甚至没敢洗脸刷牙，一睁眼就坐在书桌前盯着。

陈予锦提着一个大箱子从楼那边下来，在楼下望着她窗户的方向看了许久才走。宁悦目送着他清隽的身影消失在拐角，但始终没露面。

小时候宁悦她爸经常要外出工作，她舍不得，就会在爸爸离开的那天早上很早起床，以为只要她起得够早就能拦住爸爸，但后来她发现离别时的相见除了给彼此徒增难过，起不了任何作用，该走的还得走。

她不希望陈予锦看见她难过不舍的一幕，太矫情了，但也不想在他面前假装无所谓，那样太没心没肺，也多少有点伤人。所以其实不送，才能让走的人少点牵绊，少点负担。

宁悦想着想着忍不住叹气，自己怎么这么善解人意？

高雨婷拿着一个苹果，狠狠咬了一口："出国的出国，谈恋爱的谈恋爱，那毕业旅行到底还去不去？"

宁悦迟疑片刻，看向高雨婷的眼神五分不忍心五分难以启齿。

"婷婷，要不——"

"停。"高雨婷双目无神地打断她，"我知道了，你不用说了。"

宁悦内疚地试图补偿："我请你吃东西，烧烤还是火锅，随便你挑。"

不是宁悦想爽约，但谈恋爱确实是个很邪乎的事，一想到旅行里没了那个人，顿时兴致就全散了，她觉得此刻哪怕是让她上火星，她都没那个心思。

宁悦眼神又飘了，欲语还休地看着对面。

"我不挑，我都要。"高雨婷睨她一眼，恨铁不成钢，"还有，别在我面前露出那么不值钱的表情，不就谈个恋爱，你眼珠子都恨不得飞对面去了。"

宁悦收回目光，不自觉地摸摸脸："明显吗？"

高雨婷没好气地把镜子丢给她，宁悦打开一看，是没平时那么有精神，瞧着挺愁，被别人看见指不定以为她是高考没考好。

"谈恋爱什么滋味啊？"高雨婷训完她又忍不住打听。

宁悦叹着气："还没咂出味，人就走了。"

高雨婷痛骂："渣男！他出国干吗去啊？学校找好了吗？开学前还回来吗？你俩接下来四年就异国恋啊？"

宁悦被高雨婷一连串的问题问得有些蒙，她摇摇头："不知道。"

高雨婷发蒙地眨眨眼："哪个问题不知道？"

宁悦抿抿唇："哪个问题都不知道。"

高雨婷瞪大眼睛："你什么都没问啊？"

宁悦点点头，虽然她不在意异国恋，但说真的心底还是有点不开心，所以她潜意识里在逃避这个话题，不想问他出国干什么，不想问他学校定好了没有，就想拖一拖，假装不问就不会发生，他还是会留在国内上学。

她没问，陈予锦也没解释，不知道是难以启齿还是因为忘记了，总而言之，多方面的原因导致他们没有聊过这个话题，似乎都默契地想避而不谈。

宁悦含糊地掩饰："没关系，这不重要。"

高雨婷翻了个白眼，很想敲开她的脑袋看看，这不重要那什么重要，她到底明不明白异国恋代表着什么，知不知道陈予锦那人有多招蜂引蝶。

高雨婷张了张嘴，但看着宁悦那张沉静的脸又把嘴闭上了，宁悦不是个冲动的人，她既然敢做出这个决定，就必然心里有数。

六月天气已经有些热，两人在房间里待不住，跑去小卖铺买冰激凌，宁悦刚撕开包装袋，陈予锦的消息就发来了，他那边和国内有时差，这边已经是下午，那边还是清晨。

被陈予锦看到备注后，宁悦就改了，改成了规规矩矩的"陈予锦"三个字。

他问：在干什么？

宁悦咬着冰激凌，感觉有点甜上加甜，她拿起手机拍了张照发过去：在享受，你呢？刚醒？

陈予锦回了她一张太阳跃出地平线的照片。

高雨婷斜眼看过来，扬了扬眉："让他拍拍房间里，看看有别的女孩没。"

宁悦笑着看高雨婷一眼，玩心也大起，她按照高雨婷讲的老老实实打字：高雨婷让你拍拍房间里，看看藏人没。

这条发过去后，陈予锦过了五分钟才回复，还是一张照片，拍的是酒店房间，洁白的床单铺得整整齐齐，地毯软绵干净，桌椅摆放得规规矩矩。

高雨婷鄙夷："五分钟才拍来，足够女孩来回十趟了。"

她对陈予锦没意见，但一想到这人抢了自己姐妹，就总忍不住说两句。

宁悦一口咬掉大半个奶糕，含混不清地帮陈予锦辩解："他不似喷（是这）样的……人。"

"那你说他五分钟干吗去了？"

宁悦想了想，以陈予锦这人要脸的尿性，她得出一个结论："大概率，在收拾房间。"

陈予锦刷着牙，看见聊天界面里出现的那句"五分钟收拾成这样，速度挺快"，差点被一口泡沫呛到，他匆忙漱了漱口，有点纳闷宁悦是怎么知道的。

在外住酒店他没那么讲究，早上一起来就给她发消息了，房间确实很乱，他在意形象，不想拍个乱糟糟的照片给她看，所以以最快的速度收拾了一遍。

他不解：怎么看出来的？

宁悦回复：过犹不及懂不懂？陈同学，你收拾得太干净了，谁大早上起来是这样的，被子连个褶皱都没有。

陈予锦靠着阳台的栏杆，清晨的第一缕阳光照在他笑容洋溢的脸上，隔壁的外国小姑娘热情地和他打招呼，他收了收笑，礼貌地点点头。

宁悦又发来一根棍子的照片：冰激凌挺甜的。

陈予锦散漫地垂眼，笑着给她回：又拐弯抹角钓我？想让我回去尝尝不如直说？

宁悦心里一跳，跟这种心里明镜一样的人说话有时就是无趣，一下就被猜透了。她咬着冰激凌棍思考几秒，还是忍不住问了句：你什么时候回来？

陈予锦回答：出分前后。

那也没多长时间，宁悦笑了。高雨婷催她："聊完没？聊完我们上街去啊，热死了。"

"聊完了。"

宁悦一边说一边快速回复：哦，那你去忙吧，我要和婷婷去逛街了。

203

陈予锦有些不满：就一个哦？没点别的想说？
宁悦装傻：那不然呢？
陈予锦坐在床边上，冷淡地哼哼，真没良心：是不是我还得给你打个样？
宁悦发了个请的表情包。
陈予锦恶狠狠地打字：我很想你！
他那股怨气好像都要冲破屏幕。
宁悦笑得前俯后仰，高雨婷眼贱又不小心扫了眼，顿时被虐得心肝都疼："你不觉得有点腻吗？"
"是吧，我也这么觉得。"宁悦配合地点头。
但话是这么说，下一秒，这位刚还说腻的人就黏黏糊糊地回了一句：我也是。

高考出分那天早上五点，高雨婷就开始发动态祈求上天保佑，宁悦起来一刷手机，十几条都是高雨婷的信息，搞得她也有点紧张。
她原想着晚点再查，避开高峰期，但她忘了自己毕业时订了个短信出分通知的服务，分一出，就给她发了条短信。
宁悦点开时都没意识到那是什么，她盯着那几个数字看了一分钟，才后知后觉地反应过来那是她的分数。
周老师就坐在她身边看电视，她心焦宁悦的成绩，一直魂不守舍。
宁悦茫然地看向周老师："妈，我出分了。"
周老师也一脸蒙，没反应过来："你说什么？"
宁悦把手机举起来："刚给我发的信息，你看看。"
周老师缓慢地眨了几次眼，等她终于看清分数后，才猛地把手机抢了过去。
她激动得从沙发上站起来："这么高的分！别说京师大，四大都能冲一冲！"
"悦悦不错！晚上我们出去庆祝。"周老师乐得合不拢嘴，"我得赶紧给你爸打个电话。"
宁悦的高考是他们家的头等大事，一家人都等着她出分。
空白的脑子里涌入欣喜，宁悦露出一个滞后却硕大的笑容，她重重地吐出一口气。如果不出所料，她高中生涯最佳成绩就是这次高考，实战就是巅峰，年级前五十稳当当。
高雨婷也收到了信息，她什么都没说，先发来了四行感叹号，一看就知道是超常发挥。
两人打了个电话，对着对方大笑不止。
宁悦也第一时间给陈予锦发了消息，但他可能没醒，所以没有立刻回复，宁悦打听了李石译的成绩，他稳定发挥，那陈予锦应该也不会差。
她放下心，划到列表里杨延的名字，问他考得怎么样。

毕业那天突然离席，杨延给出的理由确实是临时有事，两人没吵架，也没闹，但那之后他就去了他爸爸那儿，两人又是二十多天没见了。

杨延回了个电话过来。

"我考得还可以，没考砸。"他声音难得轻快，听起来心情不错，"你考得怎么样？"

"我妈说京师大稳了。"她忍不住笑。

宁悦最担心的就是杨延，他的试错机会最少。

"那你决定好报什么专业没？读军校吗？"

"没想好，我家没人懂报志愿，你到时候能不能帮我参考一下？"杨延笑着问。

"行。"宁悦没多想，干脆地答应，杨延家里没别人，奶奶也帮不上忙。

宁悦的志愿非常好报，只花了半个小时，她就和周老师把志愿都敲定了。定完自己的，她就出门去找杨延。

因为不知道宁悦什么时候有空，所以他就近找了个体育馆打球。

宁悦到时正是赛况最激烈的时候，杨延给了她一个手势，她默默走到看台上等。偌大的看台只有她一个人，宁悦看得有点无聊，便打开手机心不在焉地划着和陈予锦的聊天记录，他这几天好像很忙，回消息总是不及时，连成绩都还没告诉她，说是要回来了和她说，但具体什么时候回来他又没讲。

一局打完，杨延把球往吴子龙怀里一丢："你上。"

"你不打了啊？"

"不打了。"杨延一边擦汗一边往看台走。

吴子龙顺着他的目光看过去，露出了然的笑容。

同打球的人也好奇地过来问："看台上那漂亮女孩是谁啊？杨延的女朋友？"

吴子龙摇摇头："别瞎打听，反正不会是你的女朋友。"

他把球丢出去，篮球场上重新热闹起来，另一边的乒乓球桌上，梁思源眯着眼睛看得正认真。

体育场很大，乒乓球桌和看台隔得很远，梁思源认了半天才确定那确实是宁悦，他正想着去打个招呼，便看见杨延朝她的方向去了，两人显然认识。

梁思源若有所思地看着两人的身影，看起来宁悦好像和那人很熟啊。他心里揣着坏主意，眼睛逐渐发亮。梁思源最懂陈予锦，知道如果他看见宁悦和别的男生有说有笑绝对会嫉妒，他坏笑着放下球拍，飞快地拿起手机拍下照片，陈予锦这狗东西每天都在和他炫耀谈恋爱的事，梁思源早就怀恨在心。

拍完后，他立马就言辞热切地给陈予锦发消息：*亲爱的弟弟！从国外回来了没？*

陈予锦正忙着收行李打算去车站搭车回沅南，点开消息被他这个语气恶心得

205

够呛，他随手回了个：嗯。

梁思源神秘兮兮：那你要快点了。

陈予锦皱了下眉，直觉没好事：怎么说？

梁思源嘿嘿一笑，把照片发给陈予锦，语气幸灾乐祸：弟弟，你家被偷了！！

陈予锦脚步一顿，他点开图放大，差点平地摔了一跤：？？？

他有点心梗。

宁悦上一次来杨延家还是初中，那时候流行请同学去家里玩，杨延过生日就请了宁悦一个人去，杨延奶奶买了个奶油蛋糕，价格便宜，奶油也很腻，三个人凑合吃了不到三分之一，剩下的杨延留着当了两天的早餐。

后来宁悦过生日，也请了同学去家里，周老师精心布置了客厅，还定做了一个三层高的水果夹心蛋糕。

那天人很多，大家忙着吃蛋糕聊天，宁悦就没来得及顾上杨延，等散场后她和妈妈一起收拾，才发现有一份蛋糕只吃了一口便被放在餐桌上没再动过。

她知道那是杨延没吃完的，却没有多想，只当不合他口味，后来杨延再也没邀请过她去他家里，也没再进过她家的门，宁悦才发觉不对，但等她明白为什么，已经是两年之后。

可她什么都不能说，少年的自卑是不见天日的暗疮，他藏着掖着怕她看见，她也只能小心翼翼地避开，只是从此，她也再没有提过要去杨延家。

四五年的时间里，沅南如同蝉褪去了老旧的外壳，里里外外都焕然一新，宁悦家那个在当时豪华无比的蛋糕，也早已被各大蛋糕店淘汰，但杨延家却没有丝毫变化，红砖黑瓦，被邻居家衬托得像是危房。

宁悦站在门口犹豫，她很诧异杨延居然会带她回家，不知道该进去还是该怎么办，怎么做才不会像以前一样伤到他的自尊心。

杨延淡淡看了她一眼，示意她进去："你去楼上坐会儿等我？我先洗个澡。"

他态度自然语气随意，好像浑不在意。宁悦顿了一下，也佯装什么都没发生过，跟在他后面进去："好。"

楼上只有杨延的房间还算亮堂，宁悦没事干，拿着《高考志愿报考指南》给杨延挑学校，他刚过一本线，比上不足比下有余，志愿挺不好报，报高了怕掉档，报低了又怕浪费。

她把能上的军校都挑出来，折上角，挑到一半，陈予锦发了个视频。

宁悦诧异地看了下时间，这个点他不应该在睡觉？她把视频挂断了，给他回电话。

陈予锦拖着箱子走到安静点的地方才接通，他坐在箱子上，冷冷淡淡地问："怎么不接视频?"

他声音压着,透过听筒更加不对劲,甚至有点凶。宁悦手下翻了一页,边看边疑惑地问:"你声音听起来怎么这么不对劲,做噩梦了?"

"嗯,做了噩梦。"陈予锦垂着眼皮,没什么起伏地说,"所以想给你打个视频。"

宁悦笑了一声:"我现在在别人家里,不方便接视频,等会儿我回给你?"

就这么一会儿时间,都去家里了?陈予锦臭着脸,阴阳怪气地问:"哪个别人?"

宁悦手指停在书页上,神情犹豫,她记得上次一起吃饭,陈予锦和杨延好像不大对付?

她继续翻,老老实实地说:"杨延,我那个朋友,你还记得吗?"

陈予锦心想他可太记得了,他不咸不淡地"嗯"了声。

旁边凑过来一个小孩,两人不小心对视上,小朋友便眼巴巴看着陈予锦,陈予锦扯了下嘴角,从兜里翻出一个小面包逗着他玩。

宁悦连翻了十几页,终于无可奈何地轻声开口:"你做什么噩梦了?"

陈予锦漫不经心地逗小孩:"梦到被偷家。"

宁悦笑他:"这算什么噩梦?"

"搬空了算不算?"他声音低沉。

宁悦迟疑:"……算吧。"

小孩的妈妈买完东西找来,见陈予锦一直看着小孩,忙不迭地道谢。看着母子俩离开,陈予锦妥协似的叹了口气:"逗你的,没做噩梦,就是这几天太忙了,想给你打个视频。"

宁悦语气带笑:"你那边是不是天没亮?"

陈予锦看了眼开车时间,含糊地"嗯"声带过:"你在杨延家干什么?"

"他要报志愿,想让我帮忙参考一下。"

"他有想读的学校吗?"

"嗯,以前说是想念军校,我在帮他看,你觉得×××大学怎么样?"

陈予锦点开搜索引擎查:"这所学校重点培养的应该是海军,那以后就业估计大半年都漂在海上,他自己愿意吗?"

宁悦顿了一下:"我没想那么远,海军得在海上待大半年?"

"嗯,我爸有个朋友的儿子就是海军,他们的休息制度不一样。"陈予锦说,"你最好问问他以后的就业打算,想当空军?海军?还是警察?有了目标再去挑学校会更简单一些。"

宁悦苦恼地按太阳穴:"听起来有点复杂,感觉我和他搞不定。"

"就你俩决定?"陈予锦疑惑地问,"他父母不参与?"

"他爸妈不在本地。"宁悦一笔带过,"那你说我们是不是最好找杨延的班主任参考一下，比较稳妥一点。"

"我们？"陈予锦轻声哼哼，他尾音上扬，暗戳戳地滋出点不满。

宁悦愣了一下，哑然失笑："陈予锦，你……"在吃醋？

"我什么？"陈予锦语气冷淡。

"你真厉害。"宁悦果断先哄他，"考虑得真周到，我替杨延谢谢你。"

陈予锦想说你是杨延谁啊，替他谢谢我？他拿腔作调地哼，懒得呛她。

"你继续看吧，拿不准可以给我发消息，也可以去问问他班主任。"列车已经开始检票，陈予锦怕宁悦听到声音，一直都没动，但眼看时间快到，他得进站了。

"你要再睡会儿吗？"

"嗯。"

宁悦拿着手机，磨磨蹭蹭地不想挂，杨延站在门口静静地看着她，他没听到什么，但对电话那头的人是谁莫名有种直觉。

他垂下眼，不急不缓地来了句："宁悦，我洗完了。"

声音不大，但足够让那边的人听见。

宁悦回头看，杨延穿着一件灰色背心，虬结的手臂肌肉露在外面，野性又粗犷，攻击力十足。

宁悦和杨延对视，直到杨延淡淡地别开头。

"挂了，你好好休息。"宁悦挂断电话。

陈予锦阴着脸，看着黑掉的手机屏幕咬牙切齿。

"看得怎么样？"杨延走进来，坐在床边上语气如常地问。

宁悦打量他两眼，暗道自己多心了。片刻后，她把《高考志愿报考指南》递给他："我选了几所军校，你看看，你的分数都能上。"她反身，手搭在椅背上。

杨延翻了翻，没有A城的学校，他突然抬头说："你觉得我应该去上军校吗？"

宁悦诧异道："你不是一直想读军校？"

"也可以考虑一下别的。"杨延直勾勾地看着她，"你有什么别的建议吗？"

宁悦思考片刻："我对大学也不了解，你如果有别的想法，或者想去的城市，我可以去问问我妈。"

杨延没吭声。

等了片刻，宁悦追问："有吗？"

杨延垂下眼睛，摇摇头："暂时没有，先选几个军校。"

"好，反正还有几天可以考虑，不着急。"

"嗯。"

杨延认真翻看《高考志愿报考指南》，宁悦在一边同时帮他查资料，两人边查边讨论，花了两个小时，才敲定了三所学校作为备选。

搞完时，宁悦的脖子都僵了，她仰着头费力拉了一下，才感觉好了一点。

手机里没有新的信息进来，陈予锦估计睡着了，宁悦有点失望，本想搞完给他回个视频，但现在却不敢贸然打过去了，怕影响他的睡眠。

"这个给你。"杨延从抽屉里拿出一个包装精美的小盒子。

"什么东西？"宁悦翻来覆去地看，但包装包得非常严实。

"生日礼物。"

宁悦过阴历生日，算下来刚好是高考前几天，所以根本没顾得上，不过宁悦不是个很在意仪式感的人，没过也没关系，周老师事后想给她补，她也拒绝了。

"不贵。"杨延补充道。

"那谢谢了。"宁悦笑着收下，"你今天要弄一下网报吗？"

"先把选好的填上去。"杨延问，"你家电脑能借我用一下吗？"

宁悦难掩诧异。

杨延坦然地问："怎么这样看着我？"

宁悦神情莫名，有点不知道该怎么形容，想来想去，也只说出一句："就是觉得你好像变了点。"

比起过去，他现在心思似乎没那么重没那么敏感了，她能明显感觉到无论是情绪还是性格，杨延都在缓慢地改变。

杨延垂眼，没看她，语气依旧淡漠："这样不好吗？"

宁悦看着他的头顶，杨延的头发很硬，刺棱棱如同逆风昂立的坚草，很坚韧也很尖锐，她当然也希望他能软一点，不要怀着愤怒去看待世界。

她摇摇头："没，挺好的。"

时间已经不早，他们打算先弄完网报再去吃饭，杨延话少，两人一路走过去，沉默的时候居多。宁悦和陈予锦一起的时候，也不是每时每刻都在聊天，但两人沉默时的感觉和此刻大不相同。

只要陈予锦愿意，他哪怕当个哑巴盆栽，也能让人感觉如沐春风。

宁悦想到他又开始惦记给他打视频的事，她点开手机，消息栏还是一点动静没有。

要不直接打过去算了，他睡了好几个小时回笼觉，应该也够了？

宁悦犹豫着点开又退出，她的动作吸引到杨延的目光，他随意一瞥，就看见了陈予锦的名字。

杨延猛地停住脚步。

宁悦还在反复切换界面，走出去好几米后才反应过来，茫然地回头问："怎么了？"

杨延紧抿着唇，脸色很难看，宁悦的微信多了一个置顶，她手机没什么秘密，以前也让他帮忙回过信息，曾经她的置顶只有一个家人小群，现在多了一个陈予锦。

这代表着什么，他不敢想。

杨延花了很长时间说服自己去改变，不要那么尖锐，不要那么阴郁，不要那么小心眼，因为没人会喜欢这样的人，宁悦更加不会，但此刻所有克制都被愤怒和惊慌冲垮。他阴沉地问："宁悦，你和他关系很好吗？"

宁悦诧异地想"他"是指谁。

宁悦张了张嘴，在没发出声音之前，杨延又浑身紧绷地问："比我们关系要好吗？"

宁悦终于反应过来"他"是指陈予锦。她抿唇，突然觉得杨延很像个幼稚的孩子，在发现最好的朋友有了别的朋友时，便执着地要在她心中和对方分个高下。

但在宁悦看来，这很没有必要。

"宁悦，别不说话，比我们关系更好吗？"他的语气听起来咄咄逼人。

宁悦平静地看着他："你是我最好的异性朋友。"

异性朋友，杨延听到这个说辞突然想笑，她以为这样的说法可以安抚到他？

"那陈予锦呢？"杨延紧盯着她。

他是我男朋友，宁悦想这样说，她觉得这没什么要掩藏的。

但一个行李箱突然滑出来打断了她。

原来不知不觉间，他们已经走到了楼下，距离宁悦家的楼道口只有三四米。行李箱质量不错，轮子灵活地在平整的水泥地上滑行了挺长的距离，像是被谁一脚踢出来的。

宁悦看着那个眼熟的箱子，呼吸一窒。

她怔怔地看向楼道，陈予锦冷冷淡淡地从里面走出来，神色寡淡不甚热络地问："我怎么了？"

没人回答他。

宁悦眨了两下眼睛，不敢相信他居然回来了，她举起手机，一时之间不知道该说什么。

陈予锦没好气地替她说："打电话的时候我人在车站。"

陈予锦："不告诉你是想给你一个惊喜。"

陈予锦："等某人挺久了，你再晚一分钟，连根人毛都别想看见。"

陈予锦面无表情，语含怨念，越说越阴阳怪气："还有什么别的问题？"

宁悦赶忙摇头，她哪敢有什么别的问题，她男朋友怨气重得像个恶鬼。

"那你呢？"陈予锦冷漠地看向宁悦身后，云淡风轻地挑衅。

他一般时候不会主动挑事，毕竟傅教授对他耳提面命，让他做个文明人，打架挑事永远是解决问题的办法中最下乘的一个，但别人墙脚挖得这么明显，他很难和和气气地坐下和他好好聊。

210

去他的大度!

杨延这人陈予锦多少也打听过,知道对方脾气差拳头硬,不是个善茬,但他也不是个只会读书的软柿子,硬碰硬还不知道谁更狠。

所以对着杨延那张阴霾的脸,陈予锦不光没退缩,反而姿态松弛地站着,带着点轻蔑的笑,话中带刺地问:"后面那个谁,你还有什么问题?"

连姓名都没有的杨延冷漠地看了他片刻,突然视若无睹地略过他,直接问宁悦道:"我去网吧填志愿,你要不要来?"

宁悦神情迟疑。

杨延没耐心地等了两三秒,转身就走,宁悦看着他的背影蹙起眉。

头疼,这人的毛病能不能改改。

"去吧。"陈予锦的声音悄无声息地出现在她背后,不阴不阳地提议,"报志愿这么大的事,我用轮椅推你去。"

宁悦作势要走:"那我去——"

"去哪儿?"陈予锦突然伸出手拦腰抱住她,将她控制在怀里。宁悦的后背撞上他宽阔的胸膛,少年的气息清爽又干净,闻着让人忍不住发笑。

宁悦在他臂弯里转身,抬头看他:"陈予锦,你好凶啊。"

陈予锦揽着她垂眼,冷哼一声:"我这还凶?还不够好声好气?"

宁悦煞有介事地点头,但嘴角已经控制不住地扬起。陈予锦不管是吃醋还是不满,她都不怕,因为哪怕他语气凶狠冷漠,眼底却依旧温和,他这人有种将万物融于心中的格局,泰山落在他手里,也只会轻飘飘地浮起,很好哄。

看见她笑,陈予锦眼含警告,他双手捏住她的脸颊拉开,语气不满:"我哪儿凶?你不讲出一二三我跟你没完。"

脸上微微有点痛,宁悦心脏猛跳,她笑盈盈地冲他眨眼,突然踮起脚亲了他一下:"你说要打断我的腿,还不够凶?"

陈予锦愣了一下,他抬眼看天上,努力憋着笑。

宁悦挠他的手心:"少爷,消气没?"

陈予锦手心痒,心里也痒,他松开她:"想得美,这就想打发我?"

那还要怎么样?宁悦无辜地看他。

陈予锦叉着腰,二世祖般扬头使唤:"去,给少爷我把行李箱请回来。"

"好嘞!"宁悦无奈地去给他请那个被一脚踢老远的行李箱。

陈予锦看着她笑,他被哄好了,此刻心里有小鸟在唱歌。

爷爷奶奶都不在家,老两口去参加活动,要晚上才会回来。周老师也不在,她在学校答疑解惑。

211

宁悦跟着陈予锦去了他家，倚在门框上看他收拾东西。箱子虽然很大，但里面的个人物品不是很多，衣服只有几件，大部分是礼物。

她暗自猜测这是不是代表着他不会待很长时间。

"接着。"陈予锦拿出一个精致的小盒子丢给宁悦。

宁悦反应不及时，再加上她手上还拿着杨延给她的礼物，险些没接住。

陈予锦的东西已经清完了，一些补品样式的东西放在了桌子上，大概是给爷爷奶奶的礼物。

"这是给我的礼物？是什么？"宁悦好奇地问。

"你拆开看看不就知道了。"陈予锦把空箱子合上，随手立在一边。

宁悦把杨延给的礼物放在手边的侧边柜上，陈予锦瞥了一眼，没说什么。她打开手里的小盒子，里面是一条不知道什么材质的项链，CYJ 三个字母连在一起，在阳光下熠熠生辉。

她拎起来笑："给我送礼物，送你的名字缩写？"

"不行？"陈予锦懒散地靠在书桌上。

"也不是不行，就是有点过时。"宁悦笑着解开项链的卡扣，打算给自己戴上，但试了半天都没有成功。陈予锦冲她伸出手，她便走近他，背对着让陈予锦帮忙扣。

项链的扣圈比较小，确实难扣进去，陈予锦低着头，双手时不时擦过宁悦的后颈，让她周身都窜起了电流。

温热的气息一阵阵刺激肌肤，他问："怎么过时了？"

宁悦有些恍惚地说："我记得初中那会好像流行互戴名字，那都三四年前了。"

陈予锦终于把项链扣好，他扳着宁悦的肩膀转过来看，名字落在她锁骨下面一点的地方，很衬皮肤。他满意地笑："浪漫永不过时。"

宁悦：你说浪漫那就浪漫吧。

她踢了踢陈予锦的脚："把窗帘拉上。"

"大白天拉窗帘干什么？"陈予锦意味深长地扬起嘴角。

"噢，那你也可以不拉。"宁悦关上门，转过身靠着门优哉游哉地瞧着他。

陈予锦沉沉地看了她一会儿，猛地把窗帘拉上。他冲她走过来，声音又哑又重："你就钓我吧，迟早有一天被鱼拉下水！"

"嘻嘻。"宁悦在他靠近的一瞬间配合地踮起脚，陈予锦揽着她的腰，低头吻下来。

宁悦踮得累，腿都在打战，怪陈予锦长得太高了，她如果不踮脚，就够不太上，陈予锦感觉到她在往下掉，微微离开了点。他喘着粗气低声问："累吗？"

"有点。"

"那去床上？"

宁悦心里一颤，她头点到一半，陈予锦便将她打横抱起来，两步走到床边，将人放上去。

心跳得跟疯了一样，也分不清谁更响一点。

也不知道过了多久，两人才意犹未尽地分开，陈予锦依旧撑在她上方，项链从他宽大的领口掉出来，悬在宁悦眼前，是 NY 两个字母。

宁悦伸出手捏着字母看，她眼睛还红着，所以连疑惑都显得很诱人，像清纯的红苹果。

"陈予锦，这是什么材质的？看着不像是银子。"

"铁的，表面镀银。"陈予锦胸口还在起伏，他笑着逗她。

"那不会戴着戴着生锈吧？"宁悦惊讶地挑眉。

"你还真信。"陈予锦把项链从她手里抽出来，"别管什么材质的，反正我保证不会戴着生锈。"

他不肯直说那就说明很贵，宁悦想。

陈予锦从她身上起身，又伸手把宁悦拉起来。

宁悦整理头发的工夫，他去给她倒水，陈予锦是衣服架子，把随便硬生生穿成了潮流，刚被弄皱的 T 恤稍微整理了一下，便又是一尘不染的红旗下少年，看不出一点沾染情欲的样子。

她一时兴起，对着陈予锦的背影拍了张照。

陈予锦房间没有饮水机，但他给自己添了一个小冰箱，专门用来放饮料，里面的水是他到家时放进去的，已经变得有点冰，所以他犹豫了一下是给宁悦拿常温的，还是冰的。

等他决定好端着杯子回头，便看见宁悦拿着手机不知道在给谁发消息，神情非常认真。

刚亲完呢，就着急忙慌地回另一个男人的消息？

陈予锦把杯子放下，酸溜溜地拿起一瓶冰水，冰水进入口腔，冻得牙疼。

宁悦还在看手机，没注意他。

陈予锦终于忍不住说："你想去就去。"

"去哪儿？"宁悦忙里偷闲抬头看他一眼。

"网吧。"陈予锦臭着脸别过头，"杨延不是等你一起填志愿？"

"填个志愿而已，又不是我不去他就不会打字了。"宁悦耸耸肩。

高雨婷说得没错，杨延这臭毛病就是被她给惯出来的，她越让步，他只会越得寸进尺，所以她根本没打算去，反正志愿都选好了，杨延又不是不会填。

而且……

宁悦双手反撑着床，笑看着陈予锦打趣道："我要是真去，你不得淹死在醋缸里？"

陈予锦冷着脸，坦然地认了："我难道不应该吃醋？宁悦你换位思考一下试试，万一我身边有个从小一起长大，还喜欢我的发小，你心里舒服？"

他这人一向有什么说什么，既然宁悦提了，他也不介意让她知道他真的挺吃味，虽然他相信宁悦和杨延之间没什么，也没有要让她和杨延断交的意思，但他是个正常人，正常人就有正常人的情绪。

天知道刚听杨延问宁悦那个话，他满肚子的火都烧到脑壳顶上了。

什么叫作"是不是比他们关系更好"？他是宁悦的男朋友还不能比他们关系更好？

要不是看在宁悦的面子上，他早和杨延干上了，之所以忍着，只在言语上挤对杨延都是不想让她难做，他陈予锦受了这么大的委屈，宁悦必须知道。

宁悦抿着唇沉默了一会儿："陈予锦，你也觉得杨延喜欢我吗？"

陈予锦坐到她身边，把水递给她："你没感觉？"

宁悦摇摇头："就像你说的，我和他一起长大，这么多年一直都这样相处，我察觉不到他对我的情感有什么变化，我觉得我们就是朋友。"

她停顿了一下，疲惫地垂下眼："而且最近两年他面对我时脾气变得很差，总是莫名其妙地发火，我从来没有往他喜欢我这方面想，而是觉得可能是我无形中又伤害了他什么。"

吴子龙那次的话让宁悦开始有了猜想，但她并不确定，因为在她的认知里，喜欢应该像陈予锦这样，像她父母这样——是毫不掩饰的偏爱，是溢于言表的喜欢，是无人不晓的特别对待，而不是对她无节制地发脾气甩脸色。

但她不想去问，如果她是在高二杨延刚开始变得古怪的时候知道这件事，知道他有可能是因为喜欢她才这样，那她会选择问清楚，但现在两人的感情在他日复一日的喜怒无常中已经消磨了太多，她没有精力再主动为两人的关系做些什么，在他主动求和时不为难他，答应还做朋友已经是她宽容的极限。

她希望杨延可以主动向她说清楚，到底是为了什么，他心里又在想什么，是因为喜欢她还是单纯因为他古怪的占有欲在作祟？

宁悦喝了一口水，表情沉了下去。

陈予锦看在眼里没说话，他作为同性，多少能猜到原因，但他没有义务帮杨延解释。大家都是成年人，如果无法找到合适的方式去表达自己的感情，从而导致错过，那只能说明他与这段感情无缘，失去还是得到，其实都取决于他自己。

"别想了。"陈予锦揽着宁悦的肩膀，把人抱在怀里捏了捏，"我都快醋死了。"

宁悦"噗"地笑出了声，心情轻松了一点，能做到陈予锦这样真的很难得，她换位思考一下，自认为做不到像他这样大度好脾气。

她开玩笑地扯开陈予锦的领口："我闻闻，有多酸。"

毛茸茸的脑袋蹭到他喉咙，陈予锦有些手足无措地往后避，揽着她的手都不自觉地松开了，两人因为惯性往后躺，宁悦趴在陈予锦胸膛上，笑得一颤一颤。

"你看我朋友圈没？"宁悦问。

"没有。"陈予锦哪顾得上看手机，但既然宁悦问了，他还是拿起手机点开。宁悦发布了一条新动态，内容很简单，只有一个鱼的图标，但配的图不简单，是他的背影。

发布有一段时间，时间大概就是他倒水的时候。原来宁悦那么认真不是在回复杨延的消息，而是在发朋友圈，底下有许多同学已经把陈予锦认了出来，评论区很热闹。

"你这算是官宣？"陈予锦抱着她问。他的眼神在她看不见的地方，变得非常温柔。

"半官宣吧。"宁悦笑着说，"周老师还是屏蔽了，我怕她知道了你出不了沅南。"

这就挺够了，陈予锦想，这算是他这条鱼落桶为安。

两人安静了一会儿，宁悦按着陈予锦的胸口，用力感受手下的跳动："陈予锦，你心跳好快。"

陈予锦察觉到自己身体的变化，看着天花板叹气，他无奈地握住她的手，把人推开："你要是被人这么压着肋骨，你心跳也快。"

他站起身去柜子里拿衣服，低声说："你在这儿等我一会儿，我洗个澡然后一起出去吃饭。"

宁悦不解地问："大白天你洗什么澡？"

"坐了几个小时火车回来，我酸了你没闻见啊？"陈予锦睨她一眼，大步打开房门风一样刮进了浴室。

宁悦："？"有吗？她开玩笑的，什么都没闻见啊。

陈予锦洗了半个小时，宁悦起初真以为他是受不了自己身上的汗味，但过了十分钟他还没出来，宁悦就懂了，顿时她就感觉屁股下的床有点烫。

等陈予锦出来，两人立刻出了门，都没心思再在房间里胡闹。陈予锦主要是怕闹出个好歹来吓到宁悦，她老那么不分好歹地撩他，哪个血气方刚的男人忍得住；宁悦则是因为饿得慌，可能是亲吻耗体力，她感觉自己脚步都在飘。

他们还是在小区附近那家湘菜馆点了菜吃，陈予锦一边吃一边有的没的和她聊国外的见闻，所以一顿饭吃得极其漫长。

账是陈予锦结的，他刚去柜台，宁悦的手机就收到了杨延打来的电话。

那头是个有点熟悉的声音，但不是杨延，对方说："杨延喝多了，你能来一趟吗？"

"你真不跟我一起进去？"宁悦再三确认。

"不去。"陈予锦冷淡地站着,两个字说得格外薄情寡义。

吴子龙打电话说他们在 KTV 唱歌,杨延往死里灌自己酒,谁劝都不听,让宁悦去看看。宁悦原本拒绝了,但没一会儿吴子龙又打了过来,低声下气地求宁悦看在朋友一场的份上去一趟,当时杨延已经干掉了整整五瓶啤酒,还混着喝了一两白的。

啤酒单独喝没多大事,但混着喝劲就很大,而且宁悦知道杨延其实不大能喝,这个量已经是极限。

宁悦向来心软,当时就有点动摇,她把这事和陈予锦说了,让他帮忙拿个主意,陈少爷听完脸臭得跟在下水道里泡过一样,但还是建议她去。

他不是装大方,而是了解宁悦,她做不到对朋友坐视不管,今天她可以为了陈予锦不去管杨延,但如果杨延真喝出什么事,宁悦肯定会自责,与其让这件事梗在她心里,不如痛痛快快去看一眼,吵一架也好,和好也好,都好过在心里留个疙瘩。

"那我自己进去了?"宁悦探究地打量他。

"废什么话。"陈予锦没好气地轻推了她一把,他低头看手机,微微警告,"不过我只给你三十分钟,超过一分钟没出来,我都报警。"

宁悦没说话,她看着他,思索着他说真的还是假的。

"我说真的。"陈予锦低头睨着她,神情认真,"宁悦,别把我想得太大方。"

宁悦心里一紧,她点点头,伸手轻轻揉搓陈予锦柔软的耳垂:"三十分钟就三十分钟,你找个凉快点的地方待着等我,不然晒丑了我心疼。"

油嘴滑舌。陈予锦没忍住别开头笑了,他捏住宁悦的手指,往她身后扬着下巴一点:"长我这样是晒不丑的,你看看那边,是不是出来找你的?"

宁悦回过头,看见吴子龙站在前台那边,正神情复杂地看着两人。

他总算知道杨延突然之间发什么神经,看这两人亲密的样子,多半是谈了,杨延喜欢宁悦多年,之前也隐约透露出想毕业后表白的意思,但现在出师未捷身先死,不疯才怪。

看见宁悦一个人走进来,吴子龙松了口气,吓死了,他还以为陈予锦也会一起来,如果陈予锦陪着宁悦,那还劝个屁,直接打一架算了。

他沉默着带路,在 208 包厢前停下来:"他喝多了,所以我们重新开了个包厢让他休息,我就在 207,你要是搞不定再叫我。"

宁悦心情复杂地看着包厢号,心想怎么就这么巧,同一家 KTV,同样的包厢。

她推门进去,包厢里都是酒味,杨延靠着沙发坐着,手里还拿着半瓶啤酒,他听见动静抬头看了一眼,又冷漠地低下去,看上去一句话都不想跟她说。

宁悦不和酒鬼计较,她坐过去,拧开一瓶矿泉水,去换他手里的啤酒瓶。杨延拿得紧不肯换,宁悦便用力地抢,拉扯几回后,杨延估计是怕伤着她,还是松手了。

他一口灌了小半瓶,半晌才低声说:"我没事,你走吧。"

有些人喝了酒,说话倒比平时要顺耳,听着好声好气的,没那股刺劲。

"那我走了。"

一步都没迈,一只手就伸过来重重地握住了她的手腕,杨延不敢置信,也有些莫名的委屈,喃喃地问:"我说让你走你就走?"

喝醉了也是这样一副别扭的鬼德行。

宁悦叹了口气,她重新坐回去,耐心地说:"那你想我怎么样?"

杨延没敢松手,怕宁悦真的走了。他又沉默了很久,才哑着声音问:"宁悦,你觉得我也去 A 城读大学怎么样?我不读军校了,随便在那边找个大学上上,最好离京师大近一点。"

他双眼通红地看着她,像只被雨淋湿的野狗,语气卑微地问:"我早上就想跟你说了,你觉得好不好?到时候我们平时能常见面,寒暑假也能一起坐车回家,还能做朋友,就跟——"

他大概真的醉狠了,否则绝不会用这种语气说话。

"别问我好不好,杨延。"宁悦不喜欢他这样的一面,她觉得心惊也觉得难过,她出声打断他,"你想读什么学校是你的自由,别把我考虑进去,就算将来学校相隔几千公里,一学期见不到面,我们也还是朋友。"

杨延神情受伤地看着她,手心收紧,勒得宁悦手腕很疼,他声音发抖:"你不想和我在一个城市读大学吗?"

宁悦皱眉忍着疼痛,没正面回答:"我现在送你回家,你好好睡一觉,再起来想报志愿的事。"

"我不回去!"杨延突然激动,"你告诉我,你是不是不想和我在一个城市读大学!"

杨延手更用劲,宁悦疼得倒吸一口凉气:"我没这样说!杨延,你先松开我,嘶——疼!"

"对不起宁悦,我不是故意的。"听见宁悦叫痛,杨延像触电一样松开她,小心翼翼地捧着她的手腕语无伦次地道歉,"对不起,宁悦……我错了,你别生我气,也别走。"

都说有些人喝多了会变得跟小孩一样,宁悦好像又看见了以前的杨延,那个虽然性格古怪,但对她永远没脾气的杨延。她眼眶突然有些热,轻声安抚他:"我没生你气,我们走好不好?"

"你回答我,告诉我,我就跟你走。"杨延执着地要一个答案。

宁悦注视着他乞求的眼睛,良久才开口:"我没有不想,也没有想。婷婷也要留在省内读大学,这是她的选择,我不会干涉她,同样我也不会干预你。读大学是一件很重要的事,可能会影响你一辈子,你不要脑子一热就乱做决定。"

她停顿了几秒,面露不忍,但最终还是残忍地说:"我也负担不起这个责任。"

除了一份友情,她什么都给不了杨延。关系就算再好,他们也只是朋友而已,她不希望杨延为了她牺牲什么,因为她回报不起,这样的心意太过沉重,是对两个人的绑架。

杨延怔怔地看着宁悦,脑子缓慢地反应,去理解她的意思。

对于宁悦来说,他和高雨婷是一样的,是最好的朋友,她可以给予善意给予宽容,容忍他的坏脾气,做一个近乎完美的朋友,但不想和他们的人生绑在一起。

那她想给谁负责?陈予锦吗?

杨延单手捂着脸,突然笑起来。

宁悦心里咯噔一声,被他笑得胆战心惊。

他兀自笑了半分钟,然后戛然而止,放下手时,他的眼睛更加猩红,直勾勾地盯着宁悦,换了个恶狠狠的语气:"和姓陈的谈了?朋友圈发给我看的?"

宁悦握紧拳头,指甲不自觉地陷进手心。她不否认自己有那个意思,她不喜欢模糊不清的关系,发朋友圈一是想公开哄哄陈予锦,二就是想让杨延心里有数。

如果他喜欢她,那宁悦希望他能够断了念想。

如果他不喜欢她,也要明白她有了男朋友,友情和爱情是两种同等重要但无法比较的情感,别再追着她要分高低。

她不想养备胎,更不想同时侮辱陈予锦和杨延两个人,喜欢不喜欢都要明明白白,是两个不能打折扣的极端。

喜欢就在一起,不喜欢就断干净,安安心心做朋友,不逾矩一步。

她疲惫地垂下眼,为什么非得问清楚,心知肚明不好吗?

"延哥,你喜欢我吗?"宁悦突然抬眼平静地问。

杨延听到这个称呼一愣,初中那会儿香港黑帮电影盛行,宁悦笑称他就是她大哥,跟风叫了他延哥很长时间,那时候也是他们关系最好最单纯的时候,不像小学时那么懵懂,也不像高中这么复杂。

他握紧拳头,陷入沉默。

宁悦等了一会儿,五味杂陈地摇摇头。她觉得以后她和杨延应该是没法做朋友了,他这样的性格注定他们会渐行渐远,她受不了这样,像个锯嘴葫芦,太令人窝火,也太消磨感情。

她失望地说:"算了,我走了。"

"我听说他要出国读书,你和他是玩玩吗?"杨延又拉住她,语气急切,仿佛病急乱投医,怕她没听清楚,他还重复了一遍。

宁悦看了眼他青筋暴起的手臂,又看向他的脸,欲言又止:"认识这么久,你觉得我是那样的人吗？"

杨延与她对视半晌，痛苦地缓缓闭上眼，艰涩地承认："你不是。"

她来真的，真的和别人谈恋爱了。

"那我怎么办？"杨延睁开眼，眼眶湿润地问她，"悦悦，我怎么办！"

酒精麻痹了神经，让他的情绪大起大伏。

没等宁悦回答，杨延突然按着她的手臂将她推倒在沙发上，一条腿落在沙发外撑着，另一条腿压着她，将人牢牢控制在身下，绝望又疯狂地问："我现在告诉你，我也喜欢你！你能分手吗？"

宁悦愣愣地看着他，被这突如其来的告白弄蒙了。杨延的眼泪落在她脸上，烫得惊人。

原来是真的，他真的喜欢她？

他咬牙切齿地说："陈予锦那样的花花公子谈过几个你知道吗？他真的假的你分得清吗？他什么都有，他非你不可吗？他不是！但我是，我什么都没有，我就认定了你！我可以一辈子对你好绝无二心他能吗！"

这番话分量很重，宁悦诧异地看着杨延，心里很乱，一时间忘了反应。

他越说语气越疯，低声下气颠三倒四地求她："你和他分手行吗？就当没在一起过，你信我！"

"你别这样……"宁悦忍不住劝他。

"我别哪样？"杨延大声吼，"我什么都告诉你行不行？我们认识多少年，你和他才认识多久，你信我可以吗？我已经在改了，你等等我可以吗！"

他低下头凑近她，宁悦猛地偏过头，这个下意识的动作让杨延僵在原地。

"你别这样。"宁悦的双手被杨延死死钳着，动弹不得，但除开被推倒的那一瞬间外，她的神情却始终平静。

哪怕被他以这样危险的姿势压着，她的语气也不慌不忙，目光始终坚定，有些话虽然残忍，但快刀斩乱麻好过凌迟。

宁悦咬咬牙，只轻声说了一句话，就让杨延溃不成军。

她说："我相信他。"

宁悦无从知晓陈予锦是不是骗她，但她觉得这不需要考虑，如果将来被她发现陈予锦其实是个手段高明的渣男，那她会洒脱地把他给踹了，但在这个可能性成真之前，她无条件相信他，因为没有信任基础的恋爱根本没必要开始。

杨延眼神空洞，低声喃喃："那你不相信我吗？"

宁悦摇头，目光不忍："我也相信你，但这没有意义。"

因为太迟了，宁悦也讲不清在漫长的岁月中，她是否对杨延动过心，不确定在看向他的目光中，是否也有一刻颤动，但就算有，那这簇为他燃起的火苗存在的时间也太过短暂，也许在还未燃起的时候，便被他的喜怒无常兜头浇灭了。

杨延早就没有了和陈予锦一起放在同一个天平上竞争的资格，宁悦的心已经偏了。

她无情地打碎他的幻想："杨延，我喜欢陈予锦，我不会和他分手。"

"如果我硬要让你选呢？有我没他，有他没我，你选他咱们这辈子都别再见了，也别再做什么狗屁朋友！"杨延心已经麻木，他现在就像是赌徒，把自己所有的筹码都放上，用自己和宁悦十几年的感情来和她赌。

宁悦火气腾地起来了，她眼神蓦然发冷，就算是醉话，他也不该拿他们的友情来要挟她，杨延在糟蹋什么他心里还清楚吗？

她心里有气，语气冷漠，毫不犹豫地狠心说："我选陈予锦。"

杨延因为宁悦的干脆愣了一下，然后就气疯了，他激动地冲她吼："你凭什么选陈予锦！"

宁悦的耳朵嗡嗡地响，吵得心烦，她更大声地吼回去："我凭什么不选陈予锦！杨延你扪心自问，我没问过你吗？我没有迁就过你吗？两年了，你有一次和我说实话吗？喜欢我是什么让你难堪的事情吗？你明明可以和我说明白，却选择什么都不说，我让了你这么久，你哪怕有一次主动向我走过来吗？谁喜欢别人会像你这样，高兴了就来求和，不高兴了转身就走，杨延，我宁悦欠你的吗！"

她浑身颤抖，眼睛通红。这样吵架太难堪了，为什么非要逼她做选择，杨延才是凭什么。

杨延被宁悦一连串的问句问蒙了，他头痛欲裂。

他为什么不说实话？他配说实话吗？他这样的条件，这样的家庭，这样的性格配得上宁悦吗？他就像是阴沟里的老鼠，疯狂地嫉妒着在宁悦身边出现的每一个异性，甚至连高雨婷他都嫉妒，他不想她对着别人笑，和别人说话，他希望她永远都只对他一个人好，这种阴暗的原因他说不出口。

因为杨延深知自己没有立场去要求宁悦为了他断绝和其他男生的来往，更不敢让宁悦知道他近乎变态的占有欲，他怕她觉得他神经病，怕她厌恶他。他也知道自己不该对宁悦若即若离，不该对她发脾气，但他控制不了，他也很痛苦。

就算表白了又怎样，在一起了又怎样，杨延了解宁悦，宁悦最讨厌被人管着，她迟早会受不了他，他已经在改了，他就是想改好了再表白，然后和她长长久久地在一起，为什么就迟了？她为什么就喜欢上了别人？

杨延艰涩地张口，试图挽留："宁悦，我现在……"

宁悦还在气头上，她别开头不再看他："别说了，我不想听，你松开我，我要走了。"

气氛渐渐沉默,热闹的歌声仿佛世外之音,而这里是地狱。

在两人拉扯间,宁悦脖子上的项链露了出来,CYJ三个字母晃得杨延喘不过气,于是他刚松了一点的劲又重新加重。

宁悦真的喜欢陈予锦,他真的一点机会都没有,他不知道自己做点什么才能挽回她,让她选择自己。

目光逐渐死寂,杨延轻笑了一声,疯狂的神色褪去,他语气突然变得平静又危险:"宁悦,我喝多了,我自己也控制不了自己,你对我这么残忍绝情,不怕我对你做什么吗?"

宁悦呼吸一窒,她震惊地看着杨延,心跳不自觉地慌乱,不敢相信自己听到了什么,杨延什么意思?是她想的那个意思?

杨延神情阴沉,继续自顾自地说:"在一起很久了?一个月?宁悦,他亲过你吗?"

"他亲过你哪里?嘴?脸?脖子?"他的目光冷漠地在宁悦脸上游移,单手握着她的双手压着,另一只手拽住宁悦的衣角。隔着一层布料,宁悦察觉到他在发抖。

宁悦挣扎了一下,但他纹丝不动,八月天,宁悦浑身冰冷。

"他摸过你吗?他摸过你哪里?"他眼里逐渐多了些迷乱的、令人恐惧的东西,盯着宁悦,也盯着她脖子上的项链。

直到这一刻,宁悦才真的有些慌,她之前确信杨延不会伤害她,但她忘了这人喝多了,喝醉了的人没有理智可言。她紧绷着身体,紧紧地盯着他,随时准备喊救命。

"你们上过床吗?"杨延得不到回应,越说越过分,眼里的疯狂和心里的绝望几乎要把他焚烧殆尽,让他连骨头都在疼,"你被他压着的时候,也会像现在这样心不甘情不愿吗!"

他现在想拖着宁悦一起疯,他的手终于伸进宁悦衣摆,冰凉的手指还没碰到她,就已经让她起了一身鸡皮疙瘩。

"够了!"宁悦终于忍受不了,她声音颤抖,流出了生理性的眼泪,带着一点哭腔质问他,"杨延,你知道你自己在说什么做什么吗!"

她的眼泪委屈地流进头发里,却烫在了杨延心上,他猛地回过神停住了,像是被人当头打了一棒,酒醒了大半。他好像才反应过来自己在做什么,慌张地抽出手给她擦眼泪,语气惊惶,手足无措地道歉:"对不起,宁悦,对不起,我错了……"

宁悦闭着眼睛,眼泪源源不断地掉,抖着声音尽可能平静地骂:"陈予锦,你是不是傻了,三十分钟还没到?你——"

身上陡然一轻,宁悦只感觉一阵风突然从脸上刮过,然后就是一阵猛烈的撞击声。

　　宁悦猛地睁开眼，就见陈予锦一脸怒气地揉着拳头，他冷声说："我确实是傻了，我一分钟都不该给你！"

　　陈予锦在外面越等越不爽，心想着自己这么大方是能拿个诺贝尔和平奖吗？他干吗要考虑杨延的感受，良好的教养为什么要用在这种人身上？
　　然后，他就找进来了，他先去了207，没看到两人，问了吴子龙才知道两人单独在208，当时他就慌了，宁悦和一个酒鬼单独待在小包厢里？他急急忙忙打开208的门，就看见杨延扣着宁悦倒在沙发上，宁悦一边哭一边骂。
　　陈予锦气得理智全无，攥起杨延的衣领子就开始揍。杨延被打蒙了，挨了好几下后才反应过来回击，但他喝了酒平衡力差，打中的次数少，两人都算是下了死手，啤酒瓶碎了一地。吴子龙紧随其后过来，看见两人在玻璃碴子里面滚，当时就傻眼了，忙上前把他们扯开。
　　他扯得住一个扯不住两个，也不知道过了多久，两人才精疲力竭地分开，身上脸上都挂了不同程度的彩，有的是被划的，有的是被揍的。
　　虽然暂时停了战，但两人都阴狠地盯着对方，像是要吃人。

　　吴子龙没看到杨延对宁悦做的事，不明白怎么就突然打起来了，他无所适从地想扶杨延起来，但看杨延一脸暴躁又不敢走近。
　　陈予锦比醉鬼好一点，好歹还能动，他从地上站起来，冷漠地看了杨延一眼，语气平静但狠厉地警告："你再敢碰她，我打不死你不姓陈！"
　　宁悦早就缓了过来，她擦干了眼泪，整理好了头发，平静地坐在沙发上看着两人的方向。杨延的啤酒瓶还抓在了手里，但对上她失望的目光，却突然颓废地失去了所有的力气，玻璃划开的伤口还在流血，他却仿佛察觉不到痛。
　　陈予锦朝宁悦走过去，她看上去状态还行，泪水擦干后跟没事人一样，看样子没吃什么大亏。他微微放下心，冲她伸出手，轻声问："走吗？"
　　宁悦点点头，拉着他的手站起来。
　　腿有点软，她踉跄了一下，幸好还有陈予锦扶着。两人走到门口，宁悦回头看了一眼，杨延坐在昏暗的地上，头深深地埋在膝盖之间，谁也不敢看，像是懵懂茫然的婴儿，也像是神话传说里被锁链困住的罪人。
　　"杨延，我们短时间内别再联系了。"
　　十几年的感情终究以如此不体面的方式收场，说不遗憾不难过是假的，宁悦垂眼转身，轻声叹息："祝你一切都好。"
　　关门的一刹那，背后响起惊天动地的呕吐声。

出了KTV，陈予锦冷着脸一言不发，一个劲地拉着宁悦往前走，看样子气得不清。

他的手臂被玻璃划了很多伤口，最长的一道有将近六厘米，虽然都划得不深，但密密麻麻纵横交错，看着也挺吓人。

"别走了，不知道的还以为你练竞走。"宁悦无奈地停下脚步，拿手扇风，"而且天气太热了，你不觉得热得慌吗？"

她跟他闲扯，跟什么都没发生一样。

陈予锦低头打量她，不得不说宁悦调节情绪的能力是真的强，这么会儿工夫她脸上已经了无痕迹，要不是眼睛还有点红，压根儿就看不出哭过，真不知道是因为心理强大，还是单纯因为心大，所以不在乎。

"你现在心里就只想着热？"陈予锦不阴不阳地问。

宁悦摇摇头，语气关心："还想着你手臂疼不疼。"

"不过不管你疼不疼。"宁悦真挚地望着他，"我是挺心疼。"

这招百试不爽是吧？觉得只要嘴巴甜，说两句好话他就没事了是吧？

陈予锦抬起手臂看了一下，伤口是挺狰狞的，他冷冷淡淡地瞧她，松开她的手退后两步，无情无义地说："看不出来，心挖出来我看看。"

宁悦：看来是真的气狠了，没法简单揭过去那种。

她暗暗思考陈予锦到底在气什么，否则没法对症下药，想了半天，她拿出手机，叹了口气："要不咱们先开个房吧？"

开房？话题为什么会跳到开房？

陈予锦目光警惕地又后退一步，开房干什么？口头哄他不行，难道准备以身相许啊？

"你这个想法很危险。"陈予锦一身正气地教育她。

"我这个想法哪里危险？"宁悦一脸莫名其妙，她指了指旁边的药店，又指了指陈予锦的衣服，"你腰上流血了，不开个房，你准备在大街上脱光了上药？"

陈予锦一愣，是为了上药开房？！

他现在更气了，所以宁悦的意思是既然口头哄不好，那就索性不哄了？直接揭过去？

"或者先回你家。"宁悦很实在地为他考虑，"但我建议还是开个钟点房，我担心万一你爷爷奶奶提前回来，看见你一身伤会担心。"

她越诚恳，陈予锦就越觉得憋屈，一口气被堵在嗓子眼，上不上下不下，他一边想着你最好真的是这样想，一边刚正不阿地朝药店走去。

只是那身影怎么看怎么有一股气急败坏的味。

等陈予锦进了药店，宁悦立马拿出手机找外援，她先给高雨婷发了条信息：

男生生气了该怎么哄,急,快点给我支个着。

然后,她又给梁思源发了个信息:你弟以前生过气吗?他生气了难不难哄?

高雨婷秒回:不同的人要用不同的招,你把谁惹生气了?

宁悦:陈予锦。

高雨婷:嘿嘿,那还不好办,亲亲抱抱举高高,你随便选一个都能把他给治了。

宁悦:[叹气.jpg]这如果有用我问你干什么,果然问你就是白问,我不该指望你这个母胎单身的。

高雨婷:宁悦你听听你说的是人话吗?

梁思源:我弟生气了为什么要哄,打一顿不就好了。

宁悦:……

高雨婷:亲亲抱抱举高高都没用,那你推倒他试试?[坏笑.jpg]

宁悦:……

行吧,两个废物,果然求人不如求己。

陈予锦买好了药出来,宁悦把手机收进口袋里。他一边订房间,一边问她:"你身份证带没?"

宁悦摇头。

"那等会儿我先去开房,房号发你,你自己过来。"他语气还是冷淡,说完转身就走,像个没有感情的跩哥。

宁悦自己也是脾气挺好的一个人,所以知道他们这类人的特点就是轻易不发火,但一旦真的生起气,就会很难哄。她为难地看着陈予锦的背影心想着该怎么办,搞得不好这就是她恋爱中的第一次危机。

她抬头看天,脑子里思索打一顿和扑倒他,哪个有用。

酒店就在附近,陈予锦开好了房间就给宁悦发了房号,他没关门,坐在椅子上研究买回来的药。宁悦慢悠悠地晃上去,进门后一勾脚,把门给带上了。

陈予锦看她一眼,没说什么。

宁悦去洗了个手,然后回来拖着另一把椅子在他身边坐下,把剩下的药都翻出来,沾湿了棉花给陈予锦清理伤口,他手臂上的血都凝固在皮肤上成了一层血痂。

她真的很心疼,他这人娇生惯养地长大,原本手臂上一点伤口都没有,现在横七竖八被划了这么多道,颧骨那儿也青了一小块,哪能让人不心疼。她动作放得很轻:"疼吗?"

陈予锦眉头都没皱一下:"不疼,你放心擦。"

宁悦点点头,但还是小心翼翼地帮他清理,时不时还像哄小孩一样吹一吹。

陈予锦懒散地靠在椅子上,任由她对自己的手臂为所欲为,原本他还想多拿乔一会儿,但自己没出息,只要看着她,满腔的怒火就在她温柔的动作中散得干干干净净。

他打小脾气好,这归功于他爸妈的身体力行,在他家几乎听不见争吵声,不管发生什么事,都能坐下来心平气和地谈。他小时候在家里玩闹,打碎了他爸一个价值不菲的古董花瓶,在那个年代,那个花瓶能在小县城换套房,但哪怕这样,他爸妈也没生气,而是第一时间关心他有没有被碎片划伤。这样的成长环境让陈予锦变得十分宽容,在他看来,很多事都没什么大不了。

但今天是个例外。

哪怕是得知爸妈要离婚,他也没有像今天这样生气过。

可要问他具体在气什么,他又讲不出来——气杨延的浑蛋行为?气宁悦的不当回事?气自己故作大方?可能都有。

但不管是什么,现在都不值一提,他对宁悦发不起火,也舍不得。

宁悦给陈予锦清理完,正要换条手臂,陈予锦却突然拿过她手上的镊子,用酒精给她擦起手腕。

宁悦不解:"我刚洗过手。"

"我知道。"陈予锦头低着,认认真真把她两只手的手腕都擦得干干净净。

宁悦看着看着,突然反应过来他在擦什么,顿时有些哭笑不得。她歪着头瞧他冷清的眼睛,空出的手去摸他的眉毛,轻声问:"少爷,还在生气?"

"你少来。"他还是没好气,但没躲开,任由她在他脸上摸来摸去。

"少爷你气性真大。"她轻佻地勾他的下巴。

"少爷你追我的时候可不这样。"见他纵容,她越装越来劲,兴致勃勃地站起来往陈予锦腿上一坐,揽着他的脖子捏他的后颈,捏一下松一下地逗他。

"我追你的时候什么样?"陈予锦抱着她的腰,把人往后面提了一下,让她坐得更稳一些。宁悦虽然瘦,但很软,他虚虚地扶着她,有些心不在焉,"还有,别少爷少爷地叫,别以为我听不出来你在讽刺我。"

"天地良心。"宁悦举起两根手指发誓,"我绝没有说你少爷脾气不好伺候的意思,我夸你金贵。"

陈予锦哼笑一声,掰着她的无名指竖起来:"三根手指才叫发誓,举两根你当拍照呢?"

宁悦叹了口气,嘟嘟囔囔:"陈予锦,你这人怎么变得斤斤计较?"

"我斤斤计较?"陈予锦似笑非笑,"哄不好我,说不过我,打算直接道德绑架我了是吧?"

宁悦的眼神左右飘,不说话。陈予锦拍了下她的背:"下去。"

"不行!"宁悦紧紧挂着他的脖子,低头求他,"你给我个面子吧,陈予锦,别生气了,我哄人没经验,来回就那么几招,现在都用完了,你再不给个台阶下,我只能上手了。"

陈予锦早就被她闹得心里发热,现在她不光没下去,还贴他更紧了,他难耐地呼出一口气,闭了闭眼:"你想怎么上手?"

宁悦笑眯眯地往他腿上又挪了挪:"梁思源建议我打你一顿。"

陈予锦:"……"梁思源这狗东西给他等着!

他气笑了,再一次冷淡地赶人,这一次声音更低,还连名带姓地叫她,像是在警告:"宁悦,下去。"

宁悦舔舔干燥的嘴唇,紧盯着他的眼睛:"我不。"

窗外蝉鸣不断,燥得厉害,陈予锦垂下眼睛,再抬起时他果断抓着她乱来的手,无奈地服软:"我不生气了,你先下去,药都还没上,我疼疯了快。"

宁悦一愣,心道你那声"不疼"还在我耳边回荡呢。

这回没等宁悦回答,他突然站起身,强硬地把她扯了下去。

宁悦怔怔地看着他,陈予锦在这样的目光中特正人君子地坐了回去,老老实实摆上另一条手臂,目不斜视地看着桌面。

要不是他手臂暴起了青筋,看上去还真像是一点反应都没有。

宁悦眼睛乱飘,欲言又止。

过了十几秒后,她也坐下了,安安静静地给他清理另一条手臂。

"你开空调了吗?"她问。

"开了。"陈予锦低低地答。

那为什么这么热?

宁悦口干舌燥地帮他处理好了两条手臂,也不知道是不是被闷得失了智,突然就没过脑子来了一句:"把衣服脱了。"

陈予锦:"……"你要闹哪样啊?

宁悦蓦地反应过来,态度极好地道歉:"对不起啊,我不是那个意思,我的意思是,你把衣服脱了,我给你处理身上的伤口。"

横竖是要脱衣服。

陈予锦默默上下打量她,突然意味深长地问:"宁悦,你是不是故意的?"

宁悦眨眨眼睛,特单纯特傻地支着脑袋问:"什么啊?"

陈予锦深深地看她一眼,突然双手交叉捏住衣服下摆往上拉。宁悦挑眉,眼睛一眨不眨地盯着,心里有些美滋滋地算计,待会儿能不能上手摸摸他的腹肌。她对男生的腹肌一直都抱有十二分的好奇,迫切地想知道这八块荣誉勋章到底是什么手感。

陈予锦跟存心折腾她一样,动作拖泥带水特不干脆,好不容易要露出点真格的,他突然冷哼一声放下手,拿着药转身就走。

"身上的伤口我自己来。"他悠悠地走到浴室门口,轻飘飘地一撩眼,"你想都别想。"

宁悦："？"不带这样玩的！

她难以置信地看着紧闭的浴室门，气急败坏地冲着里面大喊："陈予锦，你该不会是没腹肌吧！"

陈予锦面无表情地打开门，他衣服已经脱了，上身光着，身上的肌肉含蓄有力，曲线分明，八块腹肌码得整整齐齐，力量感十足，也因为上面有几道鲜红的伤口，而平添几分野性和性感。

"看清楚了？我有没有？"陈予锦要笑不笑。

宁悦看愣了，点点头。

然后下一秒，陈予锦又毫不留情地把门关上了，并且上了锁。

宁悦："？？？"给看不给摸，跟杀人全家有什么区别！

宁悦恼火地在外面坐着，浴室里一点动静都没有。高雨婷憋不住给她发了一条信息过来，问她把人哄好没。

宁悦心情不佳地给她回：没哄，打一顿老实了。

她无聊地按着手机，等下一条信息进来时又打开，给自己找点事干，断断续续和高雨婷胡扯几句后，陈予锦终于出来了。

他人清清爽爽的，人模狗样。

宁悦上下审视他，突然冲他勾勾手："少爷，过来。"

"干什么？"他把药随手丢在床上，朝她走过去。

宁悦仰头看着他："我妈从小特别喜欢管我，你知道她这人，当老师的多少都有这个毛病，我呢小时候是没法，后来是习惯了，所以一直都听她的，别人家孩子叛逆期到，跟家人对着干的时候，我还是我妈指哪儿我去哪儿，所以她一直都很得意，以为我没叛逆。"

"但其实不是这样。"宁悦往后仰，坐姿大气，"我平时阳奉阴违的时候多了，只是她不知道。"

"所以呢？"陈予锦坐下来，好整以暇地看着她。

他当然知道宁悦并没有表面看上去那么乖巧，她这人其实很喜欢刺激，总会时不时露出一点离经叛道的趋势，但只有一点点，像是给自己解个馋，然后又机灵地藏起来，做只温顺的小绵羊，但真论起来，她可能比那些表面大胆的女孩更敢更出格。

有句话怎么说来着，每个乖乖女的内心都蛰伏着一只野兽，平时越是乖巧，狂起来越是疯狂，宁悦的动人之处就在于她温柔乖顺却又色彩分明。

"我跟你说这个就是想告诉你，我吧，一身反骨。"她凑近他，润润嘴唇，"你越不想让我做的事，我就越想做。"

她伸出手，陈予锦沉着脸拦住。

宁悦笑着说："少爷，你反抗得一点都不坚定，你看，一点劲都没有。"

她抽出手腕，手指并入他指缝中："反抗不坚定，就有点像欲拒还迎。"

"是吧，陈予锦。"她拉近他亲啄了一下，笑吟吟。

这还忍得住那他就是个神仙了。

陈予锦目光深沉地看了她半晌，忽然笑了，他反客为主，猛地将宁悦拉向自己，让她跨坐在自己身上，按着她的后脑亲下去。

宁悦满意了，她一手环着他的脖子，一手隔着衣服在他腹肌上戳来戳去。

陈予锦报复性地黏黏糊糊地亲她，碰一下松一下，跟小鸡啄米一样，宁悦被他撩得心痒难耐，捧着他的脸主动加深这个吻，结果就跟点了火一样，她主动他就更主动，少年人的情欲青涩又生动，密密麻麻如同一场春雨。

陈予锦睁开眼睛，眼尾和眼角都带着点红，但手还是克制地扶着她的腰，遏制着本能的冲动，哪里都没敢碰。

"这下满意了没？"他哑着声音问。

宁悦意犹未尽地收回放在他腹肌上的手，颇有滋味地咂咂嘴："满意。"

"满意了就下去。"陈予锦又赶人。他主要是憋得慌，从早上到现在，反反复复多少回了，再做几次仰卧起坐，他怕自己废了。

"你让我上来我就上来，让我下去我就下去，那我岂不是很没面子。"宁悦绕着他的脖子不放。

陈予锦哼笑一声："折腾我你很开心？"

他松开她的腰，有些冷淡地垂眼："没人能当柳下惠，我也不能，早上刚和你说过，当心玩脱了被鱼拖下水，我意志力也就那样，松松散散一推就垮，你再撩我，我不一定能忍得住了。"

忍得住什么？宁悦愣住了："你突然好认真啊。"

"现在知道紧张了？"陈予锦笑，"刚煽风点火到处乱摸的时候怎么不见你紧张？"

"我不是紧张。"宁悦说，"我是诧异，我还以为你是一块清清白白的豆腐，心都是寡淡如水。"

陈予锦冷哼："佛祖都有七情六欲，你觉得我没有？"

他对着她有些茫然的眼睛，温柔地给她理了一下头发："就要见好就收，别老得寸进尺。"

宁悦欲言又止，她不是没想过，情侣之间这点事不光男生会想，女生也会，她好奇心旺盛，总是对一些刺激的事情跃跃欲试。

但要说想好了，那也确实没有，只是模模糊糊的一些冲动，想着来了就不拒。

她不知道该说什么，下意识伸出手去摸陈予锦的喉结。

"宁悦，你有没有发现你现在有点反常。"陈予锦握着她的手指，清清明明地看着她，好像什么都知道。

宁悦惊讶地看着他，在他的眼睛里逐渐沉默下去。

她是有点浮躁，总忍不住想撩他、逗他，干什么都很急切，沉不下心，原因也很好猜，杨延的事把她刺激得有些狠，她心里难过、失望，这些情绪让她很乱，乱到不理智，乱到任性。

她需要做点事痛快一下，让心里的憋屈发泄出去。

"因为杨延吗？"陈予锦心里了然，沉声问。

宁悦难得目光躲闪，良久后，她才定住目光，直视着他叹了口气："我坦白和你说，我是有点难过。你可能不能理解，为什么他那么过分那么浑蛋，我还会难过而不是生气，但感情这种东西很难讲，他和我说他喜欢我，我就大概猜到了他之前那么对我是为了什么，他这个人很拧巴，伤人伤己，但算不上是个坏人。"

陈予锦木着脸："所以你一点都不怪他？"

冷风阵阵，吹得宁悦脖子发凉，她不怕死地摇头，之前很气，现在只剩下五味杂陈："我就是不明白，为什么会变成现在这样，我想不通是他的问题，还是我的问题。"

陈予锦松开她的手，疏远地往后靠。宁悦知道这样讲陈予锦会生气，但她不想骗他。

"你可怜他。"陈予锦突然笃定地说。

宁悦怔住，下意识地反驳："我没有。"

"你有。"陈予锦不给她逃避的机会，"你对他无底线地容忍、迁就，他无论多过分你都不放在心上，都是因为你在可怜他，宁悦。"

他看向她心脏的位置："心肠柔软没什么不好，但温柔和怜悯是两回事，对某些人来说，怜悯和剜心的刀子没什么两样。"

宁悦自己没察觉到，但杨延肯定能，被喜欢的人日复一日地可怜着，这对自尊心极强的他来说，大概是可以比拟烈火焚身般的折磨。

宁悦皱眉，她可怜杨延吗？她仔细想想，不得不承认应该是有的，他没有妈妈、性格孤僻、家境贫穷，随便哪一个单拎出来，都足以让她心软。

她心里迷茫，忍不住找陈予锦要答案："所以你觉得是我的错吗？"

陈予锦摇头，声音冷淡："是阴错阳差，有太多好的出发点却导向坏结果的事，如果都得追究对错、追究责任，那只会徒增许多不必要的痛苦，但你对他的可怜差不多可以到此为止了。"

宁悦神情动了动，陈予锦就像知道她心里在想什么一样，他握着拳头，看着手上的伤口随着肌肉不断移动："我划成这样，他只会比我重不会比我轻，宁悦，我知道你在想什么，你也不用瞒我，你如果现在后悔了，想去看他我不会拦你。"

宁悦："我……"

"但我建议你别去，你去了就是坐实了你一直在可怜他，你可以把这件事忘了，或者更狠心一点，直接把人拉黑删除。"

他把木讷的人从自己腿上赶下去，不轻不重地推着人往门口走："可怜和恨，如果站在他的立场上让我选，我宁愿选后面的。"

"但不管怎么做，你别告诉我。"陈予锦终于把宁悦推到了门外，他扶着门框，表情格外冷漠。跟自己男朋友这么坦诚直白地聊和另一个男生的感情，他真的又气又想笑，宁悦是不是以为他是一座大佛，全身上下除了佛光没别的。

"宁悦，我的气性没你想象的那么大，也没你想象的那么小。"他最后撂下一句。

宁悦："？"你多少听我说一句啊！

全程都是他在说，宁悦一句话没插上，门就在她眼前关上了，她长到十八岁，头一回尝到被扫地出门的滋味。

高雨婷再一次按捺不住好奇，关心宁悦哄人的进展如何的时候，就意料之外地收到了一张自拍，宁悦坐在马路牙子上，寂寞地啃冰激凌。

高雨婷：这是怎么了？搞了半天是你被打了一顿老实了？

宁悦：[叹气.jpg]逗猫不成反被挠。

第十章
我一直都在

陈予锦第二天就回了长宁，人都在火车上坐稳了才给宁悦发消息，他头天晚上在酒店睡的，因为脸上的伤有点明显，怕回去了爷爷奶奶担心。

他这么急急忙忙离开，给出的理由也是这个。

他说到做到，说不问就不问，那之后和宁悦聊天没提过杨延半个字，仿佛这个人就没存在过一样。宁悦却始终耿耿于怀，不知道是不是错觉，她总觉得陈予锦回消息没那么快了，以前经常秒回，现在总要隔那么个两三秒。

高雨婷对她这个猜测很无语："你有没有想过可能是网络延迟呢？"

宁悦惆怅地摇头："好像也没那么热情了。"

"你好奇怪啊。"宁悦说完又找高雨婷的碴儿，"你怎么不帮我骂他渣男。"

高雨婷翻了个白眼，宁悦把前因后果都大概和她说了一遍，她心里可怜陈予锦还来不及，骂他干什么。

"你要实在放心不下，去长宁找他不就得了，又不远。"

宁悦叹了口气，目光深远地看着电线杆上的麻雀。高雨婷以为她拉不下脸，还想着劝两句，结果这人却说："我票已经买好了，明天早上走，今天就是和你说一声。"

高雨婷：我终究是错付了。

毕业后，周老师对宁悦没再管得那么严，她撒了个谎，说是和高雨婷一起去长宁玩两天，周老师便爽快地答应了。

宁悦在火车上时，陈予锦在和以前附中的同学聚会，大家凑了两桌，大概三十多人，一年多没见，陈予锦也没有多少生疏感，同学们对他也是一如既往地友好。

林家宇以前和他关系很近，两人一直也在联系，所以陈予锦自然而然地和他坐一桌。

"还没问你考得怎么样？"林家宇说。

"还行。"陈予锦没说具体分数，他心不在焉地转着手机，心想着为什么宁悦还没给他回消息。

林家宇从他不断解锁手机的姿势中看出点猫腻，坏笑着小声问："等谁消息？该不会是女朋友吧？"

陈予锦随口"嗯"了一声。

林家宇惊呆了："还真是？谁啊？"

他环顾四周，他们班漂亮女生可都来了。

"以后有机会再介绍你认识。"陈予锦低声说。

有个女生过来找陈予锦碰杯："好久不见了，陈予锦，我还以为你今天不会来。"

"同学聚会哪能不来。"陈予锦笑了笑，和她碰了一下。女生长得不错，但陈予锦却记不起她叫什么名字。

陈予锦这人属于在学校如鱼得水，在校外销声匿迹的人，跟谁好像关系都不错，但又跟任何人没有私交，除了个别好朋友，他离开学校不会和其他人私下联系，恰恰应了宁悦那句"容易相处，不易接近"。

女生问着他一年的近况，陈予锦不热络也不疏远地和她聊，女生问一句他说一句，但绝不自己找话题。来回几次后，女生也明白了他的意思，识趣地找别人聊天去了。

人走后，林家宇才找到机会插上嘴："人家李佳馨可一直惦记着你。"

陈予锦茫然地看他一眼："李佳馨是谁？"

林家宇无语了，表面上和别人聊得热火朝天，心底里却连人名字都给忘了？他摇摇头，痛骂道："渣男！"

林家宇说："你不知道，你一转学，咱班多少女生心都碎了，上课都魂不守舍，眼睛就往你坐过那个座位瞄，你可能不信，现在那座位都空着，都成打卡景点了。"

"你写高考作文也这么夸张吗？"陈予锦懒洋洋地瞥他。

"不信你回学校看看，骗你我是狗。"

"你本来就是狗。"手机亮了，陈予锦看了眼，立马站起身往包厢外走。

232

宁悦神秘兮兮地问:"陈予锦,你猜我现在在哪儿。"

陈予锦沉默两秒:"长宁火车站。"

宁悦惊讶:"你怎么知道?"

"你听筒没捂紧,我听到火车站喇叭了。"这些天两人一直都不冷不热地聊天,陈予锦死不痛快,这会儿听到她的声音,心里终于舒坦了点,他对她的来意心知肚明,却还要忍着笑明知故问地来一句,"你来长宁干什么?"

"找你啊。"宁悦永远那么直白,挠得他心痒痒。

陈予锦满意了:"我现在没在家,我给你一个地址,你打车过来。"

地址是个饭店,宁悦以为陈予锦和朋友在外面吃饭,没多想就过去了,结果到了陈予锦才告诉她今天他们附中同学聚会,有三十多人。

宁悦当场表演一个原地反悔:"我还是不进去了。"

陈予锦瞧着她:"真不进去?"

宁悦沉默了片刻:"你们班女生来得多吗?"

"十几个人吧。"陈予锦懒懒散散地站着,瞧着吊儿郎当,"不过你也别担心,也就那么几个想找我喝酒。"

宁悦想笑,真想给他一面镜子让他看看自己得意的可怖嘴脸。她睨他一眼:"我不在意。"

"哦。"陈予锦低头拿手机,"那我先给你订酒店,你等我吃完再来找你。"

她撞了他一下,昂着头走进去。

陈予锦"嗤"地笑出了声,紧走几步跟上她,自然而然地牵着她的手:"走反了,这边。"

包厢里原本觥筹交错热闹非凡,但不知道是谁先注意到陈予锦带了个女孩进来,然后你撞我撞你,大家都安静下来,目光齐齐地看着两人。

被看的两人都是泰山崩于前而面不改色的性格,所以看人的人反而更紧张。

林家宇结结巴巴问:"陈予锦,这、这谁啊?"

陈予锦特淡定地介绍:"我女朋友。"

宁悦笑着和其他人打招呼:"大家好,我是陈予锦的女朋友。"

气氛非常凝固,说不清有几个女生脸色骤然变得煞白。以前在学校,陈予锦是出了名的难追,不管是好看的还是成绩好的,他通通一视同仁,拒绝得干脆利落,谁也摸不清他喜欢什么类型的,有人说他心气高,还有人猜他对女生不感兴趣,但就是这么一个高岭之花,在毕业不到两个月的时间里,居然悄悄脱单了?

女生们偷偷打量宁悦,小白花长相,第一眼看上去好看又舒服,脸上素面朝天,干干净净,随随便便穿着一身休闲装,普通的T恤罩着笔直修长的腿,论长相,在场有人比她更漂亮,但几人面面相觑暗暗比对,都觉得她和陈予锦站在一起丝毫不落下风,反而很般配,其他任何人都做不到。

输在哪儿了呢?有人在想。

陈予锦带着宁悦入座,气氛相比之前没那么热络,主要是有几个人明显心不在焉,宁悦看在眼里,都给陈予锦记下了。

高三一年,大家心思大都在学习上,所以没人明目张胆地追过陈予锦,宁悦还是第一次感受到吃醋的滋味,女生们欲语还休的眼神、含羞带怯的眼波,都流流转转,围绕着她身边这个人。

真不愧是太阳啊,什么花花草草都朝着他生长。

各怀心思地吃完一顿饭,陈予锦跟几个男生去外面聊,林家宇明镜似的问他:"你故意的吧?"

陈予锦把宁悦吃的那份钱扫给了班长:"故意什么?"

"还装。"林家宇说,"刚和你说咱班女生有不少对你有意思,你转头就把女朋友带过来,你说不是故意的?"

"我故意的我犯法了?"陈予锦瞥他,"我这人低调,不想当什么万众瞩目的打卡景点,与其让别人心里有的没的惦记,不如痛快点断了念想,对谁都好,我没听错的话,李佳馨报的也是京师大?"

陈予锦一直看着包厢里,宁悦在和一个女生不知道聊什么。

"她和我女朋友一个学校,现在不干脆点,等上了大学,再来点风言风语传到我女朋友耳朵里,我吃不了兜着走。"

林家宇愣愣地看着他,听陈予锦这个语气,是完全陷进去了?

陈予锦心里想着宁悦在聊些什么,再也按捺不住走进去打断她:"我们走吧。"

宁悦惊讶地回头:"你们结束了?"

"没有。"陈予锦提起她的包,因为没计划待多长,所以宁悦只带了几件换洗衣服,"他们等会儿还要换场子去唱歌,我们不去。"

宁悦点点头,要真的让她和一群不熟的人去唱歌,她也觉得没意思,两人简单和其他人打了个招呼就干脆地离开,丢下一地支离破碎的少女心。

出了饭店,陈予锦打了个车直奔酒店,电梯里宁悦无意间摸到陈予锦的脉搏,筋脉突突地跳,又急又有劲,像是要冲破皮肤。

都说一日不见如隔三秋,按照这算下来,他们可是几年没见了。

关上门,陈予锦本人比他的脉搏要淡定得多,他放下包,拉开椅子坐下,离宁悦远远的。

"打算玩几天?"陈予锦问。

"没决定好,得看情况。"宁悦走过来。

陈予锦直勾勾地看着她走近:"看什么情况?"

"看你的情况。"宁悦跟没看见另一把椅子一样,直接在他腿侧坐着,双腿搁在他腿缝之间。

陈予锦喉结滚动,但面上还是一副人淡如菊的样子,也不揽着她:"我能有什么情况?"

"陈予锦,你气性也太大了点。"宁悦嘟囔。

陈予锦冷笑,尾音上扬:"是我气性大?嗯?"

宁悦看他又有被惹毛的趋势,立马乖乖低头:"不是,你气性不大,是我做事不周到。"

她抬起他的手臂,眼巴巴地看:"伤好了啊,好得真快,一点疤都没留。"

陈予锦哼了一声,没搭腔。宁悦打量他两眼,终于还是叹了口气,她自言自语地说:"虽然我男朋友很大方,心眼一点都不小,但我觉得有些事还是得解释清楚,不是怕他想不通,主要还是我憋不住事。"

她把他架得高高的,如意算盘打得噼里啪啦响。陈予锦想笑,他抱着她的腰,给她一个眼神,示意她继续说。

男人啊,就是这么好拿捏。

宁悦舔舔嘴唇:"吴子龙你还记得吧,那天KTV见过的,杨延那个朋友,前几天他告诉我,杨延要走了,说是这一走就直接往学校去报到,不会再回来,让我去送送他。他是私下找上门来告诉我的,为什么呢?那当然是因为我把杨延拉黑了,当然最后我也没去。"

她说到这儿,小心地看了下陈予锦的脸色,他面无表情,瞧不出生气没有。

他说:"继续。"

宁悦深吸了一口气:"那天你说我心里想着去看他,然后就把我赶出门了,我其实很冤,你现在想想,我其实一句话没说对吧,都是你在讲,你凭什么觉得我是想去看他?陈予锦,你觉不觉得这件事你做得多少有点不妥当?"

陈予锦意味不明地看她:"还成我的错了?"

"不不不,我的错。"宁悦把一松一弛这个把戏玩得很溜,她态度无比诚恳,"我这回过来主要就是找你道歉,甭管以前怎么样,我和别人认识多少年,现在你才是最重要的,我只在意你。"

糖衣炮弹真的有用,陈予锦被她哄得轻飘飘,他气什么?不就是气宁悦心里还有个分量不轻的异性朋友?他其实也幼稚,就是想要宁悦一个准话。

"那天没去?"陈予锦懒洋洋地抬眼。

宁悦举起三根手指郑重发誓:"没去,我觉得你说得对,我不该出于可怜去对他做一些事情,那样对他也是一种伤害,既然再也回不去,就不要回头,对于我和他来说,不留余地才是最好的选择。"

"你说是吧,陈予锦。"她捧起他的脸亲了一下,又挠他的手心,轻声撩他,

"男朋友,还气吗?"

宁悦可太懂怎么对付他了,这人的聪明劲全用在套路他上。

陈予锦心里跟火烧一样,还气个屁,他抱起她让她跨坐在自己身上,抬头亲上去,炎热的夏天也比不上少男少女心里的炙热。

陈予锦一向克制有度,他心里拉着警戒线,严防死守,感觉心火越烧越旺,他便硬生生把人松开了。两人眼眶湿润,眼神迷离。宁悦胸口剧烈起伏,正在兴头上,她带着点不满问他:"怎么了?"

陈予锦胡说八道地分散注意力:"你咬我舌头了。"

"怎么可能。"宁悦下意识摸嘴唇,过了一会儿见陈予锦始终不敢看她,宁悦才终于反应了过来。

她手还按在陈予锦胸口上,手心的震动令人脸红心跳。

燥意密密麻麻地爬上心头,全身跟过了电一样麻,宁悦抿抿唇,突然像决定了什么一样低声开口:"陈予锦,我买了一条裙子,想穿给你看看。

宁悦:婷婷帮我挑的,她说特别衬我的气质,我也觉得还可以,你看吗?"

身下的人骤然紧绷,他用力地呼吸,微红的眼睛克制地看着她,眼里流淌着一池温柔激滟的春水。过了好一会儿,他才呼出一口气,艰涩隐忍地开口:"我看。"

宁悦去卫生间换裙子,陈予锦搁外面低着头坐着,有那么一瞬间,想抽根烟,或者来瓶酒,什么都好,给他压一压。

但什么都没有,所以他只能口干舌燥地等着,心跳快得跟上了个泵一样,偏偏里面还没完,居然传出了水声,听着像是宁悦在里面洗澡,于是他更燥了,拧开一瓶矿泉水直接喝掉了半瓶。

他把水瓶子从左手换到右手,心里天人交战,走还是不走?

纠结半天没结果,理智说赶紧走,否则今天得栽在这儿,但两条腿跟灌铅一样不听使唤。

宁悦没想到自己洗个澡就把陈予锦刺激得够呛,她买了一条吊带裙,得换上无肩带内衣才能穿,她想着衣服都换了,不如索性洗个澡,坐了几个小时火车,身上也有味。

当然她心里也不好受,快速敷衍地冲了一下就当洗干净了,出去前她对着镜子左右看了几圈,确实好看,幸亏整个高三营养均衡没吃胖,否则这裙子铁定穿不进去。

她打开门,看见陈予锦坐在椅子上,头仰着失神地看着天花板。

他侧头看过来,肉眼可见地愣住了,宁悦身上这件裙子不光是黑色吊带,还特短,只到大腿中部,裙子之下是两条笔直的长腿,线条匀称,不粗不细,上面是平直的肩颈,锁骨分明,白皙性感,中间掐了腰,衬得她前凸后翘,又纯又欲。

平时她都穿宽松的运动服，陈予锦实在没想到，宁悦的身材这么好。

"好看吗？"宁悦在他面前转了个圈。

要死，陈予锦点点头，声音暗哑："好看。"

"我也觉得好看。"宁悦这回没坐他腿上，而是站到了他对面，"好看就多看几眼，你要拍照也行。"

"我拍照干什么？"陈予锦心不在焉。

"换成屏保，想我的时候就拿出来看看。"宁悦拖过椅子坐下，"我仔细想过了，虽然我放心你不会在国外乱来，但还是得给你留个紧箍咒，要是有女孩找你加好友，你一解锁，就能看见我在盯着你，最好安分点好好读书。"

陈予锦的心思不在她的话上，所以隔了好久才反应过来，诧异道："你以为我要出国读书？"

"什么叫我以为？"宁悦也愣住了，"你不是要去国外读吗？"

"谁跟你说我要出国？"陈予锦一头雾水。

听他这意思……

宁悦心里有了个猜想，语气激动："你不出国那你上个月去国外干什么？难道不是去看学校办手续？"

陈予锦不知道该作何反应，他莫名觉得好笑："我陪我爸妈去旅游啊，我建议的，全家一起出去玩一趟，好好放松一下，也让他们再考虑考虑离婚的事，我没告诉你吗？"

宁悦失笑："你没告诉我啊！"

陈予锦看着宁悦发蒙的脸，这才后知后觉地发现自己确实没和宁悦说清楚——要不就因为一些事打断了，要不就是自己高兴过头忘记了。

两人都不知道该说什么，一个忘记说，一个不想问，这么简单的事，居然稀里糊涂误会了两个月。

沉默了好久，陈予锦才问："所以你一直以为我要出国？什么时候这么猜的？"

"高考考完那天，我们和李石译他们一起吃饭讨论去旅游的事，你说你要出国，我就以为你说的是要出国读书。"

宁悦皱着眉回忆，那天的经过记忆犹新，陈予锦确实没说出国干什么，是她先入为主误会了。她有些无语，亏她还因为陈予锦要走而觉得伤心，敢情她的纠结难过都是自找的。

"那是在我们确定关系之前？"陈予锦怔忪地问，"你以为我要出国，还答应和我在一起？"

宁悦点点头："嗯。"

陈予锦愣了愣，半响才找回自己的声音，听着很不可置信："你愿意和我谈异国恋?"

宁悦从兴奋劲中缓过来,一脸"你干吗这么大惊小怪"的表情,笑了笑:"你表现得这么惊讶干什么,异国恋怎么了?谁规定我们不能谈异国恋?"

"不是……"陈予锦一时语塞。

他不知道该怎么说,高中毕业,都有一堆爱得死去活来的小情侣因为异地恋而选择分手,大学异地恋能坚持下来的也少之又少,但宁悦居然愿意跟他异国恋?

气氛莫名有些凝重,见陈予锦不说话,宁悦打趣他:"感动了?"

"嗯。"陈予锦正儿八经地点头,他收起身上的散漫劲,认认真真地说,"感动。"

光这份信任就足够让他动容。

陈予锦这么正经让宁悦有些不自在,她原本没觉得这是个多大的事,因为受父母的影响,她觉得异国恋也没什么,只要两个人坚定,也能谈下来,可陈予锦这反应,显得她好像是感动世界十大人物一样。

宁悦轻咳两声:"那你志愿报好没?"

"报好了。"陈予锦一动不动地看着她,"前阵子回去就是为了填志愿。"

原本是想告诉她,顺道庆祝一下他考那么好,结果却被杨延的事闹得全忘在了脑后。

"你就没问过周老师吗?"陈予锦说,"不是说我考得好,你妈有奖金?"

"我没问。"宁悦懊恼地皱眉,她一直逃避这件事来着,怎么可能去问陈予锦考多少分、去什么学校。

陈予锦的表情一言难尽,像在看傻子,宁悦果断把锅甩回去:"怪你没和我说清楚。"

她捂着心口装,自怜自艾地叹气:"亏我这两个月一直都挺难过。"

陈予锦想说你捂反地方了,那地方不是心脏,但他张了张嘴,最后又无奈地靠回了椅子上,好吧,是他的错,他不应该忘记这件重要的事。

他们俩对坐着沉默,表情都是难得的难以形容,不知道哪个时刻,他们突然对视了一眼,然后就不约而同地开始笑。

笑些什么也不知道,但就是想笑,就是开心。

青春那么漫长,永远都不会停,峰回路转,你以为要走的人,其实就在下个路口笑吟吟等着,你们拿着同一张车票,等着同一班车,把手递上去,就能长长久久地并肩,走同样的路,看同一场风景,风风雨雨,都一起淋。

宁悦在这一刻才发觉自己有多不愿意让陈予锦出国,有多想让他陪在自己身边。

她心潮澎湃地看着他,突然说:"陈予锦,你想不想知道我什么时候发现自己喜欢你?"

陈予锦眼底风起云涌,却又按捺着不动声色,低声稳稳开口:"想。"

宁悦撑着脸,惬意地歪头:"还记不记得有天晚上,我问你怎么才能判断自己是不是喜欢上一个人,你的回答很意识流,说如果喜欢,我会在你手上看到世界上我认为最美好的东西。"

他的手懒懒地搭在扶手上,宁悦看过去时,他张开了手掌,也低下头。

"你看见了什么?"陈予锦问。

宁悦笑起来:"我当时在想,我自己都不知道自己心里最美好的东西是什么,又怎么能看见,但我看过去的时候,脑海里居然真的有画面,不是眼睛看到的,是在那种情景下,心看见的。"

她仿佛又回到了那天晚上,她盯着他空空如也的掌心,心脏心猿意马地乱跳。她说:"我居然看见了你在对我笑,很不可思议,你说的是对的。"

宁悦亮晶晶地看着他:"所以陈予锦,我在那一刻就知道,我喜欢你。"

心脏猛地跳动了一下,陈予锦静静地注视着她,所有的克制和理智,都因为她这一句话化成了灰烬。

车马喧嚣,人声鼎沸,掩不住悸动。

陈予锦再也忍耐不住,丢掉他那层克己复礼的外壳,一言不发地抱起宁悦往床上走。

宁悦钩着他的脖子,一副得逞的狡黠样,笑眯眯地还想说什么。

陈予锦面无表情地打断她:"后悔也迟了。"

午后慵懒,宁悦趴在陈予锦胸口打了个哈欠:"陈予锦,聊会儿天吧。"

"嗯。"陈予锦低头玩着她的手指,"明天要不要回我家见见我爸妈?"

宁悦猛地惊醒,惊讶道:"见你爸妈?是不是太早了点?"

"不早了。"陈予锦视线落在她皮肤的痕迹上,"我得给你一个交代,承诺这玩意儿轻飘飘的,我思来想去,还是见家长比较郑重。"

宁悦笑了:"安全感这东西如果你都没法给我,那你爸妈更不能。少爷,你放轻松一点,享受当下,别搞得好像我是个强要名分的小媳妇一样。"

陈予锦细细品着她这个意思,眼睛危险地眯起:"我怎么听着像是你要穿衣服不认账?"

宁悦瞪大眼睛:"那么明显?"

陈予锦木着脸:"明天还是我跟你回沅南吧,我想见见周老师,把我俩的事定下来,免得某些人擦完嘴不认。"

宁悦伏在他身上,魖魖地笑,她直起身,啄他的嘴角:"放心吧,我下次还点你。"

他恶狠狠地把人拉上来,用力亲了一下:"你做梦吧,没下次了。"

宁悦点点头,清澈的眼睛笑眯眯地看着他:"只要你忍得住,也行。"

陈予锦感觉自己一口气堵上了,他冷笑两声,这人是真的不懂见好就收,只知道蹬鼻子上脸。

宁悦看他气得炸毛,又是一阵乐。陈予锦见她开心心里也想笑,但又觉得现在笑出来她会得意,便索性闭上眼,懒得再搭理。

宁悦听着他逐渐平稳的心跳声,突然说:"你真不用带我见你爸妈,我们现在见还是太早了,等读两年大学再说也不迟。"

陈予锦哼了声:"就这么有自信,我们两年后不会分手?"

"有啊。"宁悦语气认真,"我相信你啊,陈予锦。"

陈予锦睁开眼睛,深沉地看着她,不说话。

宁悦一根根掰开他的手指,红润的皮肤下,鲜红的血液在流淌,像是没有尽头的河流,容纳了太多可能性和太多惊喜。她轻声说:"之前的话没说完,我发现不同的时候,再按你说的那个测试,看到的东西也会不一样。"

"嗯?"他眉梢上挑。

"就好比现在吧。"宁悦声音越来越轻,在他耳边低语,"陈予锦,我看见了一种叫未来的东西,我们的未来。"

所以她不慌不忙,因为未来就在陈予锦手中,她相信他。

陈予锦笑了,他收紧双手握住她,别开头,怕宁悦看见他微红的眼眶。良久后,他低低地"嗯"了一声,他也看见了,在紧握的双手里,看见了他们光明的未来。

宁悦一向只知道陈予锦家境不错,爸爸开公司,妈妈是大学老师,他这个人吃穿用度都很讲究,从头到脚都是名牌,但一直不知道具体有多不错。等到了他家楼下,宁悦才有了一个大概的认知。

他说他父母现在还在国外,明早才会回来,问宁悦要不要去他家看看。宁悦想着认个地方也好,下次过来找他方便,但没想到车子一路开进了高档别墅区。

陈予锦家加上地下室一共有五层,独门独栋,还带小花园,她站在门口心情复杂地上下打量,感觉自己这会儿的心态有点像刘姥姥。

虽然不知道具体房价,但在车上宁悦看见他们经过了市中心的标志性建筑物,这地方离市中心不远,小区各种设施都非常高端,可见房价更不一般,以宁悦贫瘠的想象力,只能猜测一栋的价格在千万左右,只会多不会少。

陈予锦发现她神情有异,笑着问她说:"怎么了?"

宁悦被阳光晃到了眼睛,她眯了眯,叹着气意有所指地说:"陈予锦,你家门槛有点高啊。"

她一直觉得自己家庭条件算可以,爸妈加一起,年收入有将近六十万,但这和陈予锦家比起来就是小巫见大巫。她考虑得比较长远，不免有点担心两人悬殊的家庭条件会不会对未来的感情造成影响。

"高吗？"陈予锦顺着她的目光看去。

停顿几秒后，他突然弯下腰，把宁悦抱起来往他家大门走。他这人看着单薄，但一身肌肉很是给力，每一步都走得稳稳当当。等完全走上了台阶，他才看向宁悦问："还高吗？"

宁悦勾着他的脖子哈哈大笑："好像也没那么高了。"

陈予锦满意地点头，把她放下来，按着指纹开门："要是还高，我只能让我爸妈砸门槛了。"

宁悦跟在他身后慢悠悠进去："怎么砸？你要去败光家产向我家看齐吗？"

陈予锦似笑非笑地睨她一眼，扬头指外面的台阶："你想什么呢？我说把那个门槛砸了，平时少看点狗血电视剧，现实世界哪儿来那么多门槛拦你。"

他家有全自动鞋套机，不用换鞋，宁悦站在客厅拍了个小视频发给高雨婷，不出意外地收到了一连串的"哇"。

"陈予锦你等等。"宁悦高举着手机摆好姿势，陈予锦回过头，两人刚好都在镜头里，她站在前面比耶，陈予锦松弛地站她后面，笑得一脸无奈。

"你这是干什么？"他问。

"拍景点打卡照啊。"宁悦低着头看照片，几张都挺不错，她满意地收起手机，走向陈予锦轻撞了他一下，点了下下巴，使唤他，"陈导游，开始吧。"

陈予锦有些无语，把他家当景区观光来了？

他现在觉得自己在她眼里哪是导游，分明是一只被关在金丝笼里的猴子。

宁悦大摇大摆地往前走，陈予锦似笑非笑地赶上她，长臂一伸，直接把人夹在了臂弯里，拖着走，语气凶恶："观光是吧？这个视角行不行？"

"这角度我只能看地板！"宁悦乐得直笑，去掰他的手臂。

两人一边打闹一边往上爬楼梯，二楼是健身房、书房和家庭影院，三楼陈予锦父母在住，是他们的地盘，陈予锦住四楼。

宁悦对二楼、三楼都不感兴趣，简单看了两眼就过去了，然后没等陈予锦带路，便兴冲冲地自己上了四楼。

陈予锦的房间很干净，跟在日新小区的差不多，卧室和书房设计成了一个大套间，都是冷色系设计，深色的窗帘一拉开，外面是一个人工湖泊。宁悦兴致勃勃地趴在阳台上深呼吸，不由得感慨有钱还是好。

陈予锦站在她身边，反靠着栏杆问："你在闻什么？"

宁悦闭着眼："在闻铜臭味。"

陈予锦失笑，没好气地冲着她的头发一顿乱揉。宁悦闻了会儿阳台的新鲜空气，就去他的书房打卡，书房有一整面墙都是柜子，几乎放满了书，各种类别的都有，宁悦脑洞大开地在里面找《母猪的产后护理》，可惜没见。

她好奇地问："这里的书你都看完了？"

陈予锦摇摇头："没，塑封都没拆你没看见？买来填柜子的，不然里面太空很难看。"

宁悦佯装失望地摇摇头："原来都是假把式。"

陈予锦看她一眼，拉开书桌的抽屉，拿出里面的游戏手柄："这算是游戏区，我平时都在这里玩游戏。"

"唔。"宁悦假模假样地撇嘴，"玩物丧志。"

陈予锦轻哼一声，皮笑肉不笑地把抽屉关上："你来找碴儿的是吧？"

宁悦调皮地"咦"了一声，靠着玻璃柜淡笑着说："怎么还不许别人说实话了？书你没拆，游戏我不感兴趣，陈予锦，你如果没点别的东西秀给我看看，那这个景点我要打差评了。"

说完，她还煞有介事地拿出手机，像是准备编辑什么内容。

陈予锦好笑地盯着她，半响后才像是屈服于她的威胁，冲她勾勾手，然后不紧不慢地走到床边坐下，拍拍身侧开口："我的床挺舒服的，你要不要试试。"

宁悦眨眨眼，故作疑惑："你这不是个正经景区吗？怎么还有这种服务？"

她假装要走："不行，我要去工商局举报。"

她这人玩心大，这样装下去不知道玩到什么时候才是头，陈予锦懒得再配合她，直接站起身，拉着宁悦的后衣领像拎小鸡仔一样把她拖回来，抱在腿上坐着，气定神闲地挑眉："举报景区你要去旅游文化局，而且我提供什么服务了？你有证据吗？"

没等宁悦回答，他直接亲上去，宁悦的笑声从唇齿间溢出，像铃铛似的在心里荡，两人倒在床上，陈予锦还不忘问："这床行不行？"

宁悦舒服地调整了一下姿势，手脚划水般动："还行，给个四星。"

离吃晚饭还有一点时间，陈予锦开了投影放电影给宁悦看，两人也没怎么挑，随机选了个口碑不错的文艺片放着。片子放到一半，床上的两人便已经昏昏欲睡，迷迷糊糊间，楼下似乎响起了汽车声。

陈予锦睁开眼睛，恍惚间以为是片子里的声音，没当回事，直到傅臻在楼下开始叫他的名字，他才猛地惊醒。

他一惊一乍弄醒了宁悦，她揉揉眼睛，还没来得及发表不满，就也听见了楼下的声音。

两人对视一眼，都神情惊恐，宁悦难以置信地按亮手机，她一觉睡这么久？

已经早上了？但时间显示还不到下午六点。

陈予锦掀开被子起身找衣服："别看了，我爸妈提前回来了！"

楼梯传来脚步声，似乎是傅臻上楼了，情急之下宁悦一脚把陈予锦踢下了床，催促他："你爸妈上来了，你快点藏柜子里！"

陈予锦被踢蒙了，两人大眼瞪小眼几秒钟，他才蓦地反应过来："我爸妈上来了，我躲什么柜子！"

宁悦猛地一拍脑袋，急糊涂了，是她要藏柜子里才对。

陈予锦叹了口气，快速收拾好宁悦的衣服鞋子，直接丢到浴室，然后又把还不在状态的人抱起来，快步走到浴室放下："锁上门，别出声。"

宁悦心跳如鼓，点点头。

这种时候就不得不说房子大还是有好处，起码爬上四楼需要点时间，陈予锦拉开窗帘，快速穿上裤子，但在找上衣时却怎么都找不到，不知道丢哪儿去了。

"小锦，你在房间吗？"傅臻已经到门口了。

陈予锦只好光着上身迅速上床，靠着床头坐下，假装自己一直在看电影。

傅臻打开门，看见陈予锦愣了一下："你在家啊，那我叫你怎么不答应？"

陈予锦目不斜视，云淡风轻地回："看电影，没听见。"

傅臻纳闷地看着模糊的投影幕布："窗帘都不拉，你看得清楚吗？"

"嗯。"陈予锦惜字如金。他盯着幕布，手心都是汗，他身边的被子里卷着宁悦的衣服，刚刚收拾时漏了，傅臻如果多走一步，就能看见，陈予锦屈起一条腿挡了挡，语气冷漠，"还有事吗？没事您先下去吧，我看完这个电影再下来。"

傅臻皱了皱眉，她杵在门口没动。半响后，她叹了口气，语气复杂地问："小锦，你就这么生气吗？连看都不看妈妈一眼？"

陈予锦在心里叹气，他不是不看她，是他不敢动。

陈予锦敲了下门："我妈下去了，开门。"

宁悦正趴在门上听，闻言她松了口气，把门打开："吓死了，你妈怎么提前回来了？"

"不知道，可能有事。"陈予锦把衣服塞给她，又去找自己消失的上衣，找了半天，终于在床头柜和床的夹角间找到了。

"我下去问怎么回事。"陈予锦俯下身在她额头上亲了一下，"别慌，他们不会再上来，你安心在这里等我，无聊就看看书。"

宁悦笑着揶揄："我不慌啊，以你家的家教，就算被发现，被打断腿的也不会是我。"

陈予锦顿时就有点无语。

"谁都没你心宽。"他把衣服穿上，打算下去。

"等等。"宁悦拉住陈予锦,陈予锦疑惑地回头,冲她挑了下眉。

宁悦叹了口气,本来确实没那么慌,反正他家够大,被发现的概率小,但陈予锦要把她一个人留在四楼,她又有点不安心。

"早点上来。"宁悦捏他的指尖,假装平静地交代。

陈予锦看破不说破,笑着轻轻揉揉她的头顶:"嗯,我马上就上来。"

楼下只有傅臻一个人,正在慢条斯理地清理行李。

"我爸呢?"陈予锦给自己和傅臻都倒了一杯水,然后坐在她旁边的沙发上。虽然傅臻什么都没发现,但他自己心里心虚,便有些不自在,他随手把电视打开放着,有了背景音,显得没那么尴尬。

"去公司了。"

"不是说明天回来?"

"你爸公司有点事,需要提前回来处理。"傅臻说到这儿,顿了一下问,"志愿填好了吗?"

"填好了。"陈予锦一圈圈转着手里的杯子,他想事的时候就会这样,手里拿着什么就会下意识玩起来,好像手脑难分开一样,只要脑子动,手就不能闲。

傅臻对他这个习惯也门清,虽然他脸上看着很淡定,眼睛也一眨不眨地盯着电视,但在一位母亲眼里,一切无所遁形——陈予锦已经把心事重重四个字写在了脸上,她知道他在想什么。

她把叠好的衣服放在沙发上,温和地问:"你爸和我说希望你去国外读书,但你拒绝了,为什么?"

"不想去,没必要。"陈予锦想到这个建议背后的算计,冷淡地垂下眼,"国外的文凭对我来说没必要,想学知识,在国内就够了。"

傅臻点点头:"我也这样想。大学只是入门,在哪里学都一样,如果你以后想深造,觉得国内的知识水平无法满足需求,再考虑国外也不迟。"

"你爸这人……"她拿起水杯,神情突然变得淡淡的,好像不大想多做评价,"有时候想太多,有时候又想太少。"

陈予锦忍不住看她一眼,夫妻这么多年,他觉得对于陈平华的心思,傅臻什么都知道。他们以前不是没想过送陈予锦去国外读书,但都是随口一提,毕竟他成绩好,他家也不需要弄些虚的东西装点门面,这一次陈平华突然这么积极地要把陈予锦张罗到国外去,这背后的弯弯绕绕傅臻怎么可能没察觉呢?

大概是因为做生意,陈平华在考虑一件事时总忍不住掺杂一点算计,但傅臻不同,她在学校,环境相对单纯,评上教授职称后,更是有点与世无争的趋势。

陈予锦握紧水杯不再转,从傅臻的态度中,他察觉到点什么。沉默许久,他才沉声问:"我一直想知道,您为什么坚持要和我爸离婚?就因为他希望您放弃现在的工作和他一起去国外发展吗?"

在这场持续两年的离婚拉扯中,傅臻一直是坚定的那方,陈平华并不想离,所以两人才拉拉扯扯到现在。

"你们结婚二十年,二十年的感情仅仅是因为未来的发展有分歧,就一定要离婚吗?"陈予锦抬起头看着傅臻的眼睛。

傅臻愣了一下,陈予锦自上了高中后,性格就越发成熟,平时不管在学校还是家里,都张弛有度,哪怕最近两年他待他们有些冷漠,但也稳定地控制在一个彼此都能接受的范围内。她已经很久没在陈予锦脸上看见这样的神情,有点茫然,又有点痛苦,像个小孩子一样。

她意识到自己忽略了一些事,陈予锦再聪明、再独立、再懂事,也只有十八岁,以他的年龄和阅历,让他轻松地接受原本恩爱的父母要离婚这个事实且表示尊重,其实很难。

傅臻突然觉得嗓子有些干涩,她本该理直气壮,此刻却莫名地难以启齿。

陈予锦自嘲地笑了一声,苦涩地说:"妈,我可以不反对你们的决定,但我觉得我还有知道为什么的权利。"

在国外旅行的一个月,陈平华和傅臻没有表现出任何异常,两人就如同大多数感情良好的夫妻一样,一起在广场喂鸽子,一起合照,每到一个新的城市,还会互送对方礼物,但这些都是表象,傅臻从来没有改变过想要离婚的想法。

陈予锦知道如果真的要离,这一天不会太远,毕竟连他高考这最后一个顾虑都没有了。

傅臻思考了很久,缓缓摇摇头:"这跟未来的发展没关系,我真正要和你爸离婚的原因是他在下决定之前并没有问过我。"

陈予锦皱眉:"什么意思?"

"意思是,你爸在问我的意见时,他就已经在着手安排国外的公司。"傅臻情绪平淡地叙述这个让她无法释怀的事情,"如果说你爸在有了这个想法时就和我商量,我未必不能放弃国内的工作跟他去国外,但他没有。"

傅臻看向陈予锦,语气始终毫无起伏,似乎是看淡了:"生意场上多点心眼无可厚非,但你爸不应该算计家人,他以为我肯定不会答应去国外从头开始,所以他先斩后奏,想逼着我过去。"

"包括让你去国外读书。"说到这儿,傅臻终于提高声音,难掩激愤,"结婚这么多年,他难道真以为我不知道他在想什么?以为自己能瞒得过我?小锦,你明白吗?我并非是因为和你爸有分歧而选择和他离婚,而是你爸在这段婚姻关系中,对我不再真诚,并且直到现在,他都没有意识到这一点。"

她喝了一口水,压下心里的愤怒。她和陈平华之间有很深的感情,他们自由恋爱,结婚多年没红过脸。作为丈夫,他对她对家庭始终忠诚,从来没做过对不起她的事;作为一个父亲,他尽职尽责,从未缺席陈予锦的成长。

但这些不能掩盖他的自私。她可以出于为家庭着想,放弃事业去陪伴他,但他不能耍手段逼她做选择,她越是爱陈平华,越不能接受这一点。

陈予锦紧紧地握拳,根根手骨都因为用力而凸起,他身体紧绷,没有说话,他没有想过会是这样的原因。

傅臻深吸几口气,继续说:"本来想等你爸回来再和你说这件事,但既然今天你问了,那小锦,妈妈希望你能够理解我的决定。为了你,我同意保留和你爸的婚姻关系,但我们决定分居,你爸很快会搬进市区的另一套房,你愿意去哪里住都随你自由,不想再和我们住在一起,我和你爸也尊重你的意见,我们可以重新买一套房记在你名下,就当作成年礼物。"

她认真看着他,没给陈予锦躲闪的机会。

在某种程度上说,陈予锦的性格和傅臻真的很像,决定了就绝不逃避,永远都坦坦荡荡。

陈予锦嗓子干得说不出话来,他把杯子放在茶几上,站起身,如同逃兵一样狼狈地从这场风波中退场。他转身上楼,压着声音丢下一句:"随你们,我都同意。"

傅臻看着他一步三台阶地离开,心情复杂地张了张嘴,但最后还是没叫住他,只是疲惫地靠着沙发,闭上眼慢慢缓解心情。

分居相对离婚来说只是一个折中的处理办法,但他们三人心中都明白,这跟离婚没什么两样。

宁悦早在听见陈予锦脚步声的时候,便开始蹑手蹑脚地往回走,但她没想到陈予锦那么快,她还没进门,就和陈予锦在楼梯上撞见了。

两人都愣了愣。

偷听被抓包,宁悦有点尴尬,光着的脚趾忍不住蜷缩,她在房间里坐不住,原想着听听傅臻说什么,有没有发现她,但没想到会听到他们聊家事。事关陈予锦,她挪不动脚,愣是偷听完了。

宁悦现在的心情很复杂,又心疼又茫然,她看得分明,陈予锦眼睛都红了。

陈予锦默默看了她一会儿,抿了抿唇:"脚不冷吗?"

"啊?"宁悦低头看,她怕发出声音,所以袜子都没穿,虽然地砖很凉,但这个天气也还好,她摇摇头,"还好,不冷。"

陈予锦垂下眼,大步走过来,将她拦腰抱起。

宁悦及时捂住嘴,才没发出惊呼声。

他抱着她进房间,关上门锁上,然后坐在床边,紧紧抱着她不松手,也不说话。

宁悦任由他抱着,有一搭没一搭地摸他的后颈。

过了好一会儿，陈予锦才闷声问："你都听见了。"

"嗯。"宁悦点点头，她和陈予锦十指相扣，扣紧手指。

陈予锦呼出一口气，他不想让宁悦知道他家的事，不想看见她脸上出现心疼的表情，也不想让她为了这件事烦心，但她真的知道了，他又觉得轻松，好像有人帮他抬起了重物的另一头，让他可以松口气。

他垂下眼，脸上似乎蒙上了一层阴影，阳光不再，像是被困在迷雾中的旅人，迷茫又无助："宁悦，我没有办法说服我妈，我站在她的立场上去想，能够理解她的失望和愤怒。"

"但我作为儿子，同样无法不为我爸开脱。"陈予锦神情痛苦，"他自私是真的，算计是真的，我承认他不够真诚，但也不能否认他对我妈的感情。"

宁悦摸着他的头发，不知道该怎么开解他。他们都太年轻了，包括现在自己谈恋爱，其实都很单纯，所以无法理解婚姻，无法理解大人之间的试探和计较。

人各有立场，各有痛苦。

说了几句后，陈予锦又不知道还能说什么，他能做的努力已经做了，也向父母表达了自己的意思，但他们采不采纳是他们的事，他不能在傅臻面前再做什么，他不希望自己也和他爸一样，让感情成为要挟他妈妈的筹码。

他抱紧宁悦，疲惫地埋进她颈窝。

宁悦目光茫然地落在别处，半晌后才低声说："别难过了，陈予锦，这一次我没有带糖果。"

陈予锦想起过年在农贸市场的事，她看出他不开心，偷偷摸摸给他塞了块奶糖，陈予锦心里一轻正要说什么，却听见她继续说。

"不过你要是想吃点甜的，不如舔舔我的手。"她举起手送到他嘴边，一本正经地哄他，"毕竟我跟糖果一样甜。"

……

"陈予锦，你怎么回事啊！"梁思源在另一边哀号，"连输五把了！"

今天下午，陈予锦拉梁思源一起玩游戏，两人一玩就是两个小时，输得梁思源血压都高了，好不容易打起来的段位一朝掉到解放前。

陈予锦戴着耳机，低声说："再来。"

"还来？"梁思源震惊，"谁要跟你再来？再这么输下去，我段位得掉成什么样啊，你刚没听见咱队友骂得多难听呢？得亏是陌生人线下不认识，否则就你这垃圾操作，能把人气得连夜来砍你。"

梁思源噼里啪啦说了一堆，陈予锦默不吭声地听完，没发火也没道歉，末了还是冷冷淡淡地说了一句："你到底来不来？"

梁思源痛心疾首："我真的欠你的！"

他一边说一边捂着钝痛的胸口开了一局，谁让他运气差，有陈予锦这么个弟弟："陈予锦，哥哥我牺牲这么大陪你练手，你都给我记在心里了，以后好好报答我。"

"嗯。"陈予锦漫不经心地回应，在游戏里又坑了把队友。

梁思源：这么玩下去不被坑死就被骂死。

反正也打成这破样了，他一心二用地打开联系人列表，给宁悦发了个消息：你和我弟吵架了？

宁悦这会儿正躺酒店里发呆，趁着傅臻出门买菜的工夫，她不顾陈予锦的挽留迅速溜出了陈家，那之后陈予锦就没了消息。宁悦当然不觉得他是因为自己走了在生气，他不想聊天多半还是因为父母的事。

白天他好像是被她哄好了，跟个没事人一样，但宁悦知道他远比表现出来的更在意，所谓的洒脱，只是为了让她安心而装出来的假象。

这种情况也超出了宁悦能处理的范围，只觉得不管怎么开解他都很无力，她也没法帮他分担哪怕万分之一的痛苦。

她倒宁愿是自己和陈予锦吵架了，那样她总有办法让他好起来。

宁悦叹了口气，给梁思源回消息：没，怎么了？

梁思源秒回：那就是他爸妈的事。

宁悦刚想问他怎么突然提这个，梁思源的消息便一连串地冒出来。

拖着我打了几个小时游戏。

技术稀巴烂，我掉段掉得血压狂飙。

我猜估计是他被爸妈的事刺激了。

我是没法了，你帮帮忙劝劝呗？

宁悦头疼：我怎么劝，你给支个着？

梁思源：你们小情侣的事，问我？

梁思源：我能给你支的招就是痛苦转移疗法。

梁思源：比如你现在和他分手，陈予锦绝对就没心思操心他爸妈的事了。

宁悦：……

梁思源：嘿嘿，哥这个办法怎么样？

宁悦：陈予锦有你是他的福气。

梁思源：[跪下.jpg]不管怎么样，让他别缠着我打游戏了，我现在打得心绞痛。

发完这句话，他们这把游戏又输了，队友开麦把他们喷得狗血淋头，梁思源恨得牙痒痒又拿陈予锦没办法，只好无能狂怒地捶桌子，结果动静太大又被他妈妈骂了一顿。

陈予锦听到耳机里传来的动静，冷血无情地又开了一把。

梁思源：他是无辜的啊，怎么姨妈离婚要他祭天啊！

梁思源悲愤地回归游戏，挽救他可怜的段位。宁悦见他没再发消息过来，知道肯定是打游戏去了，所以也没问，左右这个人也给不出什么建设性意见，只有满脑子馊主意。

不过她确实也不能就这么待着什么也不干，宁悦想了想，果断出门。

陈予锦心思不在游戏上，自然一直输，宁悦走后他不知道要干什么，看电影没心思，也没出门的兴致，只好打打游戏打发时间，也希望自己有点事忙就不会想那些七里八里的事，但事实证明没用，甚至比之前更烦了，只觉得胸口有一口气堵着，很不得劲。

在梁思源的力挽狂澜下，他们终于赢了一把，梁思源差点喜极而泣。

陈予锦盯着屏幕，感觉心里跟一潭死水一样，他把键盘往前一推，后仰着头，闭上眼，轻轻地呼出一口气。他挺气自己的，他心里不痛快连累别人一直输是怎么回事。

手机振动了两下，他疲惫地揉了揉鼻梁，以为对方是梁思源，所以接通就来了一句："不玩了。"

宁悦诧异地看了眼屏幕："什么不玩了？"

是宁悦？陈予锦睁开眼，清了清不适的嗓子，打起精神："我刚和梁思源打游戏，以为是他打的电话，怎么了？"

"没怎么……"宁悦抬头眯着眼睛看向早先自己待过的阳台。

陈予锦听着她支支吾吾的声音，忍不住笑了笑，他懒懒地垂下眼睛，坏坏地撩她："想我了？"

宁悦也不扭捏："嗯，想你了。"

陈予锦被她这句话哄得有点开心，他一边给梁思源回消息，一边调笑她道："想有什么用，先前让你留宿你耍赖不干，现在想回来难了。"

宁悦："我也没想回去啊。"

她弯起嘴角："陈予锦，你猜猜我现在在哪儿。"

她说话很小声，仿佛在躲着什么，身边依稀还能听见一点风声，陈予锦不由自主地看向阳台飘动的窗帘，福至心灵反应过来什么，忙走到阳台上往下看。

宁悦仰着头，冲他用力挥舞着手臂，陈予锦的心跳当时就停了一拍。

她的笑容很远，但声音却很近，伴随着宁悦独有的狡黠传到他耳边："陈予锦，咱们私奔去吧？"

私奔？陈予锦很想逗逗她，拿拿乔，报一报她之前出尔反尔丢下他的仇，但他的身体却比嘴诚实，宁悦说完后他一句话没说，五分钟后就老老实实出现在一楼，蹑手蹑脚地打开了门。

别说是私奔，她出现在楼下的那一刻，陈予锦觉得刀山火海他都能跟着去闯一闯。

门外,宁悦并没有第一时间迎上他,反而一脸兴奋地指着车库里的自行车:"能用吗?"

那辆自行车是陈予锦在附中读书时用的,已经闲置了一年多,他把车推出来,还来不及说什么,宁悦就忙不迭地坐上去,推着他的背催促:"快点走!"

大半夜干偷偷摸摸的事,免不了担心被逮,宁悦的心脏不受控制地乱跳。

陈予锦见她这样不由得失笑,他当她有多大胆呢,这才多久就露馅了。他拉着她的手环住自己的腰,慢悠悠地往前骑,语气听着轻松了不少:"你这哪像是邀我私奔,像小偷逃跑还差不多。"

宁悦的心跳还没平复,面上却镇定地反问:"我偷什么了?"

"我。"陈予锦低声轻笑,语气傲娇上扬,"你男朋友无价之宝你不知道?就你这样的被抓了高低判个无期。"

宁悦无语地盯着他的背,似笑非笑地呛他:"陈予锦,自恋是病。"

"我这叫有自知之明。"陈予锦载着她出了小区,"私奔去哪儿啊?"

"警察局。"宁悦的声音从背后悠悠传来,有几个音咬得格外重,"把你这个赃物上交了。"

陈予锦低笑一声。

他说她是小偷,她便讥笑他是赃物,半点都不肯吃亏。

街上半个人都没有,路灯把两人的影子拉得老长,宁悦心念一动,抬起手往陈予锦耳朵里塞了半只耳机。

耳朵里传来女生清脆好听的歌声,陈予锦惊讶地挑了下眉,靠边刹住车。

宁悦正在摆弄手里的 MP4,就是之前陈予锦借她的那个,他一直没要回去,宁悦也没还,里面的催眠曲被她翻来覆去听了好几遍,其中几个故事都能复述了。

陈予锦摘下耳机,挑眉问:"自己录的?"

宁悦点点头,唱歌其实是宁悦最拿得出手的技能之一,她嗓子好气息稳,虽然比不上专业的,但当个 KTV 霸主绰绰有余。

陈予锦似笑非笑:"还说我自恋?某些人比起我也不遑多让。"

宁悦面不改色心不跳:"是某些人打样在先,我这是有样学样。"

陈予锦哼笑了一声,把耳机重新塞回耳朵里,他认输行了吧。见陈予锦打算走,宁悦忙说:"咱们去绿意公园,你多卖点力,别等会儿关园了。"

那边十点半闭园,陈予锦看了下时间,来得及。

宁悦自觉地环抱着他的腰,一副等他冲锋的样子,陈予锦无奈地说:"你这么怕来不及,我们打车过去不就得了。"

"打车过去多没意思。"宁悦惬意地感受着拂过脸颊的风,闭着眼边享受边说,"陈予锦,我一直觉得有两件事非常让人享受,一件是在床上一边吃薯片一边看电视,另一件是坐在自行车后座,和喜欢的男生听同一首歌。"

陈予锦忍不住笑了:"你觉得享受是因为骑的人不是你。"

宁悦装腔作势地"咦"了一声:"你不享受吗?"

陈予锦:"我敢说不吗?我说了你不得跳车给我看?"

宁悦摇摇头,鼻尖擦过陈予锦的背,她大声说:"我不跳车,但我以后去坐别人的后——"

一句话没说完,陈予锦猛地加速,用行动给了宁悦一个警告,硬生生让她的"座"字变成了不轻不重的一声惊呼。

风鼓起了两人的外套,自行车穿梭在树影之间,风风火火堪比一阵刮来的热浪,宁悦抱着陈予锦的腰,心想骄矜的猫就是不一样,半句赖话都听不得。

因为陈予锦猛发力,他们在十点赶到了公园。

陈予锦锁好了车就被宁悦拉着直奔目的地去,园里有个大型的游乐场,但宁悦其他都不看,明确地走向摩天轮。

眼看宁悦准备去买票了,陈予锦才无奈地拉住她:"你是不是忘记你男朋友恐高的事?"

"没有啊,我记得。"宁悦理所当然,"就是因为你恐高,我才带你来坐摩天轮。"

陈予锦双手懒洋洋插兜里,要笑不笑:"打算直接吓死我,好去坐别人后座是吧?"

"嗨呀,别人的车后座多硌屁股,我才不坐。"宁悦想哄着他上去,口气格外软,"而且我也不喜欢别人啊,坐着没意思。"

陈予锦最受不了她这半分敷衍半分诱哄的语气,耳根子一软就被她推上了座舱,锁死了门。

接近闭园,人不太多,三分之二的座舱都空着,陈予锦起初还看了几眼窗外,等升到一定高度后就彻底不看了,眼睛直勾勾地看着宁悦。

宁悦兴致满满地欣赏着夜景,看够了才问他说:"你真不看?视野确实挺好的。"

陈予锦目不斜视:"我更感兴趣的是你非让我陪你坐摩天轮干什么。"

宁悦眨眨眼,半真半假地笑:"你没听过一个传说吗?十二点的时候在摩天轮最高点接吻,爱情就能长长久久。"

陈予锦意味不明地哼了一声:"编这个传说的人肯定没考虑过,有摩天轮的公园十点半就闭园,根本等不到十二点。"

宁悦佯装失望地咂咂嘴:"陈予锦,你真煞风景。"

陈予锦不吃她这套,他慢条斯理地说:"在我心里,高处可没有风景。"

"唔。"宁悦挑眉，"就一恐高被你说得还挺文艺。"

陈予锦似笑非笑："恶作剧被你编得也挺浪漫。"

她摊开手："行吧，摊牌了，陈予锦，你听说过痛苦转移疗法吗？"

陈予锦好整以暇地靠着轿厢，给了她一个"看你怎么编"的眼神。

宁悦煞有介事地给梁思源圆他的这个理论："就是说当一个人的负面情绪无法消除时，不如就让这个人的注意力转移到其他更强烈的情绪上。"

她顿了一秒，突然认真："比如用恐惧来打败不开心。"

折腾了一晚上，这才真正讲到正题上，陈予锦被她这个通透的目光看得差点装不下去，他欲盖弥彰地瞥过头。

他知道自己放不下，也知道宁悦对此心知肚明，但他很不想在她面前表现得太脆弱，他不知道自己无能为力的一面是否会在宁悦心里成为一个破绽，他希望在她面前，他永远都无所不能，这是一个少年幼稚又执着的自尊。

但陈予锦到底没装得完美，他收起笑，怠惰地垂下眼睛："你觉得有用吗？"

他这副破了洞的样子让宁悦心里揪了一下，她故作轻松地笑："没用也没关系，我还有后招。"

陈予锦没什么情绪地看着窗外。

宁悦抬头看向高处，瞧着座舱已经转到高点，她突然站起来，双手撑着座椅将陈予锦高大的身躯圈在中央，陈予锦转过头，宁悦便俯身下来在他暗淡的目光中轻啄了一下他的嘴唇。

陈予锦目光沉沉，心里说不清什么滋味，比感动要深刻一点，比快乐要酸涩一点。宁悦是个心细如尘的姑娘，她总是能恰如其分地留下一点温暖，让绝境中的人挨过这个寒冬。

宁悦抵着他的额头，两人靠得很近，似乎能看见对方眼里的自己。

"如果恐惧不行，那快乐能不能打败难过？"她轻声说，"男朋友，今天一天发生了很多事情，如果按照比例，让你难过的那件事只占了很小的份额，很快就会淹没在层层叠叠的记忆里，也许在我们走下摩天轮的那一刻，你就会忘记，毕竟总会有事情比难过更深刻，你说是吗？"

在这个大家都还在以自我为中心的年纪，宁悦却已经早早有了一种岁月沉淀后的温柔，她眼神真挚地和他对望。过了半响，陈予锦才凝望着她，眷恋地按着她的后脑，蹭了蹭她的额头说："是。"

纷杂的记忆仿佛乱炖的一锅粥，无数情绪翻滚着交替冒泡，但出于人类趋利避害的本能，到底是快乐更胜一筹。

从摩天轮下来后，两人都有些沉默，陈予锦将宁悦送回酒店后，才一个人骑车回家。

家里鸦雀无声，没人发现他出去一趟又回来，而陈予锦的心境发生了什么变化也只有他一个人知道。

　　他回到房间，宁悦像掐好了时间一样发来信息。

　　漆黑的夜幕里，只有她的话散发着荧荧白光。

　　陈予锦，我不擅长开解别人，也知道我不是你，没法切身处地地体会你的难过不安，有些话当着你的面我多少觉得有点矫情说不出口，所以只能打字告诉你——

　　不管发生了什么，至少我一直都在。

　　难过的时候要回头看，有那么一个女孩坐在你的后座，和你一起听她唱给你的歌，虽然她无法与你感同身受，但至少在你的世界四面漏风时，可以给你一个温暖的怀抱。

第十一章
男朋友，你胆子好大

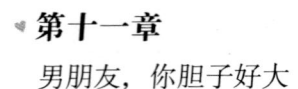

  宁悦第二天就回了沉南，她上午走的，下午梁思源就到了，他特意来安抚陈予锦受伤的心灵，但见了面却发现这人好像没他想象中那么难过。

  不过既然来都来了，他还是在陈予锦家小住了几天，后来陈予锦决定去考个驾照，于是小住就变成了长住。

  也因此，直到开学宁悦都没再和陈予锦见过面，她忙着和高雨婷享受最后的姐妹时光，有时一整天都和陈予锦聊不上几句。

  荒唐又热烈的夏天，在日复一日的快活时光中悄悄溜走，随着各个大学陆陆续续开学，沉南的火车站逐渐被拖着箱子的学生挤满，离别不舍每天都在上演，但同样的，对未来的期待也在起飞。

  高雨婷和杨灿如同之前所说留在了省内，李石译和陈予锦都被Ａ大录取，宁悦则上了京师大，学习教育学。

  周老师不放心宁悦一个人出远门，所以特意请了假送她过去，这样一来，宁悦就没有和陈予锦一起出发，两人约好等周老师走后再见面。

  宁悦的宿舍分到了四楼，是标准的四人寝，房间内还有空调，美中不足的是没有独立卫浴，有几个床铺上已经放了被子，但不知道是不是宁悦来得太迟，所以一个室友都没见到。周老师陪着宁悦报名缴费，各个流程走完后两人都累得不行，连宿舍都没精力再收拾,两人各自拖了把椅子坐着,聊些关于学校的闲话。

"你们这宿舍环境还不错,就是没有独立卫浴很麻烦。"周老师担忧道,"你到时候去洗澡手脚快点,别拖拖拉拉的,否则连澡都洗不上。"

"怎么会。"宁悦眼睛瞟着屏幕,心不在焉地回。

"怎么不会?你没用过公共浴室不知道。"周老师絮絮叨叨,"高峰期人满为患,你去迟了就得等个把小时。"

"知道了,我会快点的,别担心。"宁悦手指快速在手机上按,给陈予锦发信息。

宁悦:刚报完名,宿舍东西还没买,你呢?

陈予锦:我都收拾完了,吃饭了没,要不要一起?

宁悦:不了,我妈还没走。

陈予锦:周老师什么时候的机票回去?

宁悦飞快地看了眼周老师:后天,她好不容易来一趟,想趁机多玩玩。

陈予锦回了一串省略号。

宁悦盯着他这串省略号看了片刻,蓦地有些心虚,宁悦原本以为周老师不会多留,所以和陈予锦约好了今晚一起吃饭,可这下计划又有变,见面的时间一拖再拖,陈予锦肯定很心急,毕竟他们已经大半个月没见过面了。

宁悦安抚他:光阴如箭日月如梭,区区两天时间,过得很快的。

陈予锦一边往站台走,一边臭着脸看消息,周围人频频侧目,虽然他今天只穿了一身普通的休闲装,但挺拔出挑的身高和干净的气质长相也让他在来往的新生里尤为显眼。陈予锦对周遭的目光熟视无睹,单手飞快地回消息:区区两天?宁悦你是真不想我。

当着他的面好话一套接一套,人一走就玩消失,天天和高雨婷在外面疯玩,把他忘得干干净净,现在还敢和他说区区两天?

他明明觉得度日如年了!

宁悦一见他炸毛就想笑,但碍于周老师在场生生忍住了,她用一种耍无赖的语气回道:你要这么想,那我也没办法。

陈予锦当场气笑了,他这一笑,周围看他的目光又多了些。

宁悦兴致满满地等了半天,等来了他一句咬牙切齿的话:等着!

然后,电话铃声就在狭小的寝室中突兀地响起了,宁悦吓了一跳,手机差点掉了。

周老师奇怪地看了宁悦一眼,来个电话而已,不明白宁悦在大惊小怪什么。周老师拿出手机看着来电人,神情意外。

"谁啊?"宁悦心里有预感,忍不住问了句。

"陈予锦。"周老师一边说,一边去阳台那边接。

宁悦的心顿时就像是被人给抓了一把，她难得呆住，不知道这个时候陈予锦给她妈妈打电话干什么，难不成想摊牌？

她心里七上八下，对他们的聊天内容心痒痒，但可惜听不大清。周老师接完电话回来神色如常，看起来不像是知道他俩关系的样子，宁悦没忍住故作随意地问："都毕业了，他给您打电话干什么？"

"没什么，知道我陪你来了，想请我吃个饭。"周老师叹了口气。

宁悦无语，陈予锦心眼子是真的多啊，玩起醉翁之意不在酒了。

宁悦："您答应了吗？"

"答应了，他说他刚好就在附近，坚持要请。"周老师面露欣慰，"难得学生这么有心，我怎么好意思拒绝。"

宁悦一脸尴尬。

周老师疑惑地看她："你这是什么表情？"

宁悦心想我这是心疼您的表情。她摇摇头，十分真诚道："为您这位伟大的教师高兴。"

周老师失笑："就会阴阳怪气。"

"走吧，陈予锦在校门口等我们。"她提起包，"从这儿走出去还要十几分钟，别让他等太久了。"

服了没？

周老师起身的同时，陈予锦得意扬扬地发来消息。

宁悦不紧不慢地跟着周老师下楼，笑着回：服了，你真在我们学校校门口？

陈予锦：没。

陈予锦看了眼站牌：我刚上公交车，你拖会儿时间。

宁悦：……

宁悦和周老师走到门口时，陈予锦已经站那儿等着了，还一副云淡风轻等了挺久的样子，但只有见过这位少年从公交车上跳下来一路狂奔的人才知道，他此刻气都没喘匀。

陈予锦面对周老师态度无比恭敬，装得比好学生还好学生，同时还把握着恰到好处的分寸笑着和宁悦打了个招呼。

宁悦憋笑憋得胸口疼。

陈予锦估计还气着她之前没良心的话，去饭店的路上一直都在和周老师聊天，连半个眼神都没分给她。周老师多年的习惯难改，对着学生总忍不住说教，宁悦听了会儿就开始走神，心想着陈予锦真牛，怎么做到这么有耐心的。

沅南人口味都偏重，陈予锦怕她们吃不惯当地的口味，订的依旧是湘菜馆，已经过了饭点，所以店内人不多。宁悦从见到陈予锦开始，心思就有点飘忽不定。

陈予锦默默观察她很久，终于还是忍不住偷偷给她发了个消息问：在想什么，怎么老走神？

他们坐的是个四人桌，宁悦和周老师一边，陈予锦坐她们对面。消息一进来，宁悦就知道肯定是陈予锦发的，她隔了会儿才打开，脸色平静地回复：被你迷的，陈予锦，我发现你是不是又帅了点。

陈予锦也默契地等了一分钟才在和周老师聊天的间隙中"敷衍"地看消息，然后就险些一秒破功。也不知道是不是刚谈恋爱的原因，他总是会轻易地因为宁悦的一些话上头，明明"帅"这个字他都听免疫了，可此刻却还是因为宁悦一句夸奖心跳不止，他握了几下拳头，才忍住了想看向宁悦的冲动。

宁悦果然和梁思源是一挂的，都不顾他的死活。

宁悦站起来给周老师倒了一杯牛奶，又若无其事地问陈予锦："陈予锦，你喝吗？"

陈予锦举起杯子，一脸看破红尘地说了声"谢谢"。

趁着饭菜还没上，陈予锦终于忍不住去了一趟洗手间，宁悦漠不关心地继续和周老师聊天，余光看见陈予锦没影了才站起来说她也去一趟。

商场的洗手间都比较偏，按照标识进了门，里面很长一截都是走廊，宁悦按照陈予锦发来的信息走，不出意外地看见陈予锦正靠在墙上等着。

这里已经是最深处了，难为他能在陌生的商场找到一个没人的地方。

陈予锦微低着头，玩着手机打发时间，大概因为练车，所以他晒黑了一点，但也正因为如此，多了点别的味道。

宁悦歪着头看他，什么都没说，先叹了口气。

她发誓，陈予锦是她人生中遇到过的最帅最干净的男生，特别像是夏日雨后的一根竹子，枝叶上挂着晶莹的水珠，只要看一眼，都会觉得心旷神怡。

陈予锦没扭过头，反而旁若无人地撩了一下头发，凌乱的额发刺啦炸开，有种说不出的性感。宁悦别开眼，轻咳了两声。

这人是懂怎么使用美色的。

"你躲什么？"陈予锦终于偏头看过来，一副看热闹的神情，"之前不是挺大胆的？"

宁悦无辜地眨眼睛："我实话实说不行？"

陈予锦哼了一声，靠近宁悦："这么喜欢说实话我下次给你拿个喇叭，你说给全世界听。"

说着，他把人圈在墙壁和身体之间，颇具侵略性地低头盯着她。

"你真的好自恋啊。"宁悦笑着调侃，手臂自觉地环上他的脖子，"你居然想让全世界知道你很帅。"

陈予锦漫不经心地看着她一张一合的嘴,没应她这话,反而突然问:"宁悦,你是不是涂口红了?"

宁悦惊讶地挑眉:"你居然看出来了,婷婷说这个色号特别自然,连我妈都没看出来。"

"你以后可别再信高雨婷那双眼睛了,她就是一瞎的。"陈予锦无语地说,"你妈哪是看不出来,估计是觉得毕业了懒得说你。"

"口红带了没?"他又问。

宁悦摸了摸口袋,点点头:"怎么了?"

"带了就行。"陈予锦淡淡地说,"怕等会儿给你亲花了。"

话音一落,他那张帅得惨绝人寰的脸便迫不及待地靠近,冰凉柔软的唇落在宁悦嘴上。他本来就很想她,又被宁悦撩了一把,所以吻得不大温柔,很急躁也很热切。宁悦被他的热情带动,闭着眼投入地回应,两人亲到彼此都呼吸急促才依依不舍地分开。

"男朋友,你胆子好大。"宁悦红着脸,一本正经地夸他。

陈予锦眼睛微红,他帮宁悦整理了一下弄乱的头发,声音低哑:"时间还不太久,周老师不会发现。"

"我不是说这个。"宁悦从口袋里拿出纸巾擦嘴,语气认真,"都不等我擦了再亲,你不怕吃了口红中毒吗?"

他看宁悦才有毒。

陈予锦先回去,隔了一会儿宁悦才回来,被弄没的口红已经被她重新补上了。

宁悦一坐下手机就收到了一条信息,她点开一看,是陈予锦转发的链接——

《辟谣!吃掉的口红有毒吗?真相是……》。

宁悦:自家男朋友好较真啊。

有周老师在场,两人不得不收敛,默契地放下手机不再聊。

周老师和陈予锦说完学校的那些事也终于开始聊一些轻松的话题,正巧这时上菜的年轻服务员又忍不住多看了陈予锦几眼,周老师便顺势笑道:"说起来,老师还有一些东西忘记带给你。"

陈予锦和宁悦都看向她,好奇是什么东西。

周老师喝了一口牛奶,私下里她其实不是个特别严肃的人,她对学生严格但不严苛,所以学生们敬她但不畏惧她,大胆如李石译和周老师开起玩笑也是肆无忌惮。

"之前整顿风纪,别班的班主任收缴了不少还没送出去的信,里面至少有十几封都是给你的。"周老师语气调侃,"陈予锦,你在学校的人气我们所有老师都有目共睹啊,那些信我都给你收起来了,下次带给你?毕竟都是青春的美好回忆。"

陈予锦不动声色地看了眼宁悦,她低着头认真喝牛奶,一副"与我无关,你自己决定"的样子。

真是沉得住气啊,跟看陌生人热闹一样。

他叹了口气,无奈地笑道:"还是算了老师,我就不看了,麻烦您都帮我处理了。"

这哪是青春的回忆,这就是烫手的山芋。

周老师惊讶地问:"你不好奇?"

陈予锦摇摇头,平淡地说:"都过去了,没收到就代表没缘分。"

周老师因为他这个心如止水的口吻怔了一下,半晌后,她缓过神来,笑着说:"也是,你们年轻人现在都讲缘分,A大里的优秀女孩更多,老师看你这样估计在大学会招更多小姑娘。"

"不过老师也要提醒你一句。"周老师说着又忍不住说教。

虽然她相信陈予锦的为人,但当时看见那十几封信还是挺担忧,怕陈予锦做了什么才招来那么多女孩,也怕陈予锦在拥簇下迷失本心,被诱上歧途,这个年纪的少年本就心浮气躁,陈予锦这样的男孩子如果有了不该有的心思,不知道会祸祸多少人,她作为老师,是极其不愿看见这种结果的。

"要认真珍惜感情,不要因为自己长了一张招人的脸就肆无忌惮,跟那些不着调的男生一样,把换女朋友当作自己的荣耀,把女孩的真心不当回事,以后等你们都长大了就知道,那是对美好青春的一种挥霍!也是对自己和对其他人的不负责任。"

陈予锦原本在认认真真听教诲,但听到这几句话时明显察觉到不对劲,如果说之前周老师是在纯粹调侃他,那刚刚这几句就带点隐晦的提点和担忧了。

宁悦也听出点话外之音,但周老师又不是对她开炮,她就当什么都不懂,默默干饭,而且十几封信啊,她意味深长地看了陈予锦一眼,加上收到的,一年的时间陈予锦估计收了有二三十封?真是好样的。

陈予锦被她这一眼看出点不祥的预感。

有点头疼,好端端的,周老师干吗提信的事。

周老师对两人之间的交锋一无所知:"当然,老师对你一直是放心的,也不是让你不谈恋爱。"

意识到自己有点严厉,周老师口气又软了点:"大学是该享受的时候,遇到合适的女孩也不要胆怯,在不影响学业的情况下,还是要大胆去……"

"我会的老师。"陈予锦突然一脸正色地打断周老师,坐正了身体言辞恳切地保证,"我一定会好好学习,专注学业,做一个五讲四美的大学生,为社会为国家做出自己的贡献,同时洁身自好,对不请自来的桃花严词拒绝,绝不仗着自己长了一张好脸就胡作非为,老师您不要因为那十几封信就对我有什么误解,我这人对感情一向虔诚,绝不会不负责任,请老师放心!"

他一番话讲得抑扬顿挫、情感充沛。

周老师人蒙了,怎么就上纲上线了?她只是随口一说啊。

宁悦的脸色也一言难尽,她刚差点被一口饭噎死,陈予锦在干什么,说得像是结婚誓言吗?

饭钱是周老师结的,她说什么也不肯让陈予锦一个学生请客。陈予锦原本还想留下来当苦力,帮宁悦扛扛被子之类的,但考虑到吃饭时话题敏感,他担心自己太热情显得有猫腻,便只好老老实实回了学校。

周老师其实没察觉到什么,买生活用品的时候还在和宁悦感慨,说陈予锦是个好孩子,品行端正很不错。宁悦一边听一边忍不住想,如果周老师知道她在和陈予锦谈恋爱,还会不会这么夸他。

当天周老师住校外酒店,宁悦要开班会,晚上还要查寝,所以住宿舍。

下午整理内务时,她就陆续见到了自己的几个室友,都是同专业的女生,大家不太熟,相处起来比较拘谨,但宁悦凭借第一印象判断应该都不是难相处的人。

她隔壁床的杨子栀是本地人,长得漂亮有气质,很像某个小明星。对面两个床是江易易和黄梨,两人似乎比较内向,话不多,但都贴心地给室友准备了一点小零食作为见面礼。

宁悦主动牵头,胡乱扯了些话题,大家七嘴八舌地聊了会儿,气氛就好了很多。

"你们知道吗?我们专业的男女比例简直离谱。"杨子栀举起五根手指,"我听上届的学长学姐说,他们班男女比例5∶1,不知道我们这届会不会好点。"

黄梨惊讶道:"差距这么大?"

杨子栀点点头,几人不约而同地露出遗憾的神色。大学生活中令人期待的不仅仅是新鲜的环境和自由,还有未知的同学,对异性好奇更是难以避免。

宁悦对此倒没什么感觉,京师大整个学校的男女比例都失调,也不仅仅是他们专业这样。但等晚上班会,她看见满教室女生和角落里孤零零的几个男生时,还是难免被冲击了一下。

班导简单介绍了专业的情况和军训的安排后便是漫长的自我介绍流程,一个接一个的生面孔走上台,宁悦尽力记着名字,但作用不大,等人一下来,她就对不上号了。轮到她时,宁悦也没有多说什么,左右大家也记不住。

大学要军训两周,陈予锦那边也差不多,宁悦太久没吃过军训的苦,第一天站军姿就被折腾得够呛,她白天懒得带手机,晚上才有空和陈予锦聊。他问她军训累不累的时候，宁悦正在揉腿，但还是口是心非地说了句"不累"。

陈予锦看见这两个字忍不住笑出了声，脑子里瞬间就浮现出宁悦要强的表情。她从来不在他面前说累，就算是高三那一年，两人对彼此的作息时间了如指掌，他深知宁悦为了高考付出了多少辛苦努力，但她在人前永远只会云淡风轻地说一句，不累。

叫苦就不是她的作风，陈予锦欣赏她坚韧如同劲草的性格。

李石译打水回来，看见陈予锦笑得如沐春风，他翻了个白眼："跟宁悦聊天？"

"你怎么知道？"陈予锦继续聊，没分给他眼神。

李石译一副被恋爱的酸臭味恶心到的样子："除了她，谁还能让你笑得这么春心荡漾。我说你现在好歹是咱们院里的院草，能不能稍微值点钱？看你被宁悦拿捏成那样！"

报志愿的时候李石译没太多想法，照着陈予锦的志愿抄了几个专业，没承想居然真报到了同一个。

陈予锦瞥他一眼，扬起一边眉毛："那也好过某些人单相思。"

提到这个，李石译的脸立马就垮了，直到分道扬镳，他也没敢跟杨灿表白，这会儿两人都半个月没联系了。

已经早早躺上床的室友听见两人的对话伸出一个头："陈予锦，你有对象啊？"

陈予锦点点头，恰好这时傅臻来了个电话，他就去阳台接听了。

室友只好问李石译："是咱们学校的吗？"

"不是。"李石译说，"隔壁师大的。"

"哦。"室友语气听着有些复杂，像是遗憾又像是庆幸，他解释："我一个高中同学，今天还向我打听陈予锦，想要他的联系方式，她是文学院的，我本来还想介绍他们认识一下。"

不知道出于什么心理，室友又解释了一句："她长得挺漂亮的，和陈予锦还蛮搭。"

"我知道你说的是谁。"李石译一听挺漂亮就想起来了。

上大学后大家都比高中时大胆，喜欢就毫不掩饰，这两天他和陈予锦走在路上，总有女孩"不经意"地来来回回经过，他记住了其中几个漂亮的面孔。

"陈予锦女朋友比你那个高中同学还漂亮。"李石译笃定地说。

"真的假的？"室友有些不信。

"真的。"虽然李石译喜欢杨灿，但他从来不否认宁悦的漂亮，她只是长相偏乖巧，不像有些人长得锋芒毕露，但要真对比起来，宁悦绝对不落下风。

"他们谈多久了，感情好吗？"室友叹了口气，"我那同学感觉陷得挺深的，这几天逮着机会就往我们这边来。"

"那你让你同学趁早打消这个念头。"李石译想到有女孩为陈予锦暗自神伤的样子也有些不忍，"陈予锦陷他女朋友身上更深，你别看他现在一副片叶不沾身的狗样，当初为了追人家女孩，他不知道上赶着使了多少心眼。"

李石译知道陈予锦聪明，做起事来目的性很强，决定了什么就会有一股不达目的不罢休的劲。后来和梁思源一起打游戏，梁思源偶尔也会漏出一两句，说陈予锦套路如何多、心眼有多坏，李石译拼拼凑凑才慢慢觉察出陈予锦曾经为了宁悦做过的一些事。

这人是真的狗，那一个接一个的温柔陷阱，哪个女孩遭得住。起初李石译以为这段感情肯定是宁悦陷得比较深，毕竟陈予锦这个人摆在这儿就让人迷糊，但后来看两人相处却发现不是这样，陈予锦多数时候反而是被拿捏的那一个，虽然其中不乏他自愿的因素，但李石译确定宁悦也不是省油的灯。

这样的两个人堪称绝配，别人插不进去。

室友苦恼地摇头，李石译知道他肯定在烦怎么和同学交代的事，也识趣地不再多说。

没多久，许多人就知道了院里这棵根正苗红的新晋院草有女朋友，可谁也没见过，所以并没有帮陈予锦挡到多少桃花，大家军训都是在大操场上，本院的外院的混在一起，落在他身上的目光只多不少。

两所学校虽然隔得不远，但信息差很大，宁悦对陈予锦在学校招人的事一无所知，不过就算知道了，她也没空管，大学军训比起高中正经了不止一点半点，她每天都被训得恹恹的。

天气越发热，上午站完半天军姿，每个人走起路都像是返祖的猴子，宁悦和江易易相互搀着去阴影里休息，杨子栀强撑着去旁边拿防晒。

"我真佩服你，居然还有力气去拿防晒。"黄梨佩服道，"早上出门不是涂过吗？"

"这么大太阳，涂一次怎么行。"杨子栀从脸到脖子仔仔细细都抹了一遍，"你们也补点，特别是你宁悦，天生丽质也不能这么折腾吧？"

宁悦被她说得不好意思，她这人骨子里其实有点懒，她嫌涂防晒麻烦，每天都只涂一遍，这几天下来确实黑了不少。

"谢谢啊。"宁悦笑着抬起手。

杨子栀把防晒挤到她手心，恨铁不成钢地叹了口气。

"晚上三会宣讲。"江易易问，"你们想申请吗？"

"去啊。"杨子栀说，"我想申请进校社联的宣传部，宣传部部长是我们专业直系学姐，她让我去。"

江易易和黄梨对视一眼："栀子，你认识我们专业学姐啊？"

因为新生军训，所以他们和本专业学长学姐都还没见面，唯一认识的只有他们班的小辅导员,也就是大三的学长李浩洋。

"录取专业一出来,我就在网上搜了专业大群。"杨子栀说,"挺多人都提前加了。"

几人从杨子栀这几句话中察觉出点什么,黄梨脱口而出:"那这不是内定……"话没说完,她就捂住了自己的嘴。

杨子栀稀疏平常没当回事:"这有什么,大家心里都清楚,想进三会的新生早就和学长学姐打好了关系,不过也没事,内定的是少数,每次招新都招很多人,你们想去就直接面试,也能进的。"

话虽这么说,但江易易和黄梨还是难以接受,从单纯的高中环境进入了一个人情往来的小社会,中间一点过渡都没有。宁悦心里也不大舒服,本能地排斥这种事,但习惯了情绪不外露,所以外表看起来,倒显得她和杨子栀一样司空见惯。

杨子栀大概也误会了,所以待宁悦的态度显而易见地亲热了一些。晚上,她热情地邀请宁悦一起去听校社联的宣讲,江易易和黄梨结伴去了学生会。

"我觉得还是有必要进三会感受一下。"杨子栀把申请表递给宁悦,"否则大学生活都不完整,而且到时候期末能加学分,对拿奖学金也有帮助。"

宁悦对这个事无所谓,但周老师之前也交代过,让她多参与学校活动,所以她想了想还是挑了个自己适合的部门申请。填完表就是面试,面试官是校社联会长和各个部门的部长,她申请的组织部部长是个有点胖的学姐,他们提的面试问题很简单,宁悦答得轻轻松松。

所以稍晚点接到电话通知说她面试通过的时候,宁悦并没有很惊讶。

宿舍四人都提了申请,但只有宁悦和杨子栀通过了,江易易和黄梨久等没有电话,情绪肉眼可见地变得低沉。

宁悦不忍看她们难过,忍不住安慰道:"没事,也许学生会的通知迟一点。"

黄梨摇摇头,苦笑道:"我们估计是没通过,毕竟也没你俩漂亮……"

她的话让宁悦愣了一下,虽然进了大学,但宁悦还是高中思维,觉得不管干什么就是凭自己实力和表现,从来没想过自己这张脸会带来什么便利。

黄梨其实没恶意,但气氛还是变得有些古怪。

宁悦在线上和陈予锦说了一嘴这事,陈予锦见她态度奇怪,很懂她地调侃了一句:怎么,乍一下靠脸吃饭了不习惯?

宁悦反问:你也觉得我能进组织部靠的是脸?

陈予锦从小到大靠脸不知道办成多少事,对此他是不以为耻反以为荣:靠眼缘和谈吐吧,否则你觉得面试提那几个问题,能看出你什么能力?

宁悦:其实我也知道,但心里还是不大舒服。

陈予锦坐在椅子上,仰着头认真思考:觉得规则变了?大学确实和高中不一样，是个小社会，规则更多变也更灵活，一时之间适应不了也没关系，但宁悦，其实脸也是你实力的一部分，靠脸并不丢人。

宁悦想到他那张招蜂引蝶的脸，不自觉地笑了声：少爷，你自我洗脑很成功啊。

陈予锦：我这叫对自我资源的整合和利用。

宁悦不置可否：那您都来说说，利用资源干什么了？

陈予锦：什么都没干。

陈予锦嫌椅子矮，坐着坐着姿势就变得不大工整，但落在别人眼里，只觉得这大帅哥潇洒得有些过分，他嘴角噙着浅笑，垂眸专心致志地回答：你还是太单纯，不知道大学的套路，学校这些组织忙得过分，新人进去就是当苦工，只有你这种大傻蛋才眼巴巴想进去，聪明人从来都不被这些俗务缠身。

宁悦：……

宁悦：对，聪明人都被桃花缠身。

她到现在都记挂着他那些信的事。

陈予锦被她这句酸溜溜的话逗得大笑，他们宿舍几个人本来对陈予锦有对象这事还持怀疑态度，以为是他挡桃花的挡箭牌，但此刻见他这样，不由得信了九分。陈予锦这一类清冷干净挂的帅哥表情管理都很绝，同进同出这些天，陈予锦始终就是一副亲和有礼的模样，用李石译的话说就是特端着，还没见他笑得这么开心。

陈予锦：聪明人当然是把时间用在最值得的事情上，进三会多耽误事。陈予锦从来都不浪费时间。

宁悦趴在阳台栏杆上，面朝陈予锦他们学校的方向，夜幕下到处都灯火通明，暖洋洋如同他的眼神。她不由得弯了弯嘴角，也懒得动脑了：耽误你什么了？

陈予锦温柔地垂着眼：耽误我和漂亮的宁小姐谈恋爱。

宁悦看了眼信息，脸埋在臂弯里忍不住笑，坏东西嘴真甜。

军训结束后，陈予锦他们班接到通知要进行入学考试。A大汇集了全国的尖子生，饶是陈予锦也得谨慎认真对待，才能保证自己不成为吊车尾，每天下了课，他就和李石译去泡图书馆，忙得连聊天的时间都没有，更不要说来找宁悦。

而宁悦这边也被百团招新拖住了。

百团招新是每年第一个重大活动，属于校社联负责的范畴，组织部加上部长一共就六个人，全被分配了任务，宁悦和同班的另一个男生孟津分成了一组，负责物料和宣发，虽然事情都不复杂，但沟通成本很高，不仅要催着各个社团交资料，还得和外联部打交道，乱七八糟的小事加起来让宁悦忙得脚不沾地。

百团招新那天，她才稍微有点空闲，但还是得盯着场地，处理一些突发事务。

天气很热，但这不妨碍活动的火爆，整整五排蓝色帐篷挤满了篮球场，好奇的新面孔穿梭在各个帐篷之间，兴致高昂地挥洒自己过剩的热情。

宁悦去逛了一圈回来，也加了两个感兴趣的。

"我看你报了吉他社，你也喜欢弹吉他吗？"孟津问。

"有点兴趣，但我不会。"宁悦被晒出了一脑门汗，她扇扇脸，躲到伞下去。

孟津见此给她开了一瓶水。

"谢谢。"宁悦喝了一口后问，"你呢？"

"我面试上了吉他社的理事，怕以后事情忙，所以只加了这一个。"孟津笑着说。

新生入学，不仅三会换了一批人，社团也是如此，只不过宁悦觉得自己没那么多精力兼顾这么多事，就没去面试。

她由衷称赞道："那你很厉害啊。"

"没有，其实挺容易上的，就是大家都不敢试。"孟津笑得谦虚，"吉他社每周六晚上会开吉他课，你有空的话可以来学，免费的。"

"行，谢谢啊。"宁悦点点头，笑眯眯地答应。

孟津看见她笑愣了一下，有些不自然地别过头。他们男生私底下讨论过班上哪个女生最好看，大家一致认为杨子栀和宁悦不相上下。两人不是同一类型，各有各的漂亮，但孟津对宁悦的印象更深，他不知道具体怎么说，就是觉得宁悦看起来更舒服。

军训后期教官为了活跃气氛，请了不少同学表演节目，他们班就数杨子栀和宁悦的最惊艳，后面军训会操，两人又代表班级领操，不知道吸引了多少人的目光。孟津知道院里院外都有人打听过宁悦的联系方式，但好像都没加上。

"我再去看一圈再回来。"宁悦说。

"啊……嗯。"孟津回过神。

宁悦转了一圈，微信就弹出了孟津的好友申请。开学这么长时间，她只加了几个室友的好友，因为和其他人还不太熟，她也不习惯主动加人联系方式。对孟津的申请她没多想，考虑到在同一个部门要联系的地方多，她就点了同意。

但那之后，孟津出现在她面前的次数明显多了起来，连江易易她们都发现了不对劲。

又一次撞见孟津在宿舍楼下等宁悦一起去部门开会后，江易易终于忍不住问："悦悦，孟津是不是在追你啊？"

"怎么会。"宁悦正在整理材料，头都没抬随口说。

江易易和黄梨对视一眼，都在彼此眼中看见了不相信。想了想，她问杨子栀说："栀子你经验多，你觉得呢？"

"我哪有什么经验，我连恋爱都没谈过。"杨子栀失笑，"不过我也觉得孟津对悦悦有意思，你没发现孟津每次跟你说话的时候都笑得很开心吗？"

后半句是对宁悦说的。

宁悦惊讶地抬起头:"有吗?"

"有!"江易易斩钉截铁,"栀子这么一说我就想起来了,确实他一看见你就笑。"

他们班一共七个男生,孟津算是最出色的那个,不仅在社联和社团担任了职务,还是他们班班长。班干部选举时大家都不熟,孟津之所以能选上,除了他这人长得不错,合大家眼缘,还因为他待人接物让人很舒服。

杨子栀笑着偏过头:"悦悦,你对他有感觉吗?"

黄梨也跟着凑热闹:"悦悦,你不会要成为我们宿舍第一个脱单的人了吧?"

宁悦无奈地把资料放包里,军训的时候太累,军训结束后又一直在忙,她和陈予锦联系少,所以室友都没发现她有对象,她也没特意讲,毕竟这是私事,大家还没聊这么深。

她淡淡地说:"没感觉,开会去了。"

下了楼,孟津迎上来递给她一袋小笼包,笑着说:"给你带了早餐,我打了车,就快到了。"

宁悦犹豫了几秒,接下来说了声"谢谢"。

因为是一个班,所以遇到部门开会,两人都结伴一起去,之前宁悦没觉得有什么不妥,毕竟孟津表现得很有分寸,两人一起都是聊正事。

她从小被周老师管着,没收到过一封男生写的信,自我认知有误差,打心眼里不觉得自己是个多有魅力的人,也很少会自恋地因为一些似是而非的表现就觉得谁谁谁喜欢自己。

除非对方和陈予锦一样,虽然嘴上不说,但把自己的想法都大大咧咧地写在脸上。

心里想着事,宁悦便比较沉默,两人走到路边等车,宁悦察觉到一道目光停留在自己身上,她侧头看过去,是一个有点眼熟的女生,但对方在她看过去的下一秒便上车走了,所以她也没在意。

这次开会是为了整个校社联的活动,散会后孟津自然而然地问她要不要一起吃饭,聊聊活动的安排。

宁悦摇了摇头,笑着说:"今天不行,我男朋友来找我一起吃饭。"

孟津的脸色僵了一下:"你男朋友?"

"嗯。"宁悦看了下时间,"等我吃完线上聊?"

"行……"孟津勉强笑了笑,没忍住试探道,"这么长时间怎么没见过你男朋友,是我们学校的吗?"

"不是,他是A大的,之前一直在忙考试,这两天才考完。"宁悦冲他摆摆手,"我先走了。"

说完，宁悦转身就走，丝毫不拖泥带水。因为有杨延的前车之鉴，她不喜欢在男女感情上拉扯不清，不管孟津对她是不是真有意思，这样说应该都能解决了。

　　上了车后，宁悦想着自己撒下的谎，忍不住给陈予锦打了个电话。

　　包厢里聊得热闹，陈予锦过了会儿才发现自己手机响了。

　　"你干吗去啊？菜都快上了。"林家宇问。

　　"接个电话。"陈予锦从包厢里出来，点了接听往安静的地方走。

　　"你在外面吗？"宁悦听到了吵闹声。

　　"嗯，我在附中的同学组织了一个小聚会，林家宇非要我来，等会儿吃完饭就回去了。"陈予锦这几天累得不行，同学太卷了，硬生生卷出了高考的强度。

　　"怎么了？"他不自觉地露出笑容。

　　李佳馨刚好到门外，她看见陈予锦不由得顿住了脚步，但对方注意力明显在电话上，没留意到她。

　　"没怎么。"见他在吃饭，宁悦打消了去找他的念头，她开玩笑说，"就是查一下你还活着没。"

　　"就你这个查岗的频率，我人凉两天了你都不一定知道。"陈予锦怪里怪气。

　　宁悦做事就是太认真了，被部门的事情缠得分身乏术，分给他的时间就一再减少。陈予锦不满地转过身，正好对上李佳馨的视线，他冲对方点了点头，李佳馨也对他点头笑了下，然后进包厢去了。

　　"给你自由还不满意？你上哪儿找我这么大度的女朋友。"

　　"得了吧你，没把我放心上就没把我放心上，给自己戴什么高帽子。"陈予锦好笑地撑她，"你今天什么安排啊？要不要来找我？"

　　"你有时间？"宁悦有点动心。

　　陈予锦犹豫两秒："可以挤两个小时出来。"

　　"那还是算了，我刚开会回来，等会儿还得搞一下活动的资料。"宁悦听得出来陈予锦声音里的疲惫，"等你考完再见吧，不然我真怕你猝死在路上。"

　　陈予锦笑了下："怕我死啊？"

　　宁悦也没什么禁忌地笑："嗯，主要是怕你死我怀里不吉利。"

　　陈予锦无语。

　　回到包厢，菜都上了大半，陈予锦右手边原本坐着个男生，但不知道怎么回事，变成了李佳馨，他看了眼林家宇，对方冲他隐晦地耸耸肩。

　　上次毕业聚会，这里不少人都在，也知道陈予锦有对象，陈予锦不知道他们什么意思，想看热闹还是单纯向着李佳馨，但他没说什么，平静地坐下了。

　　一顿饭吃得还算愉悦，虽然陈予锦没平时那么热络，但大家都知道他最近忙考试，是林家宇硬把他拖来的，所以并不在意他的态度。

他整个人困恹恹的，没什么精神地靠着椅子，偶尔林家宇问到他才会说几句。李佳馨憋了许久终于忍不住主动关心说："陈予锦，你看着脸色不好，没事吧？"

陈予锦看她一眼，摇摇头："没睡好，没事。"

"哦。"李佳馨沉默了一会儿，又假装随意地说，"怎么没见你带上女朋友？我听人说她也在师大？"

"嗯，她最近很忙。"陈予锦依旧冷冷淡淡。

见他态度这样，李佳馨很受伤。她从初中开始就喜欢陈予锦，那时候他们还不在一个班，她拼了命地好好学习，挤进他们这群好学生的圈子，就是为了多靠近他一点。在某段时间内，她觉得自己成功了一大半，自认为算是陈予锦的女性朋友之一，但就在这时候，他毫无征兆地转了学，为此她成绩下滑了一百多名，好不容易才赶上来。

毕业后聚会，她知道陈予锦会去，特意认真打扮了一番，可陈予锦却带来了他女朋友，没人知道那场聚会结束后，她哭了两天。

陈予锦开朗大方，见人就笑，虽然和女生有意保持距离，但不会表现得如此刻意，现在他明晃晃地这样做，是为了他女朋友吗？

李佳馨想到来之前在路边见到的那一幕，咬了咬牙："其实我今天看见你女朋友了。"

陈予锦抬眼，眼神带着疑问。

"她和一个男生在路边等车。"李佳馨故作自然地说，"我还以为他们是要来找你的。"

说完，李佳馨忐忑地打量他的反应，但陈予锦只是没什么情绪地看了她半晌，然后淡淡说了声"哦"就没了下文。

李佳馨结结实实愣住了，不明白陈予锦是什么意思，他不好奇也不在意？还是说他知道这件事？她低下头，把下嘴唇咬得发白，自己不应该在陈予锦面前耍心眼挑拨离间，她演技不高明，一定搞得破绽百出，陈予锦会不会看不起她，觉得她面目可憎？

李佳馨越想越慌，满脑子都是后悔，她不应该因嫉妒而失去理智。

后半段，李佳馨一直在胡思乱想，出了一身冷汗。陈予锦也没再出声，垂着头仿佛睡着了。直到大家聊完准备散，李佳馨知道再不解释就没机会了，才终于咬着牙再次开口："陈予锦，我不是那个意思，你别误会。"

陈予锦缓慢地抬起头，神色冷淡："我知道，你不是那样的人。"

李佳馨瞪大眼睛，眼眶一下就红了。半晌后，她才嘴唇颤抖地补充："我就是想提醒一下你，那个男生看着和她很熟，还给她带早餐，我在学校听说过她的名字，挺多人想追她，我们班都有，我就是……"

"我就是……"李佳馨说着没了声。

因为陈予锦一直都平静地看着她,像是在看一场无关痛痒的演出,这让她觉得有种被人看透的难堪。

其他人敏感地察觉到两人的不对劲,都默契地沉默下来,不知所措地看着这边,李佳馨在这种目光下更加抬不起头,觉得自己就是个丑陋的小丑。就在这时,陈予锦拍了拍她背后的椅子,低声说:"没事,别说了,走吧。"

李佳馨心里一酸,眼泪啪嗒就掉下来了。附中的学生私下里给学校几个帅哥分过类型,唯独对陈予锦分歧很大,有人说他高冷傲气,有人说他腹黑又狗,但李佳馨知道,不管他表面上怎么样,骨子里其实是个很温柔的人。

会照顾别人的情绪,尊重别人的心意,从不让人难堪。

他什么都好,除了不喜欢她。

陈予锦又冲大家笑:"我已经买过单了,这顿我请。"

林家宇最先反应过来,打着圆场:"这多不好意思,让爸爸破费了。"

有他开头,其他人纷纷附和,说陈少爷大气。原本凝固的气氛就这样悄无声息地化开,李佳馨背过手擦了擦眼睛,也低着头站起来。

原本就是简单的小聚,没安排其他活动,陈予锦打着哈欠准备直接回图书馆小睡一会儿继续学。他往校门口走了一段,见身后脚步声依旧亦步亦趋,才终于无奈地回头问:"还有事?"

李佳馨白着一张脸,泪眼蒙眬地看着他。

陈予锦很头疼,他在新生里多少是个名人,两人这个样子已经引来了不少打量。他叹了口气:"我送你去车站,你边走边想?"

李佳馨点点头,站牌那儿人也不少,陈予锦始终和她保持着不远不近的距离,生怕跟她沾上似的。

李佳馨心里落寞,低声说:"我其实就是想问问,你喜欢宁悦哪儿?"

或者说,她输在哪儿,为什么她样样不差,还比宁悦早认识陈予锦,偏偏就得不到他的喜欢?

喜欢宁悦哪儿?

陈予锦那一瞬间想起了他被爸妈"流放"到沅南那天,天下着雨,他没带伞,到处都是潮湿黏腻的雨水,他孤零零地坐在奶茶店里,不夸张地说有种被世界抛弃的感觉,当时他心里很烦,也有种说不清道不明的绝望,恨不得枯死在那儿。

但就在那时,宁悦出现了,她给他送了把伞,祝他旅途愉快,然后他的心里就放了晴。

如果真要说为什么喜欢她,那陈予锦只能说,是恰到好处的善意让他动心,是日复一日的相处让他沉迷。

陈予锦笑了笑,摇了摇头:"三言两语说不清,我就不陪你等车了,你路上小心。"

李佳馨怔怔地看着他，随即苦笑起来。也是，她算是什么人，连陈予锦朋友都算不上，有什么资格过问他的私事。这回她再也没有勇气跟上去，只能眼睁睁看着自己爱恋多年的少年走远。

接下来的两天，陈予锦废寝忘食地赶进度，李石译差点以为他疯了："为个入学考试，不至于拼命吧？"

陈予锦冷淡地睨他："所以我今天不学了，我休息。"

李石译看着他把书收进包里："你休息还收拾书干什么？"

陈予锦脸色很不好："去抓贼。"

李石译一脸震惊："抓贼不是保安科的活？你陈予锦连保安的饭碗都想抢，还是不是个人？！"

陈予锦冷笑两声："你是个人，所以你墙脚四面被撬家底被偷得一毛不剩。"

李石译一脸蒙。

不知道中间出了什么差错，在宁悦表明自己有男朋友后，孟津的态度反而越发明朗起来，颇有点要公开追求她的意思，不仅上课喜欢往她附近坐，还会在大课给她占座。

他们班专业课大都在学院上，但大课都在主教学楼，两栋楼之间直线距离有一千多米，走过去要十分钟，这就导致课密的时候，他们会很赶。

黄梨每回收东西都拖拉，杨子栀站在一旁等得急，教室就剩她四个了。

"你快点快点，等会儿的课三个班一起上，去迟了根本没位，我们只能坐第一排！"杨子栀催促。

"急啥。"江易易冲宁悦挤眉弄眼，"信不信孟津会帮我们占座。"

宁悦露出无奈的神情："易易，我有男朋友。"

江易易不信："男朋友又不是嘴上说说就真的有了，你一没照片，二没带来见见，空口白牙这么说，任谁都觉得你这是为了打发孟津说的谎。"

宁悦无奈。

"别聊了，孟津就算占座那也是给悦悦占，我们仨还得坐第一排。"杨子栀把黄梨拉起来，推着往门口走。

她们出来太迟，路上都没人了，杨子栀一脸绝望，坐第一排连手机都不方便玩，只能煎熬两节课。

江易易心态极好，好像笃定孟津能在泱泱大军中抢到后排座位一样，她一边走一边刷手机："别慌，没事，咱肯定不用坐第一排。"

杨子栀好笑地问："易易，你不会收孟津什么贿赂了吧，怎么对他这么有自信。"

江易易佯怒："我看上去是会卖室友的人吗？我这不是看孟津人还可以，才替他说话，别的不说，你们难道不觉得孟津在长相上其实和悦悦很搭？"

孟津身高过了一米八，是那种看上去就非常靠谱的成熟长相。

"我听说孟津这种长相的人很抗老。"江易易煞有介事，"可能到三十岁了还长这副样子。"

"你想得真远。"杨子栀顶了下宁悦，"不过这也是个优点，嘻嘻。"

宁悦被这两人说得越来越无奈，她知道她们都没什么恶意，平时也不常开她这种玩笑，今天估计就是闲得慌。她叹了口气："我男朋友长得更抗老。"

江易易对宁悦这个薛定谔的男朋友很不以为然，她想调侃两句，但还没说出口，便听一直没开口的黄梨说："咱们不用担心了，第一排肯定不归我们坐。"

"咋？真有人给我们占座了？"杨子栀问。

"不是。"黄梨一边刷班群一边说，"她们说今天教室里来了个从来没见过的帅哥，那人坐第一排，硬生生把前三排都带成了香饽饽，现在前面都坐满了，后面反而空着。"

"这是有多帅？连死亡三排都盘活了？"江易易万分好奇，"有照片没？"

"正面没有，只有个背影，但看她们说甩咱们院草几条街。"黄梨把手机举起来。

照片是从后面拍的，只能看见大教室正中央的第一排坐了个挺拔的身影，上半身穿了件拼色的衬衫，单薄的背靠在椅子上，后颈弯着一个潇洒又性感的弧度，上面还挂着一条细细的银链子，帅哥左右两边最近的位置还空着，除此之外都坐满了。

"你们是没见过帅哥，稍微懂点穿搭，就把人捧上天去了。"

杨子栀见过不少帅哥，她瞥了眼觉得也就那样，但凡有点姿色的男生背影都差不多，有时候她觉得男生变帅的成本真低，稍微穿得有点品位，再收拾一下发型，就能被人称作帅哥了。就他们院那个院草，杨子栀觉得也不惊艳，脸是好看，但没什么气质，也没劲。

"背影都这样，正面肯定差不到哪里去。"江易易把照片放大看，"不过之前怎么没听说有这么个人，哪个班的？"

她一边喃喃自语一边在班群里问，不过没人知道。聊了半天后，她感慨说："这哥有点高冷啊，刚刚数学系那个圆圆脸的小美女想坐他旁边，被人一句有人就给拒绝了。"

黄梨："说不定真有人呢？"

"你这就不懂了。"江易易给她传授经验，"'有人'这两个字，其实就代表着隐晦的拒绝，就是让大家面子上过得去，帅哥美女都喜欢这样，我都看栀子拿这两个字打发不少人了。"

江易易："哎，悦悦，你不感兴趣啊？"

宁悦从她们说有帅哥开始就走神了，心里想着的都是她男朋友那个大帅哥，哪有心思关注其他人。江易易见她一脸茫然，狠狠叹了口气。

她们宿舍这两个漂亮姑娘一个赛一个超脱：杨子栀是从小众星捧月，看谁都觉得俗气，入不了眼；宁悦是永远不在状态，清心寡欲得不行。

四个人慢慢悠悠往主教学楼晃荡，陈予锦等得都开始怀疑是不是自己找错地方了。

他到这边时时间尴尬，第二节课刚上不久，他便直接来了主教学楼等，顺道补个觉，但没想到一觉醒来，身边已经坐满了人，让他进出两难。

"同学，这儿有人吗？"又一个女孩不死心地问，不知道是情报不到位，还是不甘心地想试试。

"有。"陈予锦还是那句话，语气因为刚睡醒而显得格外冷淡。

女孩的位置站得巧妙，刚好挡在陈予锦和教室门之间，因此宁悦她们从前门进来时，并没有看见陈予锦，只看见了女孩的一个背影。

孟津坐在阶梯教室的后面，他看见宁悦便高高地举起一只手："宁悦，这边！"

教室里坐了一百多号人，吵吵闹闹很热闹，孟津这一声叫得不大，并不明显。宁悦觉得头很大，孟津这人格外执着，仿佛认准了她没男朋友一样。她环顾教室，想着还能坐哪儿，就这么几秒的工夫，被陈予锦拒绝的女生终于失望地走了。

中间没了阻碍，宁悦猝不及防和陈予锦那双似笑非笑的眼睛对上，心里顿时一震，一时间没反应过来。

要说不在一个学校还是不方便，他们上次见面还是和周老师一起吃饭的时候，虽然经历了大半个月的军训，但陈予锦看着还比那时白了一点，整个人眉目清隽，帅得过分。

但此刻帅哥脸色不怎么好，皮笑肉不笑的，眼睛里一阵阵冷风刮过。

宁悦，好样的——宁悦从他冷淡的神态里读出这么几个字。

她从惊喜中猝然回神，就想起了孟津那句不大不小的吆喝，若是有心听，绝对能听见，她心里咯噔一声，心道完了，陈予锦什么都好，就是特容易泛酸，他们曾经闹过的几次别扭，几乎都是因为他吃醋，就她男朋友这气性，这不是刚好踩猫尾巴上了。

他俩眼神交锋几个来回，实际上也只过去几秒的时间。江易易都看呆了，悄悄抵了下杨子栀说："栀子，真的好帅啊！"

杨子栀难得赞同，就这人吧，帅得和其他人不一样，身上自带一种意气风发的少年气。

黄梨不确定地说："哎，你们觉不觉得帅哥在看我们啊？"

江易易用看傻子的眼神看她："做什么梦，你认识还是我认识啊？人家看我们干什么。"

"快进去，快进去。"江易易推着几人，"看帅哥看呆太丢人了，教室里指不定有多少人在笑话我们。"

宁悦被她推着往前走，好像还是一副神游太虚不知道自己身在何处的模样。

要去孟津占的位子那得从前排经过，几人强装镇定地走进教室，江易易余光瞥见帅哥的视线好像真不对劲，他一只手搁在桌上闲适地转笔，一双眼睛跟安了雷达一样，始终跟着她们走。

她们路过帅哥正前方时，他还毫无预兆地笑了一声，笑得几人心里都一跳，脚步也更加匆匆。宁悦来不及反应，就已经被夹着推到教室另一边了。

身后如影随形的那道视线几乎要把宁悦看出一个洞，她无奈地停下来，笑着说："你们去坐那儿吧，我不去了。"

江易易傻了，视线不知为何下意识就看向了第一排，结果和陈予锦的视线撞个正着，吓得她立马挪开了，不开窍地问："那你坐哪儿？"

宁悦挠了下额头："我去坐第一排。"

"你也要去和那帅哥搭讪啊？"江易易瞪大眼睛，"他都拒绝好几个人了。"

"试试嘛，万一呢。"宁悦冲她眨眨眼睛，转身朝前排走去。

"哎——"江易易还想劝宁悦，但被杨子栀拦住了。

江易易她们迟钝看不出来，杨子栀却察觉到了，她意味深长地看着两人，这人一直看着她们，总不能毫无理由。

教室里虽然还有一些人暗地里打量陈予锦，但大多数都在干自己的事情，大家看帅哥也是一阵阵的，反正跟自己没关系，话题火爆了一会儿就歇了。

陈予锦的目光跟着宁悦又转回来，眼睛里都是真情实感的笑意。宁悦也忍不住笑了，敢情前两天没空是为了挤出时间来找她，他一点口风都没漏，扎扎实实给了她一个惊喜。宁悦现在心脏都还在一惊一乍地跳，没缓过神来。

他不说话，松弛地靠着椅子，胸有成竹地瞧着她。

也就是陈予锦才能装出这个样子，换个人都会显得自大油腻。宁悦憋住笑，也学着他装模作样地敲了敲他旁边的桌子，问："同学，这儿有人吗？"

旁边的人闻言看了她一眼，心里叹息一声，这哥帅是帅，但心如磐石啊！怎么就喜欢前赴后继往石头上撞？

但就在其他人默默数着这是第几个并对宁悦怜悯不已的时候，一直冷淡的某跩哥却突然笑起来，声音轻快地来了句："没有。"

这节课的老师是个上了年纪的教授，做事一板一眼，最喜欢点名。趁着老师点其他班的工夫，宁悦小声问陈予锦："你怎么选这么个地方，坐第一排？故意的？"

"我无心的。"陈予锦无奈地捏她垂在身侧的手指，"太困了，我趴在这儿睡了一觉，哪知道醒来的时候周围就坐满了，想出去都不行。你们学校人上课也太积极了。"

宁悦长叹了口气。

"你要不乐意坐这儿可以走，坐后排去，我又没求你是不是？"陈予锦阴阳怪气，"趁现在还没正式上课，来得及。"

"那你松开我。"宁悦好笑地看着他握住自己的手，"坐你旁边我都快被目光给烫熟了。"

"坐后面你不怕椅子烫屁股？"陈予锦不爽地睨她，"我看某些人的热情也够灼热的。"

宁悦笑得肩膀耸个不停，如果不是场合不合适，她这会儿肯定会歪到陈予锦肩膀上。

她兀自乐够了，陈予锦还在旁边装面无表情的酷哥。宁悦想着也不能把他气狠了，忙诚恳地解释说："就一普通同学，什么都没有。"

"普通同学眼巴巴给你占座？"陈予锦语气酸出味了。

"我这不是也没去？"宁悦挠他手心。

陈予锦没那么好打发，他冷哼一声："你没去难道不是因为我来了？如果我不来你坐哪儿？"

"我坐地上，或者站着听课，也绝不会坐别人给我占的座！"宁悦讲得一本正经。

陈予锦捏住她乱挠的手指，警告地看她一眼："好赖话都你说了，合着还是我小心眼了？"

宁悦不应他这话，眼神乱飘。

陈予锦气笑了，行，这就是骂他小心眼。

宁悦逗完人又哄："你今天不上课吗？什么时候回去？"

陈予锦酸溜溜地说："刚谈恋爱的时候就巴巴地说我想你，现在才几个月就变了，刚来就忙着赶我回去，亏我为了挤出时间周末都没休息，你说有些人怎么这么没心肝？"

宁悦：没完没了了？

宁悦淡淡地给他出主意："别有些人有些人了，要不我给你把身份证摊开，你照着号码念，精准狙击。"

陈予锦无奈。

说完，宁悦把手也抽了回去。

陈予锦憋了一会儿，见宁悦好像真有点生气，就没憋住，不甘愿地交代："下午有课，陪你吃完午饭就回了。"

宁悦没什么情绪地点头，陈予锦又偷偷来捏她的手指，他特喜欢捏她的指头，从小拇指逐个捏过去，能玩很久。

宁悦被他捏得心痒痒，好不容易板起来的脸瞬间破功，本来对他就生不起气，这人还低头认错那么快，她笑眯眯地看他："陈予锦，你考不考虑改行学建筑？"

陈予锦看她这样心里还有什么不明白的，当即不满地用了点力捏她的中指，但嘴上还是顺从地配合她问："怎么说？"

宁悦含着笑："你台阶砌得这么快，学建筑一定有前途。"

陈予锦一噎。

他俩聊得声音很小，再加上教室并不算安静，所以连周围人都听得不真切，后面的人只能看见两人似乎在交谈，但神情都看不清。

江易易没忍住偷偷和杨子栀讨论："栀子，你说悦悦是不是和那帅哥认识啊？"

杨子栀点点头："八九不离十。"

就他俩那表现，说没猫腻谁信啊？

江易易嘴巴惊成了"O"形："那他难道就是悦悦说的那个男……"

她话没说完，杨子栀就给了她一个眼神，江易易顺着看过去，就看见了孟津难看的脸色，顿时闭上了嘴。

老师点完名，有心的人发现陈予锦从头到尾都没答过到，心里便有了底，知道这人多半不是他们学校的，来这儿是另有目的，上课刚开始几分钟还有许多目光时不时落在两人身上，但见他们都在认认真真听课，连交谈都很少便也失去了八卦的兴趣。

陈予锦自己带了书，仗着教授眼神不好，他光明正大地在下面做自己的题，偶尔在宁悦笔记不过来的时候帮她搭把手写两个字。

好不容易熬完两节课，宁悦觉得自己全身上下都僵了，她叹了口气："真的，我算是知道了，第一排的位置最烫人。"

陈予锦目不转睛地看着她的侧脸，事不关己地笑道："坐第一排不正好接受知识的熏陶？你变了，你还是我以前认识的那个勤学好问的宁悦吗？"

宁悦伸了个懒腰，回过头似笑非笑："那好学的陈大学霸，你知道刚刚教授站你面前讲课的时候，唾沫全喷到你头上了吗？"

陈予锦僵住了，他难以置信地朝头发伸了下手，但又没摸下去，半晌才木着一张脸道："待会儿先别吃饭了，先去理发店把头发给推了。"

宁悦被他生无可恋的反应逗得哈哈大笑："幸好教授走了，不然听见得多伤心。"

陈予锦垮着脸，眼底一潭死水。

他们两边的人都走得差不多了，宁悦拧起包招呼陈予锦出去。孟津从侧边下来，经过第一排时自然地提醒宁悦道："部长发了通知，今天晚上的会取消，你等会儿回一下。"

"好，谢谢。"宁悦点开手机，果然看见部门小群里发了通知，就她没回。

孟津笑了一下，目光不经意地在陈予锦身上停顿了片刻，他脖子上戴着一条字母项链，NY两个字母被拼色衬衫衬托得格外显眼。

孟津曾在宁悦脖子上看见过同样材质的项链，她平时都塞衣服里，那次是不小心掉出来的，他当时没看清，以为是一串英文，但现在看来，应该是面前这个男生的姓名首字母。

本来他还心怀侥幸，觉得两人不认识，此刻证据就在眼前，他不得不相信了。

他苦涩地笑，原来宁悦没骗他，她真有男朋友，还是个……如此难以形容的人。

陈予锦对上孟津的目光，右脚悄悄踢了宁悦一下。

宁悦无奈地回头看他，正好收到这人暗示性极强的眼神，她挤了下眼睛：飞醋还没吃够？

陈予锦好整以暇地抬眉：没吃够。

宁悦叹了口气，给孟津介绍道："班长，这是我男朋友。"

孟津愣了几秒，但很快反应过来，和善地笑道："你好。之前就听宁悦说过，能考上A大，你真厉害。"

"没有，就是运气。"陈予锦也笑着谦虚。

宁悦站在一旁，置身事外地看两人社交，心里想着待会儿带她家少爷吃什么才好，这么久没见面，多少得吃点好的庆祝一下。

没说几句，孟津就走了，后面他们说什么宁悦一句没听清，只是她察觉到孟津对她的态度明显释怀很多。

"待会儿吃什么？"解决掉一朵桃花，宁悦如释重负，"要不我们出去吃？不吃食堂了。"

"我都行，听你的，不过你最好也问一问她们。"陈予锦给她使了个眼神，神情揶揄。

宁悦顺着方向看去，杨子栀她们仨站在旁边的走道上，正一脸姨母笑地看着他们。

主教学楼旁的二食堂口味还不错，宁悦怕在外面吃太费时间，所以还是带陈予锦吃了食堂。端了饭坐下，宁悦给自己的三位室友正式做了介绍："这是我男朋友，陈予锦。"

"久仰大名，久仰大名。"江易易受宠若惊地接话。

她上课上到一半，终于想起来陈予锦有点眼熟，之前她无意间看到过A大的一个帖子，是一篇迎新的文章，里面抓拍了不少A大的帅哥美女。她把文章找出来重看，果然就在里面看见了陈予锦。

宁悦对她男朋友说得比较少，只跟她们说也在 A 城读大学，但没说哪个学校。

也难怪宁悦对学校其他追求者都没兴趣，她要是有这么一个又帅又学霸的男朋友，她也会向神仙低头，看谁都俗。

"你上哪儿久仰的大名？"宁悦好奇地问。

江易易立马把手机点开，把链接转给宁悦："私发你链接了。"

宁悦疑惑地打开链接，走马观花地往下看，陈予锦的照片被放在偏中间的位置，他是唯一一个完全直视镜头的人，还是上身近照，照片里的他嘴角微微翘着，笑得有点懒散，他穿着一件黑色 T 恤，假口袋那儿挂着一串银色的金属链，配合他脸上矜贵的神情，就显得很有范。

宁悦的目光落在他的项链上，她这才发现除了在周老师面前，其他时候陈予锦的项链好像永远都在衣服外面，不像她，之前在家藏习惯了，就改不过来，每次都会下意识塞进领口里。

她心情愉快地把链接转给陈予锦，问："你怎么都没和我说过你还上了 A 大的迎新文？"

陈予锦也点开草草扫了几眼："我都不知道他们拍这张照片是为了配文。"

宁悦面露惊讶："那他们拍你的时候跟你说要干什么？"

陈予锦想到什么，忍不住轻笑一声："是给我和李石译拍的纪念照，开学那天遇到一同学说是摄影社的，他们有个给新生拍下和学校的第一张合照的活动，事后关注摄影社公众号，就能免费领取高清照片，李石译被忽悠了，硬拉着我拍。"

宁悦微微瞪大眼睛："所以这是你和李石译的一张合照？"

陈予锦笑着点点头。

宁悦："那李石译？"

陈予锦给了她一个"就是你想的那样"的眼神，难得同情："被裁掉了。"

难怪这张图的视角会这么近，搞了半天是为了裁掉另外的人而放大的。

"这就有点不厚道了吧。"宁悦叹着气为李石译打抱不平，同时手指飞快地在手机上点了几下。

陈予锦似笑非笑地看着她一边同情地摇头，一边幸灾乐祸地把链接直接转到她和高雨婷、杨灿的小群里，他点点头，意有所指："是没你厚道。"

宁悦一脸无辜地放下手机，仿佛刚在小群里发了三排哈哈哈哈的人不是她。

她睨他一眼："比你直接转发给李石译还是要厚道一点。"

别以为她没看见陈予锦扫完链接就第一时间转给李石译这事，他俩半斤八两，谁都不比谁厚道。

杨子栀她们看着两人旁若无人地打哑谜，都觉得自己此刻很多余，三人匆匆扒完饭就果断溜了。

宁悦下午也有课，不能陪陈予锦去Ａ大，两人吃完饭就在主教学楼散步消食，打算到点了就直接送陈予锦去车站。

"你今天怎么突然过来了？"宁悦问，原本他们都约好了等考完见。

陈予锦揽着她的肩膀慢悠悠地爬楼梯，沉默了片刻，他不想让宁悦知道自己是听李佳馨说有人追她才眼巴巴赶过来宣示主权，那样显得自己太小心眼了。

只有他自己知道，自从爸妈开始闹离婚后，他在不知不觉中变得很没有安全感，虽然表面上他把所有事情都掌握在手里，但心里却在患得患失。

他不是不相信宁悦，他只是没有那么相信自己。连带着考试的心态都变了，以前他不在意考试结果，但现在他想成为最牛的那个，好像这样就能证明什么，就能把想吸引的目光永远留在自己身边。

他没法控制这种感觉，同时也觉得很厌烦。

陈予锦弯起嘴角，把宁悦揽得更紧了一点，语气轻松自然地说："没什么，就是突然想见你。"

宁悦狐疑地抬头，只看见陈予锦紧绷的下颌线，他说这话时都没看她。

她思考半晌，突然伸手去摸陈予锦的喉结，陈予锦反应极快地一躲，没让她得逞。

他低头警告："这里是教学楼。"

"我知道这里是教学楼。"宁悦淡定地环顾四周，"教学楼禁止抽烟，禁止喝酒，有说禁止接吻吗？"

陈予锦无奈。

没有。

第十二章
写一首歌,送给我的少年

　　陈予锦考试结束后,就成了师大的常客,乐此不疲地往返于两所学校之间,有时上午没课还会起个大早来陪宁悦吃早餐上课,那架势仿佛要在师大再修一个学位一样。

　　想追求宁悦的那些人也彻底歇了心思,毕竟有陈予锦这么个模范男友在身边,他们自己都觉得宁悦不可能选择别人。

　　李石译看不惯他一天天这么跑,让他出去租房子和宁悦一起住外面得了,天天都能见。

　　陈予锦摇摇头:"才大一就让她和我出去同居,对她名声不好。"

　　李石译倒没想到这一重,他有时候不得不承认陈予锦能脱单是有原因的,这人相比他们心思不知道细腻多少。

　　大学生活没有想象中那么精彩,除开比高中自由,生活也是一日重复一日,宁悦和陈予锦其实都很忙,两人商量后早早定下了要读研的目标,但想在一众优等生中脱颖而出获得保研的名额,那势必就要付出更多努力。

　　陈予锦有心想多陪陪宁悦,但奈何学业紧张,不光要应付课堂作业还得筹备大大小小的比赛,所以大一下半学期,他往师大跑得就少了。

　　人忙起来,时间就过得飞快,在A城下第一场雪时,放寒假了。

宁悦和陈予锦国庆就没回家,所以两人都大半年没见过家人,傅臻和陈平华难得一起给陈予锦准备了接风宴,他就没第一时间去沅南,宁悦和他在机场告别后,自己一个人坐上了回沅南的火车。

她爸今年也从国外回来得早,加上爷爷奶奶,一家人都在日新小区等着她。

沅南的雪比 A 城更大,小区里到处可见大大小小的雪堆,小孩们放了假,聚在一起放鞭炮,火红的鞭炮纸浮在雪堆表面,虽然杂乱但喜庆。

宁悦拖着箱子经过时突然很感慨,明明高考也就是上半年,现在却恍如隔世。她迫不及待地往家里走,轮子都差点飞出去,周老师从她下火车开始就和宁征在楼下等着,两人看见宁悦忙迎上去,给她接行李。

"瘦了。"周老师心疼地捏她的脸。

宁悦笑着抱抱周老师,她瘦了是假的,但她妈的心疼是真的,长这么大以来,她就没离开家里这么久过。

在长宁待了两天,陈予锦就收拾东西准备回沅南。

傅臻问:"小锦,今年你也打算在爷爷奶奶家过年吗?"

陈予锦点点头:"已经和爷爷奶奶打过招呼了。"

"这样啊。"傅臻突然不知道该说什么,陈平华在家里住了一晚上,第二天就走了,只在吃饭的时候过来,而他走后,陈予锦显然就没那么开心了。

"那我和你爸过几天也回去,在爷爷奶奶家过——"

"不用,妈。"陈予锦打断她,他低着头把衣服一件件叠好放进行李箱,平静道,"您想去哪儿过年都可以,不用为了我勉强自己去爷爷那儿。"

傅臻看着陈予锦没什么情绪的眼睛怔了一下,半晌才讷讷说了声:"好。"

陈予锦到沅南的时间不算早,但冬天大家都起得晚,他进小区时一个熟人都没遇见,宁悦起床时已经九点了,是被楼下小孩放擦炮的声音吵醒的,她睡眼惺忪地穿上外套拉开窗帘,便看见对面窗台陈予锦低着头在玩手机。

他今天穿了一件宽大的咖啡色毛衣,人有些慵懒地靠着窗沿,嘴角边挂着一丝浅浅的笑。

宁悦打开窗户吹了声口哨,语气轻佻地打招呼:"对面的帅哥,加个微信啊。"

陈予锦好笑地看了她一眼,视线突然落在她身后,眉头一扬:"周老师,早上好。"

宁悦吓得一激灵,猛地回过头——卧室门关得好好的,哪有周老师的人影,她瞪他一眼,真无聊。

"离过年还有一阵,要不要出去玩?"陈予锦说。

宁悦眼睛一亮,过了最思念的那阵后,她父母已经进入看她不顺眼的阶段了,天天嫌弃她的个人内务，不过也怪她确实犯懒，行李箱到现在都没收拾。

"去哪儿？"

"去宁县泡温泉怎么样？"陈予锦说着给她转发了一个链接，是宁县某个温泉山庄的介绍，"这家温泉山庄翻新，折扣力度很大，我们可以订两天，在那边玩一玩。"

"可以啊。"宁悦心动，"我们多叫上几个人一起去，热闹。婷婷今天下午就到家了，你把梁思源也叫上一起。"

"行。"陈予锦想了想，"不如你再问问杨灿，她去我就把李石译叫上。"

宁悦挑眉笑："好。"

他们这些局外人都知道两人对对方有意思，但偏偏两个当事人不知道怎么回事，就是不挑明，陈予锦虽然经常拿这事刺激李石译，但心底里还是希望他能争点气，把杨灿追到手。

两人各自去联系人，大家都没意见，迅速就拉起了一个六人温泉小分队。

陈予锦租了一辆别克，自己开车过去，几人依旧约在日新小区门口会合，三个女孩一见面就开始叽叽喳喳聊些学校的事。

梁思源围着车转了一圈，皱了下眉："弟弟你也太小气了吧，好不容易自驾出去玩，你租辆面包车？"

陈予锦解锁车门，冷冷看他一眼，无情地撇开关系："在外面别说你是我哥，太丢人现眼，你就只配坐面包车。"

梁思源不解。

他看向李石译，李石译鄙视地摇摇头："真是糙人吃不了细粮，大几十万的老板车在你眼里居然变成了面包车。"

宁悦她们仨都不懂车，也才知道陈予锦居然租了一辆商务车，宁悦惊讶地问："你租这么贵的车啊？"

"嗯，开车过去也要三个小时，这车坐着舒服点。"陈予锦看向梁思源，在场就他俩有驾照，"我俩换着开？"

梁思源连连摆手："我不开，我可不是你，剐蹭了我赔不起。"

陈予锦嘲讽地睨他："出息。"

车是七座车，宁悦坐副驾，高雨婷和杨灿两人坐中间的座位，李石译和梁思源挤后面。陈平华就有一辆同牌子的商务车，平时出差谈事会开，陈予锦坐过几回觉得很舒服，他这人娇贵惯了，在衣食住行上从来不委屈自己。

一路平平稳稳开到温泉山庄，正好是中午吃饭的时候，几人吃了饭就去买泳衣。高雨婷特兴奋，拉着宁悦和杨灿各种挑挑拣拣，陈予锦他们男生就简单很多，随便拿了一条泳裤就搞定了。

"我就一点要求。"陈予锦拉住要跟着高雨婷走的宁悦,心有余悸地交代,"别太相信高雨婷的眼光,付钱之前拿给我看看。"

他是真的怀疑高雨婷眼睛是瞎的,她给宁悦参考买的东西,就没一样可以的,他到现在都记得宁悦当初那条裙子,想想都血压高。

"你什么意思啊?挑拨离间啊!"高雨婷耳朵灵听见了,不满地拉走宁悦,"悦悦走!男生的审美才不能信!"

宁悦无奈地给了陈予锦一个眼神,暗戳戳给他比了个"OK"。

这家店的泳衣款式很多,但店主给她们推荐的高雨婷横看竖看都不满意,她上下扫了宁悦和杨灿几眼,低声问老板:"有没有性感点的?"

老板是个四十多岁的女人,一看他们六人青春洋溢的样子,就知道他们是大学生,许多学生一进入大学,就着急忙慌地想变得成熟,好以此标榜自己是成年人。

她仔细打量三人,然后笑着给她们拿了几件。

高雨婷把那几片单薄的布料放在宁悦身上比了比,满意地点点头:"这感觉就对了。"

宁悦低头打量,迟疑道:"这会不会太暴露了点?"

"哪有。"高雨婷一副她没见过世面的样子,"我们是泡温泉又不是滑雪,你穿那么严实干什么,再说这哪里暴露,我都没给你拿那件绑带比基尼,那才叫暴露好吧。"

宁悦把泳衣提手里:"那我先给陈予锦看看。"

"你给他看什么?"高雨婷不赞同地问。

"我就是问问他觉得怎么样。"

"你为什么要管他觉得怎么样?"高雨婷反应激烈地控诉,"宁悦,你穿泳衣不是给我看的吗?!"

宁悦愣在原地。

高雨婷一脸失望,指尖颤抖:"好哇,原来你穿泳衣不是给姐妹看的,长这么好的身材也不是给姐妹欣赏的,而是为了给男人看的,这么多年我都看错你了宁悦!"

宁悦无奈。

杨灿难以抑制地笑趴在宁悦肩膀上,擦了擦眼角的泪水:"戏过了,没必要没必要。"

"过了吗?"高雨婷秒变脸,摸了摸鼻子,"我觉得声情并茂,刚刚好来着。"

"行了,别给他看了,现在看了晚上哪儿来的惊喜。"高雨婷恨铁不成钢地瞪宁悦,真是没出息,挑个泳衣考虑什么男朋友的看法,自己喜欢不就得了,管男人死活呢？

她帮自己和杨灿都挑好了，都是性感风。她们现在是大学生了好不好，刚好是展现性感最好的年纪。

"相信我，我有分寸，他肯定喜欢。"高雨婷冲宁悦挤眉弄眼，转身就吆喝老板，"给我们包起来，就这三件！"

傍晚，男生们先去了温泉区，找了个小汤池泡着，来往的人并不少，他们明里暗里吸引了很多目光。

梁思源忍不住打量陈予锦这个吸睛体，陈予锦个子高，大半个身子都露在池子外面，一身均匀的肌肉紧实地贴在骨骼上，显出少年人独有的精气神，因为刚被他按进水里过，所以此刻发梢还在滴水，黑白分明的眉眼在温泉池暧昧的灯光下，显得尤其性感。

"陈予锦，你往池子里再坐点，不然路过一人就得看咱们一眼。"梁思源心情复杂地摇头，明明他妈妈和陈予锦他妈妈是亲姐妹啊，怎么他就没长成这个样子。

李石译也叹了口气："就是，有一女孩都来回三次了，不知道的还以为这池子里泡了三只千年王八。"

陈予锦哼笑一声："不想被看，你们俩换个池子，刚好把地方留给我和宁悦。"

"做梦吧你。"梁思源咬牙切齿，脱单了不起啊，脱单了就可以随便虐狗啊？"我今天就算泡烂了，也要守在这个池子里。"

"谁泡烂了？你们在说那个新闻吗？"旁边突然传来宁悦的声音。

"什么新——"陈予锦漫不经心地看过去，下一秒就顿住了。

她们仨是包着浴巾过来的，但因为准备下水，所以陈予锦看过去时刚好看见宁悦把浴巾给解开了。她穿了一件黑色吊带连体泳衣，胸口装饰着一个大蝴蝶结，两侧腰间都镂空，腰窝的部分凹陷下去，线条分明，那之下是短短的荷叶边小裙子，长度刚好到大腿中部，两条笔直而紧实的腿在黑夜里白得发光。

陈予锦有些不自然地挪开了目光。

"你躲什么啊？"高雨婷戏谑道。

陈予锦还没说话，另外一个心虚的人抢先开口道："我躲什么了？"

李石译不敢看杨灿，但又不想承认自己躲了，所以目光游移不定，话听着也底气不足。

几道目光唰唰唰地看过去，都面露惊讶。

李石译一看他们这表情就知道自己此地无银三百两了，顿时恨不得直接钻水里。杨灿知道高雨婷在调侃陈予锦，所以没注意到他，这会儿他突然对号入座，气氛瞬间就变得有些奇怪。

一时间没人再追问。

高雨婷和宁悦面面相觑，无所适从地站了会儿后决定先下水，外面太冷了。

陈予锦见状也反应过来，他冲宁悦伸出手："有点滑，你慢点。"

陈予锦把宁悦带到自己身边，梁思源和高雨婷对向而坐。李石译和杨灿坐在一边，但两人谁也没看谁，气氛非常古怪。

"你们刚在说什么新闻？"陈予锦有心想缓和一下气氛，找了个话题开口。

"我也想知道，刚就想问。"高雨婷赶忙附和。

救救这该死的气氛吧，她尴尬死了。

"就是跟温泉有关的一个事。"宁悦没有辜负他俩的期待，平静道，"是个凶杀案，说是有个男人被谋杀了，尸体丢在温泉里，发现时整个人都泡烂了。"

其他人："……"

现在气氛不光古怪，还诡异。

这儿有许多不同的汤池，既然都来了，那几人就决定全体验一遍。不知道换到第几个的时候，人就走散了，只有宁悦、高雨婷和陈予锦在一块。

下水后，宁悦的浴巾弄湿了，陈予锦便没下来，去给她拿新的。

高雨婷看着陈予锦的背影偷偷和宁悦说悄悄话："悦，你有没有觉得陈予锦特别黏你？"

宁悦没什么特别的反应，她平静地问："有吗？"

"有！"高雨婷神情纳闷，"特别明显好不好？"

她想给杨灿和李石译留点空间，所以邀请宁悦一起去别处泡泡，原以为陈予锦会和梁思源在一块，没想到这人果断把梁思源丢了，眼巴巴跟着她们。

虽然情侣之间想腻在一起没问题，但高雨婷就是觉得奇怪，这两人又不是谈异地恋，又不是好久没见，至于这么会儿工夫都要跟着？

高雨婷心情复杂，不解地问："谈恋爱都这样吗？谈半年了还这么腻歪？我身边好多人谈半年热恋期早过了。"

宁悦出神地抿抿嘴，片刻后才道："陈予锦没有安全感。"

"骗人的吧？！"高雨婷瞪大眼睛，"陈予锦这样的人会没有安全感？"

"我印象中缺乏安全感的人要么缺爱，要么原生家庭有问题，要么自卑，这几样陈予锦都不沾边，他这种人都没安全感，那什么人才有？"

宁悦垂下眼睛，陈予锦确实怎么看都不像是缺乏安全感的人，他家世好，学习好，从小众星捧月，不缺爱也不缺朋友，但不管怎么不像，事实就是事实。

她对情绪一向很敏感，所以哪怕陈予锦掩饰得很好，从来不在她面前表露什么，但她还是察觉到了。

"可能跟他家里的事有关系。"宁悦猜测。

高雨婷面露茫然:"你不是说他已经接受爸妈离婚的事了?"

宁悦点点头,她无可奈何地笑了笑:"但接受不代表没影响吧。"

"你没和他聊聊这个事吗?"高雨婷有点担心,"这算不算心理创伤啊?他会不会越来越严重啊?"

"他不想让我知道。"宁悦故作轻松,"没事,也许再过一段时间就好了,你别忘了他是谁,这人连Ａ大都轻轻松松就考上了,不至于败在自己身上。"

高雨婷担忧地点点头,心想宁悦运气不大好,遇到两个男生都有心理问题,她大学学了医,看了一些心理书籍,才发现杨延之所以性格偏激、暴躁易怒,估计是因为他有心理疾病。

她想到这儿顺嘴问了句:"你和杨延还有联系吗?"

宁悦听到这个名字怔了片刻,杨延啊,跟他之间的交集都好像是二十世纪的事了。她摇摇头:"很久没见了。"

高雨婷不知道宁悦和杨延之间发生了什么,只知道两人彻底闹掰了,杨延去读军校,宁悦硬是连送都没送。她也就是想起来问一问,见宁悦反应冷淡,便识趣地没再提。

"不过你就打算不管吗?让他自己好?"话题又回到陈予锦身上。

"我这不是在管?"宁悦看着陈予锦的身影出现在前方,万分抱歉地拍了拍高雨婷的肩膀,很不够意思但坚决地说,"我跟他单独去泡了,你要不去找找落单的梁思源?"

高雨婷:你要不听听你说的什么鬼话?

她麻木地看着宁悦,然而这人已经无情无义地走了。

一出池子,宁悦就被冻得打哆嗦,陈予锦紧走几步把浴巾给她披上,他看了眼后面还泡着的高雨婷问:"高雨婷不和我们一块了?"

"不了,她嫌我俩碍眼。"宁悦接过陈予锦手里的姜茶,"我们还泡吗?"

"你不是要泡完?"陈予锦揽着人往前走,"前面有个红酒池。"

时间有些晚,不少人都在往回走,红酒池里空空荡荡,陈予锦先下水,然后再接宁悦。

"还没问你这件泳衣怎么样?"宁悦笑眯眯地揽着陈予锦的脖子。

陈予锦怕她摔里面,手稳稳地扶着她的腰,他看着她亮晶晶讨赞的眼睛,很给面地说:"好看。"

"主要还是因为我身材好。"宁悦得意扬扬,"身材好穿什么都好看。"

陈予锦任由她上下其手,纵容地笑道:"你身材这么好摸我干什么?"

"怕你撒谎呗。"宁悦意有所指地瞥了他一眼,只有他们两人,她就很放肆。

陈予锦捏着她的下巴,让人抬起头:"别看了,没撒谎。"

这半年两人都有点食髓知味,荒唐事没少干,只需要一个眼神,就知道对方想干什么。

"回房间吗?"宁悦低声问。

因为酒店没有三人间,所以他们订了三间双人房,陈予锦和宁悦住一间。

"不是和他们约好泡完一起去喝酒吃夜宵?"陈予锦低哑着声音,他把宁悦从身上扯下来,"晚点,吃完东西再说。"

宁悦遗憾地点头答应。

她游到陈予锦对面去:"哎,你说李石译和灿姐能成吗?"

"这不得看李石译有没有出息?"陈予锦张开双手撑在池边上,表情绷得紧紧的,显然还没缓过来,他心里难受,声音也冷淡疲惫,"我们都帮到这种程度了,他还不支棱起来,那就活该单着。"

"你觉得会是李石译先表白?"宁悦好奇。

"不然这种事难道还要女生先开口?"陈予锦笑,他其实不大明白李石译在想什么,又在顾忌什么,他觉得喜欢就要去追,什么都不说,什么都不做,人家怎么会知道你喜欢她?

有些人总是在最需要使用勇气的时候,选择胆怯。

宁悦想起毕业时杨灿纠结的事,不赞同地摇头:"我觉得也许灿姐会先说。"

两人有一搭没一搭地说着闲话,在这个池子里泡了很久。红酒池位置比较靠里,再加上人已经很少了,所以也没人打扰他们。

"都跟你说要早点出来,这么晚不光温泉泡不了多久,连女孩都没得看了。"一个遗憾的声音响起,"这都是最后几个池子了,再不泡都没了。

"大哥,好不容易出来玩一趟,您就别冷着脸了,天气本来就冷。"

"你要实在不想出来,要不我们回房间泡?"

宁悦听着那人越走越近,暗道奇怪,明明听着像是在对话,但始终没听到另一个人的声音。到这里能选择的池子已经很少,可能对方也会来这边。

她低声问陈予锦:"要不我们走吧?把地方让给别人?不然人家过来看到我们俩在这儿走也不是留也不是,怪尴尬的。"

"行。"陈予锦先站起来,他走到一边去给宁悦拿浴巾,余光看见两个高大的年轻身影正往这边来,他没在意,把宁悦拉了起来,用浴巾裹好。

"红酒池,这个可以!哥,我是真冻得不行了,咱就泡这个?"

他们和宁悦两人隔了一块大石头,彼此都看不见对方,宁悦冲陈予锦露出一个庆幸的表情,幸好起来得快,之前人多还不觉得,现在人少了,她穿成这样在外面总觉得不大好意思。

陈予锦觉得好笑,刚才调戏他时可没见她娇羞。

"走吧。"
"好。"

两道声音同时响起,虽然只有短短一个字,但那独特冷漠的声调还是让宁悦心里一惊。她脚步一顿,诧异地抬头,石头那边的两人也正好转过来,和他们面对面撞个正着。

在这种情况下突然见到,几人都愣住了。

宁悦感觉有些不真实,不久前高雨婷才问过杨延,居然这会儿就遇到了。

杨延跟之前没什么变化,就是头发剪得更短了,脸也晒得黝黑,眉眼间尽是冷漠。

他下意识地皱眉看向吴子龙。

吴子龙立马摆手撇开关系:"不关我的事啊,我不知道他们也在这边,我要是知道就不劝你过来玩了,就是巧合!"

他就是看这里打折便宜才和杨延定的这边,哪知道能和宁悦他们撞上,他以前是故意制造过几次"偶遇",但明知道杨延和宁悦彻底闹掰了,他再怎么缺心眼也不会故意让两人见面。

四人就这样面对面站着,一时间谁都没动,尴尬得要死。陈予锦揽着宁悦,面无表情地看着杨延,过去半年了,但再看到这个人他依旧觉得火大。

杨延冷冷地和他对视几秒,看都没看宁悦一眼,率先绕过两人往另一个池子走去,吴子龙来回看了几眼,才小跑两步跟上去。

陈予锦蹙眉看着杨延的背影,直到宁悦拉了拉他才回过神。

"别看了,走吧,冷死了。"宁悦抱怨道。

陈予锦低头看她:"你不去打个招呼?"

宁悦带着他慢慢往前走,面色如常地揶揄:"我特意跑去打个招呼,你不得再和他打一架?"

陈予锦抿着嘴,不爽地问:"难道我不打架,你就去打招呼?"

"陈予锦。"宁悦牵着他的手,"我总觉得你对我有什么误解,好像认为杨延对我来说是很重要的人。"

"难道不是?你们不是认识十几年了吗?"陈予锦声音听着阴阳怪气。

"这不是闹掰了吗?"宁悦好笑地抬起头,"朋友对我来说是很重要,但前提是我们还是朋友。"

杨延摆明了不想搭理她,她还不至于上赶着自讨没趣。经过上次那件事后,他们都心知肚明,不可能还能对对方毫无芥蒂,就算她心底里有点遗憾,也不会傻啦吧唧让陈予锦知道给他添堵。

"况且——"宁悦目光认真,"再重要的朋友,也不会有你重要。"

所以陈大少爷啊,你在没安全感什么呢?

陈予锦脚步一顿,又若无其事地把宁悦往怀里带了带,抬起头没说话。

宁悦无语地捏他搭在她肩膀上的手:"别装了,陈予锦,月亮看见你在笑。"

憋了好久,吴子龙还是忍不住问:"你怎么都不和宁悦打个招呼,不是都快半年没见了。"

"就算不是朋友,也算是个熟人不是?"

"你是不是顾忌陈予锦在场?那你要不试试私下约宁悦出来聊聊?"

吴子龙噼里啪啦说了一堆,杨延半句都没应,始终就那么沉默地泡在池子里,跟个尸体一样,连表情都不带变化的。

杨延上了军校后越发沉默寡言,以前他脾气差,但好歹还像个活人,现在好像连脾气都没了,光剩下冷。吴子龙严重怀疑杨延是不是自闭了,或者是不是得了抑郁症,现在网上都说这个病很严重,所以他才好说歹说把人带出来散心,哪料想这么巧,居然会遇到宁悦和她男朋友。

"兄弟,你是不是拉不下来脸低头,那我去帮你约成吗?"

"我知道你还想着她,别装了。"

吴子龙劝得口干舌燥,但杨延就是不吭声。

他自暴自弃道:"她谈恋爱又不是结婚了,你喜欢咱们撬个墙脚也不是不可以,反正咱没道德对吧。"

"反正问你你也不说,我帮你做主了,我去约她出来跟你见一面。"吴子龙作势要起来。

"你可以试试。"杨延冷漠地开口。

吴子龙憋屈地坐下来:"你也就能威胁一下我,你有本事去威胁宁悦。"

杨延又垂下眼睛,他也威胁过宁悦。那天他喝了很多,但酒醒后却没断片,他说的每一句话,宁悦说的每一句话,他都记得。

沉默很久后,吴子龙又问:"你还喜欢她吗?"

杨延紧绷着脸,思绪飘到很遥远的地方:"喜欢。"

"既然喜欢为什么不去和她说清楚?"吴子龙不解。

杨延低头看着水面,半响后才答非所问道:"如果那次不是你背着我把她约过来,我永远都不会告诉她我喜欢她。"

"为什么？"

"因为她和陈予锦谈了。"

吴子龙："那又怎么样。"

杨延摇摇头："迟了就是迟了，迟到的心意没有任何意义，如果不是你把她找来，我会在那天之后离开沉南，跟她彻底断绝往来。"

他语气决绝，不像是在说笑。吴子龙也清楚杨延是个偏激的人，他既然这么决定，就肯定能做到。

吴子龙目瞪口呆，不明白为什么要这样："为什么？你表白了不还有一丝机会？而且她谈个恋爱而已，谁知道什么时候就分了，你干什么搞得这么绝？"

杨延眼神麻木地看向宁悦离开的方向，她看起来和陈予锦感情很好。

他还记得第一次看见陈予锦是在火车站，他站在雨里，看着两人有说有笑，那一瞬间他觉得宁悦身边好像就应该站着陈予锦那样阳光坦荡的人，而不是他，所以他落荒而逃，甚至没有勇气问问宁悦他是谁。

那一天他离开了沉南，而陈予锦来到了宁悦身边，好像结局在那时候就已经注定了。

杨延沉默了太长时间，沉重的气氛让吴子龙感到一阵窒息，他刚想说不愿意讲就算了，便听杨延沙哑着声音开口。

"因为我不想作为一个爱而不得的可怜虫在她的人生中退场，遗憾很痛苦，看着她谈恋爱很痛苦，没告诉过我喜欢她很痛苦，但对我来说，最痛苦的事情是她日后想到我时，只能想起我迟到的告白，只能记得我求她给我一个机会。"

他缓慢地说："我不需要她怜悯我，也不需要她同情我，比起这样，我宁愿成为一个莫名其妙和她断交的浑蛋朋友，这样她日后想起我，可能会记得我脾气不好，可能会记得我对她很差，但也可能记得我们也曾经那么好过。"

他讲述这些时语气始终平静，但听着莫名让人心悸。

杨延很清楚他有病，他太在意宁悦，这个在他很小很脆弱的时候，就坚定地和他做朋友的女孩子，永远都不可能从他心里消失，他对她的喜欢伴随着自卑、痛苦、绝望，太复杂也太扭曲，已经成了他生命的一部分。

但可惜，对于宁悦来说，这仅是一段无足轻重的插曲。

杨延甚至都不敢去想宁悦到底有没有喜欢过他，如果他没有折磨自己又折磨她，最后两人会怎样，如果他当初走对一步，那是不是今天站在宁悦身边的人就会是他。

如果这是一段故事，那他已经走到了男二的位置上，一个合格的男二应该做些什么？应该痛苦地告白并守在她身边吗？应该在久别重逢后，坦然地说出自己的心意并且释怀吗?他杨延不要这样,他已经在错误的时间告了白,就绝不会再错第二次。

他会守着他对宁悦的喜欢直到死去,但不可能再和她多说关于这段感情的半个字。他永远都不会做宁悦和陈予锦这段感情的牺牲品,他有他和宁悦的故事,这段故事的结尾不能是释怀,他也不可能释怀,既然这样,那又有什么再见的必要。

杨延又恢复了冷漠,他说:"除非她分手,否则我不会再靠近她。"

吴子龙心里震惊得翻江倒海,他真的无法理解,他结结巴巴地问:"那她如果分手了呢?"

杨延没吭声,他隐藏在月光照耀不到的地方,一双眼睛却亮得出奇,吴子龙心惊胆战地盯着他,半晌后居然听见杨延几不可闻地笑了一声。

"谁知道呢。"杨延说。

那一刻,吴子龙从心底里感到发冷,他觉得杨延大概率是有病,而且病得不轻。

宁悦和陈予锦离开后并没有联系上其他人,没一个人接电话,两人在温泉区找了一圈,没找到,只能兵分两路去找人,陈予锦去清吧,宁悦去房间。

小清吧里人不多,只有几个年轻人在喝酒,他给宁悦发了个消息,宁悦没回,他怕现在去房间又会和他们错过,索性就找了个位子坐下,拆了根棒棒糖咬着玩手机。

没几分钟,酒吧又进来两人,陈予锦习惯性地抬头看了眼,正好撞上杨延冷漠的视线。今天还真是巧啊,他冷哼一声,低下头懒得理会。

玩了一局消消乐后,对面坐下一人。

陈予锦头都没抬,冷淡地说:"找碴儿吗?那么多空位,非得坐这儿?"

杨延没吭声,上下打量陈予锦,那露骨的目光让陈予锦心里一阵不爽,十八九岁的男孩子最是冲动,起摩擦是常有的事,有时候一个眼神,就能把对方刺激得冒鬼火。

陈予锦把手机收起来,抬起眼:"你爱坐坐,不奉陪了。"

"你怕什么?"见陈予锦站起来,杨延挑衅道。

怕?陈予锦笑了。

"你要约架,那回了沅南我随时等着,在这儿不合适。"陈予锦漫不经心地刺他,扬起嘴角欠了吧唧地说,"你孤家寡人无所谓,我不想让我女朋友担心。"

杨延被戳中痛处,脸色变得铁青,军校这半学期的磨砺让他的忍耐力好了很多,大多数时候都能控制情绪,但唯独对着陈予锦,他每分每秒都忍不住想动手。

他也不知道自己来找陈予锦干什么,只是看见陈予锦悠闲的样子,他就忍不住脾气想找碴儿。杨延不得不承认自己嫉妒陈予锦,从第一眼看见陈予锦开始,他就打心眼里嫉妒这样的人。凭什么有的人命就那么好，可以出生在一个优渥的家庭，从小到大要什么有什么，从不缺少掌声和爱。

"你犯不着提醒我。"他语气冰冷，"我没想过去找她。"

"你找不找我不在意。"陈予锦神情冷漠。

"你不在意？"杨延似乎听到了什么好笑的事，忍不住讽笑，在陈予锦还和宁悦没有半毛钱关系的时候，陈予锦就在他和宁悦中间从中作梗，这样的人会不在意？

"不是装不在意就是真的不在意。"杨延想到了什么，皮笑肉不笑道，"宁悦最反感占有欲，女朋友未必永远是你的，我等着瞧。"

陈予锦冷冰冰地看着杨延，这人是想告诉他，他这辈子都会等着他和宁悦闹掰吗？

"用一辈子去和另外的人赌气，其实很没意思。"过了一会儿后，陈予锦才开口，这回不同他之前漫不经心的语气，一反常态地锋芒毕露，"当然如果你坚持这样，我也没有意见，这个世界上就是有一些人该勇敢的时候选择退缩，该退场的时候又死赖着不走。"

陈予锦冷哼一声："你愿意一直盯着我们身后你就一直看，反正我这人最习惯的就是目光。"

说完，他转身就离开。

陈予锦走后，吴子龙坐在了他的位置，拍了拍胸口："吓死了，我以为你要找他打架。"

"我不会，我不想被学校开除。"杨延面无表情地盯着陈予锦的背影。

吴子龙惊奇："你居然还惦记着学校？！"

杨延收回目光，对瓶喝了一口酒："我明天早上就回去了。"

吴子龙微微瞪大眼睛："嗯？不是说好玩两天？"

杨延摇摇头："算了，地方就这么大。"

吴子龙明白杨延的意思，地方就这么大，太容易撞见了。他张了张嘴，又不知道该说什么，这人是来真的，真的不打算和宁悦见一面，太狠太偏激了，他就没见过这种人。

"其实吧。"吴子龙干巴巴地安慰，"也许不久他俩就分了，还是要心怀希望……"

杨延摇摇头，他比任何人都清楚，早就彻底结束了。

陈予锦出了清吧才打开手机，宁悦给他回了消息，只有四个字"快回房间"，后面跟了一大串感叹号。

时间已经是十分钟以前。

他心里大概知道能让她这么激动的事情会是什么，多半是李石译和杨灿成了，叫他回去是为了看热闹。不过十分钟，什么都应该结束了，陈予锦把手机收起来慢悠悠地往房间走。

刚上楼梯，他就看见了宁悦的身影。

她皱着眉，遗憾道："你怎么现在才来，都结束了。"

"清吧有人耍酒疯，我耽误了一会儿。"陈予锦一笔带过。

"耍酒疯？"宁悦看了眼那边，"没事吧？"

"没事。"陈予锦捏着她的脸颊把她的视线拉回来，"你接着说，李石译和杨灿怎么了？"

"你都猜到了还有什么好说的。"宁悦笑着问，"你猜我俩谁赢了？"

陈予锦从兜里拿出一根棒棒糖，拆了塞宁悦嘴里，心里在想杨延最好言而有信和他们较真一辈子，杨延不单到死难消他心头之恨，表面上却笑着揉了下宁悦的头发，低头在她耳边轻声说："你赢了。"

因为整天无所事事，所以这个年对于宁悦来说过得非常快。

她年前和陈予锦、高雨婷他们整天轧马路，走街串巷地吃东西，年后就是跟着周老师他们到处走亲戚，一眨眼假期就没了。

陈予锦在初四的时候和高雨婷他们一起登门给周老师拜年，把周老师又哄得眉开眼笑。为了让宁悦回学校时不那么孤独，她还特意拜托陈予锦和宁悦一起回去，路上多照顾照顾。

这让知道两人内情的高雨婷他们仨差点憋出内伤，心里疯狂呐喊周老师你睁大眼睛看看，别所托非人啊！

但周老师光顾着打趣李石译和杨灿，全然没发现故作乖巧的陈予锦和宁悦有什么猫腻。

开学以后，两人又恢复了跟上学期一模一样的生活，只是陈予锦缺乏安全感的毛病依旧没好，来师大的频率之勤让杨子栀她们特受不了，虽然两人男靓女美，但架不住天天秀恩爱啊。

都不知道多少学子因此泪洒教学楼，深感自己的大学生活实在平庸，简直算是白来一场。

高雨婷后来还打电话问过几回，关心陈予锦的心理状态好点没，她读了医后就有了爱操心的毛病，看谁都想治一治。

宁悦本来不觉得陈予锦这是一个很严重的问题，直到她从李石译口中得知陈予锦去看了心理医生。

其实陈予锦不是特意去的，那阵子李石译感冒了，叽叽歪歪磨着陈予锦陪他去校医院打针，他看见心理咨询室就在边上，便顺势去坐了几分钟，咨询了一下。心理老师得出的结论是他没什么问题，非常正常，每个人多少都有点性格缺陷，没有必要太在意。

出来后，陈予锦就觉得好笑，觉得自己不应该被杨延的话影响，这要是被其他人知道他被情敌一句话就刺激得看心理医生，指不定怎么笑话他。

为了堵住李石译的嘴，让他帮忙瞒下这件丢脸的事，他还请李石译吃了一顿大盘鸡，但这人转身就把他卖了，添油加醋地把事告诉了宁悦。

宁悦因此忧心忡忡，甚至开始反省自己是不是太没把陈予锦放心上了。

"都去心理咨询了啊？"高雨婷结结巴巴，"那那……那怎么办？"

宁悦咬着下唇，苦恼地叹气："不知道。"

她看着书桌上的日历，四月七日被她画了一个显眼的记号，还有一个月，陈予锦就生日了。她想了想突然问："婷婷，你说男生过生日送什么礼物比较好？"

去年陈予锦过生日，她什么都没送，就给人唱了首《生日歌》，现在两人谈着恋爱，她肯定不能这么敷衍。

高雨婷一个单身狗能给什么意见，她犹豫着问："打一条围巾？"

宁悦："……夏天呢，我给人送一条围巾？"

高雨婷改口："那要不，你给他打一条纯棉泳裤？"

宁悦："……我们要不别和毛线较劲？还有别的选项吗？"

"哎呀。"高雨婷耍赖，"这你问我我哪知道，我长这么大就只给我爸爸送过礼物，去年我给他送了一副麻将，把老高高兴得够呛，你要不也想想陈予锦喜欢什么，他喜欢什么就给他送什么呗。"

陈予锦喜欢什么？他好像还真没什么特别喜欢的。

宁悦脑子里飞快地想，他爱好很多很杂，会的也多，平时没事也打游戏，但都感觉没有到很喜欢的地步，而且不管是游戏机还是篮球，他都不缺，这人的东西齐全得没给她留一点送礼的余地。

"或者去看一场电影吧，散散心，心情就会好点。"高雨婷建议。

宁悦心不在焉地点头，心里觉得看电影太平庸了，没什么意思，但好在时间还够用，可以慢慢想，实在不行，就打一条围巾……

挂完电话不久，江易易就回来了，催促宁悦和她一起出门，前不久江易易不知道为什么突然开始对吉他感兴趣，当知道吉他社会免费教课以后，她便每周缠着宁悦一起去。

两人到了上课点，意外发现孟津也在，吉他社的理事到了一半，几人围在一起，显然是在聊什么正事。

"宁悦可以唱几句。"孟津看见她眼睛一亮，笑着开口。

"唱什么？"宁悦把吉他放下来，疑惑地走过去。

孟津把手里的纸递给她，上面是一首歌的曲谱。

"这是我们吉他社的社歌。"孟津解释，"想找几个唱歌好听的社员一起录一个纪念视频，军训的时候我听过你唱歌，觉得很合适。"

宁悦看了几眼，惊讶地问："这是你们自己写的吗？"

"对。"有个女理事骄傲地开口，"是我们自己作词作曲。"

"好厉害。"宁悦由衷地赞叹，这首歌词曲都很有水平，调子很好听。

"怎么样，你要来吗？"孟津笑着问，"不会耽误你太多时间。"

江易易同情地看了孟津一眼，心想他只怕又要失望了，以宁悦的性格，估计跟他沾边的事都会避得远远的。

但下一秒，宁悦："好啊。"

江易易惊讶地看向宁悦，太阳打西边出来了？不避嫌了？

宁悦冲她眨眨眼睛，并不解释。

最近，李石译一连好几天都看见陈予锦在宿舍和梁思源打游戏，这件事很反常，毕竟平时没课的时候，他早就去师大陪宁悦吃饭了。他现在和杨灿谈着恋爱才开始理解陈予锦为什么要跑师大那么勤，所以对他老实待宿舍的行为感到很惊讶。

"你们都五天没见过面了吧？"李石译靠在桌子边看他操作。

"嗯。"陈予锦分心解释，"她部门有个活动要办，这几天都在忙那边的事。"

"以前她忙部门的事，你不都陪着？"李石译问完，又轻声细语地给杨灿发语音消息，"灿姐，你吃了没？"

陈予锦被他这个语气恶心出了一身鸡皮疙瘩，嫌弃地看他一眼："谈恋爱也得给对方留点个人空间，天天早中晚都逮着人家问吃了没，你不怕杨灿嫌你烦？"

李石译："？"

李石译："陈予锦，你哪儿来的脸说这种话，天天没事就去缠着宁悦的人是谁？"

陈予锦抿着唇不说话，但操作明显急躁起来，还被对方拿了人头，好在这局他们打得不错，最后还是赢了。他把键盘往前一推，拿着外套站起来。

"宝宝，你晚点去图书馆——哎，你干吗去啊？"李石译一边打电话一边问。

"恶心到了,去吐。"陈予锦把外套穿上,留下一个冷漠的背影。

李石译一愣。

"我也有点恶心。"杨灿在电话那边语气嫌弃,"李石译,你正常点。"

他怎么就不正常了?!他叫她宝宝哎!

陈予锦去便利店买了一瓶冰汽水,灌了几口后才觉得心里舒服点。前几天,陈平华给他打了个电话,问他生日打算怎么过,有没有时间,如果有,他就来一趟给他过生日。

当天是周六,陈予锦没课,也很闲,但他还是拒绝了。他让陈平华如果有空不如好好想想怎么让傅臻回心转意,就算现在两人已经分居,但只要有心求原谅,不是没可能和好。

他知道傅臻心里对这个家还有留恋,她只是生气失望。陈予锦早就把傅臻在意的点告诉了陈平华,让他真诚一点,不要算计家里人。

但陈平华怎么说来着?他说自己是太在意才会那样做,是因为太想跟傅臻一起出国,他是因为爱她,不是真的想算计她。

就是这句话刺激了陈予锦。

他在那一刻想到了他和宁悦,这才惊觉他的性格像傅臻,行事作风却更偏向陈平华。从小到大梁思源都说他心眼多,长大肯定和他爸一样老谋深算,他以前不以为意,现在才发现他做事的方式跟他爸真的没差。

不同的是,他对宁悦没有算计那么严重,顶多算是套路,用他自己的温柔和偏爱让宁悦上钩。

他以前觉得这没问题,是他争取宁悦的一种方式,现在却开始担心自己这样下去,会不会变得和他爸一样,打着爱的名义做着一些错误的事。

所以宁悦说忙,陈予锦也就顺势连着几天都没去找她,想让自己好好想想将来怎么做才能不重蹈覆辙。

他把汽水喝完了,目光茫然地把瓶子一点点捏瘪,想不出来,烦,他仰头冷淡地闭了下眼睛。

过了一会儿后,陈予锦靠着路灯杆子自暴自弃地给宁悦发消息:忙完没,晚上一起吃个饭?

宁悦看着手头没写完的东西,为难地挠挠头:还没忙完,要不明天?

噢。

陈予锦照着手里的瓶子拍了个照发给宁悦。

宁悦:?

陈予锦:你看这个瓶子像不像被冷落了五天的我?

宁悦：……

陈予锦：算了你不用管我，我会自己找垃圾堆的。

宁悦：……

他紧接着又发了个蛇皮袋子的照片过来：你要不要，大爷排着队，别让别人等久了。

宁悦看着面前的半成品，想着自己的进度表，狠了狠心：给大爷吧，我改天去垃圾站赎你回来。

陈予锦：……

陈予锦生日头天晚上，梁思源就从隔壁市坐车过来了，陈予锦叫上了李石译，订了个饭馆吃饭。

李石译对去年的事还心有余悸："这回你订了个什么地方，不用穿正装出席吧？"

"你穿拖鞋去都没人管你。"陈予锦笑着把地点发给他，就一个普通的小馆子，"也别太寒碜，宁悦说晚上请你们听校园民谣。"

"听校园民谣？我们也去？"李石译犹犹豫豫，看向陈予锦，"你俩晚上……没安排？"

陈予锦面无表情地把靠枕砸他脸上。

因为要等宁悦，所以他们接近四点才去吃饭，宁悦觉得很不好意思："其实真不用等我。"

梁思源捧着一碗饭先干了一大口，嘴里不忘谴责："得了吧，你不来我弟连吃屎的心思都没有。"

陈予锦："……饭桌上你能不能注意点？"

梁思源冲他得意一笑，丝毫不发怵："宁悦，晚上去哪儿听校园民谣？"

"不远，在一个清吧，打车过去就十五分钟。"

陈予锦替她倒了杯温水："怎么想起来去听民谣？"

"我们社长和酒吧有合作，让我们帮忙卖票，我上网查了一下歌手，发现口碑挺好，就买了几张。"宁悦喝了口水，"刚好也给你庆祝生日。"

"这不会就是你送给陈予锦的生日礼物吧？"梁思源问。

宁悦顿了一下，下意识侧头看向陈予锦，他偏向她这边坐着，一双眼睛悠悠地看着她，宁悦摇摇头："这是秘密。"

陈予锦挑了下眉，秘密？

"你准备了什么？"宁悦问梁思源。

梁思源夸张地瞪大眼睛："我人都亲自来了，难道不是最好的礼物吗？"

宁悦淡淡道:"哦,白吃白喝来了。"

"他又不缺什么,买了也是浪费。"梁思源毫不羞愧,理直气壮地看向陈予锦,"你说是吧?"

陈予锦难得点点头:"我是什么都不缺,宁悦你也不用给我买什么。"

周老师一个月只给宁悦一千五的生活费,他怕宁悦为了给他买礼物花太多钱。

宁悦无所谓地摆手,笑眯眯地说:"没事,免费的,不浪费。"

陈予锦顿了一下:"什么礼物免费?"

"这你还要问?"梁思源幸灾乐祸,"心意是免费的。"

他把单身狗的丑陋怨念表达得淋漓尽致。

陈予锦睨他一眼,慢悠悠说:"梁思源,有些心意免费是因为不值钱,有些心意免费是因为无价,你猜你是哪种?"

梁思源被噎得说不出话来。

他看向李石译:"李石译,咱走吧,反正我俩的心意不值钱。"

李石译分神看他一眼,手上还在给杨灿发消息:"我不跟你走,我现在又不是单身狗。"

梁思源:当时就应该把李石译准备的气球都给戳了。

宁悦听他们说话乐得不行,陈予锦看着她的笑脸,神情不由得变得温柔,他一只手搭在她的椅背上,靠近她耳朵悄悄问:"真的什么都没买?"

宁悦点点头,老实说:"什么都没买。"

"哦,没浪费钱就行。"陈予锦紧盯着宁悦的眼睛,神情分明在不满。

宁悦和他对视了一会儿,终于笑着败下阵来。她无奈地去捂他的眼睛,若有所思道:"陈予锦,你眼睛这么好看,哭起来什么样?"

陈予锦的睫毛一下下扫着宁悦的手心,让她心里过电一般痒,他懒洋洋说:"现在想看有点迟,我上次哭还是读小学三年级的时候。"

宁悦实在痒得不行,她放下手,神态倨傲地看他:"话别说得太满。"

陈予锦挑了挑眉,看宁悦这意思,送个免费的礼物还想让他哭?

宁悦看出他不信,但也不解释,她慢条斯理地吃饭,语气自信:"别不信,陈予锦,等着瞧。"

陈予锦看她这副势在必得的样子轻哼了一声,忍不住笑了:"那我拭目以待。"

"别拭目以待了。"梁思源怨气冲天地看着秀恩爱的两人,"我手机里不光有陈予锦哭的照片,连他小时候的裸照都有,宁悦你出个价,我打包发你。"

宁悦按住陈予锦订车票的手,默默说:"别,再留他一会儿,还有用。"

陈予锦面无表情:"你想买?"

宁悦摸摸鼻头，眼神飘忽，确实有点。

陈予锦气笑了。

他们拖拖拉拉吃完饭再赶到清吧时才下午六点，表演晚上七点开始。因为提前做了宣传，清吧里人很多，陈予锦知道梁思源没什么艺术细胞，多半会觉得无聊，所以点了一堆小吃，让他待会儿打发时间。

梁思源把节目单看了一遍，一个人都不认识，便没兴趣地放在一边。

因为是民谣场，所以现场气氛并不热烈，和他们高中听摇滚时大不相同，所有人都安静地听着，感受歌曲中细腻的感情。陈予锦听音乐的时候很专注，但不知道为什么，宁悦总觉得能从他脸上看见伤感和愁绪。

想想去年他生日也不是什么好的记忆，他俩在天台，连个生日蛋糕都没有。

梁思源把小吃吃完了，打着哈欠说："宁悦，你想用这么几首歌把我弟听哭，不如花钱雇我打他一顿，我保证你想看他怎么哭，我就打得让他怎么哭。"

梁思源是体育生，体格比陈予锦健壮很多。

他这么一打岔，所有人都回过神，陈予锦又恢复了他那漫不经心的神情，面朝宁悦说："你别上他的当，从小到大打架，他就没赢过我。"

"真的假的？"李石译怀疑地打量梁思源那一身的腱子肉。

梁思源被他那目光伤得气急败坏："那都是因为陈予锦耍心眼！"

宁悦没应声，她支着头不慌不忙地瞧陈予锦的眼睛，好像正儿八经地在幻想他哭的时候什么样。陈予锦好笑地捏她的脸："你就那么想看我哭？这儿这么多人，你男朋友在这儿哭你不丢人？"

宁悦笑起来："放心，我会提前撇清关系。"

陈予锦看她这没心没肺的样子，恨不得咬她一口，但他恶狠狠盯着她看了会儿到底没狠下心。他沉默着抿了几口酒，突然说："其实你没准备什么我也没事，我真不缺什么。"

宁悦认真地打量他，心说不是这样，我知道你缺少什么。

她摇摇头："陈予锦，要不和去年一样，我唱首《生日歌》给你？"

"行啊。"陈予锦笑着答应。

也不知道是不是因为清吧的灯光过于朦胧，而民谣又太过走心，所以宁悦觉得今天的陈予锦格外温柔，像拥抱溪流的群峰，像飞鸟栖息的枝头，她希望这么温柔的人也能够被世界温柔以待，被鲜花簇拥。

"和你开玩笑的。"宁悦别开头，"我去一下洗手间。"

三人目送着宁悦起身，梁思源终于忍不住问李石译："杨灿没和你透露过什么吗？宁悦到底给我弟准备了什么生日礼物？"

李石译犹豫了一会儿:"好像提过一嘴,她们建议宁悦打条围巾?"

"围巾?"梁思源皱着脸,"夏天送围巾?不应该吧,一条围巾不至于让她这么遮遮掩掩,那上面又不是镶钻了。"

"弟弟,你猜出来没?"

陈予锦摇摇头。

"唉。"梁思源失望地叹气。

李石译好笑地问:"陈予锦的礼物,你这么好奇干什么?"

"我不是好奇礼物。"梁思源强调,"我主要是想看陈予锦哭,真的,这人要面子,很多年没哭过了。"

陈予锦冷眼看着他,要笑不笑:"给我一万,我哭给你看。"

梁思源难以置信:"你哭的是珍珠吗?敢这么狮子大开口?"

陈予锦斜了梁思源一眼,嘴一张就要说出更恶毒的话来,但就在这时,报幕的主持人突然说道:"下一首歌的名字叫《下学期再见》,是今晚一位神秘歌手的原创歌曲,她希望用这首歌祝福生命中某个重要的人生日快乐。"

听到"生日快乐"四个字,陈予锦下意识看向台上。

随着主持人的邀请,宁悦抱着一把吉他慢慢走上台。

梁思源目瞪口呆,小声激动地说:"宁悦?她真要给你唱《生日歌》啊?"

陈予锦没吭声,他心里涌动着惊涛骇浪,几乎要跳出胸腔。他眼睛紧紧盯着宁悦,宁悦也不闪不避地回望着他,眼里是一汪坚定的温柔,就像一只温柔的手,安抚他不安的内心。

那一刻,陈予锦意识到,不是一首《生日歌》那么简单。

"这首歌送给我的男朋友。"宁悦坐上椅子,调整好话筒,"我希望他能够永远快乐,永远自由,永远耀眼,希望他十九岁以后的人生,年少正得路,有如初日升!"

她的声音被麦克风扩大,每个字都带着触动人心的情意。

在场不少人开始左右查看,顺着宁悦坚定不移的目光,他们很容易就找到了陈予锦,顿时,现场便诡异地安静了片刻。

陈予锦谁都没看,眼睛里始终只有宁悦一个人,他感觉自己喘不过气来,所有情绪都在崩溃的边缘,无法压制住。

宁悦冲他笑了笑,手指拨弦。

> 车站下起阵雨,留伞预兆好运
> 你说物理三道大题,十分钟,绰绰有余

树上闹人蝉鸣，黑巷拉环轻起
你说旺仔好像很甜，要不要，我送给你

思路写满菜单，是谁放下的贷
家里等待的客，有点轻慢
不信佛，却还愿，神不平等口出狂言
好像是约，下期再见

食堂夜宵之约，数量始终短缺
我说下课别问太多，跑快点，别被人虐
情绪当断不断，朋友总会离散
你说我没这种经验，一辈子，不做替换

黑板贴纸显眼，岁月不容太闲
对窗深夜的灯，长亮不灭
有点急，又停电，英语故事始终催眠
好像是说，人无上限

你单车的后座是人群目光永不变的寄托
月亮那么好看那时我想得却不多
进一球的后招被小小镜头偶然间地捕捉
一枚普通硬币我却想要贪心点播

年关挑对奶糖，悄悄遮掩品尝
你说假期普天同乐，试过后，才知心痒
湖中观景涟漪，菩提红绸辉映
你说追人其实很难，因为她，不接这招

山顶钟鸣回响，意气永不退场
烟火绚烂笼罩，难辨分晓
谈梦想，无所畏，光芒万丈又有何妨
只是觉得，你都知道

天台风声呼啸，飞烟替换烛光

我说未来的路很多，怎么选，都建新章
教室最后考场，终究各自起航
你拿手中贺语两张，问一问，何必掩藏

少年总是轻狂，脚踩路旁香樟
掌心抚摸的猫，脾气不详
峰回转，有点燥，听见耳侧心跳荡漾
只是相信，夏日绵长

摩天轮的传说在午夜钟声响不起的时刻
曲终人散有时至少我会一直等着
公交站的往返是两块八毛解得了的失策
你身侧的座位永远刻着我的诗歌

　　唱到最后，宁悦的气息有些跟不上，她已经练习过很多次，但真的在陈予锦面前唱时，还是激动得无法正常发挥，她花了半个月的时间学习作词编曲，把他们的过去写成了一首歌，虽然这首歌不完美，但是她希望用这种方式告诉自己的少年——
　　"陈予锦。"宁悦深吸一口气，笑着大声说道，"我爱你呀！"
　　陈予锦声带发紧，全身上下猛地一麻，眼眶立马就红了。他知道自己作词作曲有多难，知道宁悦要写出这样一首送他的歌得花费多少时间和精力，他的心跳澎湃作响，只能无措地仰着头，憋回喉头的哽咽。
　　宁悦说她爱他，陈予锦感觉自己被她这句话托着，找到了自己一辈子都能稳住的落点。不管别人怎样，至少宁悦会永远给他一片扎根的土壤，他的女孩在以这样的方式给他安全感。
　　一束光适时地打在陈予锦的头顶，他终于忍不住一言不发地站起来，带着一阵风走向表演台。宁悦从椅子上下来，还没说什么，便被一只手揽住了腰，而那人不由分说地俯身狠狠吻向她。
　　他的气息铺天盖地地笼罩下来，按在她身后的手小心翼翼地发抖，宁悦心里一疼，轻轻地回抱着他，回应他的热情，气氛逐渐热烈，在被亲得头昏脑涨时，宁悦听见了周遭的欢呼声。
　　年轻人的爱情总有种神圣感，也有种不顾别人死活的绚烂。
　　心跳声越发疯狂，陈予锦克制地松开她，眼睛里亮光不断闪烁。
　　这种情况下，两人都顾不上难为情，宁悦看着他微红的眼角那颗摇摇欲坠的泪，好像看见了清明雨后,荷叶边下垂挂着的那滴雨水。

她轻轻地接住,温柔地说:"陈予锦,生日快乐,喜欢吗?"

陈予锦深吸一口气,抚摸着她的脸动容地说:"喜欢死了!"

梁思源和李石译被丢在清吧继续听民谣,但两人都听不进去,每每对视都是一句长吁短叹:一首歌啊!宁悦送陈予锦的生日礼物是一首原创的歌啊!陈予锦这狗东西哪儿来那么好的命啊!

李石译把自己录下的视频发给了杨灿,杨灿看完也久久没有回过神来,说真的,这礼物就不是一般人能送出来的,就算有那个想法,也没那个才华。

难怪宁悦敢放下话让陈予锦哭,这要是杨灿送他一首歌,李石译能哭得在地上打滚。

梁思源则是越发觉得自己傻,为什么要跑过来给陈予锦过生日,在学校当只快乐的狗不好吗?宁悦这礼物直接把生日礼物这东西卷到天花板了,明明他连对象都没有,就失去了为礼物而感动的机会。

被两人在心里轮着骂的人现在正在酒店。

宁悦被陈予锦压在身下亲,喘不过气了都舍不得分开,陈予锦一手扣着宁悦的后脑步步逼近。

宁悦气息不稳地问他:"不先聊聊吗?"

"聊什么?"陈予锦分神应付她,眼睛红得可怕,"要聊的不都在清吧聊完了?"

宁悦摇摇欲坠地坐起来,笑着说:"你哭了吗?陈予锦。"

"我哭没哭你不是看见了?聊什么聊,等会儿再聊。"

宁悦笑着捶了一下他的肩膀,陈予锦无关痛痒地继续,俯身吻住她的唇。宁悦哼哼了两声,难耐地迎合。在一室荒唐中,今年的夏天好像提前到了。

事后,陈予锦抱着宁悦去洗了个澡,两人裹着浴巾在床上,像两只红透的虾静悄悄对视了一会儿,又不约而同地笑开。不知道是笑刚刚的猴急,还是笑今晚开心,宁悦笑得控制不住,捂着肚子倒在陈予锦怀里,湿漉漉的头发贴在他的胸膛。

陈予锦被她撞得往后一倒,两人就又躺回了床上,她笑得一颤一颤的,惹得他的心里又在冒火。陈予锦无奈地把她扶正了,用毛巾给她擦头发。

"那首歌写了多久?"陈予锦在她身后,目光温柔。

"从作词到作曲,大半个月吧。"宁悦老实地坐在他怀里,任由他揉搓自己的头发。

当时答应给吉他社唱社歌时,她就动了给陈予锦写一首歌的念头,后来请教了社里的词作者和曲作者,发现写一首简单能唱的歌并没有想象中那么困难,她便果断开始动手写了。

宁悦轻描淡写的解释并没有骗过陈予锦,他轻轻吐出一口气,并没有多说什么。

"好听吗?"宁悦转过头问。

陈予锦点点头,不仅好听,而且有独特的意义。

宁悦狡黠地笑:"怎么办,听过我这首歌以后再听周杰伦,是不是都没感觉了?"

陈予锦轻笑一声:"那也没办法,谁让我女朋友这么了不起。"

"说真的,你搞这么大阵仗,以后怎么办?"陈予锦得寸进尺,"我以后还得过那么多生日,你每年不都得给我来一首?"

宁悦无语地说:"这种招数一次是惊喜,第二次就俗了。"

陈予锦的指尖穿过她湿漉漉的头发,一点点给她理顺。宁悦懒懒地享受他的伺候:"你说你怎么就那么金贵,要送你一个惊喜的礼物好难。"

陈予锦无奈地掐她的耳朵:"我有提过要求吗?就算你给我打一条围巾我大夏天不也得围着?"

宁悦想象了一下那个画面,乐得咯咯笑:"说真的,你要不把你家里那些游戏机啊、书啊什么的捐点出去,给我下次送礼留点缺口。"

"没用的。"陈予锦瞥她一眼,"我爸每年都会给我补新的,我捐也赶不上他补的速度。"

提到陈平华,宁悦下意识回头看了他一眼。陈予锦没什么多余的反应,他不满地把宁悦的头扳回去:"别动,每次提到我爸妈,你比我还紧张。"

宁悦叹了口气,开诚布公道:"不得不紧张,我听说有些人还去心理咨询了。"

陈予锦手一顿:"李石译告诉你的?"

宁悦点点头。

陈予锦把人转了个方向,面朝着自己圈在怀里:"他说什么了?"

"他说你失眠掉发,整天被折磨得精神萎靡,终于忍耐不住去寻求了心理帮助。"宁悦一字不漏地复述给陈予锦听。

陈予锦咬牙切齿,好样的,他那盘大盘鸡算是喂狗了。

他不爽地问:"你信了?"

宁悦笑着说:"怎么可能,你那几天状态好得能把李石译直接打死。"

"不信你还整这么一出?"陈予锦漫不经心地问。

他不傻,能看出宁悦费尽心思为他写歌,除了给他庆祝生日,还有点别的意思,大概他这小半年的反常并没有瞒过她,不过也是,宁悦一向比他还要细腻,怎么可能毫无察觉。

宁悦诧异了一小会儿,见陈予锦神情轻松,便也老实说:"我是有点想给你缓解压力的意思，之前我也劝过你几回，但感觉收效甚微，或者说治标不治本？我知道你不想让我担心，所以也一直没问过你，我相信你自己能处理好，也未必希望我参与进来。"

"但是李石译跟我说你去看心理医生，我是真的有点慌。"宁悦环着陈予锦的脖子，去蹭他的下巴，"你说你不缺什么，但我觉得你多少缺点安全感。"

陈予锦眼眶发热，心脏剧烈地跳动着，有一种酥麻感。他揽着她，语气轻轻的，没有否认："所以？你就送我点安全感？"

宁悦点头："能量是守恒的，我想安全感也是如此，你在别处丢掉的一部分，我就想办法在我这儿多给你一点。"

她说得很真诚，一字一句不掺一分假，陈予锦的心早就定了下来，此刻却还是因为她坚定的偏爱而轻飘飘地浮动。

"男朋友，你现在感觉安全吗？"宁悦问。

陈予锦无奈地握住她越来越向下的手："你要是安分点，我就感觉安全了。"

宁悦诧异地打量他："陈予锦，你不会不行了吧？我听网上说，喝了酒会不行。"

她自顾自地咂咂嘴："难怪刚刚感觉你力不从心，原来……哈哈哈。"

陈予锦面无表情地挠她痒痒："宁悦，不会讲话的话我不如帮你缝起来？"

宁悦一边笑一边奋力挣扎，两只手捂着嘴，含混不清地问："你要……怎么缝？"

陈予锦心如铁石地扯开她两只手按在头顶，弯腰低下头，吻上的前一刻，他恶狠狠地说："这么缝。"

宁悦环上他的脖子，笑得花枝乱颤。

又不知道翻来覆去地闹了多久，两人才精疲力竭地结束，陈予锦安静地抱着宁悦坐着，听窗外的车马声靠近又远走，虽然累但没有睡意。陈予锦看了眼时间，十二点还没过，他眷恋地蹭宁悦的颈窝，黏糊糊地说："悦悦，我生日还没过，你再给我唱一次？"

宁悦笑起来，纵容地揉了揉他软绵绵的头发："好。"

第二天，宁悦在清吧唱歌并和陈予锦在台上接吻的视频便小规模传开了，毕竟当晚还有不少师大的学生在，宁悦走在路上，身上多了很多打量的目光。

她很头疼，果然和陈予锦这样的人公开接吻是个麻烦事，陈予锦那边也好不了多少，走哪儿都有人像看大猩猩一样看他。

除此，还有人根据宁悦那首歌的歌词拼凑出了他俩之间的故事，一时间，连高中同学都开始来八卦。

两人因此躲了三四天的风头，也没见面，下了课就戴上口罩帽子，直接奔回宿舍躲着。

好在大学生的记忆确实只有几天，他俩低调行事几天后，热度就慢慢散了。

第十三章
喜欢会让夏天变得很热烈

四月末的时候，部门开始准备换届选举，部长有意让宁悦来接任，但宁悦对此犹豫不定。

挑了个一起吃饭的时候，宁悦把这事和陈予锦说了："周老师说，竞选部长能增长一下见识，丰富一下经历，也很锻炼人，将来争取保研时是个加分项，对我没坏处，让我大胆去争取。"

"但是我吧，"宁悦咬着勺子，神情苦恼，"你知道我有的时候懒，说真的，大一这一年我在组织部确实忙够了，不大想去当部长。"

陈予锦知道宁悦的毛病，一直以来，她都很容易被周老师的想法左右，或者说是她太不想让父母失望了，每次周老师的想法和她自己的想法相悖时，她就会陷入难以选择的纠结。

陈予锦没发表看法，反而问："就因为犯懒不想当部长吗？"

"也不是。"宁悦皱着眉思考，陈予锦看不过去，拿手给她抹平了。

"我就是觉得，多少也有点没意义。"宁悦叹了口气，"打个比方，每年的十优社团评选都是学校的大活，社联上下能为了这个评选忙上一个月，但现在想想，就算评上了十优又能有多大的作用呢？这样的荣誉能够给社团带来什么，又能够给我带来什么？"

"每次想到这个，我就会觉得我所做的一切,没有意义。"宁悦露出茫然的神情。

"我觉得你不能从自我精神的角度来判断这件事是否有意义。"陈予锦思考着该怎么和宁悦说清楚。

半响后,他找到个例子:"我爸公司每年也会评选优秀员工,流程大概和评十优社团差不多,先发通知,然后递交材料,然后可能有个演讲,最后由几个部门经理评分,参与十优社团的活动可能没法给你的精神生活带来什么好处,但起码可以让你清楚评优这项活动的流程,在以后工作中再遇到的时候,就能比别人做得更好。"

宁悦皱眉:"那你是觉得我应该去竞选?"

"不是。"陈予锦笑着摇头,"只是你说没有意义,所以我就告诉你你做的每件事,将来都会成为你的一部分,但其实这部分可要可不要,就算你不熟悉,没经验,将来照样能找到工作,无非就是比别人起步慢一点。"

宁悦若有所思。

陈予锦敲敲她的碗,提醒她想事情可以,吃饭别停。

"我其实建议你别竞选了。"陈予锦说。

宁悦面露惊讶:"为什么?"

"因为你不想,你要是想做的话,早就做了,犹犹豫豫没干的事,究其根本就是不想,不管原因是什么,你不想做的事情,我都希望你可以不做。"陈予锦眼神温柔地看着她的脸,"周老师是希望你更加强大吧,这样以后才能有应对一切的本钱。"

宁悦歪了下头:"你不希望我变得强大?"

陈予锦失笑:"你现在的表情特像是在怀疑我套路你。"

宁悦装傻:"怎么会呢?"

陈予锦没好气地弹她的脑门:"我当然也希望你强一点,有没有我都能过得好,但我考虑事情的时候,肯定先预设我俩会在一起一辈子,这种情况下你强我开心,不强也没关系,我总会挡在你面前,所以大学的时候,我希望你能快乐一点,别有太多压力。"

宁悦捂着脑袋,不满道:"陈予锦,你说情话的时候能不能好好说,你要不弹我这一下,我刚高低得亲你一口。"

陈予锦好笑地看着她谴责自己:"宁悦,到底谁在套路谁啊?"

宁悦挑衅地挑了下眉。

陈予锦懒得管她,他接着说,语气调侃:"而且你现在吃不吃苦,都改变不了以后要在社会上吃苦,既然这样,那何不在还有糖可以吃的时候多啃几口?"

有点道理,以后是肯定会挨打的,现在可以逃避,干吗上赶着去讨打。

宁悦彻底被他这番理论说服了。

她满意地低头喝了一口汤,喝到快要见底的时候,突然有感而发,笑眯眯地说:"陈予锦,你怎么能那么清醒聪明,没你我可怎么办啊?"

陈予锦垂着眼睛懒懒地笑了下,他才是,没有宁悦可要怎么办。

毕竟他这辈子可能都遇不到第二个会为他写歌的女孩子了。

放暑假之后,他们几个人总算是把去年没完成的云南之行提上了日程,还是高雨婷做的攻略,计划在外面玩六天。

到了大理,他们先去周城逛了一圈,高雨婷看见一家扎染的店,拉着几人都染了一件衣服,本来染得挺好,几人整整齐齐走在路上也挺拉风,但结果晚上回酒店才发现染得不好,掉色,沾了不少在皮肤上,把几人染得像是几只斑点狗。

宁悦和陈予锦晚上本来还想干点什么,结果一看对方身上那些不规则的颜色,顿时就笑了,第二天到洱海骑行的时候,梁思源还在絮絮叨叨这事,说他晚上用沐浴露洗了三遍,硬是没搓掉,质疑这颜料会不会是假货,把高雨婷气得差点揍死他。

他们租了六辆自行车,围着洱海骑行,两对小情侣都并排慢慢骑着,偶尔聊聊天,让梁思源心里特不是滋味。

中途休息的时候,梁思源忍不住说:"你们四个能不能照顾一下单身狗的情绪啊?你们这样腻腻歪歪,让我和高雨婷心里怎么想?"

李石译和杨灿在另一边压根儿没听见,高雨婷正在和宁悦拍合照,闻言翻了个白眼:"别带上我啊,我跟你不一样。"

梁思源哼笑一声:"什么不一样?狗的种类不一样?"

高雨婷神气地揽着宁悦的手臂,亲昵地靠着她的肩膀,眼睛还不忘瞥陈予锦一眼:"我可是有女朋友的。"

举着相机的陈予锦:"?"笑话看到自己身上?

高雨婷看向镜头故作惊讶:"不会吧,不会吧,陈予锦,你不会今天才知道你是小三吧!"

陈予锦放下相机,似笑非笑地问:"宁悦,我是小三?"

宁悦张了张嘴,没来得及说话就被高雨婷打断了,她振振有词:"你不知道吗?在姐妹之间,男人就是小三啊。"

说完,她冲宁悦挤眉弄眼:我必须压陈予锦一头。

宁悦失笑,正想附和她几句给点面子,陈予锦一看她那样就知道她接下来准没好话,立马悠闲地来了一句:"高雨婷,你来看看你和宁悦这几张合照行不行?你好像每张都闭眼了。"

"每张都闭眼了？！"高雨婷迅速松开宁悦，都拍了十分钟了才告诉她都闭眼了？

"我就说这边方向不好，太阳光大，我睁不开眼，我看看——"

陈予锦把相机交给她，自己大步朝着宁悦走去，露出一抹蔫坏的笑。宁悦眨眨眼，还没说什么，陈予锦便揽着她的肩膀一边推着她往前走，一边神秘地小声说："快点走！快点走！"

"你干什么了？"宁悦面露疑惑，"是不是把婷婷拍太丑了？"

"陈予锦！你是个人吗！"身后传来高雨婷一声怒吼，"我那是闭眼了吗！这么多张照片，上面就没我！你懂不懂什么叫合照！你这个镜头只框得住宁悦一个人是不是？！"

陈予锦听见咆哮声笑得不行，手搭在宁悦肩膀上一颤一颤。宁悦无语地戳他的腰："幼不幼稚啊，少爷。"

不幼稚，陈予锦挑了下眉，老神在在地微抬起头，两人转过身，他嘴角痞里痞气地扬起，仗着自己在高雨婷攻击范围之外，不知悔改地耍无赖："小三就这个度量。"

高雨婷：他有什么好骄傲的？

她打不着陈予锦，便转移攻击目标，恶狠狠地瞪了一眼梁思源。

梁思源："你瞪我干吗？"

高雨婷咬牙切齿："你弟这么欠，你当哥的没点责任？"

梁思源大呼冤枉："我也是受害者啊！我之前就跟你说过，咱们别租六辆单车，租两辆三座车，这样咱俩就一人坐一辆中间，准能气死他们，你又不听。"

"服了真是，那是三座车吗？"高雨婷麻木地看着他，"人家那是家庭车！中间那位是给小孩的。"

梁思源愣了愣，恍然大悟："难怪我觉得中间那座位是小了点，还心想一成年人什么比例能坐进去。"

高雨婷一脸无语地看向陈予锦，你哥是傻子吗？

陈予锦点点脑袋，毫无底线地给梁思源抹黑："别介意，脑袋被乒乓球打多了，不大好使。"

他见路边人少了点，轻轻推了把宁悦："站那边去。"

然后，他又走回来从高雨婷手里接过相机，一边调试一边跟高雨婷说："你也站过去。"

"过去干吗啊，你这镜头又拍不到我。"高雨婷没好气。

"刚只拍宁悦是因为你俩身边人太多了，画面很杂，我就试拍了几张找找感觉。"陈予锦到底不想把高雨婷得罪太狠，他知道闺密一句话的分量有多重，万一高雨婷记恨他背地里给他使坏，肯定够他喝几壶。

"真的？"高雨婷狐疑地问，但脚步已经慢慢往宁悦那边走了，"宁悦，这回要是镜头里再没我，你一定要帮我做主！"

"好好好！"宁悦张开怀抱把委屈巴巴的高雨婷抱进怀里，示意陈予锦就这么拍。

陈予锦：我都没和宁悦用这个姿势拍过照啊。

这回拍的照片高雨婷很满意，她从头审查到尾，完了大手一挥，恩赐道："行了，我给你们拍吧，那边那两个干吗呢？能不能合合群啊？"

她戏谑地冲李石译和杨灿吆喝。

这一路上，高雨婷黏着宁悦，梁思源黏着陈予锦，倒是给李石译、杨灿提供了不少独处的空间，所以这两人一不留神就双飞了，时常游离在他们的队伍之外。

她把两人喊回来，又让他们排队等着，先让她给陈予锦和宁悦拍完。

"你们摆个什么姿势啊！要不比个心吧？"高雨婷指挥。

镜头里这两人好看得过分了，她几乎不用刻意找角度，随手一拍就很惊艳，回去调个色霸屏朋友圈没问题。

"比个心太普通了。"陈予锦不乐意。

"那你想怎么拍？"宁悦一看他这别扭扭、一脸不满的样子，就知道他心里在想什么，她笑着抱住陈予锦的腰，"这样拍？"

柔软的身体撞进怀里，陈予锦下意识揽着她的腰，宁悦明明很瘦，但怎么这么软绵绵，他想着突然弯腰直接把宁悦抱起来，让她坐在自己手臂上。

宁悦惊呼一声，紧紧地抓着陈予锦的肩膀。

"别害怕。"陈予锦稳稳地支撑着她，安抚道，"相信我，放松点。"

宁悦见陈予锦确实晃都不晃，便放下心来，对着镜头笑："婷婷！就这么拍！"

高雨婷也不废话，咔咔就是几张。人比人气死人，看看人家这男友力，这效果，直接把之前她和宁悦的合照比成废片了。

李石译万念俱灰地看看自己的胳膊肘，不满地嚷嚷："陈予锦，你还让不让人活了，学习卷我就算了，拍照也要卷我，拍个照而已，你至于搞出这么大难度吗？"

陈予锦把宁悦放下来："我之前叫过你和我一起去健身房，是你说那边的装修和你八字相冲，不能去。"

"就是冲啊，我第一天去卧推，那杠铃差点没砸死我。"李石译偷懒得理直气壮。

"算了，你别说了，丢脸。"杨灿鄙视地看他一眼，"你就算能举起我也举不出陈予锦那么帅的姿势。"

李石译伤心坏了,他捂着胸口:"宝宝你变了,你刚还说爱我。"

杨灿被他这一声"宝宝"闹了个大红脸,她露出微笑:"……婷婷,把你鞋脱给我?"

高雨婷麻溜地抬起脚:"好嘞!"

"别——"李石译抱头鼠窜。

他们那边闹成一团,陈予锦趁机来和宁悦翻照片。大概是两人表现力好,所以照片都拍得不错,宁悦最喜欢的是第一张,蔚蓝的洱海是一望无际的背影,宁悦被托着,似乎要触摸天空,又轻盈得如同海鸥,至于陈予锦则深情款款地看着她,极尽温柔。

她仔细翻完发现一个问题,大部分照片里,陈予锦都没看镜头,全在看她。

"你怎么没看镜头?"宁悦疑惑。

因为只想看你啊,陈予锦随口笑着说:"怕看了镜头抢你风头。"

宁悦:"来来来,开个班讲讲,你是怎么把自恋修炼得张口就来的?"

陈予锦笑得更开心,也不搭腔,换了个说法:"其实是因为我侧脸比较好看。"

宁悦狐疑地打量他半晌,陈予锦这人属于全方位无死角帅哥,侧脸跟正脸根本帅得没差。

"得了吧,你老实和我说,是不是怕我摔了?"宁悦心有余悸地拍胸口,"我就觉得你是在逞能。"

宁悦把照片放大到极致,指着陈予锦露在外面的手臂说:"你看,你都暴青筋了,显然很勉强。"

"谁跟你说我暴青筋就是勉强?"

"上一次——"宁悦省略了后半截。

陈予锦拉着她的脸颊:"大白天的,你收敛点,别乱想。"

"我没乱想啊。"宁悦装无辜,"我想你啊。"

陈予锦揉住她,无可奈何地叹气。两人小声嘀咕了一阵,最后达成了一致,完了宁悦又忍不住把相机拿出来看。

那张照片宁悦怎么看怎么喜欢,无论是构图还是色调,都有一股扑面而来的自由和快活,她看着陈予锦的眼神笑着和他说:"陈予锦,你看起来好爱我。"

"嗯。"陈予锦也低头看着屏幕,自然而然地接话,"我本来就很爱你。"

他说得太平常了,就跟今天要吃饭一样理所当然。

宁悦呼吸一窒,突然就被他这句话戳到了,心里不由自主地开始发热。陈予锦倒是毫无察觉,琢磨着能不能将相机里的照片直接传到手机里。

宁悦静静看着他,目光逐渐融化成流淌的温水,获得了一种前所未有的宁静和安定。

其实生活中很多令人记忆深刻的感动,都来自偶然间。

就好比此刻,高处澄澈的天空干净得像是一块空灵的琥珀,背后洱海上浮着微风与波光,身侧吵闹的少年们你追我赶,放肆发泄青春的余力,而你在我左手边,不经意间温柔地说爱我。

玉龙雪山他们没去,几人吃吃喝喝,一路就跑到了松赞林寺。

到时照例先在外面拍照,晨雾笼罩着大半的建筑,日光撒在金顶之上,格外神圣,宁悦双手合十,先虔诚地对着寺庙拜了一拜。

梁思源看了眼无动于衷的陈予锦,交代道:"弟弟,在这儿你可别再乱说话了。"

"我又不是傻。"陈予锦懒懒看他一眼,他不信归不信,但从来不诋毁别人的信仰,他尊重每个人的精神世界。

从入口进去,沿着一层层楼梯和坡道蜿蜒向上,身旁不断有游客和喇嘛经过,几人一改之前的闹腾,连说话都刻意放轻了声音。

宁悦有感而发道:"这儿和仰山寺确实是两种感觉,好像更庄严,也更厚重点。"

这种感觉不仅来源于松赞林寺雄伟的建筑群和红黑黄的神秘配色,更来自它带给人灵魂深处的震撼,哪怕宁悦并不懂藏传佛教,也能自然而然地生出一种极致的敬畏。

"跟藏族文化有关吧。"陈予锦牵着她的手,口吻认真,"我一直觉得藏族文化有种古朴的沧桑感,正是因为不了解,所以才更因为神秘而崇敬。"

"我也有这种感觉。"梁思源搭腔,他眯着眼睛看着金顶叹气,"我总觉得咱们现在走着上去都是对这片地的玷污,我们应该跪着上去。"

陈予锦懒得搭理他。

梁思源又问道:"你们知道这儿能求财吗?"

高雨婷翻着手机里查出来的资料:"很遗憾不能,藏传佛教没有财神,而且在这里祈福只能为别人,不能为自己。"

她看到这儿顿了顿,不能为自己祈福?那她的愿望怎么办?

她看了看宁悦,又看了看梁思源,最后生无可恋地叹了口气。

梁思源把她整个表情变化看在眼里,不满道:"你叹什么气,我又没说不和你合作。"

他大方地说:"你想求什么告诉我,哥保证一字不落告诉佛祖。"

"算了。"高雨婷摇摇头,"我怕到时候适得其反。"

宁悦挽着她的手臂："没事，我帮你求。"

"你就更算了。"高雨婷瞥她一眼，"你现在心里就只有陈予锦，我早就不是你心里唯一的宝宝了！"

"谁说的。"宁悦义正词严，"我从来都没叫过陈予锦宝宝。"

高雨婷面露喜色，但下一秒，宁悦就回头看着陈予锦，笑着问："是吧，宝宝。"

李石译耳尖听见了，连忙附和："灿姐你听到没？宁悦也叫陈予锦宝宝！这哪里恶心了？！"

杨灿瞪他一眼："宁悦叫不恶心，你叫就有点。"

李石译一脸无辜。

几人混在一起闹习惯了，说不了两句就会打起嘴仗，他们也没个具体的阵营，常常上一秒还在帮这个人说话，下一秒又和他对上了。

陈予锦笑着看他们闹，逮着机会将宁悦从高雨婷身边拉了回来。

"宝宝？嗯？"陈予锦低声调侃，宁悦不管是公开还是私下都没这么叫过他，哪怕是两人在酒店胡闹的时候，她被逼急了也只会半求饶半嘲讽地叫他少爷。

"你爱听？"宁悦只当没看到他戏谑的神情，从善如流地改口，"那我以后都叫你宝宝。"

"咳⋯⋯"陈予锦早该想到宁悦不会按常理出牌，这下不光没看到宁悦脸红，反倒把自己搞得不好意思了。

他撇过头轻咳两声，低声警告："宁悦，收敛一点。"

宁悦狐疑地打量他，片刻后，语气惊疑地问："陈予锦，叫你一声宝宝而已，你不至于吧⋯⋯"

陈予锦无语了，好笑地问："你整天想的什么啊，我是提醒你佛门重地态度端正一点。"

"哦，这样。"宁悦老实应下，眼睛却忍不住往陈予锦衣领那儿瞟。

这边的天气比沅南好很多，就算是盛夏也不热，陈予锦今天穿了一件印花国风衬衫，头两粒扣子都没系，性感精瘦的锁骨在衣领间若隐若现。

陈予锦注意到她的目光，使坏地扯了扯领子，故意拿指腹擦了下宁悦的嘴角："擦擦，口水淌出来了。"

宁悦若无其事地挪开视线，下一秒就踮起脚伸手给陈予锦把扣子给系上了，系完她义正词严地拍拍他的肩膀："陈予锦，你怎么这么自恋，我是想提醒你佛门重地穿着正经一点。"

陈予锦哼笑了一声，懒得拆穿她。

几人进了佛殿后就没这么跳了，怕吵吵闹闹的显得态度不尊重，宁悦每回进寺庙就求老两样,一求家人平安健康,二求自己学业顺利,现在多了一个,三求和陈予锦能顺顺利利。

陈予锦这回破天荒地也虔诚地许了愿。

宁悦等他许完后才问:"你许了什么?"

陈予锦半开玩笑地说:"许天下太平。"

宁悦惊讶地问:"真的假的,你许这么大?"

陈予锦点点头,手懒懒地搭在宁悦肩膀上,虚揽着她往外走,他清爽的嗓音和阳光一起落下来:"天下太平我们才能无忧无虑。"

宁悦一时间也不知道说什么,只能笑着给他鼓掌:"您真伟大。"

"我不伟大,你别给我戴这么高的帽子。"陈予锦微微低头笑,"我这人没什么太大的志向,也没有那么大的能力,这辈子只希望在能力范围内为社会做点贡献,当个比我爸优秀点的企业家,做出点不大不小的成绩。"

宁悦叹了口气,阴阳怪气:"富二代就是不一样啊,目标是当个平平无奇的企业家,不像我,目标是当个普普通通的打工人。"

陈予锦没好气地揉她的头发,他还有后半句没说——他希望到了八十岁,宁悦也能无忧无虑地在他面前笑,这就是他的目标,也是他的愿望。

离开松赞林寺后,几人就回了民宿,本来想找个地方吃东西,但老板热情地问他们要不要一起去采蘑菇。

除了宁悦小时候跟爷爷一起采过蘑菇,其他人都没有过这种经历,一听便来了兴趣,简单收拾了一下就兴致冲冲地和老板一起上山了。

前不久下过雨,山里蘑菇长得茂盛,就是种类太多,他们根本分不清哪些能吃哪些不能吃,好在在场都是数一数二的学霸,老板简单教了一下,便记住了一些能吃的蘑菇样子。

只有梁思源一个人看着满山的蘑菇抓瞎。

"弟弟,你帮帮忙和我一起,帮我认一认。"

陈予锦弯腰把一个蘑菇丢进篮子里,出主意说:"你看着喜欢的都采上就行了。"

梁思源快高兴哭了:"弟弟,你这么相信我的直觉吗?"

陈予锦睨他一眼:"我的意思是,反正捡蘑菇又不会中毒,你随便捡,反正我们不会吃。"

梁思源一愣。

看着他一副如遭雷击的样子,宁悦有些于心不忍:"要不你跟你哥一起去捡,我这边没问题,都记住了。"

陈予锦摇摇头："没事，你不用管。"

他走过去，把自己的篮子递给梁思源："这里面都是能吃的，你比对着捡。"

梁思源收下篮子，感觉自己又行了，他就知道，他弟肯定不会这么无情无义！

捡了一个多小时蘑菇，几个人的篮筐都装满了，回去就借老板的厨房炖了一锅蘑菇汤。

他们订的这民宿在小镇上，但不临近马路，反而靠近一片草坪，李石译和杨灿吃饱了没事干，借了老板的羽毛球拍去草坪上打羽毛球。

至于陈予锦，在给宁悦编彩辫。

本来宁悦是想和高雨婷、杨灿一起去集市上找人编的，但陈予锦只看了一眼就说自己会，让她买点彩绳回来自己编，最后的结果就是，高雨婷和杨灿早就编好美美拍过一轮照了，宁悦还在等陈予锦学。

她坐在一个小板凳上，一边看高雨婷他们打球，一边由着陈予锦折腾她的头发，因为没有镜子，所以她也不知道陈予锦编成了什么样。

"行了，我现在就开始。"陈予锦放下手机。

宁悦难以置信地笑了："搞了半天你还没开始啊？那你刚刚干吗呢？我感觉我头发都被你薅秃了。"

"刚刚看样式。"陈予锦一边解释，一边撩起她一缕头发，温暖的指腹擦过宁悦的头皮，让她忍不住打了个激灵。

"你要不会就别勉强啊，我不会笑话你。"宁悦担心地说，"这玩意儿编得不好就很像彩色的拖把。"

陈予锦哼笑一声，认真地给她缠上彩线："放心吧，肯定不像拖把，毕竟你哪有拖把那个发量。"

"我发量少都怪你。"她捡起落在肩上的头发举给陈予锦看，"赔钱吧，陈予锦，你把我珍贵的莫妮卡给弄死了。"

陈予锦乐得笑出了声，他腾出一只手又捡起几根头发放进宁悦手心："还有你被腰斩的珍妮弗和马克。"

"你完了陈予锦。"宁悦紧紧握着头发，一副难过得要死的语气，"按照这个数量，你家别墅都得赔给我。"

"金丝都没你卖得这么贵。"陈予锦手脚飞快地给她弄完一根，"而且我给你编发还没收钱呢，刚好抵债了。"

宁悦："你好抠啊，一栋别墅而已，都不肯给我。"

宁悦逗他上瘾了，不看她笑出了八颗牙齿的脸，光听语气特别像那么回事，又失望又难过的："早知道在外面让别人编了，还便宜。"

陈予锦笑了笑，手下的动作一直都没停："你让别人编，没个四百块编不出效果，而且编完了你不会解怎么办，到时候别说莫妮卡了，你头发能掉一大把。"

宁悦一想倒也是，彩辫一看就难拆，如果她问过高雨婷和杨灿，那她们还会告诉她一件事，那就是外面编绝对没有陈予锦编得这么舒服，高雨婷感觉自己头皮都被那编发的老婆婆扯下来了，但宁悦除了一点轻微的拉扯感，没一点痛感。

民宿老板从外面串门回来，远远就看见宁悦和陈予锦一高一矮地坐在空地上，跟过家家一样编辫子，而更空旷的地方，四个少年打羽毛球打得热汗淋漓。

也只有他们这个年纪才能这么悠闲活力，无论什么时候对上视线，都能看到不掺一丝杂质的眼睛，就像自带一层滤镜一样，亮晶晶的都是对世界的憧憬。

老板和他们打了个招呼，就进去了，宁悦突然感慨道："难怪那么多人的梦想是来云南开民宿，想想能长期生活在这么一个地方，确实很幸福。"

"你要是喜欢，那我们以后每年都来，住上十天半个月也没问题。"

宁悦叹了口气："以后肯定会越来越忙，不一定有时间了。"

"只要你想，我肯定会让你有时间。"陈予锦语气很自信，顿都不带顿一下，好像是察觉到宁悦不信，他又笑着补充，"我是男人，说话肯定算数知不知道，我既然能讲，就有把握做到。"

宁悦那时在可惜自己不能扭头，看不见陈予锦脸上得意又傲气的表情。

"我相信的。"宁悦不自觉地带上无声的笑，"你说你下一秒能左脚踩右脚上天我都信。"

"哎，你轻点。"她又娇滴滴地抱怨，"我头发最近真的掉很多，我妈上次还问我怎么秃了，是不是学业太繁重，我当时嘴一快，差点就说漏嘴了。"

"你猜我差点说了什么？"宁悦卖了个关子。

"说漏什么？"陈予锦漫不经心地问。

宁悦抱着肚子笑："我差点说，都是陈予锦睡觉时给我压掉的。"

宁悦大半个脑袋都被他编上了彩绳，陈予锦明知道她在耍赖撒娇，动作却还是不由自主地又放轻了些，心道幸好没让她跟高雨婷她们一起去，不然别人没轻没重她回来又诉苦，到时候心疼的还是他。

"说真的。"陈予锦低声问，"你准备什么时候告诉周老师我们谈恋爱的事。"

宁悦戏谑道："怎么了？急着要名分？"

"对啊。"陈予锦垂着眼睛，微微笑着，半开玩笑地说，"不然我这么没名没分被你睡着算怎么回事。"

"委屈了啊？"宁悦跟个浪荡子一样，不走心地摸着他的腿安抚，"没事，回去你想被我没名没分睡都没机会了。"

316

陈予锦没好气地把她的手掀下去:"就咱俩房间那个距离,我放把梯子就能爬过去。"

"那你可别,摔瘫痪了多可惜。"

"怕就赶紧给我过个明路。"

宁悦笑得不行:"过了明路你想进我房间才更得爬窗,别看周老师现在这么喜欢你,一旦她知道我们谈恋爱,肯定防你跟防狼一样,指不定还会给我那房间装上两层防盗窗。"

陈予锦不爽地哼哼,阴阳怪气:"行吧,随你。"

宁悦挠他手背:"少爷,生气了?"

陈予锦不说话。

宁悦叹了口气:"其实我之前试探过周老师,就你们过年来拜年后,周老师说李石译和杨灿谈恋爱的事,我就顺口提了句,问她觉得你怎么样。"

陈予锦心里一紧,问道:"她怎么说?"

"她当时没反应过来,跟我把你狂夸了一通后才想明白我在问什么,然后她说——"宁悦顿了一顿,笑了,"她问我是不是对你有意思。"

陈予锦的心被她一抓一放搞得非常难熬,偏偏宁悦又故意不给个痛快,他叹了口气,语气放软地求她:"一次说完行吗?你听我现在心跳声多快。"

宁悦哈哈笑:"行。"

"我跟周老师说,我对你是有那么点意思。"宁悦察觉到陈予锦手停了便舒服地往他怀里靠了靠,悠闲地盯着湛蓝的天空说,"周老师告诉我,虽然你这人长得不大像是个安稳的,但其实是个靠谱的人,要我如果真的喜欢,就大胆追。"

"你知道吗,我妈之前不让我大学谈恋爱,但一听对方是你,她就松口了,足可见她有多喜欢你。"宁悦转过身,可怜地看着他,"我好惨啊,陈予锦,我妈好像更喜欢你一点哎。"

陈予锦安静地看着她,狂热的心跳渐渐平复下去,语气听不出紧不紧张:"所以呢?你怎么打算的?"

宁悦挑了下眉,笑起来:"所以本来我想这次回去,就和她坦白我们之间的事,你要不问,我就打算坦白后再告诉你,给你个惊喜。"

"开不开心?"宁悦去碰他的手指,陈予锦顺势跟她十指相握。

他踏实地点点头:"回去我就买个梯子,做好爬窗的准备。"

"哈哈,那你还得买个电锯。"宁悦趴在他腿上笑,"毕竟还有两层防盗窗。"

陈予锦被她的脑袋蹭得很痒,心里也隐隐有些燥,他无奈地把人扶正了:"别动,还没编完。"

他这宠溺的语气让宁悦心里软得跟什么似的,她立马坐好继续享受她男朋友的服务。

　　草坪那边，高雨婷他们也打到白热化阶段了，梁思源是体育生，体力和技术都没得说，所以李石译他们输得多。

　　为了在杨灿面前挽回面子，李石译铆足了劲给自己找场子，好不容易趁着高雨婷喘气的时机用一个杀球漂亮地拿下一分。

　　"哇哦！"李石译大喊一声，扬眉吐气地转着圈炫耀。

　　梁思源和高雨婷对视一眼，两人都是一脸难以形容的表情，不知道的还以为这人赢了奥运会了。

　　"灿姐，怎么样？"他还是跟高中时候一样，赢了第一时间就找杨灿。

　　杨灿笑眯眯的，这时候也没让他丢脸："特别厉害！"

　　这话把李石译高兴坏了，揽过杨灿就在她脸颊上亲了一口。

　　高雨婷翻了个白眼："够了啊！谈恋爱了不起啊？打了十个来回你就赢这么一回，也值得高兴成这样？"

　　李石译欠扁地笑："主要是，谈恋爱高兴。"

　　高雨婷：要被气出内伤了。

　　她下意识找宁悦，结果看见她的好姐妹此刻咧着一口大白牙在陈予锦面前笑得像个傻子。高雨婷仰天叹气，不行了，本来就热得难受，现在更是感觉一口气上不来。

　　她憋了一会儿，终于还是没忍住心中那口嫉妒的恶气，一边擦额头的汗，一边冲宁悦大喊道："宁悦，谈恋爱就那么开心吗！谈恋爱能让这个夏天不那么热吗！"

　　宁悦把那边的话也听了个大概，闻言并不作声，只是笑着看热闹。

　　"陈予锦，你弄完了就来把灿姐替下去。"李石译大喊，"梁思源这狗东西太嚣张了，一点水没放，老子今天不打得他满地找牙，我不姓李！"

　　梁思源大笑，语气轻蔑："高雨婷你也下去，今天哥就二打一让你们看看，给我们体育生扳回一成！"

　　"行！我过去了。"陈予锦跟宁悦说了声。她点点头，看着陈予锦笑着站起来，往草坪那边走。

　　李石译等不及把球拍抛了过来，陈予锦原地起跳，身上的衬衫随着他的跳跃微微掀起，形成一个生动的弧度，他伸直的手臂线条分明、肌肉匀称，在阳光下，散发着晨曦一般饱含希望的微光，然后他五指合拢，抓住了球拍。

　　宁悦眯了眯眼睛，心脏仿佛都被他握在了手里。

　　日月经天，江河行地，只要这个世界还存在一天，少年的光芒就会永远过盛，一年又一年地在青春里闪烁,成为夏天里永不磨灭的风景。

　　她想,喜欢也许不会让这个夏天变得不那么热,但绝对可以让这个夏天从很热变成很热烈。

番外

和你在一起

旅行回来后，几人都踏踏实实休息了几天，梁思源算是元气恢复最快的，他缓过来的第一时间就赶到了陈予锦家，大清早给他打电话让开门，想着扰他一个好梦。

但没想到早上七点，陈予锦居然也起来了。

他开门时穿着睡衣，头发在滴水，浑身都冒着湿气。

梁思源轻车熟路地给自己拿了一双拖鞋换上，语气惋惜地跟在陈予锦身后问："你今天怎么起这么早？"

"没扰我好梦你很失望？"陈予锦没好气地睨他一眼，拿起毛巾包着脑袋一顿乱揉，他动作有些急躁，像是起床气发作一样。

梁思源跟着他一起进房间，举起手里提着的早餐，嘴硬不承认："这就是你的不对了，我惦记着你，好心来给你送早餐，你不谢谢我就算了，怎么还……"

"不是，你房间怎么乱成这样了？"梁思源狡辩的话没说完，就被一整床的衣服惊讶得顿在原地。

陈予锦爱整洁，房间向来都收拾得干干净净，平时他床上连个褶皱都没有，更不要说堆满衣服。而他的行李箱也好好放在角落，不像是要收拾衣服回长宁的样子。

陈予锦把毛巾往椅子上一搭，一边抬手抓了抓弄乱的头发，一边无奈地靠着书桌叹气说："我找衣服穿。"

"找衣服？"梁思源打量了那堆衣服几秒，上手随意翻了翻，都是今年夏天的新款，一件过时的都没有，他阴阳怪气地啧啧两声，面容扭曲地妒忌道，"陈予锦，不是哥哥我说你，富二代就能随便浪费吗？几百上千的衣服你当一次性的穿，你搞这种资本家的奢靡作风对得起国家对你的教育吗！我姨父是成首富了吗？你这么败家产！"

梁思源义正词严的样子让陈予锦好一阵无语，他随手拿起桌上的一个乒乓球朝梁思源丢过去，嘲讽道："你高考语文考那么点分真是应该的，一句话稍微省点字，你是一丁点都理解不了。"

"我是今天跟宁悦约好上她家坦白，所以想找件能留下好印象的衣服穿。"

陈予锦为难地皱眉，神情苦恼，他犹豫了一早上，衣柜里的衣服几乎都被他翻出来了，但还是下不了决定。

梁思源原本还想跟陈予锦对呛两句，但一听两人准备坦白，顿时就来了精神，双眼放光问："你们这就准备见家长了？"

"只是跟周老师说一下我们谈恋爱的事。"陈予锦一边说一边拆开梁思源带来的袋子，在里面翻了半天，最后拿出来一杯豆浆戳开了。

原本宁悦想自己和周老师说，他们商量过后决定撒个小谎，就说是旅行的时候在一起的，免得周老师因为他们隐瞒这么久而生气。

但陈予锦不想让宁悦自己一个人去说这件事，虽然周老师大概率不会因为谈恋爱这件事责怪宁悦，但一番盘问肯定是少不了，陈予锦想跟宁悦一起面对这个过程，万一周老师态度严厉，他也能分担一部分，让宁悦不至于孤立无援。

"啧啧啧啧啧。"

梁思源摇头晃脑地咂着嘴巴，也不知道是在感慨陈予锦这厮太贴心，还是在嘲讽他也有紧张到如此地步的一天。

"你又不是第一次见宁悦她妈妈，穿什么衣服有那么重要？"梁思源把陈予锦的衣服往里推，给自己清了一小块地方坐下。

"你没女朋友你不懂。"陈予锦毫不客气地戳梁思源心窝子。

他这一次不是作为学生去拜访老师，而是作为宁悦的男朋友去见她的妈妈，整个事情的意义完全不同。

他其实从昨天就开始紧张，晚上失眠，今早五点就醒了，然后他打开衣柜，一不小心就选了一个多小时的衣服，弄得自己出了一身汗。

他鲜有这么紧张的时候，明明心里也清楚周老师不会为难他，但还是会忍不住担心万分之一的可能性，万一周老师觉得他们还太小，不肯让他们现在谈，抑或者周老师会不会喜欢他这样的学生，却不喜欢他这样的女婿？

这些念头不断从脑子里冒出来，让他连选衣服都变得谨小慎微，又怕穿太潮看起来不像是个老实的，又怕太朴实看起来太土，还担心衣服价格太贵被认为花钱大手大脚……挑来挑去，越发下不了决定。

陈予锦抬起头，那表情看起来恨不得向天问问。

"哈哈哈哈！陈予锦，你也有这么没出息的时候啊！"梁思源痛快地大声嘲笑他，"我不懂又怎么样，但我知道你，弟弟，你完蛋了，你要吊死在宁悦这棵树上了。"

陈予锦冷眼看着他，语气冷冰冰："看看有些人嫉妒的嘴脸多么难看。"

梁思源无所谓地摊开手："随你攻击，我嘴脸好看，你也选不出来衣服。"

陈予锦无语。

"行了。"梁思源笑着笑着又给他出主意，"你决定不了怎么不问问宁悦的意见？她肯定知道她妈妈喜欢什么穿搭的男生。"

陈予锦不自在地挠了下眉毛，轻咳两声，掩饰道："这点小事没必要。"

他平时在宁悦面前都是立着泰山崩于前都面不改色的人设，不想让她看见自己心里没底的样子，这点面子他还是要的。

"你也不要告诉她。"陈予锦紧接着又补了句。

但致力于坑弟一百年的梁思源向来喜欢拆陈予锦的台，陈予锦话音一落，他也刚好把信息编辑完迅速发了出去，他满意地默读了一遍，才得意扬扬地晃了晃手机，嘿嘿一笑："对不住了弟弟，已经发出去了。"

陈予锦："？！"

他一个箭步冲过来，猛地抢走了梁思源的手机。

屏幕中的对话框里新增了两条信息，一条是梁思源拍的照片，一条是梁思源添油加醋的讲述，把他的紧张夸大其词地全告诉了宁悦。

陈予锦来不及看完就想撤回，但还没操作，宁悦那边的回复就来了，她也不含糊，发了整整五行"哈哈哈哈"，笑脸都快直接撑他脸上了。

陈予锦一言难尽地看着她用"哈哈哈"刷屏，笑完她也没忘记正事，真的出了个主意过来。

宁悦：你让陈予锦穿校服来吧，我妈肯定喜欢穿校服的男生。

可以的，这是标准式的宁悦回答。

陈予锦面无表情地把手机丢给梁思源，拿起自己手机给宁悦发消息：穿校服？宁悦，你确定？？？

宁悦那边还在乐，她一想到陈予锦起个大早挨件试衣服的样子就笑得停不下来。

她盘腿坐在床上，一边笑一边反复看梁思源的信息，细品字里行间透露出的陈予锦的紧张,但没想到他的信息下一秒就来了。

她从他一连串的问号中感受到了陈予锦那点暗戳戳的崩溃。

宁悦乐得捶床,语气正儿八经地回:我觉得行。

陈予锦无语地看着这条消息,手指用力打字给她回,恨不得把自己的哀怨都戳她脑门上:行!那我就穿校服来!

宁悦:好!我等你!

陈予锦发了一串省略号过来。

发完这串省略号,陈予锦整整三分钟没发信息过来。宁悦拉开窗帘,对面的窗帘严丝合缝地紧闭着,看不见里面的一点动静,宁悦见好就收,一边起床一边不走心地哄他:哎呀,跟你开玩笑的啦,你穿什么衣服我妈都会喜欢的啦,不要在意这些细节,男孩子不自信可就不帅了哟。

她说两句加个语气词,听起来跟哄小孩一样,陈予锦被她的敷衍气得咬牙切齿。

再一回头看见自己满床的衣服,心里顿时更憋屈了,敢情就他一个人尿?是他太小题大做了?

周老师假期也延续上班作息,起得很早,宁悦打开房门时她正在吃早餐,两人对视一眼,宁悦不知怎的,下意识就收了笑,并把手机给按了。

她虽然大肆嘲笑了陈予锦,但自己其实也好不了多少,她平时都睡到九点才起,今天就是因为紧张才早早醒来了。

早餐温在锅里,宁悦洗漱完心不在焉地端出来,一边吃一边思考怎么和周老师说陈予锦今天要上门的事。没吃几口,手机屏幕亮了下,是陈予锦发来的一张照片,问她穿这套怎么样。

宁悦点开大图看,是一套简约运动风,她回了个"还行",回完才想起来周老师不让她吃饭的时候玩手机,她下意识抬起头看向对面,却发现周老师在看短视频。

见周老师看得认真,宁悦揶揄道:"怎么有些人自己吃饭也玩起手机了?"

周老师佯瞪她一眼:"我偶尔玩一玩,哪像你们,天天抱着手机不撒手。"

"我哪有啊!"宁悦一边反驳,一边见缝插针地和陈予锦聊天,帮他参考衣服。

给了几个建议后,宁悦抱着碗坐到周老师身边去,嬉皮笑脸地凑过去看她的手机,脑子里疯狂想着该怎么开口和周老师坦白。

"有事?"周老师分给她一个眼神。

"没……"宁悦下意识逃避,说完她懊恼地皱了下眉,欲盖弥彰地转移话题道,"短视频好看吗?"

"也不是多好看,就是停不下来。"周老师叹了口气,"我就说那些学生怎么通宵通宵玩手机,我们都控制不了,更不要说他们了。"

"虽然每个视频都不长,但就是莫名其妙吸引人。"周老师一边评价一边划着屏幕给宁悦看,"你看,这个是不是就很有意思。"

宁悦被周老师说得也来了兴趣,认真地看了几秒,这个视频是讲教育的,刚好踩在周老师的专长上,虽然一个视频半分钟不到就结束了,但看得让人意犹未尽。

周老师顺手又划开一个,两人一起看了好一会儿后,宁悦的手机屏亮了一下,她才反应过来自己把正事给忘记了,她懊恼地掐了一下大腿,轻咳了一声想把话题扯回来。

但刚张开嘴,周老师手机里却传出来一个非常耳熟的声音。

她的身体比脑子反应更快,几乎是听到歌声的那一瞬间,视线就不由自主地看向了屏幕,依旧是一个短视频,标题打着青春的标签,内容是一个女生在唱歌,拍摄者的角度并不好,女生的面容十分模糊。

周老师津津有味地看着,还没有意识到什么,但宁悦的瞳孔已经惊恐地放大了,几乎要被吓得魂飞魄散。

这不是四月陈予锦过生日,她给他唱歌的视频吗!为什么时隔几个月,会被放在短视频平台上!还这么巧被她妈刷到了!

这首歌已经快唱到尾声,进度条还有一半,宁悦太清楚接下来会发生什么,她着急忙慌地去按周老师的手机,大吼道:"妈,别看了!我有事要跟你说!"

宁悦像个不灵活的猩猩一样大叫着扑过来,周老师被吓了一跳,居然条件反射地躲开了,宁悦神情绝望地看着手机离自己越来越远,掩面在心底给自己点了蜡。

绝没有第二次机会,这、下、完、蛋、了!

"什么事啊?吓我一跳。"周老师惊魂未定地看着反常的宁悦,又下意识扭头去看手机。

"别——"宁悦张了张嘴想阻止,但这个时候,语言过于无力。

于是在两只眼睛的注视下,视频被不负众望地放大拉近,聚焦在宁悦脸上,她喊出来的那一句"陈予锦,我爱你呀"清晰无比,在餐厅久久回响。

周老师人都蒙了,目瞪口呆地看一眼屏幕,又看一眼宁悦,好像短路了一样。

宁悦这辈子都没有遇到过比这更尴尬的事情,她相信她接下来的人生也绝对不会有比妈妈看见自己和男朋友拥吻的视频更尴尬的事了。

顶着周老师越发锐利的目光,宁悦猛地站起身,毫不犹豫地逃了。

与此同时,那边还在玩奇迹暖暖的陈予锦也收到了宁悦的信息:速来,出事了,我妈刷到我俩在清吧的视频了!

什么视频?他脑子轰了一下,难道是他俩在清吧接吻的视频?

陈予锦本来仰躺在床上,反应过来后他如惊弓之鸟般一下就弹了起来,吓得梁思源把嘴里的半个包子整个吞了。

梁思源照着自己胸口狠狠捶了一下,才翻着白眼把包子咽下去。

"陈予锦,你疯了吧!"他气得破口大骂。

陈予锦哪还有心思管梁思源,他握着手机就风驰电掣地拉开门走了。

梁思源满头问号地看着大敞的房门,什么时候陈予锦这么怂了?被他骂一句就逃走了?他又看向没收拾的衣服,就算是逃跑,也把睡衣换了再跑吧?

陈予锦只用了三十秒就大步流星地冲到了宁悦家门口,周老师给他开的门,听见动静,宁悦也忙不迭地打开了房门。

两人对视一眼,陈予锦突然就不慌了,他喉头滚动,正准备做一个有担当的男人主动坦白,可下一秒周老师就扫了扫他俩的睡衣,意味深长地来了句:"情侣睡衣啊。"

陈予锦、宁悦:"……"想死。

陈予锦最后还是以最快的速度回去换了一身衣服才重新上门,两人规规矩矩地坐在沙发上,像等着挨训一样,老实得不行。

周老师不愧是见过场面的人,镇定得非常快。她给陈予锦倒了一杯水,笑了笑:"予锦,在云南玩得开心吗?悦悦没给大家拖后腿吧?"

"没有,是宁悦一直在照顾我们。"陈予锦站起身礼貌地接过水,虽然知道周老师不过是随口找的话题,但他还是认真地维护道,"她很细心,一些细节上的事都是她在帮我们处理,没她在,我们行李估计都会丢掉一半。"

他这话让周老师听着心里很舒坦,看他的眼神也更柔和了一点。

陈予锦趁热打铁把礼物拿出来:"老师,这是我从云南给您带回来的一点礼物。"

周老师之前心思在别的地方,都没留意到他还提了东西来。她惊讶地打量着礼品袋,都是一些虫草、藏红花之类的养生品,光看量就知道价格不菲。

"太客气了。"周老师推辞,"心意老师领了,东西拿回去给你爷爷奶奶。"

"阿姨,我爷爷奶奶有。"陈予锦笑了笑,"而且这也不光是为了感谢您一年的教导。"

他看了一眼全程装乖的宁悦:"第一次正式来家里拜访,也是我应该送的。"

他突然改了称呼让周老师愣了一下,这代表着陈予锦从这一刻起就不单单只是把自己放在她学生的位置上,更多的是作为宁悦的男朋友在拜访她的妈妈。

宁悦也注意到了他称呼转变背后的意思,不由得暗暗佩服,牛啊陈予锦,在周老师面前主动出击了？

周老师沉默片刻，也不再绕弯子，她尽可能柔和了口吻，不那么"班主任式"地问道："和悦悦两个人谈朋友了？多长时间了？"

"就……"他生日之前，宁悦抬起头想抢答。

但陈予锦按住了她："有一段时间了，高考考完后，我向悦悦表的白。"

宁悦惊讶地和他对视，不是说好了撒个谎？

陈予锦接收到她的意思，微微摇了摇头。撒了一个谎事后就务必要用更多的谎言来圆，他不想以后每年过周年纪念日的时候还得偷偷摸摸瞒着周老师。

"那就是一年了？"周老师皱起眉。

"是我不让他说的！"宁悦见周老师神情有异，立马张嘴把责任揽到了自己身上。

周老师恨铁不成钢地扫宁悦一眼，但宁悦话都说出口了，索性破罐子破摔，半撒娇半抱怨地嘟囔道："还不是怕你觉得我们年纪小，不让谈嘛……"

"你也知道你们现在年纪还小。"周老师不知不觉又换上了职业化的训斥口吻，"虽然已经到了大学，但你之前是不是已经答应过我要考研。"

宁悦莫名心虚地缩了缩脖子。

家有老师就是这样，明明都成年了，但还是有种早恋被抓的心虚感。

"老师您放心，我和悦悦已经商量过，都会再往上读一读。"陈予锦适时地把话接过来，"您如果不放心也可以看看我俩这一学年的绩点。"

说这话的同时，陈予锦找出了相册里的截图递给了周老师。周老师本来就是因为职业病顺口鞭策了宁悦两句，根本没想到要查绩点，但陈予锦都递过来了，她也只好看了看。

在A大这个遍地是学霸的学校，陈予锦这个成绩可谓是很优异，周老师满意地点点头，自己都没发觉被陈予锦带了节奏。

她对待陈予锦到底不像是训自己孩子那样，她把手机还给陈予锦，缓着声音说："我也不是不赞同你们谈恋爱，只是你们现在年纪确实也还小，老师说话比较直接，你别介意，大学恋情能走到最后的也是少数，你们又都是第一次谈恋爱，悦悦是女孩子，我们做父母的难免就会担心一些，我听说你爸爸现在长居国外了？"

周老师虽然之前是说过让宁悦大胆追，但那时开玩笑居多，真变成了现实，她的顾虑又会多一些，她不是不喜欢陈予锦，相反她觉得陈予锦很好，但问题就是他太好了，无论是成绩、长相还是家世，都没得挑剔，而他们家里就会弱一些。

尤其在家世上，完全不是一个阶级，她和宁悦爸爸都是普通的上班族，但陈予锦家里显然已经是属于富人阶级，两个家庭实力相差太多，她既担心陈予锦父母不接受宁悦，又担心万一他们走到最后，他们弱势的一方无法给宁悦撑腰。

"我们都明白，老师。"陈予锦知道周老师的顾虑，他认真道，"我们年纪确实都还小，所以这几年依旧会相互督促，以学习为主，我目前的打算是读完研以后就去我爸公司锻炼，悦悦如果还想读博可以继续读，到时候如果您不放心我俩异地，我可以先跟我爸妈商量，先订婚。悦悦说以后想留在长宁工作，我的计划也是这样，不管我父母以后在哪里发展，我都会在长宁自己单干，您可以放心。

"结婚的事情我想的是可以在我俩事业都稳定以后再提上日程，我名下有一套房子，可以加上悦悦的名字作为婚房，如果您觉得不合适，我们也可以另外挑地段再买，以后我的工资都交给悦悦管，是否生孩子都听她的意愿，我可以保证绝对不会让她吃亏。"

他一连串话说下来顿都没顿一下，显然是提前就想好了，不光是周老师面露惊讶，连宁悦都十分诧异。陈予锦从来没和她说过这些，她没想到这人连结婚生孩子都想好了，那都是多少年以后的事，未免也想得太长远了一点。

"你爸妈知道你俩谈恋爱的事了吗？"周老师回过神试探性地问。

"我已经跟我爸妈提过，他们很赞同，也都很喜欢悦悦。"陈予锦目光温柔地看了宁悦一眼，又态度端正地看向周老师，"我父母那边不是问题，他们不会阻碍我们，您如果愿意和我父母先见面，我可以立刻联系他们过来一趟。"

"不不不，不用。"周老师都快被陈予锦打乱手脚了，又不是要谈婚论嫁，哪就到双方父母见面这一步了。而且诡异的是，她刚刚有那么一个瞬间真的动了让宁悦她爸回来一趟的念头。

周老师心情复杂地看着陈予锦，对方不闪不避，无比坚定，他考虑得太周全了，让她也挑不出来什么。

沉默半晌后，向来拿捏学生的周老师终于也被学生拿捏了，她用一句"留在家里吃饭，我去买菜"草草结束了第一次正式会面。

周老师离开后，宁悦终于大松了一口气，歪歪扭扭地躺在了沙发上。

陈予锦笑她："之前笑我的时候那么嚣张，我还以为你一点都不紧张呢。"

"我哪有紧张，我不紧张。"宁悦若有所思地看着陈予锦的脸，"你什么时候告诉你爸妈的？"

陈予锦回忆了一下："大学开学之前，具体时间我忘了。"

"哦。"宁悦别开眼睛转了会儿手机。

过了几分钟后，她又佯装随口问道："他们没说什么？"

陈予锦一眼把她的小心思看透，他笑着卖关子道："担心啊？"

"我有什么好担心的！"宁悦不承认。

"放心吧，他们真的很喜欢你。"陈予锦伸长了手把她揽过来，歪着头靠在她肩上长叹一口气，忐忐忑忑地问，"你说我这算是过关没？"

宁悦乐开了，她回想着陈予锦刚刚的表现，肯定地安抚道："绝对过关了，你没发现我妈都逃了吗？陈同学，你在气势上已经占据了高地！"

其实不光是周老师，连宁悦自己都被感动了，她以为他俩是探险家，不管前面是什么，都有勇气一起走到底，但没想到陈予锦在她不知道的时候，已经默默清理了荆棘，让一条未知的路，变成了拥有既定终点的坦途。

这种强大的安全感，如何不让她心动。

吃完饭后，这场会晤顺利拉下了帷幕，陈予锦一身轻松地回了自己家，而宁悦又被周老师唠叨了几句，但都不是什么严重的事。

她回了房间，对面的陈予锦靠着窗子对她挥了挥手机，宁悦会意地打开，看见陈予锦在半个小时前发了个朋友圈。

文案很简单，短短三个字：心定了。

她点了个赞，忍不住笑了。

宁悦突然想到在被学业占掉所有时间以前，她也曾经幻想过自己的初恋，她人懒，所以希望谈恋爱也能简单点，不要掺杂太多利益、算计，也不想经历伤害与失望，她只希望从头到尾她都可以快乐，最好一点弯路都不要走。

其实从现实层面来说，这件事几乎是异想天开，哪有那么顺利的恋爱，哪有只存在快乐的生活，人不断长大，就会不断被烦恼入侵，避无可避。

但从开始到现在，以及陈予锦给她展开的将来里，她却看见了这样的生活。

这时，她心里顺其自然地出现了一句话，于是她也不做多想发了个朋友圈：多学雷锋吧，会有好报的。

陈予锦看见的那一瞬间就想起他们初遇那天，他垂着眼睛无声地笑起来。

"陈予锦。"宁悦趴在窗边大声叫他，"明天一起出去玩啊！"

"去哪儿？"他也大声回应她。

"去哪儿都可以啊！"

只要是和你在一起，哪里不快活呢！

较真

　　相貌总有失色的一天，光环也总有暗淡的时候，所有缘起于不确定之物的情感，也都会因为变化而演变成难以预测的模样，唯有根植于你这个人的爱意，才能永远汹涌澎湃，宁悦，我会尽己所能让你始终是这样的你，而我，永远爱这样的你。

——陈予锦的誓言词

较真

　　我见过你意气风发的样子,也知道你深藏心底的隐忧,不要害怕生活中旁生出的那些变故和枝丫,你看着我,我永远会毫无保留地奔向你,拥抱你,在每一个雨天借你一把遮挡风雨的伞,陈予锦,你是无事小神仙,而我,也永远爱这样的你。

——宁悦的誓言词